文学课

闻一多 王国维 鲁迅 等著

中国致公出版社

代序

中国文学史的一个看法

胡适

兄弟今天到这里来讲演,觉得没有什么好题目。兹来讲讲"中国文学史的一个看法"。本来一个讲题,可以有几种看法。在未讲本题之前,先给诸位讲一件故事,有一不识字之裁缝者,供其子读书,一日子从校中来信,此裁缝即请其左邻杀猪的代看,杀猪的即告裁缝道:这是你儿子要钱的信,上写"爸爸,没钱啦!拿钱来"。裁缝听了,非常懊丧生气,以为供子读书,连称呼礼法都没有了。旋又请其右邻之牧师来看,牧师看后,说道此信写得甚好。信上说:"父亲大人膝下……你老人家辛苦得来的钱,供我念书,非常不忍,不过现在买书交学费等,非用钱不可,盼你老人家多为难,儿子是很对不住的……"裁缝听了,笑逐颜开,赶紧给他儿子寄钱去了。

从此事看来,足见一件事,可以有几种看法,关于中国文学史,也有几种看法，第一种看法是牧师的看法，这种看法怎么样呢？他是从商周时代之最古文看起，到春秋战国时，即有诸子百家之文章，代表那一时代的文学。到汉则以《史记》《汉书》，作该时代文学之代表。到晋朝以后，又发生怪僻之文学，迄至唐朝，遂又复古，同时接受了前朝历代的遗留，由当代文人，加以许多点染，于是有《唐诗三百首》之创作，及"离骚"词赋，曲歌古文之类。当时文学作家中之捣乱分子，进行词曲等之创作，所谓词者，诗之语也，曲者词之语也，然无论其创作如何，仅能作当代正统文学之附属品，而不能以之作为时代之代表。自唐宋而后，以至于元明清，甚至当代国学家之伪国国务总理郑孝胥之流，殆未出乎摹古之范围。以上这种看法，总是站在一条线上接连不断地来看中国文学史，这种看法，是牧师的看法，文绉绉的，实在看不出什么内容来。至于兄弟今天是采用杀猪的看法，且听兄弟道来：

文学史是有两种潮流，一种是只看到上层的一条线，一种是下层的潮流，下层潮流，又有无数的潮流，这下层的许多潮流，都会影响到上层去，上层文学是士大夫阶级的，他是贵族的，守旧的，保守的，仿古的，抄袭的，这种文学，我们就是不懂也没要紧。我们要懂中国整个文学史，必要从某时代的整个潮流去看，现在的文学史，是比前时代扩大了，是由下层许多暗潮中看出来。诸位小姐太太们：凡是历代文学之新花样子，全是从老百姓中来的，假使没有老百姓在随时随地的创作文学上的新花样，早已变成"化石"了。

老百姓的文学是真诚朴素的，它完全是不加修饰的，自由的，从内心中发出各种的歌曲，例如：唐诗楚辞，汉之乐府，其内容无一不是从老百姓中得来，所有文学，不过经文人之整理而已。尤其是每一时代之新文学，如五言，七言，词曲，歌谣，弹词，白话散文等，都是来自民间。

兄弟所谓杀猪的看法，就是不是文绉绉的从一条线上去看，而是粗野地把文学看成两个潮流，上层潮流是士大夫阶级的，下层文学的新花样皆从老百姓中得来。所谓文学潮流的新花样的形成，是经过四个时期：

第一时期是老百姓创作时期，与上层是毫无关系，在创作时期，是自由的，富于地方个人等特别风味，他是毫不摹仿，而是随时随地的创作时期。

第二时期是从下层的创作，转移到上层的秘密过渡时期，当着老百姓的创作已经行了好久，渐渐吹到作家耳中，挑动了艺术心情，将民间盛行之故事歌谣小说等，加以点缀修改，匿名发行，此风一行，更影响到当代之名作家，由民间已传流许久之故事等，屡加修正，整理，于是风靡当世，当代文学潮流，为之掀动。

第三时期则因上等作家对新花样文学之采用，遂变成了正统文学中之一部分。

第四时期则为时髦时代，此时已失去了创作精神，而转为专尚摹仿，因之花样不鲜，而老百姓却又在创作出新的。

我们根据近四十年来的新发现，才知道我们过去提倡白话文学胆太小了，还不够杀猪的资格，只要看敦煌石洞藏书中有许多白话文学，即可知其由来已早。大凡每一时期的潮流的到来，都是经过一极长的创作时期，例如《水浒传》《西游记》等曾风行一时，而创作者更出多人之手，种类繁多，由此可知现行文学，皆由长时蜕化而来，所以我们必须以历史进化的眼光来看历史，由此可以得到以下三点教训：

（一）老百姓从劳苦中不断地创作出新花样的文学来，所谓"劳苦功高"，实在使我们佩服。

（二）有些古人高尚作家不受利欲熏诱，本艺术情感之冲动，忍不住美的文学之激荡，具脱俗，牺牲之精神。如施耐庵、曹雪芹之流，更应使我们欣佩。因为老百姓的作品，见解不深，描写不佳，暴露许多弱点，实赖此流一等作家完成之也。

（三）文学之作品，既皆从民间来，固云幸矣，然实亦幸中之大不幸，因为民间文学皆创之于无知无识之老百姓，自有许多幼稚，虚幻，神怪，不通之处，并且这种创作已经在民间盛行了好久，才影响到上层来，每每新创作被埋没下去，在西洋文学之创作权，概皆操之于作家之手，而中国则操之于民间无知之人，所以我说是幸中之不幸，深望知识阶级，负起创作文学之任务。

目　录

第一章
先秦文学　顾随

3 ｜ 概说"诗三百"

34 ｜ 概谈楚辞

41 ｜ 《论语》六讲

67 ｜ 《中庸》说解

第二章
秦汉文学　傅斯年

91 ｜ 贾谊

97 ｜ 儒林

120 ｜ 五言诗之起源

第三章
六朝文学　胡适

131 | 汉末魏晋的文学

146 | 故事诗的起来

165 | 南北新民族的文学

174 | 唐以前三百年中的文学趋势

第四章
唐诗　闻一多

199 | 类书与诗

206 | 四杰

213 | 宫体诗的自赎

224 | 孟浩然

229 | 杜甫

241 | 贾岛

第五章
宋词 吴梅

249 | 词学通论

256 | 论平仄四声

260 | 作法

266 | 唐五代词概论

275 | 两宋词概论

288 | 金元明清词概论

第六章
元杂剧 王国维

295 | 元杂剧之渊源

303 | 元剧之时地

309 | 元剧之结构

313 | 元剧之文章

320 | 元院本

第七章
明清小说 鲁迅

327 | 三国演义

332 | 水浒传

341 | 西游记

352 | 金瓶梅

359 | 聊斋志异

368 | 儒林外史

374 | 红楼梦

第一章

先秦文学

——

顾随

顾随 （1897—1960）
北京大学文学院中国文学系讲师

本名顾宝随，字羡季，号苦水、驼庵，笔名葛茅，河北清河人。中国诗词作家、文学批评家。历任河北女子师范学院、北京大学、燕京大学、中法大学、辅仁大学、天津师范学院教授。词学著作有《稼轩词说》《东坡词说》等，其著述后汇编为《顾随全集》。

概说"诗三百"

《诗》有六义：风、雅、颂，赋、比、兴。前三项，《诗》之性质；后三项，《诗》之作风（法）。

诗人富幻想者好用比，如李白；老杜偏于赋，皇皇大篇，直陈其事，故有"诗史"之称。太白号称仙才，以其富于幻想、联想天才，多用比也。其实，兴，凑韵而已，没讲儿。"小蚂蚱，土里生。前腿爬，后腿蹬。长个翅，翅棱棱。"——赋也。"小板凳，朝前挪。爹喝酒，娘陪着。"——兴也。兴，只有儿歌中保有的最古、最幼稚。

"三百篇"好，而苦于文字障，先须打破文字障碍，才能了解其诗之美。

情操（personality），名词（noun）。

情操（"操"，用为名词，旧有去声之读），此中含有理智在内。"操"之谓何？便是要提得起、放得下、弄得转、把得牢，圣人所说"发乎情止乎礼义"（《毛诗序》）。"操"又有一讲法，就是操练、体操之"操"，乃是有范围、有规则的活动。情操虽然说不得"发乎情止乎礼义"，也要"发而皆中节"（《中庸》）。情操完全不是纵情，"纵"

先秦文学　3

是任马由缰,"操"是六辔在手。总之,人是要感情与理智调和。

向来哲学家忒偏理智,文学家忒重感情,很难得到调和。感情与理智调和,说虽如此说,然而若是做来,恐怕古圣先贤也不易得。吾辈格物致知所为何来?原是为的求做人的学问。学问虽可由知识中得到,却万万并非学问就是知识。学问是自己真正地受用,无论举止进退、一言一笑,都是见真正学问的地方。做人处世的学问也就是感情与理智的调和。

"诗三百篇"含义所在,也不外乎"情操"二字。

要了解《诗》,便不得不理会"情操"二字。《诗》者,就是最好的情操。也无怪吾国之诗教是温柔敦厚,无论在"情操"二字消极方面的意义(操守),或积极方面的意义(操练),皆与此相合。所谓学问,浅言之,不会则学,不知则问。有学问的人其最高的境界就是吾人理想的最高人物,有胸襟、有见解、有气度的人。梁任公说英文gentleman不易译,若"士君子"则庶近之矣,便"君子"二字即可。孔子不轻易许人为君子:

君子哉若人!(《论语·宪问》)
君子哉蘧伯玉!(《论语·卫灵公》)

君子之才实在难得。"士君子"乃是完美而无瑕疵的,吾人虽不能到此地步,而可悬此高高的标的,高山仰止,景行行止,虽不能至,然心向往之,此则人高于动物者也。人对于此"境界"有所谓不满,孔夫子尚且说:

五十以学《易》,可以无大过矣。(《论语·述而》)

此虽不是腾云驾雾的仙、了脱生死的禅,而远亲不如近邻,乃是真真正正的人,此正是平凡的伟大,然而正于吾人有益。五十学《易》,韦编三绝,至此正是细上加细,而止于"无大过"。

如有周公之才之美，使骄且吝，其余不足观也已。(《论语·泰伯》)

读此真可知戒矣。然而过分的谦虚与过分的骄傲同一的讨厌。而夫子三谦亦令人佩服，五十学《易》，可知夫子尚不满足其境界。所有古圣先贤未有不如此者。古亚历山大（Alexander）征服世界，至一荒野，四无人烟，坐一高山上曰："噫呀！何世界之如是小，而不足以令我征服也！"但此非贪，而是要好，人所以有进益在此，所以为万物之灵亦在此。

学问的最高标准是士君子，士君子就是温柔敦厚（诗教），是"发而皆中节"。释迦牟尼说现实、现世、现时是虚空的，但儒家则是求为现实、现世、现时的起码的人。表现这种温柔敦厚的、平凡的、伟大的诗，就是"三百篇"。而其后者，多才气发皇，而所作较过，若曹氏父子、鲍明远、李、杜、苏、黄；其次，所作不及者，便是平庸的一派，若白乐天之流。乐天虽欲求温柔敦厚而尚不及，但亦有为人不及处。吾国诗人中之最伟大者唯一陶渊明，他真是"士君子"，真是"温柔敦厚"。这虽是老生常谈，但往往有至理存焉，不可轻蔑。犹如禅宗故事所云：诸弟子将行，请大师一言，师曰："诸恶莫作，诸善奉行。"弟子大失所望，师曰："三岁小儿道得，八十老翁行不得。"吾人之好高骛远、喜新立奇，乃是引吾人向上的，要好好保持、维护，但不可不加操持。否则，小则可害身家，大足以害天下。如王安石之行新法，宋室遂亡也矣。

走"发皇"一路往往过火，但有天才只写出华丽的诗来是不难的，而走平凡之路写温柔敦厚的诗是难乎其难了，往往不能免俗。有才气、有功力写华丽的诗不难，要写温柔敦厚的诗便难了。一个大才之人而嚅嚅不能出口，力举千钧的人蜕然弱不胜衣，这是怎么了？才气发皇是利用文字——书，但要使文字之美与性情之正打成一片。合乎这种条件的是诗；否则，虽格律形式无差，但算不了诗。"三百篇"文字古，有障碍，而不能使吾人易于了解。唯陶诗较可。"月黑杀人地，风高放火天"，美而不正；"君君，臣臣，父父，子子"（《论语·颜渊》），正而不美。宗教家与道家以为，吾人之感情如盗贼，如蛇虫；古圣先贤都不如此想，不过以为感情如野马，必须加以羁勒，不必排斥感情也能助人为善。先哲有言："饮食男女，人之大欲存焉；死亡贫苦，人之大恶存焉。"（《礼记·礼运》）情与欲固有关，人所不能否认。

以上所述是广义的诗。

今所讲"诗三百篇"向称为"经"，五四以后人多不然。"经"者，常也，不变也，近于"真理"之意，不为时间和空间所限。老杜写"天宝之乱"称"诗史"，但读其诗吾人生乱世固感动，而若生太平之世所感则不亲切。俄国文豪高尔基（Gorky）写饥饿写得最好，盖彼在流浪生活中，确有饥饿之经验也。常人写饿不过到饥肠雷鸣而已，高尔基说饿得猫爪把抓肠内，此乃真实、亲切的感觉，非境外人可办，更是占空间、占时间的，故与后来人相隔膜。这就是变，就不能永久。"三百篇"则不然，"经"之一字，固亦不必反对。

今所言《诗》三百篇不过道其总数，此乃最合宜之名词。子曰：

> 诗三百，一言以蔽之，曰：思无邪。（《论语·为政》）

此最扼要之言。此所谓"无邪"与宋代理学家所说之"无邪""正"不同。

宋儒所言是出乎人情的，干巴巴的。古言："人情所不能止者，圣人弗禁。"（杨恽《报孙会宗书》）"不能止"就是正吗？未必是，也未必不是。道学家自命传圣贤之道，其实完全不了解圣贤之道，完全是干巴巴、死板板地谈"性"、谈"天"。所以说"无邪"是"正"，不如说是"直"，未有直而不诚者，直也就是诚。（直、真、诚，双声。）《易传》云：

> 修辞立其诚。（《文言》）

以此讲"思无邪"三字最切当。诚，虽不正，亦可感人。"月黑杀人地，风高放火天"，此极其不正矣，而不能说它不是诗。何则？诚也。"打油诗"，人虽极鄙视之，但也要加以"诗"之名，盖诚也，虽则性有不正。夫子曰诗三百"思无邪"，为其诚也。

释迦牟尼说法之时，尝曰：

　　真语者，实语者，如语者，不诳语者，不异语者。(《金刚经》)

"如"，真如之意，较"真"（truth）更为玄妙。其弟子抛弃身家爱欲往之学道，固已相信矣，何必又如此说，真是大慈大悲，真是苦口婆心。

这里可用释迦之"真语""实语""如语""不诳语""不异语"说诗之"诚"、"思无邪"之"无所不包，无所不举"，包罗万象。释迦又说：

　　中间永无诸委曲相。(《楞严经》)

此八字一气说来，就是"真"。

《尚书·尧典》曰："诗言志。"如诗人作诗，由"志"到作出"诗"，中间就是老杜所谓"意匠惨淡经营中"(《丹青引》)：

　　　　"志"（诗意）──────→ 诗篇
　　　　　　　　　　中间

第一，志——"人情所不能止者，圣人弗禁"；
第二，中间——"意匠惨淡经营中"（声音、形象、格律要求其最合宜的）；

先秦文学　　7

第三，诗篇——"笔落惊风雨，诗成泣鬼神"（杜甫《寄李十二白二十韵》）。

五代刘昭禹曰："五言如四十个贤人，著一字如屠沽（市井）不得。"（计有功《唐诗纪事》）岂止五言？凡诗皆如此。诗里能换一个字便是不完美的诗。一字，绝对，真如，是一非二，何况三、四？

惨淡经营之结果，第一义就是无委曲相。好诗所写皆是第一义，与哲学之真理、宗教之经约文字的最高境界同。读诗也要"思无邪"，也要"无委曲相"。

孔子对于诗的论法，归纳起来又称为"孔门诗法"。法，道也，不是指狭义的方法、法律之法，若平仄、叶韵之类，此乃指广义的法。"无事无非法"，生活中举止、思想、语言无在而非法。违了夫子"思无邪"，便非法。

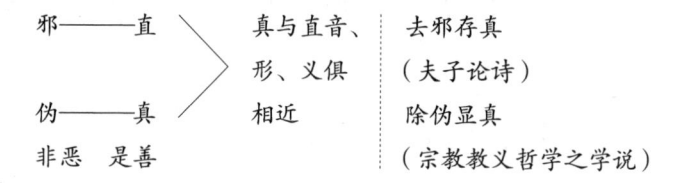

邪——直	真与直音、	去邪存真
伪——真	形、义俱	（夫子论诗）
非恶 是善	相近	除伪显真
		（宗教教义哲学之学说）

然而何以又说诗无所谓是非善恶？常所谓是非善恶究竟是否真的是非善恶？以世俗的是非善恶讲来，只是传统习惯（世法、世谛）的是非善恶，而非真的是非善恶。

"月黑杀人地，风高放火天"，是直，事虽邪而思无邪。在世法上讲，不能承认；在诗法上讲，可以承认。诗中的是非善恶与寻常的是非善恶不同。

鲁迅先生说一军阀下野后居于租界莳花饮酒且学赋诗，颇下得一番功夫，模仿渊明文字、句法。而鲁迅先生批曰：我觉得"不像"。盖此是言不由衷，便是伪，是不真，是邪。以此而论，其诗绝不如"月黑杀人地，风高放火天"二句也。村中小酒肆中有对联曰：

进门来三杯醉也
　　起身去一步歪邪

此虽不佳而颇有诗意，盖纪实也。又有一联曰：

　　刘伶问道何处好
　　李白答曰此地佳

此亦乡村小酒肆对联，还不如前者。下野军阀的仿陶渊明诗还不如村中酒肆对联这个味。故说诗的是非善恶不是世俗的是非善恶。

"文学"与"哲学"与"道"的最高境界是一个。所谓"诗法"，就是佛法的"法"，是"道"。静安先生曰："境界有大小，不以是而分优劣。"（《人间词话》）

"诗三百篇"既称"经"，就是不祧之祖，而降至楚辞、赋、诗、词、曲则益卑矣。然而以诗法论，便童谣、山歌亦可以与"经"并立。其实"诗三百篇"原亦古代之童谣、山歌也。《金刚经》云：

　　是法平等，无有高下。

只要"思无邪"就是"法"。佛法平等不是自由平等的平等，佛说之法皆是平等。佛先说小乘，后说大乘，由空说无，说有见空。天才低者使之信，天才高者使之解，无论如何说法，皆是平等。

或谓佛虽说有大乘、小乘，其实佛说皆是大乘，皆可以是而成佛。"南无阿弥陀佛"六字，最低之小乘，然而也能成佛。故佛说"大开方便之门"，门无大小，而入门则平等也，与静安先生所谓"不以是而分优劣"一也。

今所言诗，只要是诗就是法。

孔夫子对于《诗》，有"思无邪"之总论，尚有分论。

子曰："小子何莫学夫诗？诗可以兴，可以观，可以群，可以怨，迩之事父，远之事君，多识于草木鸟兽之名。"（《论语·阳货》）

这是总论中之分论，前所说是总论中之总论。

说得真好。无怪夫子说"学文"，真是学文。忠厚老实、温厚和平、仁慈、忠孝、诚实，溢于言表。这真是好文章。每一国的文字有其特殊之长处，吾人说话、作文能够表现出来便是大诗人。中国方字单音，少弹性，而一部《论语》音调仰抑低昂，弹性极大，平和婉转至极。夫子真不可及，孟子不能。

汉学重训诂，宋学重义理，此本难分优劣。汉经秦焚书之后，书籍散乱亟待整理；及宋代书籍大半整理就绪，而改重义理，亦自然之趋势也。今讲《诗经》，在文字上要打破文字障，故重义理而兼及训诂，虽仍汉宋之学而皆有不同。

"诗可以兴，可以观，可以群，可以怨。"读此段文章，"可以"两字不可草草看过。

兴：感发志气。起、立，见外物而有触。

生机畅旺之人最好。何以生机畅旺就是诗？"昔我往矣，杨柳依依。今我来思，雨雪霏霏"（《诗经·小雅·采薇》），读之如旱苗遇雨，真可以兴也。

观：考察得失。（得失不能要，算盘不可太清，这非诗。）

不论飞、潜、动、植，世界上一切事皆要观，不观便不能写诗。"《诗》云：'鸢飞戾天，鱼跃于渊。'言其上下察也。"（《中庸》）察犹观也，观犹察也。鸢代表在上一切，鱼代表在下一切，言此而不止于此，因小而大，由浅入深，皆是象征，此二句是极大的象征。"举一隅不以三隅反，则不复也"（《论语·述而》），举其一必得知其二。诗中描写多举其一部以括之。

群：朱注："群，和而不流。"今所谓调和、和谐，即"无入而不自得"（《中庸》）。

人当高兴之时，对于向所不喜之人、之物皆能和谐。"鸟兽不可与同群"（《论语·微子》），人与鸟兽心理、兴趣不同，是抵触，是不调和，如何能同群？以此言之，屈子"举世皆浊我独清，众人皆醉我独醒"（《楚辞·渔父》），人、事、物皆看不中，生活只是苦恼，反是自杀为愈也。贾谊虽未自杀，但其夭折亦等于慢性的自杀。

"诗可以群"，何也？诗要诚，一部《中庸》所讲的就是一个"诚"，凡忠、恕、仁、义，皆发自诚。所谓"和而不流"，"流"，无思想、无见解，顺流而下。

怨：朱注"怨，怨而不怒"。其实也不然，《诗》中亦有怒：

人而无仪，不死何为。（《诗经·鄘风·相鼠》）

望文生义，添字注经，最为危险。最好以经讲经，以《论语》注《论语》。此二句，恨极之言，何尝不怒？唯"不迁怒"（《论语·雍也》）也。

夫子承认怒，唯不许"迁怒"；许人怒，但要得其直。此世法与出世法之不同也。

基督："人家打你的左脸，把右脸也给他。"（《圣经》）
释迦："无我相，无人相，无众生相，无寿者相。"
"节节肢解，不生嗔恨。"（《金刚经》）
子曰："以直报怨，以德报德。"（《论语·宪问》）

基督"要爱你的仇人"，释迦"一视同仁"，都是出世法，孔子是最高的世法。西谚曰："以牙还牙，以眼还眼。"孔子不曰"以怨报怨"，报有报答、报复之意。"以直报怨"是要得其平；"以牙还牙"，不是直。在基督、释迦不承认"怨"；夫子却不曾抹杀，承认"怒"与"哀"，怒与哀而怨生矣，而"怨"都是直。

"怒""怨"，在乎诚、在乎忠、在乎恕、在乎仁、在乎义，当然

先秦文学 11

可以怨，可以怨。

《论语》之用字最好，"可以兴，可以观，可以群，可以怨"，沉重、深厚、慈爱。读此段文章，"可以"二字不可草草放过。

夫子之文，字面音调上同其美，而不专重此。

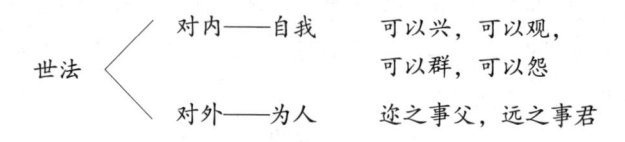

世法 { 对内——自我　可以兴，可以观，可以群，可以怨
　　　 对外——为人　迩之事父，远之事君

"诗可以兴，可以观，可以群，可以怨"，此是小我，但要扩而充之——"迩之事父，远之事君"。（释迦不许人有我相。）"事父""事君"，代表一切向外之事，如交友、处世、喂猫、饲狗，皆在其中。事父、事君无不适得其宜。我本乎诚，本乎忠、恕、仁、义，则为人、处世皆无不可。（切不可死于句下。）

"多识于鸟兽草木之名。"朱子注："其绪余，又足以资多识。"（《论语集注》）夫子所讲是身心性命之学，是道，是哲学思想（philosophy）。"多识于鸟兽草木之名"，何谓也？要者，"识""名"两个字，识其名则感觉亲切，能识其名则对于天地万物特别有忠、恕、仁、义之感，如此才有慈悲、有爱，才可以成为诗人。

民，吾胞也；物，吾与也。（张载《西铭》）
天地万物与我并生，类也。（《列子·说符》）
仁者，爱人。（《论语·颜渊》）

孔子举出"仁"，大无不包，细无不举，乃为人之道也。民，我胞也；物，我与也，扩而充之，至于四海。仁，止于人而已，何必爱物？否！否！佛家戒杀生不得食肉，恐"断大慈悲种子"。必须时时"长养"此"仁"，不得加以任何摧残，勿以细小而忽之。凡在己为

"患得"、在他为"不恕"者,皆成大害,切莫长养恶习,习与性成,摧残善根。

孔子门下贤人七十有二,独许颜渊"三月不违仁"(《论语·雍也》)。(佛:慈悲;耶:爱;儒:仁。)此是何等功夫?夫子"造次必于是,颠沛必于是"(《论语·卫灵公》),念兹在兹。

为什么学道的人看不起治学的人,治学的人看不起作诗的人?盖诗人见鸡说鸡,见狗说狗,不似学道、治学之专注一心;但治学时时可以放下,又不若学道者。

道——圆,是全体,大无不包,细无不举;

学——线,有系统,由浅入深,由低及高;

诗——点,散乱、零碎。

作诗,人或讥为玩物丧志,其实最高。前念既灭,后念往生;后念既生,前念已灭。吾人要念念相续。言语行动,行住坐卧,要不分前念、后念而念念相续,方能与诗有分。这与学道、治学仍是一样,也犹同"三月不违仁"。"多识于鸟兽草木之名"之意也在此,为的是念念相续,为的是长养慈悲种子。

"少年不足言,识道年已长。"(王摩诘《谒璿上人》)年长则精力不足,寿命有限,去日苦多,任重道远,颇颇不易。孔子曰:"加我数年,五十以学《易》,可以无大过矣。"(《论语·述而》)识道何易?

诗便是道。试看夫子说诗,"兴""观""群""怨""事父""事君""多识于鸟兽草木之名",岂非说的是为人之道?夫子看诗看得非常重大:重,含意甚深;大,包括甚广。

《论语·季氏》载:

> (孔子)尝独立,鲤趋而过庭,曰:"学诗乎?"对曰:"未也。""不学诗,无以言。"鲤退而学诗。

夫子两句话,读来又严肃、又仁慈、又恳切。"不学诗,无以言","无以"是感。

先秦文学　13

学，人生吸收最重要在"眼"。俄国盲诗人爱罗先珂（Epomehk）四岁失明，他的诗代表北方沉思玄想，读了总觉得是瞎子说话。发挥方面最主要在"言"。言，无"义"不成，辞"气"不同。常谓作诗要有韵，即有不尽之言。夫子说话也有韵。《世说新语》中之人物真有韵，颇有了不得的出色人物，王、谢家中诗人不少。

孔子论诗还有：

子曰："诵诗三百，授之以政，不达；使于四方，不能专对。虽多，亦奚以为？"（《论语·子路》）

子曰："兴于诗，立于礼，成于乐。"（《论语·泰伯》）

子谓伯鱼曰："汝为《周南》《召南》矣乎？人而不为《周南》《召南》，其犹正墙面而立也欤？"（《论语·阳货》）

以上，孔门诗法总论之部。

在宗教上信与解并行，且信重于解，只要信虽不解亦能入道，若解而不信则不可。释迦弟子阿难知识最多，而迦叶先之得道。世尊拈花，迦叶微笑。迦叶传其法，迦叶死后方传阿难。而儒家与宗教不同，只重解而不在信；且宗教是远离政治，而儒家中则有其政治哲学。《大学》所谓"正心""诚意""修身"，宗教终止于此而已，是"在我"，是"内"；儒家还有"齐家""治国""平天下"，是"为人"，是"外"。宗教家做到前三项便算功行圆满；而儒家则是以前三项为根本，扩而充之，恢而广之，以求有益于政治，完全是世法，非出世法。

```
正心    诚意    修身        齐家        治国    平天下
    ╲_预修、修养_╱    │      ╲__政治__╱
          心、我 ────────┴──────── 宇宙、人类
```

"齐家"是正心、诚意、修身的"实验",是治国、平天下的"试验"。

夫子要人从自我的修养恢而广之,以见于政治。吾人向以为诗人不必是政治家,爱诗者不见得喜好政治,何以夫子说通了诗三百,授之以政便达,何以见得?夫子说诳语么?否。是"真语者、实语者、如语者、不诳语者、不异语者",岂能打诳语?鲁迅先生译鹤见祐辅《思想·山水·人物》(鹤见祐辅思想清楚,文笔亦生动,鲁迅先生译书虽非生动,也还可读),书中说第一次欧战美国总统威尔逊(Wilson)是十足的书呆子。美国总统先必为纽约州长,威尔逊为法学士,做波士顿大学校长,一跃而为纽约州长,再跃而为美国大总统。彼乃文人,又是诗人,又是书呆子,鹤见祐辅最赞仰之。一个纯粹的政客太重实际,而文人成为政治家,彼有彼之理想,可以将政治改良提高,使国家成为更文明的国家,国民成为更有文化的国民。在近代,威尔逊实是美国总统史中最光明、最正大、最儒者气象的一位。在大战和约中,别人以为威尔逊的最大失败盖英、法二国的两滑头,只顾己方利益,不顾世界和平,是以威尔逊被骗了。然而,此正见其光荣也。威尔逊说:"美国有什么问题,何必与他商量、与你商量,我只以美国人的身份平心想该怎么办就怎样办。"骤听似乎太武断、太主观,但试察历史政治舞台上的人,谁肯以国民的资格想想事当如何办?果然,也不至于横征暴敛,不顾百姓死活了。

说起威尔逊,真是诗人,是文人,是书呆子,可也是理想的政治家——此即是夫子所谓"诵诗三百,授之以政,不达,亦奚以为"了。夫子曰:"吾道一以贯之。"曾子释之曰:"忠恕而已矣。"(《论语·里仁》)说白便白,说黑便黑,那简直是人格的破碎。然而"一以贯之"绝非容易也。只有老夫子说得起这句话。什么(何)是一?怎么样(何以)贯?"造次必于是,颠沛必于是"(《论语·卫灵公》)。我就想我是一个美国人,应当怎么去施,怎么样受。威尔逊说得实在好。

子贡曰:"贫而无谄,富而无骄,何如?"子曰:"可也。未若贫而乐,富而好礼者也。"子贡曰:"《诗》云:'如切如

先秦文学 15

磋，如琢如磨。'其斯之谓与？"子曰："赐也始可与言诗已矣。告诸往而知来者。"（《论语·学而》）

子夏问曰："'巧笑倩兮，美目盼兮，素以为绚兮'，何谓也？"子曰："绘事后素。"曰："礼后乎？"子曰："起予者商也。始可与言诗已矣。"（《论语·八佾》）

"唐棣之华，偏其反而。岂不尔思，室是远而。"子曰："未之思也，夫何远之有？"（《论语·子罕》）

以上三段，为夫子在《论语》中对于诗之某节某句之见解。

夫子说"诗可以兴"，又说"兴于诗"，特别注重"兴"字。夫子所谓诗绝非死于句下的，而是活的，对于含义并不抹杀，却也不是到含义为止。吾人读诗只解字面固然不可，而要千载之下的人能体会千载而上之人的诗心。然而这也还不够，必须要从此中有生发。天下万事如果没有生发早已经灭亡。前说"因缘"二字，种子是因，借扶助而发生，这就是生发，就是兴。吾人读了古人的诗，仅能了解古人的诗心又管什么事？必须有生发，才得发挥而光大之。《镜花缘》中打一个强盗，说要打得你冒出忠恕来。禅宗大师说：从你自己胸襟中流出，遮天盖地。前之"冒"字，后之"流"字，皆是夫子所谓"兴"的意思。可以说吾人的心帮助古人的作品有所生发，也可以说古人的作品帮助吾人的心有所生发。这就是互为因缘。

"贫而无谄，富而无骄"与"贫而乐，富而好礼"，其区别如何？前者犹如自我的羁勒，不使自己逾出范围之外，这只是苦而不乐。（夫子在《论语》中则常常说到乐。）在羁勒中既不可懈弛，又经不起诱惑。"不见可欲，使民心不乱"（《道德经》三章）；反之，既见可欲，其心必乱，这便谈不到为学，这是丧失了自我。然而后者"贫而乐，富而好礼"却是"自然成就"。夫子之"乐"、之"好"较之子贡两个"无"字如何？多么有次第，绝不似子贡说得那么勉强、不自然。这简直就是诗。放翁说"文辞终与道相妨"（《遣兴》），不然也。

子贡由此而想到诗，又由诗想到此，所谓互为因缘也。牙虽白、玉虽润，然经琢磨之后牙益显白、玉益显润。（犹如苍蝇触窗纸而不得出，虽知光道之所在，尚隔一层窗纸。夫子之言犹如戳出窗纸振翼而出，立见光明矣。）夫子说"告诸往而知来者"，便是生发，便是兴。

不了解古人是辜负古人，只了解古人是辜负自己，必要在了解之后还有一番生发。

首一段子贡与夫子的对话由他事兴而至于诗，次一段子夏与夫子的对话由诗兴而至于他事。

夫子所言"绘事后素"，《礼记》所谓"白受采"（《礼器》）也。本质洁，由人力才能至于美。"巧笑倩兮，美目盼兮，素以为绚兮"，"巧笑""美目""素"皆是素；"倩""盼""绚"是后天的，是"绘"；"礼后乎"，诚然哉！夫子所谓"起予者商也"之"起"者，犹兴也。如此"始可与言诗"，此之谓诗也。

"诗无达诂"（董仲舒《春秋繁露·精华》），此中亦颇有至理存焉。作者何必然，读者何必不然？虽然人同此心，心同此理，而对于相同之外物之接触，个人所感受者有异。越是好诗，越是包罗万象。"赋诗必此诗，定知非诗人"（苏轼《书鄢陵王主簿所画折枝二首》其一），必此诗——必然。唐诗之所以高于宋诗，便因为唐诗常常是无意的——意无穷——非必然的。

伟大之作品包罗万象，仁者见仁，智者见智，深者见深，浅者见浅。鲁迅先生文章虽好而人有极不喜之者，是犹未到此地步。虽然，无损乎先生文章之价值也。正如中国之京戏，"国自兴亡谁管得，满城争说叫天儿"（狄楚青《燕京庚子俚词》其七）。（近代梨园只有谭叫天算得了不起的人物。）

唐诗与宋诗，宋诗意深（是有限度的）——有尽；唐诗无意——意无穷，所以唐诗易解而难讲，宋诗虽难解却比较容易讲；犹之平面虽大亦易于观看，圆体虽小必上下反复始见全面也。

子贡之所谓"切""磋""琢""磨"，不仅指玉石之切、磋、琢、磨也。"巧笑倩兮，美目盼兮，素以为绚兮"，又何关乎礼义、绘事

先秦文学　17

也？虽然，作者何必然，读者何必不然？一见圆之彼面，一见圆之此面，各是其所是而皆是。花月山水，人见之而有感，此花月山水之伟大也。各人所得非本来之花月山水，而各自为各自胸中之花月山水，皆非而亦皆是。禅家譬喻谓"盲人摸象"(《义足经》)，触象脚者说象似蒲扇，触象腿者说象似圆柱，触象尾者说象似扫帚。如说彼俱不是，不如说彼皆是，盖各得其一体，并未离去也。

吾人谈诗亦正如此，各见其所见，各是其所是，所谓"诗无达诂"也。要想窥见全圆、摸得全象，正非容易。是故，见其一体即为得矣，不必说一定是什么。

说诗者不以文害辞，不以辞害志。以意逆志，是为得之。(《孟子·万章上》)
吾善养吾浩然之气。(《孟子·公孙丑上》)

对方之无能或不诚，致使吾人不敢相信。然而自己看事不清、见理不明，反而疑人，也可说多疑生于糊涂。

"吾善养吾浩然之气"，气是最不可靠的，气是什么？

孔夫子之言颠扑不破，孟夫子说话往往有疵隙。

以上两小段文字乃孟子之说诗，余试解之。

"文"：

第一，篇章、成章。(文者，章也；章者，文也。《说文》中彣、彰互训。)

第二，文采。即以《离骚》为例，其洋洋大观、奇情壮采是曰文采。

"辞"：

辞、词通，意内而言外。楚辞中《离骚》最好亦最难解，对于它的洋洋大观、奇情壮采，令人蛊惑。"蛊惑"二字不好，charming（charm, *n*；charming, *adj*）好。《红楼梦》中说谁是怪"得人意儿"的，倒有点相近。"得人意儿"似乎言失于浅，"蛊惑"却又求之过深。

18　文学课

文章有 charming，往往容易爱而不知其恶。谚有之曰"人莫知其子之恶"(《大学》八章)；又俗语曰"情人眼里出西施"，此之谓也。西人也说两性之爱是盲目的，Love is blind。其实，一切的爱皆是盲目的，到打破一切的爱，真的智慧才能出现。即如读《离骚》，一被其洋洋大观、奇情壮采所蛊惑，发生了爱，便无暇详及其辞矣。

欣赏其文之 charm，须快读，可以用感情。欲详其辞意须细读，研究其组织与写法必定要立住脚跟观察。观与体认、体会有关。既曰观，就必须立定脚跟用理智观察。

"不以辞害志"，志者，作者之志；"诗言志"，志者，心之所指也。

后来之人不但读者以辞害志，作者也往往以辞害志，以致有句而无篇，有辞而无义。

"以意逆志"，逆，迎也，溯也，追也，千载之下的读者要去追求千载之上的作者之志。

$$志 \underset{逆}{\overset{之}{\rightleftharpoons}} 诗$$ "以意逆志，是为得之"

孟子把诗看成了"必然"。

章实斋《文史通义》诗教篇(章氏对史学颇有见解，文学则差)，以为我国诸子出于诗，尤其以纵横家为然。此说余以为不然。

纵横家不能说"思无邪"，只可说是诗之末流，绝非诗教正统(夫子所谓"言"，所谓"专对")。

马浮(一浮先生)亦常论诗，甚高明。马一浮先生佛经功夫甚深，而仍是儒家思想，其在四川办一学院讲学，所讲纯是诗教(余所讲近诗义)：

"仁"是心之全德，(易言之，亦曰德之总相。)即此实理之显现于发动处者，此理若隐，便同于木石。如人患痿

先秦文学　　19

痹,医家谓之不仁。人至不识痛痒,毫无感觉,直如死人。故圣人始教以《诗》为先,诗以感为体,令人感发兴起,必假言说。故一切言语之足以感人者,皆诗也。……诗人感物起兴,言在此而意在彼。故贵乎神解,其味无穷。圣人说诗,皆是引申触类,活鲅鲅也。其言之感人深者,固莫非诗也。天地感而万物化生,仁之功也。圣人感人心而天下和平,诗之效也。(《复性书院讲录·〈论语〉大义一·诗教》)

鲁迅先生说,说话时没得说,只是没说时不曾想。见理不明,故说话不清;发心不诚,故感人不动。

　　　显(仁 起动感生)　←→　隐(不仁 心死)
　　　仁　世界大同　　　　道　人人可行
　　　生之大德曰仁

夫子说诗,"兴""观""群""怨""事父""事君""多识于草木鸟兽之名"七项,不是并列的,而是相生的。再进一步,也可以说并列而相生,相生而并列。人只要"兴",就可以"群""怨""事父""事君""识于草木鸟兽之名";若是不"兴",便是"哀莫大于心死"(《庄子·田子方》)。只要不心死就要兴,凡起住饮食无非兴也。

吾人观乞者啼饥号寒,不禁惕然有动,此兴也,诗也,人之思无邪也。若转念他自他、我自我,彼之饥寒何与我?这便是思之邪,是心死矣。佛说:"心生种种法生,心灭种种法灭。"(《楞严经》)学佛、学道,动辄曰我心如槁木死灰,岂非心死邪?岂不是断灭相?佛说:"于法不说断灭相。"(《金刚经》)

马先生之说,除"天地感而万物化生,仁之功也"一句欠通,其余皆合理。文虽非甚佳,说理文亦只好如此,说理文太美反而往往使人难得其真义所在,如陆士衡《文赋》、刘彦和《文心雕龙》,因文章之煊赫反而忘其义之所在。

言字者，言语之精；言语者，文字之粗。平常是如此，但言语之功效并不减于文字。盖言语是有音色的，而文字则无之。禅家说法动曰亲见，故阿难讲经首曰"如是我闻"，是既负责又恳切。言语有音波，亦所以传音色，古诗无不入于歌，故诗是有音的。《汉志》记始皇焚书而《诗》传于后，盖人民讽诵，不独在竹帛故也。马先生故曰"必假言说"，而不说文字也。言语者，有生命的文字；文字者，是雅的语言。马先生说言语之足以感人者皆诗，章实斋先生所说纵横家者流，乃诗之流弊。

诗是引人向上的，故一民族之强弱盛衰可自文学中看出。英国之伟大不在属地遍全球，而在维多利亚时代诗人之多，其衰老亦不自此次大战看出，自其文学已看出，维多利亚而后便无大诗人出现。而中国民族之所以堕落，便因其诗堕落腐烂。"因过竹院逢僧话，又得浮生半日闲。"（李涉《题鹤林寺僧舍》）诗是唐人味，但我们不该欣赏这种诗；这种境界可以有，但我们不配过这种生活。如领袖人物一天忙于国家之事，要说两句这样诗还可以。我们常人已经太闲了，再闲更成软体了。

中国有所谓"诗教"，然余之意，不在诗教，而在诗义。（其实古所谓"教"即含有"义"，天地间必含有诗义。）吟风弄月、发愤使情皆非诗义，诗是使人向上的、向前的、光明的。"货恶其弃于地也，不必藏于己；力恶其不出于身也，不必为己。"（《礼记·礼运》）"谁知盘中餐，粒粒皆辛苦"（李绅《悯农》）、"半丝半缕，恒念物力维艰"（朱柏庐《朱子治家格言》），皆此意，但皆不及《礼运》之大。一个人不知道自己力量究竟有多么大，便因没试过。没力可卖了，算了。

力，有一分力便要尽一分力，不必问为谁。一切诗人皆是如此。写诗不必藏之名山，传之后世。白乐天发俗，自己将自己诗写成若干乃藏于各庙。诗人该是无所为而为，这便是"力恶其不出于身也，不必为己"。只要将我自己的力量发挥出来，便完了，不必为己，甚至不必为人。只要把我自己力量发挥了，理想实现了，不必为己。若明白此道理，虽作不出一句合平仄的诗，但行住坐卧无时不是诗。否则，即使每日为诗，也仍不是诗人，似诗人，似即似，是则非是。今日所说是第一义，大上乘。

东坡有对曰："三光日月星，四诗风雅颂。"

> "四诗"：风、大雅、小雅、颂
> —— 雅 ——

《诗经》又有"四始"之说，其说始自司马迁。

> "四始"：《关雎》，风之始；《鹿鸣》，小雅之始；《文王》，大雅之始；《清庙》，颂之始。

司马氏《史记》是诗，而司马氏对《诗》之功夫并不深。马主孔子删诗，班氏则否。"四始"之如此排列，不知当初编辑《诗经》之人是否其先后次序含有等级之意？余以为虽然似乎有意，亦似无意，实在有意、无意之间。

《诗经》又有"六义"：风、雅、颂，赋、比、兴。

> 六义：风、雅、颂（以体分）
> 赋、比、兴（以作法分，颂中多赋，比、兴最少）

先看风、雅、颂。

何为风？《诗序》谓："上以风化下，下以风刺上。"冲这，就不是子夏的话。"君子之德，风；小人之德，草；草上之风，必偃。"（《论语·颜渊》）此虽非至理而是事实。至于风，即是风，风土之风。家有家风，校有校风。国风代表一国民风，故谓之风。《关雎》，后

22　文学课

妃之德。"冲这，毛氏就该杀。原为民间歌谣，何有风化、风（讽）刺之说？

雅，正。或谓雅是贵族的。（门阀、门第，又为知识阶级。）太炎先生之意不然，曰：雅、疋、乌通，故雅训乌。李斯《谏逐客书》及杨恽《报孙会宗书》皆言及"秦声乌乌"。周之镐京，今之长安，秦之咸阳，故正即秦声，谓镐京左右之歌也。聊备一格。（如二达子吃螺蛳……）大小雅之分别，即如"大""小"二字之分。大雅贵族气，较深。

颂，功德。祭祀歌颂鬼神功德，故颂与鬼神有关。梁任公说：颂、容古通。皆从公。容，形，貌，舞。风、雅，歌诗；颂，舞诗。歌诗咏其声，舞诗欢其容。

总而言之：风，大体是民间文学，亦有居官者之作；雅，贵族文学；颂，庙堂文学。以有生气、动人而言，风居首，雅次之，颂又次之。以典雅肃穆论，颂居首，雅次之，风又次之。

再说赋、比、兴。

赋，第一，铺、陈、张；第二，敷、布（布，犹铺也）。直陈其事谓之赋。铺张与夸大又有不同。"周余黎民，靡有孑遗"（《诗经·大雅·云汉》），此是夸大，不是铺张。汉赋《二京》《羽猎》，铺张。

比，朱子曰："以彼物比此物也。"（《诗集传》）朱子以凡物、事（诗旨）之有相类者谓之比。"螽斯羽，诜诜兮。宜尔子孙，振振兮"（《诗经·周南·螽斯》），朱注："比也。"再如"桃之夭夭，灼灼其华。之子于归，宜其室家"（《诗经·周南·桃夭》），正比；"相鼠有皮，人而无仪"（《诗经·鄘风·相鼠》），反比。

兴，郑康成说："兴者，托事于物。"如郑氏所言，是比而非兴。

前人讲赋、比、兴，往往将"兴"讲成"比"，毛、郑俱犯此病。毛、郑传诗虽说赋、比、兴，是知其然而不知其所以然。（盖汉儒师说即于比、赋二者亦别之不清。）有的人自己有思想而不能研究别人学说，结果是武断；又有人能研究古人学说而自己无主见，结果是盲从。（胆小是好，如作文细。然有时胆小使人不敢说话。）刘彦和既不武断又不盲从,然其说比、兴亦不甚明白:"比者附也;兴者起也。附理者,切类以指事;起情者,依微以拟议。"(《文心雕龙·比兴》)情是自己诗心,起情,引起自己诗心。唐孔颖达说:"兴者,起也。取譬引类,起发己心,诗文诸举草木鸟兽以见意者,皆兴辞也。"(《毛诗正义》)朱熹则说:"兴者,托物兴辞。""兴者,先言他物以引起所咏之辞也。""因所见闻,或托物起兴,而以事继其后。"(《诗集传》)事,诗;声,也是诗,而何以一谓之事,一谓之声?事是本文,声非本文。如"关关雎鸠,在河之洲"是所见所闻,是声;"窈窕淑女,君子好逑",是事,前后无连贯,以声引其事。(《桃夭》《相鼠》则前后文有关,是比。)

《关雎》一首,毛传曰:"兴也。关关,和声也。雎鸠,王雎也,鸟挚而有别。……后妃说乐君子之德,无不和谐。又不淫其色,慎固幽深,若关雎之有别焉。"雎鸠,王雎,"王",盖有大意;"挚",郑笺训"至"。"挚",诚也,厚也。鸟类雌雄多挚,不独雎鸠。夫妇有别,相敬如宾。夫妇不忠不相亲患不相敬。人有后天修养,当易做到。鸟则不然。有别,是别人教的,还是自己修养的?何谓"有别"?何谓"无别"?汉儒就不明白孔子"《关雎》乐而不淫"(《论语·八佾》)的一句话。若依毛诗之说,则此诗乃比而非兴矣。推其意,盖文中所谓譬喻曰比,其用于开端者曰兴。

兴绝不是比。"云想衣裳花想容"(李白《清平调三首》),诗人的联想,比也。"关关雎鸠,在河之洲",毛诗说"兴也",后来都讲成兴了,实则"关关雎鸠,在河之洲"与"窈窕淑女,君子好逑"绝无关系。

兴是无意,比是有意,不一样。既曰无意,则兴与下二句无联络(然此所谓"无联络",是意义上无关),既无联络何以写在一起?此乃以兴为引子,引起下两句,犹如语录说"话头"(禅家说"话头",指有名的话,近似 proof),借此引出一段话来。然"兴"虽近似 introductory、引子、话头,但 introductory 尚与下面有联络,"兴"则不当有联络。(宋代的平话如《五代史平话》,往往在一段开端有一片话头与后来无关，这极近乎"兴"。元曲中有"楔子"，金圣叹说"以物出物"。）此种作法最古为《诗》，《诗经》而后即不复见，但未灭亡，在儿歌童谣中至今尚保存此种形式（在外国似乎没有）：

小白鸡上柴火垛，没娘的孩子怎么过。（兴也）
小板凳，朝前挪。爹喝酒，娘陪着。（兴也）

兴是无意，说不上好坏，不过是为凑韵，不使下面的话太突然。《中庸》有言：

《诗》曰："衣锦尚䌹。"恶其文之著也。（卅三章）

䌹（䌹、䌹通用）是一种轻纱，锦自内可以透出。中国所以尚珠玉而不喜钻石也，皆是"衣锦尚䌹"。所谓谦恭、客气、面子，皆由此之流弊。客气，不好意思，岂非不是"思无邪"了吗？不然，人生就是矛盾的，在矛盾中产生了谦恭、客气、面子、不好意思，而有"衣锦尚䌹，恶其文之著"的情形。兴就好比锦外之䌹。又庄子曰：

筌者所以在鱼，得鱼而忘筌。（《庄子·外物》）

正好是兴：筌非鱼，筌所以得鱼，得鱼而忘筌。
兴，妙不可言也。
夫子说"诗可以兴"，以兴诗外之物。今余讲"兴"亦说"兴者，起也"，此起诗之本身也。夫子说的"兴"是功用，今所说"兴"是作法。
兴，独以"三百篇"最多。后来之诗只有赋、比而无兴，即《离骚》、"十九首"皆几乎无兴矣。
总而言之：直陈其事，赋也；能近取譬，比也（比喻）；挹彼注兹，兴也。（"注"字用得不好。）

先秦文学　25

《诗》之由来：
《礼记·王制》：

> 命大师陈诗，以观民风。

郑氏注："陈诗，谓采其诗而视之。"郑氏注恐怕不对。陈者，列也，呈也。《汉书·食货志》云：

> 孟春之月……行人振木铎，徇于路以采诗，献之大师。

古之诗不但是看的，而且是听的。"师"，有乐官的意思。如，晋师旷，瞽者，乐官，即称师。又如，鲁大师挚，大师，乐官首领，故称大师。"行人"，亦官名。

《周礼·春官·宗伯》：

> 瞽矇……掌九德六诗之歌，以役大师。

```
                    ┌──→ 瞽矇
   王 ←──── 大师 ──┤
                    └──  行人 ←──── 民间
```

胡适之先主张实验哲学、怀疑态度、科学精神，颇推崇崔述东壁。崔氏作有《读风偶识》，其书卷二《通论十三国风》有云："周之诸侯千八百国，何以独此九国有风可采？"其实这话也不能成立。采诗并非一股脑儿收起来，要选其美好有关民风者，所以只九国有风有什么关系？

果然都是大师陈诗、瞽矇掌歌诗吗？也未必然。盖天下有所谓有心人、好事者，（不是庸人自扰，反是聪明才智之士扰得厉害，也就

26　文学课

是不安分的人。）有心人似乎较好事者为好。歌谣不必在文字，祖先传之儿孙，甲地传之乙地，故人类不灭绝，歌谣便不灭亡。虽然，但可以因时而变化，新的起来便替了旧的。有心人将此种歌谣搜集笔录之乃成为书。凡诗篇《雅歌》及"诗三百篇"，皆是也。如此较上古口授更可传之久永了。无名氏作品之流传，大抵是有心、好事之人搜集，这是他个人的嗜好，不比后世邀名利之徒。此种有心人、好事者与社会之变化颇有关系，这样人生才有意义，才不是死水。谚语曰："流水不腐。"此话甚好。人生是要有活动的，虽然彼亦一是非，此亦一是非，未必现在就比古代文明。

孔子删诗：

此说在史书记载中寻不出确实的证据来。首记删诗者是《史记》，《汉志》虽未肯定孔子删诗，也还不脱《史记》影响。

《史记·孔子世家》：

> 古者诗三千余篇，及至孔子，去其重，取可施于礼义，上采契、后稷，中述殷、周之盛，至幽、厉之缺，始于衽席。……三百五篇，孔子皆弦歌之。

《汉书·艺文志》：

> 孔子纯取周诗，上采殷，下取鲁，凡三百五篇。

殷 ←—— 周 ——→ 鲁
商颂　　　　　　鲁颂

其下文还是受《史记》影响，还是经孔子的整理而成了三百零五篇，但孔子自己没有提到，所以孔颖达说：不然，不然，孔子不曾删诗。孔颖达云："书、传所引之诗见在者多，亡逸者少，则孔子所录不

先秦文学　27

容十分去九。司马迁言古诗三千余篇，未可信也。"(《毛诗正义·诗谱序》)荀子、墨子亦尝言"诗三百"，不独孔夫子说"诗三百"，可知非孔子删后才称《诗》是"三百篇"。《史记》靠不住。班氏曰"纯取周诗"，而又曰"上采殷，下取鲁"，此言必有意。或虽曰殷商，而周时尚皆流行。读《史记》可马虎，读《汉书》则不可。

《诗序》：大序、小序。

旧传是子夏所作，韩愈疑是汉儒所伪托。（有人说汉朝尊崇儒术，其损害书籍甚于秦始皇之焚书。经有今、古文之分，古文多是汉人伪造，以伪乱真，为害甚大。）

《后汉书·卫宏（敬仲）传》：

> 九江谢曼卿善毛诗，乃为其训。宏从曼卿受学，作《毛诗序》，善得风雅之旨，于今传于世。

试看《诗序》之穿凿附会，死于句下，绝非孔门高弟子夏所为。孔门诗法重在兴，由"贫而无谄，富而无骄"说到"如切如磋，如琢如磨"。兼士先生说不要腾空，腾空是"即此物、非此物"。苦水为之解，即禅宗所谓"即此物、离此物"。孔子从"巧笑倩兮，美目盼兮，素以为绚兮"，说到"绘事后素"，岂非"即此物、离此物"？适之先生说，中国从周秦诸子以后到有禅宗以前，没有一个有思想的。这话也还有道理，其中汉朝一个王充算是有思想的，也不过如是而已，不过还老实，还不太臆说。汉儒的训诂尚有其价值，不过也未免粘滞，未免死于句下。及其释经，则十九穿凿附会。

何谓"大序""小序"？

宋程大昌《考古编》曰：

> 凡《诗》发序两语如"关雎，后妃之德也"，世人之谓小序者，古序也。两语以外续而申之，世谓大序者，宏语也。

又曰：

若使宏序先毛而有，则序文之下，毛公亦应时有训释。今惟郑氏有之，而毛无一语，故知宏序必出毛后也。

程氏此说甚明，其所谓"大序"之为何。（宋人主张大半如是。）虽说"小序"非子夏所作，却也未说定。总之，在汉以前就有，也未必一定非子夏所作。说是卫宏作也未说全是卫宏所作，不敢完全推翻《诗序》。毛诗郑笺，毛诗当西汉末王莽初年有之，卫宏说是子夏作，郑笺便也以为是子夏作，汉儒注诗者甚多，但传者只毛诗郑笺。

然程氏终以为"小序"（即所谓古序）虽不出于子夏，要是汉以前之作，其意盖以《小雅》中《南陔》《白华》《华黍》《由庚》《崇丘》《由仪》六篇之诗虽亡，而"小序"仍存，必古序也。以宏生诗亡之后，既未见诗，亦无由伪托其序耳。其实愈是没有诗，愈好作伪序，死无对证，说皆由我。余绝对不承认。《诗序》必是低能的汉人所作。

诗传：传，去声。

《春秋经》有左氏、公羊、穀梁三传。传（音撰）者，传（音船）也（传于后世）。传（音撰）者，说明也，经简而传繁，固然之理耳。"春秋三传"是说明其事。如《春秋经》"郑伯克段于鄢"，《传》一一释之，孰为"郑伯"，孰为"段"，为何"克"，如何于"鄢"。《诗序》则不然。《诗》非史，不能说事实，而是传其义理。至汉而后，《诗》有传。

西汉作传者，有三家，《史记·儒林列传》谓：

言《诗》于鲁则申培公，于齐则辕固生，于燕则韩太傅（婴）。

《汉书·艺文志》云：

先秦文学

鲁申公为《诗》训故，而齐辕固、燕韩生皆为之传。或取《春秋》，采杂说，咸非其本义。与不得已，鲁最为近之。三家皆列于学官。

"申公"，《史记》作"申培公"；"辕固"，《史记》作"辕固生"；韩生名婴，汉燕王太傅。（训诂释"字"，传释"义"。）

"或取春秋，采杂说，咸非其本义与不得已"，唐颜师古注："与不得已者言不得也。三家皆不得其真，而鲁最近也。""取春秋，采杂说"，《春秋》言及《诗》者甚少，疑当为《春秋左氏传》。唯《左传》谈《诗》多断章取义，不可凭信。左氏谈《诗》于原文多不可通。

班固对于《诗》定下过大功夫，汉儒说《诗》，班固较明白。班氏天才虽不及马，而对"三百篇"之功夫真深于马。马是诗人，班是学者，《史记》之了不起在"纪传"，《汉书》之所以了不起在"志"。班氏真通《诗》，《艺文志》《地理志》《食货志》诸"志"皆以《诗》解之，可见《诗》无处不在。

此一段中，要着眼在"不得已"三字，诗人作诗皆要知其有不得已者也。"不得已"，不为威胁利诱；"不得已"，是内心的需要，如饥思食，如渴思饮。必须内心有所需求，才能写出真的诗来，不论其形式是诗与否。文学作品中多有"诗"的成分，如《左传》《庄子》。声韵格律是狭义的诗；广义的诗，凡真实之作品皆是诗。了解古人诗最要是了解古人内心的需要。有时客观条件，非需要。而非内心需要则写亦不能是诗。诗人绝不写应景文字。

班固所谓"本义"与"不得已"，即孟子所言"志"，余常说之"诗心"。

$$\left.\begin{array}{l}本义\\ 不得已\end{array}\right\} 志 \quad 诗心$$

有关毛传,《汉书·艺文志》云:

> 又有毛公之学,自谓子夏所传,而河间献王好之,未得立。

可见班固并不承认毛公之学传于子夏。由"自谓"二字,可知班固下字颇有分寸,不似太史公之主观、之以文为史,虽然不是完全不顾事实,却每为行文之便歪曲了事实,固则比较慎重。

毛诗列于学官,在西汉之季。陈奂《诗毛氏传疏》云:

> 平帝末,得立学官,遂遭新祸。

毛诗大盛于东汉之季。《后汉书》:"马融作《毛诗传》,郑玄作《毛诗笺》。"(毛传郑笺)

齐、鲁、韩三家之衰亡:齐亡于汉,鲁亡于(曹)魏,韩亡于隋唐(韩诗尚传《韩诗外传》,既曰外传,当有内传,外传以事为主,不以诗为主)。自是而后,说诗者乃唯知毛诗之学。至宋,欧阳修作《诗本义》,始攻毛、郑。朱子作《诗集传》,既不信小序,亦不以毛、郑为指归也。朱子之前,无敢不遵小序者,皆累于圣门之说。

中国两千年被毛、郑弄得乌烟瘴气,到朱子才微放光明。但人每拘于"诗经"二字,便不敢越一步,讲成了死的。《诗经》本是诗的不祧之祖,既治诗不可不讲究。余读《诗》与历来经师看法不同,看是看的"诗",不是"经"。因为以《诗》为经,所以欧、朱虽不信小序,但到《周南》打不破王化,说《关雎》打不破后妃之德,仍然不成。我们今日要完全抛开了"经",专就"诗"来看,就是孟子说的"以意逆志"。

孔子说《诗》有不同两处说"兴",又说"告诸往而知来者"。汉儒之说《诗》真是孟子所谓"固哉,高叟之为诗也"(《孟子·告子下》),"固"是与"兴"正对的。孔子之所谓"兴",汉儒直未梦见

先秦文学 31

哉！孔夫子又非孟子之客观，不以文害辞，不以辞害意，而是"即此物、离此物""即此诗、非此诗"。孔夫子既非主观又非客观，而是鸟瞰，bird's view。因为跳出其外，才能看到此物之气象（精神）——诚于中形于外，此之谓气象。（见静安先生《人间词话》。）

某书说相随心转，的确如此。英国王尔德（Wilde）*The Picture of Dorian Gray* 讲，一美男子杜莲·格莱（Dorian Gray）努力要保自己不老，果得驻颜术。二十余岁时，有人为其画一像，极逼似，藏于密室。后曾杀人放火，偶至密室，见像，陡觉面貌变老，极凶恶，怒而刃像之胸，而此 princely charming 之美男子亦死。第二日，人见一老人刃胸而死，见其遗像始知即杜莲·格莱。

凡作精美之诗者必是小器人，narrow minded，如孟襄阳、柳子厚，诗虽精美，但是小器。要了解气象，整个的，只有鸟瞰才可。孔夫子看法真高，诗心，气象。汉儒训诂，名物愈细，气象愈远。

"三百篇"之好，因其作诗并非欲博得诗人之招牌，其作诗之用意如班氏所云之有"其本义"及"不得已"，此孔子所谓"思无邪"。后之诗人都被"风流"害尽。"风流"本当与"蕴藉"连在一起，然后人抹杀"蕴藉"，一味"风流"。

程子解释"思无邪"最好。程子云：

思无邪者，诚也。

《中庸》廿五章曰："不诚无物。""三百篇"最是实，后来之诗人皆不实，不实则伪。既有伪人，必有伪诗。伪者也，貌似而实非，虽调平仄、用韵而无真感情。刘彦和《文心雕龙·情采》篇曰：古来人作文是"为情而造文"，后人作文是"为文而造情"。为文而造情，岂得称之曰真实？无班氏所云之诗人之"本义"与"不得已"。所以班、刘之言不一，而其意相通。后来诗人多酬酢之作，而"三百篇"绝无此种情形。三百篇中除四五篇有作者可考外，余皆不悉作者姓名。

古代之诗，非是写于纸上，而是唱在口里。《汉书·艺文志》曰：

"讽诵不独在竹帛。"既是众口流传，所以不能一成而不变（或有改动）。上一代流传至下一代，遇有天才之诗人必多更动，愈流传至后世，其作品愈美、愈完善，此就时间而言也。并且，就地方而言，由甲地流传至乙地，亦有天才诗人之修正及更改。"诗三百篇"即是由此而成。俗语云"一人不及二人智"，后之天才诗人虽有好诗，而不足与《诗经》比者，即以此故也。（尤其是《诗经》中之《国风》，各地之风情。民谣正好是风。风者，流动，由此至彼，民间之风俗也。）以上乃是"诗三百篇"可贵之一也。

每人之诗皆具其独有之风格（个性），不相混淆。"三百篇"则不然，无个性，因其时间、空间之流传，由多人修正而成。故曰：三百篇中若谓一篇代表一人，不若谓其代表一时代。

概谈楚辞

"诗""骚"为古人之必读书;"风""骚"为历代文人所称道,为创作之不尽之泉。楚辞在文学源流上关系甚重大。

一、释楚辞

楚辞,楚国民歌,屈原加工写就后,后人名之"楚辞"。大多作品作时无篇名,篇名多为后人所加。

《昭明文选》有赋、诗、骚之分,骚即楚辞。楚辞亦称赋也,《汉书·艺文志》即列有屈原赋二十五篇。(以为皆楚辞,皆为屈原作。)楚辞,一名"楚辞",一名"赋",均妥。

以"楚辞"名之,始自刘向。

刘向乃元帝、成帝时人,宣帝初年卒。刘向作《别录》,是在汉成帝朝,时已有楚辞之名。成帝时,刘向校书,集屈原及学屈诸人之作名曰《楚辞》。凡古人为书皆有一定宗旨,合则数人可为一家。故自《隋书·经籍志》以下分经、史、子、集,《楚辞》入集部而不入总集、别集,单立为《楚辞》之名。其所以不入总集者,岂古人不知也?盖总集专就文章言,凡文好即可,如《文选》上下八代所收百余人,即此故也。其文章不必彼此有关。刘向自作赋虽多,而《楚辞》仅收其《九叹》,即以其他与楚辞不合故也。汉人所作自淮南小山而下,亦能与之互相发挥,自宋玉至王逸皆学屈原《离骚》作,故自成一家。

何以曰"楚辞"?名为"楚辞"者,楚人之辞也。楚人之辞者,表示异于他处也。周末诸侯跋扈,各地方言不同。今之方言,人亦多不懂,如《醒世姻缘传》用山东方言。以楚辞而通行者,以其辞太好。

作楚辞,须先通楚国之语言、音韵。《汉书·王褒传》载:

> 宣帝时,修武帝故事,讲论六艺群书,博尽奇异之好,征能为楚辞九江被公,召见诵读。

《汉书》注引刘向《别录》曰:

> 宣帝诏征被公,见诵楚辞。入,被公年衰母老,每一诵,辄与粥。

盖当时九江用楚音,而被公犹能以战国时楚音读之。后世之皮黄戏谭(鑫培)、余(叔岩),皆湖北人,咬字用湖北音。(昆曲除丑能用本地方言外,生、旦皆须用苏白。)

《文选》又何以名楚辞曰骚?盖楚辞以《离骚经》为主。王逸释:离者,别也;骚者,愁也;经,径也。屈赋廿五篇,独《离骚》称"经",其他皆不称"经"。古书分"经""传"。或曰:经者,常也。

又曰:圣人所作为经,贤人所作称传。经者,又释为组织之义。古人往往经、传出一人之手,则经不过其主要纲目而已。墨子有《经

先秦文学 35

上》篇、《经下》篇。若楚辞仅《离骚》曰经，则其余各篇皆传矣，屈原文以经为主，可代表他篇，故总名之曰"骚"。凡叶韵之文皆曰"赋"，且《离骚》多言愁，赋则不然。而《昭明文选》列"骚"于赋、诗之后者，乃为学者方便。

《文选》称楚辞为"骚""骚体"，后凡体裁近于楚辞者均称"骚体"，相沿以成，约定俗成，此始自萧统。

"赋"之名不始于楚辞，而始于"诗三百篇"。诗"三百五篇，孔子皆弦歌之"（司马迁《史记·孔子世家》），吴季札观乐亦歌诗，诸侯相会则赋诗。赋者，敷也，直言之也。《汉书·艺文志》"诗赋略"叙引《诗经·鄘风·定之方中》毛氏传曰：

> 不歌而颂谓之赋，登高能赋可以为大夫。

能颂（诵）而不能歌者，一以声韵，一以篇幅过长。赋与歌之不同，可以《左传》证之：

> 卫献公戒孙文子（林父）、宁惠子食，皆服而朝。日旰不召，而射鸿于囿。二子从之，不释皮冠而与之言。二子怒。孙文子如戚，孙蒯（孙林父之子）入使。公饮之酒，使大师歌《巧言》之卒章。大师辞，师曹请为之。初，公有嬖妾，使师曹诲之琴，师曹鞭之。公怒，鞭师曹三百。故师曹欲歌之，以怒孙子以报公。公使歌之，遂颂之。（《襄公十四年》）

师曹为之，不歌而颂（诵）。"不歌而颂"，即谓之赋。

《尚书·尧典》有"诗言志，歌咏言"之语。"诗三百"多为四言，盖文字皆由简入繁，故五言出四言衰。今《昭明文选》所选但有四言，盖有"诗三百篇"在前，后人无以过之。楚辞多用"兮"字，《诗经》用者尚少，然亦有上下句皆用"兮"字者，如《郑

风·缁衣》:

> 缁衣之宜兮,敝予又改为兮。
> 适子之馆兮,还予授子之粲兮。
>
> 缁衣之好兮,敝予又改造兮。
> 适子之馆兮,还予授子之粲兮。
>
> 缁衣之席兮,敝予又改造兮。
> 适子之馆兮,还予授子之粲兮。

此已与楚辞相近似。他者若"沧浪之歌",亦此体:

> 沧浪之水清兮,可以濯吾缨。
> 沧浪之水浊兮,可以濯吾足。(屈原《渔父》所引楚歌)

(缨,古代谓帽缨,乃所以系。)孔子闻之曰:"小子听之,清斯濯缨,浊斯濯足矣,自取之也。"《孟子·离娄上》沧浪在楚,是楚人之歌。然此仍为诗而非赋,盖尚可歌也,赋则可颂(诵)而不可歌。

　　诗而为赋,亦文体之变也。此"赋"乃辞赋。赋,铺张也,本为"赋、比、兴"之赋,后单独发展为一种文学样式。哲理赋如《荀子》,汉赋均为"辞赋"。汉代司马相如、扬雄、张衡、班固等均为辞赋家。(汉代辞赋具有文学史上的价值,应予适当评价。)自枚乘《七发》、班固"两都"以下,叙事、写景多出于"楚辞"。

　　《汉书·艺文志》"诗赋略"分五家,赋有四家:屈原、荀卿、陆贾及杂赋。荀子有《赋篇》,作风与屈原不同,仍为四字一句,而能颂(诵)不能歌,与"诗三百篇"不同。屈原赋乃文学之最早者,后世之描写方法多出于楚辞,后之纯文学亦出于此。("文",广义而言。)

先秦文学　37

所谓纯文学必有组织；不但须有组织，且须有音节。（文者，字也，故有《说文解字》。文，其部首也；字者，孳乳而相生也。）屈原为赋家之正宗，后世学屈者多。（然后人学"骚"者多不能似，即以扬雄之才写之尚如此。今并赋不为，何况楚辞？）宋玉乃屈原之弟子，后人合称之为"屈宋"。《招魂》据云乃宋玉为屈原作，而司马迁则以为屈原自己作。《史记·屈原列传》：

  屈原既死之后，楚有宋玉、唐勒、景差之徒者，皆好辞而以赋见称，然皆祖屈原之从容辞令，终莫敢直谏。

宋玉出于屈原，而屈含蓄，宋刻露，能自己表现个性。短亦在此。以文论，"屈宋"可以并称；唐勒、景差则不能与之比。其后，汉人赋多出屈宋，《汉书·艺文志》"诗赋略"叙可概见。

二、读《离骚》

今欲读楚辞，须先读《史记·屈原列传》。

司马迁之作《史记》，不似后人之著书，乃自成一家之言，有所为而作，有可感始书；无感，虽名人不传。班固以下则为史而史矣，体裁整齐。《史记》为某人列传，即对某人有感，多为学者，或儒家，或兵家。管仲、晏婴二人皆齐人，故合传；孟子、荀卿皆儒家，诸家附其后。

司马迁《史记》之传，仍为"传"之意。读某人作品前，须先读某人传。立贾谊传者乃同情其不得已，故录要政之言甚少。

为屈原立传，乃为《离骚》而作。古有"言功"篇，古人以立言为功。

班孟坚《离骚序》曰：

38　文学课

昔在孝武,博览古文,淮南王安《叙离骚传》,以"《国风》好色而不淫,《小雅》怨悱而不乱,若《离骚》者可谓兼之。蝉蜕浊秽之中,浮游尘埃之外,皭然泥而不滓,推此志,虽与日月争光可也"。斯论似过其真。

古人不以抄书为耻。班孟坚抄淮南王安《叙离骚传》,自班孟坚序所引淮南王安可知。班固《汉书·艺文志·诗赋略》著录屈原赋廿五篇,所谓廿五篇自《离骚》至《卜居》。

屈原所处之时代,正值神话传说盛行,且楚国时为富饶、文化发达之大国。此为屈原赋楚辞提供了神话、想象之基础。屈原信鬼神。

神话、想象不仅与时代,与地域亦有影响。(热带最富幻想,如印度作品多梦境。)《列子·说符》云:"楚人鬼而越人禨。"(禨,祥也,预兆。)昔所谓华夏,但指山东、山西、河北、河南。陕西虽周之旧都,而时为西秦。楚则以蛮夷观之。越成为国,其君称子。楚最先见于春秋,吴越更晚。楚衰而吴兴,吴亡而越兴。民族文化低者多迷信,故曰:楚人鬼越人禨。圣君王不仅以鬼神行政(傩坛,周之祭祀地,打鬼),虽仍祭祀而言人事,如汤之贤臣巫咸,所以姓巫者,盖咸即巫也。(男女巫总名为巫,男巫单称觋。)

屈原被放,就世俗看是不幸的。但就超世俗看来,未始不是幸,否则没有《离骚》。再如老杜,值天宝之乱,困厄流离;老杜若非此乱,或无今日之伟大亦未可知。在生活上固是不幸,但在诗上说未始不是幸。(但若条件够了,自己没本领,有材料不会作,也没办法。)

屈子之诗:

路漫漫其修远兮,吾将上下而求索。

杜甫之诗:

莫自使眼枯,收汝泪纵横。

先秦文学 39

眼枯即见骨，天地终无情。(《新安吏》)

屈原是热烈、动、积极、乐观；杜甫是冷峭、静、消极、悲观。而其结果，都是给人以自己要好好活的意识，结果是相同的。

《离骚》中心思想：

一篇作品均有一中心思想，如以石投水，一点为中心，圈圈扩大，而成一篇。

朝发轫于苍梧兮，夕余至乎县圃。
欲少留此灵琐兮，日忽忽其将暮。
吾令羲和弭节兮，望崦嵫而勿迫。
路漫漫其修远兮，吾将上下而求索。

此即是屈原《离骚》之中心思想。屈原要实现其理想，但如何实现其理想，怎样促成新的诞生、旧的死亡，却一筹莫展。

《离骚》有奋斗精神而又太有点伤感。"路漫漫其修远兮，吾将上下而求索"，"三百篇"无此等句子，《离骚》比"三百篇"有战斗、奋斗精神。

人无思想等于不存在。"诗""骚"、曹、陶、李、杜，其作品今日仍存在，其作品不灭，作风不断。作品，即篇章；作风，乃情，风者，精神之表现于外者。后世作伪诗之诗匠，即因其作品不能"常"，精神不能不断。

《论语》六讲

一、"君子"与"士"

"君子"一词,含义因历代而不同。字是死的,而含义现装。讲书人有自己主观,未必为作者文心。

一切皆须借文为志达,好固然好,而也可怕——写出来的是死的。生人、杀人皆此一药,药是死的,用是活的。用得不当,人参、肉桂也杀人;用得当,大黄、芒硝也救人命——而二者药性尚不变。

而文字则有时用得连本性都变了。

"君子"向内方面多而向外的少,在《论语》上如此。向内是个人品格修养,向外是事业之成功。此是人之长处,亦即其短处。

佛教"度人",即儒家所谓"己欲立而立人,己欲达而达人"(《论语·雍也》)。而佛教传至中国成为禅宗,只求自己"明心见性"。再看道教,老子原来是很积极的,老子"无为"是无不为。"水善利万物而不争"(《道德经》八章),但什么都受它支配;"天下莫柔弱于水,而攻坚强者莫能之先"(《道德经》七十八章)。可是现在所说黄老、老庄,只是清净无为,大失老子本意。

君子不仅是向内的,同时要有向外的事业之发展。向内太多是病,但尚不失为束身自好之君子,可结果自好变成"自了",这已经不成,虽尚有其好处而没有向外的了——二减一,等于一。宋元明清诸儒学案便只有向内、没有向外。宋理学家愈多,对辽、金愈没办法,明亦然。

只有向内、没有向外,是可怕的。而现在,连向内的也没有了——一减一等于零的。《官场现形记》写官场黑暗,而尚有一二人想做清官。《阅微草堂笔记》记一清官死后对阎王说,我一文钱不要,"所至但饮一杯水"。阎王哂曰:

植木偶于堂,并水不饮,不更胜公乎?(卷一《滦阳消夏录一》)

刻一木人,一口水不喝,比你还清。而那究竟还清。其实只要给老百姓办点儿事,贪点儿赃也不要紧;现在是只会贪赃,而不会办事——向内、向外都没有。这是造成亡国的原因。老子"无为"是无不为。

曾子在孔门年最幼,而天资又不甚高,"参也鲁"(《论语·先进》)。曾子虽"鲁"而非常专。"鲁",故专攻,固守不失。然此尚为纸上之学、口耳之学,怎么进来,怎么出去,禅家所谓稗贩、趸卖,学人最忌。曾子不然,不是口耳之学,固守不失;而是身体力行,别人当作一句话说,而他当作一件事情干。他是不但记住这句话,而且非要做出行为来。他的行为便是老师的话的表现,把语言翻成动作。

所以,颜渊死后只曾子得到孔子学问。

何以看出曾子固守不失、身体力行?有言可证:

曾子曰:"士不可以不弘毅,任重而道远。仁以为己任,不亦重乎?死而后已,不亦远乎?"(《论语·泰伯》)

此曾子自讲其对"士"的认识。"士"乃君子的同义异字。我们平常用字、说话、行事，没有清楚的认识，在文字上、名词上、事情上，都要加以重新认识。曾子对"士"有一个切实的认识，不游移；有一个清楚的认识，不模糊；有一个深刻的认识，不肤浅；而且还不只是认识，是修、行。

（一）认识；（二）修；（三）行

"修"，如耕耘、浇灌、下种，是向内的。若想要做好人，必须心里先做成一好人心。如人上台演戏，旦角，男人装的，而有时真好。

如程砚秋一上台，真有点儿大家闺秀之风，心里先觉得是闺秀。狐狸成人，先须修成人的心，然后才能成为人的形。人若是兽心，他面一定兽相。至于"行"，不但有此心，还要表现出来。

读经必须一个字一个字地读，固然读书皆当如此，尤其经。先不用说不懂、不认识，用心稍微不到，小有轻重，便不是了。《史记·孔子世家》引《论语》往往改字，而以司马迁天才，一改就糟，就不是了。《论语·述而》曰：

三人行，必有我师焉。

《史记》改为：

三人行，必得我师。

是还是，而没味了。"士不可以不弘毅，任重而道远"若改为：

士必弘毅，任重道远。

是还是，而没味了。

曾子所谓"弘毅","弘",大;"毅",有毅力,不懈怠。"任重而道远",不弘毅行吗?曾子语气颇有点儿孔夫子味:

……不亦重乎?……不亦远乎?

讲牺牲,第一须破自私,人是要牺牲到破自私。而人最自私。

想,容易;做,难。坐在菩提树下去想高深道理,易;在冬天将自己衣服脱给人,难。而这是仁,故曰:"仁以为己任,不亦重乎?"而若只此一回,还可偶尔办到,如"慷慨捐生易";而"死而后已,不亦远乎",至死方休,故须弘毅。曾子对士之认识、修、行算到家了,身体力行。

任 ← 重 —— 弘
道 ← 远 —— 毅

合此二者为仁,道远亦以行仁。

仁(道),君子(人),以道论为仁,以人论为君子。

朱注:"仁者,人心之全德。"这太玄妙,无从下手,从何了解?从何实行?朱子之"心之全德"恰如《楞严》之"圆妙明心"。——弄文字学者结果弄到文字障里去了,弄哲学者结果弄到理障里去了也。本求明解,结果不解。故禅宗大师说"知解边事"不成。

知解乃对参悟而言。如云桧树为何门类,枝叶如何,此是知解。

要看到桧之心性、灵魂,此是参悟,虽不见其枝叶无妨。禅之喝骂知解,正是找知求解,参悟正是真知真解。禅欲脱开理障,其实正落入理障里了;不赞成知解,正是求知解。

儒家此点与宗教精神同,知是第二步,行第一。《论语·雍也》云:

知之者不如好之者,好之者不如乐之者。

即此意也。因好之、乐之，故肯去办、肯去行。人总不肯行远道、背重任，不肯去背木梢、抬十字架。"好""乐"是真干，只"知"不行。人不冤不乐，绝顶聪明人才肯办傻事，因为他看出其中乐来了。

先生讲尽心尽力，学生听聚精会神，这是知解，连参悟都不到，何况"行"？人若说，我不"好"、不"乐"，怎能"行"？其实行了就好、就乐，互为因果。

二、"低处着手"与"犯而不校"

余要使人看出曾子之学问、精神、思想——合为其真面目。曾子之所以为曾子，在此；其所以能表现孔门精神，亦在此。而前所说"任重而道远"太笼统、太高，现在讲低的、细的功夫。

曾子曰："以能问于不能，以多问于寡，有若无，实若虚；犯而不校。昔者吾友尝从事于斯矣。"（《论语·泰伯》）

高处着眼，低处着手。浅近，是着手练习，不是满足于此浅近。

理想了现实，现实了理想，浅近是高远之准备，并非停顿于此、满足于此。浅近并非简单。

《论语》文字真好，而最难讲，若西洋《圣经》文字。

曾子"以能问于不能"诸句，图解为：

以能问于不能 —— 有若无
以多问于寡 —— 实若虚 ⎫ 犯而不校

句型如：＿＿＿＿　＿＿＿
　　　　　　　＿＿＿
　　　　＿＿＿＿

先秦文学　45

"犯而不校",一句支住。其好不仅在辞,辞意合一,内外如一。辞是有形之意,意是无形之辞。不是在辞上能记住,是在意上,"犯而不校"就有力。("犯而不校",不但儒家,宗教精神亦然。)而其文之前后,又并非只为这样写着美,其意原即有浅、深、轻、重之分,由浅入深,由轻入重。无论在辞上、在意上,皆合逻辑。

"以能问不能""以多问寡",不是开玩笑。

开玩笑是不好的,但看用在什么时候。人敢跟死开玩笑——除了穷凶极恶之人不算,那是无意义的——但其大无畏勇气已可佩服。敢跟有势力的人开玩笑,跟暴君开玩笑,你是皇帝,我没看起你。因有意义,玩笑往往成为讽刺。犬儒学派(Cynic)是讽刺。亚历山大(Alexander)谓某哲人将说其坏话,哲人说:"我还不至于无聊到没话可说非说你坏话不可。"中国人开玩笑先相一相对手,口弱的他便骂,力气小的他便打,这是阿Q。鲁迅先生说话真了不得,除非他说的话你不信,你若信便无法活。中国的笑话有许多是残忍的,如讥笑近视眼、瘸子。人多爱向有短处人开玩笑,这是不对的、残忍的。又,开玩笑必须心宽才成,跟死开玩笑而非穷凶极恶,跟人开玩笑说话幽默,而绝非无心肝,这便因其心宽大,但宽大绝非粗。(其实,他的乐真是"哭不得所以笑了"。)可是现在人心是小而不细。人在极端痛苦中很难说出趣话,若能而尚非无心肝、穷凶极恶,这便可观了。

曾子虚心到极点,强中更有强中手,能人背后有能人。普通说自己不能,自谦,是为自己站住脚步,是计较利害,连知解都谈不到。

是非是知解,利害是计较。计较利害,学文、学道最忌此。怕自己跌倒,怕能人背后有能人,不是曾子精神。曾子之虚心也许是后天的,但用功至极点,则其后天与先天打成一片。

学道最忌诳语、骄傲。骄傲之对面是虚心。慢说"能""多",便是"不能""寡",也不肯"问",这样人永远不会长进。会的不想再长进,不会的也不求补充,这样人没出息。曾子虚心是后天功夫与先天个性合于一。

智者千虑,必有一失;愚者千虑,必有一得:故须"下问"。愚人之知，有时虽圣人有所不知也。

"能""不能"，"多""寡"，是从表面看，实际也许多还不如寡。

"有若无，实若虚"，岂非虚伪？不是。"有"是表面，内心感觉着是"无"。富人装穷人，对金钱有此功夫。而对学问则不成。人对学问、对道，往往是"无"而为有，"虚"而为丰，这是俗人。曾子压根儿就没觉够过，没觉得有过，这是虚心。然但虚心不成，还要猛进。虚心是猛进的一个原因，肚子饿则需要食物之情绪更浓厚。学道、学文必先虚心，然后才能猛进。而猛进有进取之精神，又往往爆发，猛进则爆发而不能收敛，有进取之人则往往于人、于事多有抵牾。所以曾子赶快拿"犯而不校"补上，"犯"正是抵牾。

"昔者吾友尝从事于斯矣"，曾子真是虚心，不肯说自己。汉儒、宋儒皆指吾友为颜渊。未必是，也未必不是，总之都是孔门高弟。

"犯而不校。"朱注："校，计较也。"何晏注引汉人包咸曰："校，报也，言见侵犯而不校之也。"

犯而不校，以前在中国颇有人实行。凡世人所谓"老好子""好人"，皆是犯而不校。但他们的犯而不校，的确没什么了不起，虽然他们也要有多年修养；但他们的修养不可佩服，因为他们的"不校"是消极怯懦，不能猛进，不能向前。这或者也不失为明哲保身之道，但这样人能进取向上、向前吗？《论语》则不然。

但犯而不校，在宗教上熟。宗教之经上可曾有一次教人着急、教人怒？如耶稣直到临死未曾怒过，还说叫人怒？佛经戒嗔，不但打你、骂你不能怒，甚至节节肢解，亦不须有丝毫嗔恚之心。《圣经》上说人打你右脸把左脸也送过去，这岂不与乡下"老好子"之"犯而不校"相同？其实，宗教上的"犯而不校"不是消极的，是积极的。余以为一个做大事业的人看是非看得很清楚，但绝不生气，无所用其恼。恼只能坏事，凡失败的人都是好发怒的人。三国刘备最能吃苦忍辱，故曰刘备为枭雄。刘备只生过一回气——伐吴，结果一败涂地。诸葛亮说："法孝直若在，必能制主上东行也。"（《三国演义》第八十一回）所以刘备一死，诸葛亮赶紧派人向东吴求和。这还是就事业上而言。

在宗教上,在己是求道,对人为度人,都不能发怒。怒,对人、对己两无好处,还不用说怒是最不卫生的一件事。乡下"好人"是明哲保身,是怯懦、偷生苟活,不怒是不敢怒。宗教上所讲不怒,是"大勇"。罗曼·罗兰(Romain Rolland)提倡大勇主义,佛教提倡大雄,这还不仅是自制、克服自己。因为要做人、做事,我们都不能生气,不是胆怯、偷生苟活。"愤怒乃是对于别人的愚蠢加到自己身上的惩罚",这话说得很幽默,可是很有道理,很有意思。(知礼不怪人,怪人不知礼。)这往上说,够不上大雄、大勇主义,但至少比乡下"老好子"好得多。这两句话是智慧,生气没惩罚别人,自己受罪。韩信受胯下之辱是大雄、大勇,但胆怯者不可以此为借口。一种宗教式的不计较与怯懦是两回事,宗教上不怒是道德。

一怒、一校,耗费精神、时间;而一切修养,皆需利用精神、时间。我不相信一个人在怒中能做出什么事来,气来时读书也读不进去。越王勾践卧薪尝胆不是怒,是狠。怒如汽水,冒完沫就完。所以,"犯而不校"看怎么说。匹夫匹妇之勇,是你自己气死,人更痛快。

三、"唯"与"拈花微笑"

曾子可代表儒家。

禅宗有语云:

> 丈夫自有冲天志,不向如来行处行。(真净克文禅师语)

禅宗呵佛骂祖,这才是真正学佛,即使佛见了也要赞成。

然则不要读古人书了?但还要读。受其影响而不可模仿。但究竟影响与模仿相去几何?小儿在三四岁就会模仿父母语言,大了后口音很难改过来；自然后天也可加以修改补充，但无论如何小时候痕迹不能完全去掉。读书读到好的地方，我们就立志要那样做，这也是影响。小儿之影响、模仿只因环境关系，无所为而为。而我们不然，只是环境不成，因为我们有辨别能力，能分辨是非、善恶、美丑、好坏。

但任何一个大师他的门下高足总不成。是屋下架屋、床上安床的缘故吗？一种学派，无论哲学、文学，皆是愈来愈渺小、愈衰弱，以至于灭亡。这一点不能不佩服禅宗，便是他总希望他弟子高于自己。

禅宗讲究超宗越祖，常说：

见与师齐，减师半德。（百丈怀海禅师语）

"减师半德"，成就较师小一半。你便是与我一样，那么有我了还要你干吗？"见过于师，方堪传授。"僧人自当以佛为标准，而禅宗呵佛骂祖。没有一个老师敢教叛徒，只有禅宗。

狮子身中虫，还吃狮子肉。

这是很正大光明的事，不是阴险，虽然有时这种人是阴险、恶劣。阴险是冒坏，恶劣是恩将仇报。逢蒙学射于羿，那也是"狮子身中虫，还吃狮子肉"，那即是阴险。还有猫教老虎，此故事不见经传，但甚普遍，这不行，这是恶劣、阴险。禅宗大师希望弟子比自己强，是为"道"打算，不是为自己想；只要把道发扬光大，没有我没关系。这一点很像打仗，前边冲锋者死了，后边的是要踏着死尸过去。有人说狮子是要把父母吃了本身才能强，狮子的父母为了强种，宁可让小狮子把自己吃了。大师门下即其高足都不如其自己伟大，只禅宗看出这一点毛病，而看是虽然看到了这一点，做却不易做到这一点。所以，禅宗到现在也是不绝而如缕了。

曾子乃孔门后进弟子，但自颜渊而后，最能得孔子道、了解孔子精神的是曾子。

子曰："参乎！吾道一以贯之。"曾子曰："唯。"（《论语·里仁》）

你的心便是我的心，你的话便是我要说未说出的话。"唯"字不是敷衍，是有生命的、活的，不仅两心相印，简直是二心为一。

人说此一"唯"字，等于佛家"世尊拈花，迦叶微笑"那么神秘。孔门之有曾参，犹之乎基督之有彼得。有人说若无圣彼得，基督精神不能发扬光大，基督教不能发展得那么快。但总觉得曾子较孔子气象狭小，就是屋下架屋、床上安床的缘故。

气象要扩大。谁的自私心最深，谁的气象最狭小。人都想升官发财，这是自私，人人皆知；人处处觉得有我在，便也是自私：我要学好，我怕对不起朋友……曾子曰：

吾日三省吾身。（《论语·学而》）

为自己而升官发财，是自私；但自己总想学好，也是自私。所以抒情作品没有大文章，世界大而有人类，人类多而有你，一个大文学家是不说自己的。为了自己要强，也还是自私狭小，参道、学文忌之。

不但大师希望弟子不如他，这派非亡不可；即使是希望弟子纯正不出范围，也不成。愈来愈小，小的结果便是灭亡。天地间无守成之事，学如逆水行舟，不进则退。不但宗教、文学如此，民族亦然。日本便是善于吸收、消化、利用，所以暴发。人家是暴发，而我们是破落户。暴发户固不好，但破落户也不好。

有的大师老怕弟子胜过自己，其实你不成，显摆什么？成，自然不会显不着。"不用当风立，有麝自然香。"再一方面，弟子好，先生不是更好？只要心好，水涨船高。除非弟子不好，弟子真好，绝不会忘掉你的。

孔子总鼓励他弟子，凡弟子赞美他太多，他总不以为然。

> 子曰："君子道者三，我无能焉。仁者不忧，知者不惑，勇者不惧。"子贡曰："夫子自道也。"（《论语·宪问》）

孔子所讲三种美德不缥缈，易知、易行，但并非不高远。说仁、知、勇做不到，但不忧、不惑、不惧总可做到了。孔子此语朱注云：

> 自责以勉人也。

对是对，但是不太活。孔子以为：你们以为我是圣人，其实我连这还不会呢。你们若能办到，岂非比我更强？你们若办到，比我还强；办不到，咱们一块儿用功。

禅家说离师太早不好，可是从师太久也不好。（余之门下跟余太久）老有大师孔子在前，便从小心成小胆。子贡曰"夫子自道也"——"您客气"，还是胆小。夫子这样勉励都不行。胆大，便妄为；胆小，便死的不敢动，活的不敢拿，结果不死不活。小心是细心，与窄狭不同。

在《论语》中，"原"通"愿"，不必改。"乡愿"指外表拘谨，实际上凶狠。

曾子是小心而且有毅力。因为小心，所以能深思；因为有毅力，故能持久实行。"吾日三省吾身""任重道远""死而后已"。而小心和毅力之间，还要加上一个意志坚强。所以孔门颜渊而下，所得以曾子为最多，此非偶然，因其知、仁、勇三种皆全。好在此，但病也在此。结果小心太多，成为不死不活之生活，坏事固然绝不做，可是好事也绝不敢做。这还是好的，再坏便成为好好先生，"乡愿，德之贼也"（《论语·阳货》）。

何以见出曾子小心？

先秦文学　　51

"人之将死，其言也善。"(《论语·泰伯》)要想真观察、认识一个人，要在最快乐时看他，最痛苦时看他，得失取与之际看他。一个也跑不了。生死是得失取与之最大关头，小的得失取与还露出原形，何况生死？就算他还能装，也值得佩服了。

《论语·泰伯》曰：

  曾子有疾，召门弟子曰："启予足，启予手。诗云：战战兢兢，如临深渊，如履薄冰。而今而后，吾知免夫，小子。"

曾子一生永在"战战兢兢，如临深渊，如履薄冰"(《诗经·小雅·小旻》)十二字之中，视、听、言、动，一准乎礼，这不容易。"而今而后，吾知免夫"，八个字沉甸甸的。临死还如此说，可见他一世小心，不易。

此尚非曾子全部，更有长处：

  曾子曰："吾日三省吾身：为人谋而不忠乎？与朋友交而不信乎？传不习乎？"(《论语·学而》)

四、"三省吾身"与"直下承当"

《学而》中，第一章"子曰……"，第二章"有子曰……"，第三章"子曰……"，第四章"曾子曰……"。足以证明有子、曾子在孔门非同寻常。

余对有子无甚认识，只子游说过：

  有子之言似夫子。(《礼记·檀弓上》)

言似夫子，行未必似；且似夫子，似则似矣，是则非是。余对曾子比较清楚，并非余对《论语》记曾子处特别注意，对有子便不注意，乃是一般读《论语》的都对有子摸不着。

《论语》是记者记的。在《论语》上，姓加"子"，A；"子"加"字"，B。孔子而外，仅有子、曾子是姓加"子"，"子"字在下。所以，有人说《论语》是有子或曾子门人记的。而《论语》记有子之言常有不通处。

盖治学要有见解；并且先有见，然后才能谈到解。禅宗讲见，"亲见"，一是用眼见，一是心眼之见，mind as eye。肉眼要见，肉眼不见不真；心眼要见，心眼不见不深。如大诗人也说花月，他可以传出花月的高洁、伟大；我们则不成，我们的诗也说花月，但花月的高洁、伟大我们写不出来。我们肉眼也见了，但是我们的心眼压根儿没开，甚至压根儿没有。用肉眼见是肤浅。

若说见，一是见的何人，二是见的什么。有子当然见过夫子，但心眼见得不真，所以说出话来才使人得不到一个清楚的观念。凡写出文章、说出话来使人读了、听了不清楚的，都因他心眼儿没见清楚。

至于曾子，则真是用心眼儿见了。

余常说："着眼不可不高，下手不可不低。"余虽受近代文学和佛学影响，但究竟是儒家所言，儒家之说。只向低处下手，不向高处着眼，结果成功必不会大；只向高处着眼，不向低处下手，结果根基不固。有子便如此。言似夫子——只向高处着眼，没有低处下手功夫。

曾子才也许不高，进步也许不快，但用力很勤，低浅处下手，故亲切。

儒家讲正心、诚意、修身、齐家、治国、平天下。高处着眼，低处下手。最能表现此种精神、用此种功夫者，是曾子"吾日三省吾身"：

> 曾子曰："吾日三省吾身：为人谋而不忠乎？与朋友交而不信乎？传不习乎？"（《论语·学而》）

先秦文学 53

"日"字，下得好。"三省"是说以"为人谋""与朋友交""传"三事反观。"身"，定名曰"身"，并非身体之身。曾子所谓"身"，并非身体，乃是精神一方面，"身"说的是心、行。这真是低处着手。人为自己打算没有不忠实的，但为人呢？"为人谋而不忠乎？"十个人有五双犯此病。"与朋友交而不信乎？"说谎是人类本能，若任其泛滥发展就成了骗人，所以当注意。"传不习乎"，"传"，传是所传，传授，动词；传，平声。朱注："传，谓受之于师，习，谓熟之于己。"传，师所授；习，己所研。讲起来省事，说起来简单，但行起来可不容易。努力，努力，有几个真努力的？曾子是真想了，也真行了。缺点补充，弱点矫正，这是曾子反省的目的。

但余讲此节意不在此。

愈反省的人，愈易成为胆小、心怯；反之，愈是小心、胆怯的人，愈爱用反省功夫。余意以为：一方面用鞭拷问、鞭打自己灵魂；一方面还要有生活的勇气。能这样的人很少。曾子三省，就是自己鞭打自己灵魂。但往往拷打结果，失去生活勇气了。这不行。我要拷打，但我还要有生活下去的勇气，怎么能好？怎么能向上、向前？

在这一点，仍举《论语》：

季文子三思而后行。子闻之曰："再，斯可矣。"(《公冶长》)

"三思"之"三"，一、二、三之三，三，多次也。三思后行，前怕狼后怕虎，疑神疑鬼，干不了啦！一个文人干不了什么事，余初以为乃因文人偏于思想，没有做事能力，其实便是文人太好三思后行，好推敲，这样做事不行。禅家直下承当，当机立断，连"再"思都没有。

《北齐书·文宣纪》记，高洋，高欢之子，欢子甚多：

高祖（欢）尝试观诸子意识，各使治乱丝，帝（高洋）独抽刀斩之，曰："乱者须斩。"

于是，欢以国事付之。

曾子有三思功夫，但还有生活勇气，做事精神。

一个大教主、大思想家都是极高的天才，有极丰富的思想，他们的思想是复杂的。许多他知道的，我们不知道，这真是平凡的悲哀。

尼采（Nietzsche）说："我怎么这么聪明呀！"（《瞧！这个人》）我们是：我怎么这么平凡啊！思想复杂，是从生活得来。他一个大思想家，是一个大的天才。但他的思想深刻，我们肤浅；他的眼光高，我们眼光低；他是巨人，我们是小孩儿，当然不能跟他赛跑。故颜渊曰：

夫子奔逸绝尘，而回瞠若乎后矣。（《庄子·田子方》）
夫子步，亦步也；夫子言，亦言也；夫子趋，亦趋也。
（《庄子·田子方》）

"步"，常步；"趋"，小跑。（古时"步"是走，"走"是跑。）不是想到步，便说步；想到趋，便说趋。此中有层次。复杂是横面的，高深是纵的功夫。我们在横的方面，没有那样的经验；在纵的方面，我们又没有天才眼光之高、思想之深。即以"君子"而论，《论语》中所论每节不同。他是巨人，我们不成，跟不上。他的话都道的是诸峰一脉，而我们费半天劲，甭说追不上，连懂都懂不了。有的事，我们干不了，可是懂得了、想得到；而《论语》之说君子，甭说办，连想也不成。如鸟飞，我们不能飞，但我们能想到，所以有的想象跟现实相差甚远。就算我们跟着他爬山，虽然他跑得快，我们慢，但还能爬。

而若遇一深涧，他一抬腿过去了，我们过不去，打住了，怎么办？所以天才不可不有几分在身上。还不用说没天才，只小大短长之分，就够我们伤心的。

孔子我们跟不上，但曾子老实，与我们相近，你学尚易。我们要找头绪，抓住一点儿是一点儿。我们不能攀高树枝，但可从低处攀

先秦文学　　55

起。我们要从曾子对君子的解释,看到孔子对君子的解释。

我们要知曾子对"君子"解释,先须观察曾子为人。主要是两段:

即上所举一为"曾子有疾……",一为"吾日三省吾身……",此二章可见其为人与素日功夫。为人乃其个性,功夫即其参学。小心谨慎盖其天性,凡天才差一点儿的人没有不谨慎的。天才胆大,可不是妄为,他绝没错;天才稍差,便不可不小心,不可图省力。

既了解曾子为人,然后可看其对君子解释。

曾子所说的君子也是战战兢兢的吗?

平素用功要小心谨慎,否则根基不固,易成架空病,但是做人、做事需要大胆,若没大胆,不会做出大的事业来为人类、为自己。其实,为自己也就是为人类。

天下伟大的人,没有一个是"自了汉"的。中国儒家末流之弊,把君子讲成"自了汉"了。人不侵我,我不犯人,甚至人侵我,我亦不犯人,犯而不校。把自己藏在小角落里,这样也许天下太平,但现在世界不许人闭关做"自了汉"。

印度佛教到中国成为禅宗,禅宗末流也成"自了汉"。佛家精神是先知觉后知,自利、利他,自度、度他,所以做事业为自己,同时也是为人类。为他的成分愈多,所做事业也愈伟大,他的人格也愈伟大。

某杂志记有这样的事:天下最伟大的英雄是谁?有人提议用大英百科全书各名人传之长短为标准,观察结果以拿破仑(Napoleon)传最长,于是以拿破仑为最大英雄。但余意不然。拿氏虽非"自了汉",乃"自大汉",自我扩张者。天下英雄皆犯此病,但没有一个这样的英雄是不失败的。自我愈扩张便是要胀裂的时候,自我扩张结果至胀裂为止。亚历山大、拿破仑、希特勒(Hitler),皆然。他们倒是想着做事,但他们之做事是为了过瘾,过自私的瘾。这种人是混世魔王,所谓"一将功成万骨枯"(曹松《己亥岁》)。这种人不是自了汉,是自大汉,我们也不欢迎。

一个伟大的人做事,比任何人都多;而自私心比任何人都小——并非绝对没有自私心。

五、"託六尺之孤""寄百里之命"

以曾子之小心谨慎,他所说"君子"如何?

曾子在孔子门下是能继承道统的,只是小心谨慎不成。低处着手,是为高处着眼做准备,如登楼,为了要上最高层,不能不从一、二级开始。我们既没有天才那么长腿,又不甘心在底下待着,非一步步向上走不可。

"士不可以不弘毅……",高处着眼。眼光多远,多精神,多高!

再想到他的"吾日三省吾身",那是小学,这是研究院了。从初小一年级到研究院相差甚远,然也是一级级升上来的。

再举一段更具体一点儿:

曾子曰:"可以託六尺之孤,可以寄百里之命,临大节而不可夺也。君子人与?君子人也。"(《论语·泰伯》)

先不用说这点儿道理、这点儿精神,这点儿文章就这么好,陆机《文赋》所谓"要辞达而理举,故无取乎冗长"。文章真好。一般说不完全,说不透彻,是没弄明白。"君子人与"一句,可不要,但非要不可。此所以为曾子,任重道远,不只是小心谨慎。三代而后,谁能这样?仅一诸葛亮。

颜渊从《论语》一书中看不出什么来,纵不敢说幽灵,也是仙灵。看不清楚。佛家偈颂曰:

海中三神山,缥缈在天际。舟欲近之,风辄引之去。
(《揞黑豆集》卷首《拈颂佛祖机用言句》)

写得很美，神话中美的幻想。此为美的象征，象征高的理想。颜渊亦孔门一最高理想而已。至于有点儿痕迹可寻的，还是曾子。

曾子有点儿基本功夫，"吾日三省吾身"；然而他有他远大眼光，"士不可以不弘毅，任重而道远……"，读之真是可以增意气，开胸臆。

青年最怕意气颓唐，胸襟窄小。而增意气不是嚣张，开胸襟而非狂妄。增意气是使人不萎靡，青年人该蓬蓬勃勃；开胸襟是使人不狭隘，如此便能容、能进。曾子这几句真叫人增意气，开胸臆。

三省吾身，任重道远，合起来是苦行。然与禅宗佛门不同，他们是为己的，虽最早释迦亦讲度他，"自度、度他，自利、利他"。佛门及儒家到后来，路愈来愈窄，只有上半截——自度、自利，没有下半截——度他、利他。

苦行是为己，而曾子苦行不是为己，"仁以为己任"。

一己为人——仁，自己做一个人是仁，对己（己欲立，自度）；施之于人——仁，施之于人是仁，对人（立人、度人）。朱子讲"仁者，人心之全德"（此如佛家《楞严》之"圆妙明心"），余以为"心之全德"不如改为"人之全德"。"仁"字太广泛，"仁以为己任"，绝非为己。

要想活着，不免要常想到曾子这两句话："士不可以不弘毅""任重而道远"。至"可以托六尺之孤，可以寄百里之命"，真伟大起来了。

"六尺之孤"——国君（幼）；"百里之命"——国政。

"寄"，犹托也："讬"与"托"很相近，自托曰托，讬人受托曰讬。"寄"，暂存。

"临大节而不可夺"，梁皇侃疏曰："国有大难，臣能臣之，是临大节不可夺也。"（《论语义疏》）南朝北伐成功者，一桓温、一刘裕。

桓温没造起反来，然亦一世跋扈；刘裕成功，归而篡位，是亦变节（自变）。受外界压迫、影响而变节曰"夺"。此言国有大难臣能死之，只说了一面。文天祥、史可法至今受人崇敬，便因临大难能死之。然家贫出孝子,国难显忠臣,何如家不贫、国无难?

愧无半策匡时难,惟余一死报君恩。

死何济于事?依然轻如鸿毛,不是重于泰山。不死而降不可,只死也不成。这点朱子感到了,他说:

其才可以辅幼君,摄国政,其节即至于死生之际而不可夺,可谓君子矣。(《论语集注》)

单单注意"才"字,要有这本领。程子则不然,程子单注意节操。

程子曰:

节操如此,可谓君子矣。(《论语集注》引程子语)

曾子的话原是两面,前两句"托六尺之孤,寄百里之命"是积极的作为;后一句"临大节而不可夺"是消极的操守。真到国难,作为比操守还有用,可补救于万一;操守无济于事。

不是说不办坏事,是说怎么办好事;不是给人办事,是给自己办事。曹操求人才,便不问人品如何,只问有才能没有。曹操所杀皆无用之人,乱世无须如孔融、杨修等秀才装饰品。遇到曹操因死一人而哭的时候,那仅是真有才能的人。由此,可见曹操是英雄。

现在有操守固然好,而更要紧是有作为,"不患人之不己用,求为可用也"。鲁迅说四里路能走吗?四两担能挑吗?自己无能,发什么牢骚?"居则曰,不吾知也。如或知尔,则何如哉?"(《论语·先进》,知——知用。)所以朱子讲得好。朱子生于乱世,北宋之仇不能报,而现在局面又不能持久,故先言"才"。程子生于北宋,不理会此点,而且程子人太古板。伊川先生为侍讲,陪哲宗游园,哲宗折柳

先秦文学 59

一枝，伊川责之。其实不折固然好，折也没关系，何伤乎？书呆子，不通人情，不可接近。北宋末洛、蜀之争，即程与东坡之争。东坡通点儿人情，看不起伊川。朱子乃洛派嫡系，而此点较程子强，即因所生时代不同。

正心、诚意、修身、齐家、治国、平天下。后世儒家只做到前三步。前三者是空言，无补；后几句是大言不惭。前三者不失为"自了汉"，后者则成为妄人。《宗门武库》云：

儒门淡薄，收拾不住，皆归释氏焉。

就算我们想做一儒家信徒，试问从何处下手？在何处立足？只剩一空架子，而真灵魂、真精神早已没有了。

《论语·阳货》有言：

诗可以兴。

岂但诗，现在一切事皆有待于兴。兴，是唤醒；兴，起来了。一种是心中有思想了，一种是在形体上有了作为、行为。譬如作诗，不是该不该的问题，是兴不兴的问题。

书怕念得不熟，也怕念得太烂。亦如和尚念南无阿弥陀佛，他自己懂吗？厌故喜新不是坏事，是一件好事；否则，到现在我们还是椎轮大辂，茹毛饮血，巢居穴处。而现在，我们进步了，这都是厌故喜新的好处。有这一点心情推动一切。

新的是新；在旧的里面发现出新来，也是新。儒家教义没有新鲜的了，所以淡薄没味，都成为臭文，当然陈旧了。所以，现在需要"兴"。

死人若不活在活人心里，是真死了；书若不在人心里活起来，也是死书，那就是陈旧了，成为臭文了，一点儿效力也没有了。我们读书不是想记住几句话，为谈话时壮自己门面。

君子"可以托六尺之孤，可以寄百里之命"，如此则君子并非"自了汉"，还可以兴，可以活。

读《论语》上述曾子"可以托六尺之孤，可以寄百里之命"一段话，真可以唤起我们一股劲儿来，想挺起腰板干点儿什么。

六、"以友辅仁"与"为政以德"

曾子曰："君子以文会友，以友辅仁。"（《论语·颜渊》）

孔安国曰："友以文德合也。"又曰："友有相切磋之道，所以辅成己之仁也。"（何晏《论语集解》引孔安国注）

朱注："讲学以会友，则道益明；取善以辅仁，则德益近。"（《论语集注》）

佛是神秘，禅是玄妙，但禅宗中有"平实"一派。唯孔门不曰"平实"，而曰"中庸"。儒家未尝不玄妙，但他们避讳这个。治学在思想方面不要因他写得玄妙就相信，许多道理讲来都很平实，在文学方面不要以为艰深便好；简明文字，力量更大，但不是肤浅。文章绕弯子是自文其陋。

然越平常的字越难讲。

文 ⟶ 友 ⟶ 仁

"以文会友，以友辅仁"，"友"为上下二句连索。

凡"文"是表现于外的，文章礼仪。孔门四科：德行、言语、政事、文学（《论语·先进》），孔门重视行为（表现），咱们现在是知识。《论语·颜渊》云：

博学于文，约之以礼。

"文"与"礼"为二,此"文"与今所谓学问相似。人与人之相联系,盖都因表现于外(表现于外者如礼仪、学问……)这一点,故曰"以文会友"。但并没做到此为止,因文而结合,而结合不为此,乃欲以"辅仁"。(现在是以利会友,以友取利。)

  季康子问政于孔子。孔子对曰:"政者正也。子帅以正,孰敢不正?"(《论语·颜渊》)

  季康子患盗,问于孔子。孔子对曰:"苟子之不欲,虽赏之不窃。"(《论语·颜渊》)

  季康子问政于孔子曰:"如杀无道,以就有道,何如?"孔子对曰:"子为政,焉用杀?子欲善而民善矣。君子之德风,小人之德草,草上之风,必偃。"(《论语·颜渊》)

此即政治上个人主义。

然此与西洋不同,西洋只是竭力发展自己,不管好坏善恶;孔门个人主义乃自我中心,并非抹杀旁人,抹杀万物,不过以自己为中心就是了。修、齐、治、平的道理也由此而出。

也可以说这是政治上的唯心主义。

若唯物是内旋,@,自外向内,自远而近,自物而心。唯物史观特别注意历史,同时非常注意环境背景,前者(历史)是纵的,后者(环境背景)是横的。他研究历史注重在演变,以古推今。

而唯心无论在政治上、哲学上皆并非唯心就完了,涅槃是唯心的顶点。儒家唯心是外旋的,修、齐、治、平,并非自己成一"自了汉"便拉倒。

"子帅以正","帅",跑在头里!这是儒家、道家不同之处。老子三原则是"慈""俭""不敢为天下先"(《道德经》六十七章)。"不敢为天下先",是儒、道不同之一点,由此而成为杨朱之"拔一毛而利天下不为"。"不为天下先",是不为福首,不为祸始。而老子"不为天下先"有意思,他以为这样倒可替天下干点儿事;若"为天下先",

结果连我也掉在火里。"欲取故与""欲擒先纵",老子"不敢为天下先"正所以为天下先。大家围着他转、跟着他跑,但不能露出痕迹;后来一转为消极,无作、无为,此非老子本意。如某妇遭女曰:"慎勿为善。"某女曰:"然则为恶乎?"母曰:"善尚不可,欲恶乎?"此即老子"不敢为天下先"之一转为"无为";至杨朱之"拔一毛利天下而不为",乃老子三转。现在多是这种人,无为之人已很少,至于老子原意没人做到。

"子帅以正",孔子心里想什么、口里说什么,这一点以勇气论,儒家超过道家;以聪明论,儒家不如道家。

文学不容易说出自己话来,往往说出也不成东西。孟子说孔子:

圣之时者也。(《孟子·万章下》)

这话该是赞美之意。"江汉以濯之,秋阳以曝之。皓皓乎不可尚矣。"(《孟子·滕文公上》)"圣之时者",没有恶意。但便因此句使孔子挨了多少骂,说孔子为投机分子,"是亦不思而已矣"(朱熹《孟子精义》)。

为时势所造之英雄固为投机分子,即造时势之英雄也未免有投机嫌疑。总之,无此机会造不成此时势。假如我们生于六朝,敢保我们不清谈吗?生于唐,敢保我们不科举诗赋吗?宋之理学、明清八股,皆投机也。使现代人不坐汽车、火车,非要坐椎轮大辂、独木舟,倒不投机,但这算什么人了?我们现在作白话文,岂非也是投机?

我们是得拿我们自己的眼来批评、观察了,而且还该用自己力量去作。投机、投机,不投机,落伍怎么好呀!《吕氏春秋》论邓析子云:

无功不得民,则以其无功不得民伤之;有功得民,则又以其有功得民伤之。

此即《左传》"欲加之罪，何患无辞"。要说"时"字是投机，谁不投机呢？说不投机，便不是投机。夏日则饮水，冬日则饮汤，这也是投机吗？夏雷冬雪，岂非也投机？这不投机不行。

大概孔子在他那时是崭新的见解。哲学与文学一样，自其不变而观之，则万物皆定于一；自其变者而观之，则日新月异，是创作。"定于一"（《孟子·梁惠王上》）与"日新月异"是一个是两个呀？今之人犹古之人，今之世犹古之世，不变；古者茹毛饮血，现在烹调五味，日新月异。孔子的政治、哲学，真是崭新崭新的。现在看起来是迂阔、绕弯子，不着实际，否则就是落伍，虽然现在看来未尝不新。（旧同新，有时也相通。）

我们读《论语》，又不想拿孔子抬高自己身价，想也不肯，肯也不能。我们读《论语》，不想迂阔落伍，但也不想被人目为投机。人活着，只有混容易。其实，混也要费点儿心思、拿点儿本事，何尝容易？

天下事进化难说，有的由繁趋简，有的由简趋繁。字由繁趋简，文由简趋繁。

　　子适卫，冉有仆。子曰："庶矣哉！"冉有曰："既庶矣，又何加焉？"曰："富之。"曰："既富矣，又何加焉？"曰："教之。"（《论语·子路》）（仆，御车；庶，众也。）

　　子贡问政。子曰："足食，足兵，民信之矣。"子贡曰："必不得已而去，于斯三者，何先？"曰："去兵。"子贡曰："必不得已而去，于斯二者，何先？"曰："去食。自古皆有死，民无信不立。"（《论语·颜渊》）

冉有是想着做事的，近于事功。曾子精力多费在修养上，是向内的、个人的。冉有是向外的，对大众有影响，故对政治留心。

　　一庶，二富，三教。

"庶"（人口多）不是最终目的，要"富之"，最终"教之"。

"教"，连朱子都以为是立学校，此教未尝无立学校之意，但还不仅是知识；教未尝没有教育之意，但孔子尚非此意。孔子所谓教是"教以义方"（《左传》）。现在教育只教知识，不教以"义方"。"义"之为言，宜也；"方"之为言，向也，向亦有是非之意。明是非，知礼义，有廉耻。孔子盖以此较知识尤为重要，否则知识只使其成为济恶之工具。"教之"不仅立学校，立学校也不仅读书识字。

"自古皆有死，民无信不立"，真结实，也真有味。结实，有味，二者难以兼有，但《论语》真是又结实又有余味。老子说话不老实，而无余味。冉有问政是"加"，子贡问政是"去"，夫子说来又结实又有味。

古本《论语》"民信之"上有"令"字，"令民信之"，"之"指为政之人，有"令"字好。"民无信不立"，立：（一）立国；（二）存在。总之，在上位的人要得民心。得民众拥护也有失败，但民众对失败原谅，对错事了解，因为民众信得及他。能信故能得人拥护，若不得人拥护，办好也是不好。

庄子真是思想家，中国思想非玄不可。别国"玄"是复杂，而中国玄妙在简单中。如佛学，虽是宗教家，实是思想家，能想象又极能分析。佛学传入中国，信佛老成为净土，简单化了；解的人成为禅宗。

无论净土、禅宗释家，皆不用佛之丰富想象、琐碎分析。

孔子不玄。最注重实际，日用平常，所以结果是平易近人。好处，人人觉得他可亲；坏处，使人易视他（虽不见得轻视）。其实，儒家之日用平常、平易近人，道理虽非懂不完、知不尽（一看就懂），可是永远是我们行不尽、用不尽的。

《子路》中第十三"子适卫，冉有仆"一章可与《颜渊》"子贡问政"章参看。"冉有仆"一章，一庶（人众多），二富，三教（乃教育哲学）。"子贡问政"一章，按文章次序：一食、二兵、三信；按重要分，则：一信、二食、三兵。精神不能脱离物质而独立，物质缺乏能

先秦文学　65

造成人道德之堕落。犯法罪人多为物质缺乏的结果，穷生奸邪，富长良心。推而广之，扩而充之：以个人为出发点→天下，以物质出发点→精神。并非离开个人而能有天下，也不能离开物质而言精神。

子曰："为政以德，譬如北辰，居其所而众星共之。"（《论语·为政》）

现在只讲势力、人多势众，不讲修养。修养是个人的。现在团结若说为一个主义信仰，还要修养。现在人根本谈不到信仰，只是为势力而势力。

孔子之说法不行。一因现在时代不同，一因若曰个人作起，"俟河之清，人寿几何"（《左传·襄公八年》子驷引《周诗》）？所以孔老夫子显得迂阔。但若想根深蒂固，还非从个人精神修养下手不可，否则其兴也勃，其亡也忽。我们做事太书呆子气，不太世故。世故使人不能成为书呆子，而书呆子往往不能去做事。现在是要成一种势力，而领导此势力的人必须有崇高人格修养才配作领袖。"为政以德"，自己精神修养至完善境界便是德。"为政"是天下事，而曰"以德"，还是以个人作基础"而众星共之"。"居其所"是他的精神，"众星共之"，做成一种势力。而要造成一种势力，先要有纯洁、高尚的人格才能永久。而往往有修养的人，无办事能力；能办事的人，无修养。

《中庸》说解

"公案""话头",话头即前言,公案即经行。
《云门广录》卷中记云门一则公案:

> 举世尊初生下,一手指天,一手指地,周行七步,目顾四方,云:天上地下,惟我独尊。师云:"我当时若见,一棒打杀与狗子吃却,贵图天下太平。"

疑(一切法),悟(佛法);小疑,小悟;大疑,大悟。如此是学。

一切烦恼皆是菩提种子,自己想错了,都比说别人道理说对了强。

说教学:

《论语·述而》:"不愤不启,不悱不发。"
《孟子·公孙丑上》:"勿忘,勿助长。"

一、《中庸》发端

（一）《中庸》之由来

《汉书·艺文志·六艺略》著录《礼》十三家，五百五十五篇，中有《中庸说》二篇，其下颜师古注云："今《礼记》有《中庸》一篇，亦非本《礼经》，盖此之流。"

《汉志》无"礼记"之名，而单称《记》，《记》百卅一篇。

《记》百卅一篇，班氏自注："七十子后学者所记也。"总之是儒家嫡派。

至宋，朱子始自《小戴礼记》单提出《大学》《中庸》两篇，与《论语》《孟子》合称"四书"。（《大学》，亦《小戴礼记》的一篇。）故欲讲《中庸》，先讲《礼记》。

朱子以《礼记》为秦汉诸儒详解仪礼之书。梁任公先生以为《礼记》乃研究战国秦汉儒家思想之重要史料。（《礼记》不能算儒家思想史，乃史料。）

礼——形式，礼必合乎理。然《中庸》但讲"理"而不讲"礼"。

理，偏于思想——内；礼，偏于形式——外。故礼虽合理，然讲理时不讲礼。

孔子后，儒家思想分荀、孟两大派。《礼记》与荀子甚有关，尝抄荀子《劝学》篇二三百字之多，故《礼记》与《荀子》相近，此不得不承认。然就《中庸》考之，则又抄《孟子》。总之，《礼记》乃孟、荀之后学者所记。

以上说《礼记》与儒家思想。

在《礼记》中，《大学》《中庸》两篇为研究儒家思想的重要史料，朱子摘此二篇使之独立，与《论语》《孟子》并称"四书"，诚有见解。

(二)《中庸》所以列于《礼记》

近代心理学家有所谓行为派，礼便是讲儒家的"行"。无论心地如何光明、品格如何高尚、经济如何广大，皆可自行为（礼）观之。

行为，合乎"礼"，即合乎"仁"。（仁，人也。标准的人即完全的人。）仁、礼有内、外之分，而非二：有内在的仁，便有外在的礼；有外在的礼，便有内在的仁。《论语》颜渊问仁：

> 子曰："克己复礼为仁。一日克己复礼，天下归仁焉。为仁由己，而由人乎哉？"颜渊曰："请问其目。"子曰："非礼勿视，非礼勿听，非礼勿言，非礼勿动。"（《颜渊》）

宗教仪式、宗教戒律，皆礼也，限制身，所以限制心，使其合乎最高境界标准。佛所谓戒律，今所谓仪式，即儒家所谓礼。孔子所谓视、听、言、动，佛所谓行、住、坐、卧，皆有礼。唐有道宣律师得道，每日天厨送天食。窥基大师闻之（窥基，乃尉迟敬德之侄，唐三藏弟子。后之唯识派宗之，主三界唯心、万法唯识，与近代哲学家认识论近似。窥基建唯识派，锡杖上挂酒肉），至道宣律师处居三日，天厨不送天食。后窥基走，天厨始来，曰："真菩萨在此，不敢至。"

一部《礼记》皆讲外在的礼，唯《中庸》篇讲内在思想。然则《中庸》一篇为《礼记》一书之灵魂，读《礼记》不读《大学》《中庸》，则只有躯壳，无灵魂。故孔子说：

> 礼云礼云，玉帛云乎哉？（《论语·阳货》）

明乎此，则明《中庸》所以列于《礼记》矣。玉帛所以成礼，而非所以为礼。林放问礼之本（玉帛乃礼之末），子曰：

先秦文学 69

> 大哉，问！礼，与其奢也，宁俭。(《论语·八佾》)

千里送鹅毛，礼轻情意重。
仁必用礼来表示，故重"行"，礼与行有关：

> 子曰："君子义以为质，礼以行之。"(《论语·卫灵公》)
> 子曰："君子博学以文，约之以礼。"(《论语·雍也》)
> 子曰："……依于仁，游于艺。"(《论语·述而》，"游于艺"即文）
> 颜渊喟然叹曰："……夫子循循然善诱人，博我以文，约我以礼。"(《论语·子罕》)

"约"，束之也，使之就范、上轨道。然行与约，其礼之本与？制度、仪式，皆其末也，只是外表。

如此，则《礼记》一书可分两大部分：一讲仪式，如《仪礼》《曲礼》《内则》《丧服》等篇，是外；二讲如《大学》《中庸》《经解》等篇，是内，是礼之本。

（三）中庸与儒家思想

儒家思想代表人物孔子。孔子重学。
《论语》第一章开篇：

> 子曰："学而时习之，不亦说乎？有朋自远方来，不亦乐乎？人不知而不愠，不亦君子乎？"(《论语·学而》)

又曰：

> 学而不思则罔，思而不学则殆。(《论语·为政》)

"罔",如网,惑也;"殆"者,危也。"学"与"思",看似二者并重;而孔子实重视"学",认为"学"比"思"重要:

>   子曰:"吾尝终日不食,终夜不寝,以思;无益,不如学也。"(《论语·卫灵公》)

而夫子所谓"学",所学何事?

>   子曰:"……五十以学《易》,可以无大过矣。"(《论语·述而》)

孔子之所谓"学"与行有关,故学与习有关。一回是偶然,久则必然,故与习有关,所以学与行有关。

孔门之学经意在行,且绝不大言欺人,重在"易行",其学必重"行",故取易知、易行。《中庸》不易知、不易行,是儒家思想,不是孔子思想。

宋王晋卿得耳疾,求方于东坡,东坡回信(return)曰:"限三日疾去,不去,割取我耳。"晋卿悟,病已,与东坡诗:"我耳已聪君不割,且喜两家皆平善。"

can 能
shall(should)会
must 必
may 可
will(would)肯

老子曰:

>   吾言甚易知,甚易行。天下莫能知,莫能行。(《道德经》七十章)

老子所谓"能",当译为 would,肯义。"后其身而身先,外其身而身存"(《道德经》七章),不是不能,是不肯。老子云:"水善利万物而不争。"(《道德经》八章)子贡所谓"君子恶居下流"(《论语·子张》),与老子所指非一,子贡在世上看出一个不应该,老子看出一个应该。老子是败中取胜,世人但欲身先身存,不肯后、外。

孔子道理易知、易行,从来不说莫能知、莫能行。《中庸》不是儒家思想,而不能不承认其为儒家嫡传,亦犹释家之于佛。

禅宗有"平实"一派,后人讥之曰"无事甲里坐地"。(见《宗门武库》,《宗门武库》乃禅家最后一大师宗杲大师语录。)"无事甲里坐地",白受罪也没干了什么。而佛曰"放下屠刀,立地成佛"(立地,犹立着也)。

所有道最忌讳"知",须要"悟"。想学游泳,只读游泳教科书绝不能会,需要到水里淹一淹,即因但"知"不行。知是旁观的,悟是亲身体验的。学佛须亲眼见佛,须是亲见得,常人病在不亲,皆是旁观,"悟了同未悟"(提多迦尊者语)。

参——疑——悟

不参、不疑,不足以言学。大疑,大悟;小疑,小悟。悟了,"悟了同未悟"。

> 赵州八十犹行脚,只为心头未悄然。
> 及至归来无一事,始知空费草鞋钱。(张商英《赵州从谂禅师公案诗》)
> 尽日寻春不见春,芒鞋踏遍岭头云。
> 归来笑拈梅花嗅,春在枝头已十分。(宋尼悟道诗)

先是疑,后是悟。山何以是山,水何以是水,如此是山,如此是水。

学佛在悟,学儒在行,三岁孩儿道得,八十老翁行不得。孔子所谈甚易知、甚易行,《中庸》所说不易知、不易行。

白杨顺和尚病中示众:

久病未尝推木枕,人来多是问如何。
山僧据问随缘对,窗外黄鹂口更多。

道可遇而不可求。禅之所以为禅,即因从世谛(世法)看去是没道理不可解的。

世法——出世法

吾辈不出家,固无须出世法,然有时须打倒世法,如此方能勇猛精进。看苹果落地者,何止千万;而发现地心引力者,仅牛顿(Newton)一人。人皆是凡夫,牛顿是勇猛精进。一切皆用世法看,既辜负天地间现象,亦辜负自己心灵。无论何种事业,创立特别学说者多非常人,虽有流弊,然不可忽视其一片苦心。

用世法看,天地间事物皆相对的。文学、哲学、科学最高境界皆是打破世法的,一切学问精妙之处皆是绝对的。子曰:

吾道一以贯之。(《论语·里仁》)

佛说"阿耨多罗三藐三菩提",皆是此意。阿,梵文相当"无"字。"阿耨多罗三藐三菩提",意译"无上正遍知"。"遍",绝对,即儒家所谓"一"。无所不用其"一",不一,不能成为力(常)、知(儒所谓德、道)。"道可道,非常道;名可名,非常名"(《道德经》一章),不可用世法看。一切学问最高境界皆是"一",大无不包,细无不举。不是一,便不是绝对的,而是相对,须"定于一"(《孟子·梁惠王上》)。

先秦文学

咱把性命交与了上苍，此非消极，而是积极。子曰：

> 天生德于予，桓魋其如予何！（《论语·述而》）
> 天之未丧斯文也，匡人其如予何！（《论语·子罕》）

一头倒在娘怀里，是有信仰，此绝非消极。而消极即积极，积极即消极，是绝对，非相对。

> 十分筋力夸强健，只比年时病起时。（辛弃疾《鹧鸪天·重九席上再赋》）
> 如今病起衰颓甚，只似年前带病时。（苦水仿辛词之断句）

六朝思想发达而非儒家正统，虽然佛已染上东方色彩，老已染上儒家色彩，而究竟是佛老，魏晋六朝唐对义理之学无可发见。宋之义理之学，虽非绝后，而的确空前。宋人性理之学（道学），只做到孔门之学一半，只知不行。至明王阳明识"知行合一"，始悟宋儒之弊。（宸濠作乱，王阳明一鼓而平。吾人固不能以成败论英雄。）王阳明第一次贬官贬为贵州龙场驿丞，作有《瘗旅文》。"若使忧能伤人，此子为不得永年矣。"（孔融《论盛孝章书》）忧，即佛家所谓"无明"（愚）。阳明少年进士，遭此打击而能不死，是无忧，而非麻木。

鲁迅先生说，可怕的是使死尸自己站起来，看见自家的腐败。而孔夫子是"知其不可而为之"（《论语·宪问》），可见老夫子是何等精神，即在前两种情境中杀出一条路来。看见自己腐败，为的是使自己不腐败，而结果仍不能免。糊涂的，浊气，固不行；聪明，思前想后，亦不行，必能用聪明打破无明，杀出一条路来始可。如明末黄梨洲、顾亭林，真了不得，能知能行。黄梨洲作有《原君》《原臣》，在专制时代能有此思想，真不易。明清之能超过宋理学，即因知行合一。

唐宋以来思想多受佛家影响，朱子讲义理多与佛家暗合。后世不受佛的思想影响者甚少。或曰阳明学即禅，而其最与禅不同者，即"行"之一字。能知即应能行，能知而不能行等于不知。如钱，花得不当是浪费，有而不花等于没有。（但视其合理与否，不必管是禅与否。）

读佛教书不但可为吾人学文、学道之参考，直可为榜样。其用功（力）之勤、用心之细，皆可为吾人之榜样。然释宗亦有弊病。自六祖来，主张自性是佛，即心即佛，心即是佛，能悟则立地成佛。然即使能如此，又将如何？亦不过单为一"自了汉"而已，即孟子所谓"唯我"。然《孟子》亦言"使先知觉后知，使先觉觉后觉"（《万章上》），所谓一切众生皆得成佛。

　　自度——度人
　　自悟——悟人
　　自利——利他

后来和尚只做到自度、自悟、自利，是知；度人、悟人、利他、觉后知、觉后觉，是行。儒家"穷则独善其身，达则兼善天下"（《孟子·尽心上》）。虽如此说，然又说"知其不可而为之"（《论语·宪问》），始终不承认"穷则独善其身"，其精神始终在"兼善天下"。

一部《论语》就是"平实"，易知易行，如问"仁"，曰"爱人"；问"知"，曰"知人"。崔东壁以为《论语》乃曾子后之弟子所记，尤其曾子，如《学而》一章，"子曰"后即有"曾子曰"，崔氏说盖可信。

凡大师门下得道最多者，不是聪明最高的，而是用力最勤的人。曾子得圣人之传最多。《论语》记：

　　子曰："参乎，吾道一以贯之。"曾子曰："唯。"子出。门人问曰："何谓也？"曾子曰："夫子之道，忠恕而已矣。"（《里仁》）

曾子所言，真能抓住要点。故曾子的弟子所记，亦是"平实"。战国末诸家并出，以其学说悟人，只平实不足以胜人，故有《中庸》一书出，说一点儿难知、难行道理，故有《中庸》《孟子》。

禅，"说似一物即不中"（南岳怀让禅师语）。一种学问，总要和人之生命、生活（life）发生关系。凡讲学的若成为一种口号（或一集团），则即变为一种偶像，失去其原有之意义与生命。儒家所谓仁义，《中庸》所谓道，与佛之所谓禅，是否同？道不可须臾离，可离非道也。禅也者不可须臾离，可离非禅也。禅，可会，不可说，甚至不可知；如用筷子，不可知，不可说，而绝对能会。

文学艺术，代表一国国民最高情绪之表现。说情绪，不如说情操。情绪人人可有，而情操必得道之人、有修养之人。情操非情绪，亦非西洋所谓个性。每人作品皆有其简单而又神秘之境界，西洋谓之个性，不对。因个性乃听其自然之表现；而文学艺术最高之情操表现，非听其自然之表现。个性与生俱来，故曰：禀性难移、三岁见老。大艺术家所表现之个性，绝与此不同，实为一种禅，以之：

（一）发掘自己（掘出灵魂深处）。然此仍但为原料 raw-material。

（二）完成自己。须自己用力始得。可是圣人绝非自了汉，禹之过其门而不入，可见儒家精神；佛说"众生有一不成佛我誓不成佛"；耶稣背十字架为世人赎罪，担荷人间罪过。

（三）表现自己。人不表现，如何能知是什么。人用什么表现？为人类办一点儿事情即表现自己，不是自吹，是做一点儿真正的事。

禅在表现上不成，在发掘、完成上有佛之精神，而无"众生有一不成佛我誓不成佛"之决心。近人在为学方面，只是发掘、完成两方面，不能踏实去干。必踏实，始能有真表现。

欲了解中国文学艺术，必须了解一点儿禅。（有《禅学讲话》一书，日本日种让山著，释芝峰译，民国卅二年九月出版，丁字街佛经流通处售。序中提到《禅学讲话》原名《攻禅宗学》，余以为原名较佳。）

任公《要籍解题及其读法》论及《礼记》，讲《礼记》之价值有五项，第四项讲《礼记》之价值云：

孔子设教，惟重力行。其及门者，亲炙而受人格的感化，亦不汲汲以骛高玄精析之论。战国以还，"求知"的学风日昌，而各派所倡理论亦日复杂。儒家受其影响，亦竟进而为哲理的或科学的研究。孟、荀之论性论名实，此其大较也。两《戴记》中亦极能表现此趋势。

"孔子设教，惟重力行"，故易知易行。战国以后，儒家受其影响，为其所迫，不得已，故渐有精深之理，自有玄妙之言矣。《中庸》是儒家，而非孔门之学，孔学平实，《中庸》玄妙。（孔子不言性与天道，以其有流弊也。后世禅宗流于口，没用。）

（四）"中庸"释义

中庸，朱熹章句引程子语：

> 不偏之谓中，不易之谓庸。

中——不偏；庸——不易，即不变，佛所谓常。以程子之言，则"中庸"二字为对举（并举）。余意以为此二字乃骈举，如"国家"实指国意，"庸"字义包在"中"字内，可删去，是骈举而非对举。骈举乃为文气、语气方便。

第一章，"喜怒哀乐之未发，谓之中；发而皆中节，谓之和。中也者，天下之大本也；和也者，天下之达道也。致中和，天地位焉，万物育焉。"只是"中"而未言"庸"；二、三章，始二字皆见，如第二章"君子中庸……君子之中庸也，君子而时中"，第三章"中庸其至矣乎"。

中庸，郑氏注："庸，常也。用中为常道也。"此说与程朱有异，可取。

二、《中庸》结论

天命之谓性，率性之谓道，修道之谓教。

此《中庸》第一章之首三句。
"天命之谓性，率性之谓道，修道之谓教"，是结论。
古人写文开门见山。古文写法有：代数写法，由未知——→已知；几何写法，由已知——→已知。孟子常用前法，用包围法；古人多是后法。
《中庸》如轰炸，上去便一炮。
中国人好言天。
孔子曰：

吾谁欺？欺天乎？（《论语·子罕》）

《论语》中言"天"之处甚多，然与公教所说"天"不同。公教所说"天"指上帝，至尊无上，是唯一的，这一点公教所讲最具体、最严肃。佛将天分为三十三天，常言诸天；亦曰天帝，多数与公教不同。

或曰帝释。故佛所谓天，既不及公教之严，亦不及其唯一。中国所谓"天"，亦唯一，而不及公教之严肃；儒所谓天，亦至尊无上。子曰：

知我者其天乎！（《论语·宪问》）

然不及公教严肃，故是哲学而非宗教，所以为儒家而非儒教。
儒家所谓"天"，要非人力所能转移、参与者，"莫之为而为者，天也"（《孟子·万章上》）。凡自然而然，莫之为而为，莫之致而至，统曰天命。如谓天为上帝，意旨则严肃矣，成为宗教的。今所谓天命，颇似近世科学家所谓自然律（law of nature）。

成年以后，后天习惯与先天之性颇不易分，人往下，不往上，"功成身退"。人类进化在第二代的好坏，若不如此，人类灭绝久矣。凡有生之物皆如此。

"天命之谓性。"

青是山，绿是水，花花世界。花之□在此。

"性"，忄生，形声字，若依古文说则不然，生亦有意。《易传》云：

天地之大德曰生。（《系辞传》）

世界之所以为世界，即全在此"生"。《中庸》所言"性"，与公教所谓"灵魂"不同，与佛教所谓"明心见性"之性亦不同。公教不承认植物有灵魂；而在儒家，植物有性，柳宗元《种树郭橐驼传》即云"能顺木之天以致其性"。佛家所谓明心见性之性，"自性圆明，本无欠缺"（《圆觉经》），在智（圣）不增，在愚（凡）不减，圆满光明。

儒家"受命于天"与佛教"自性圆明"不同，佛说人之可以成佛，不假非术。公教在认识上帝，佛教在认识自己。余于此，借用柳宗元之语曰"是二者，余未信之"（《小石城山记》）。

《论语》子曰：

君子有三畏：畏天命，畏大人，畏圣人之言。小人不知天命而不畏也，狎大人，侮圣人之言。（《季氏》）

朱注："天命者，天所赋之正理也。"此注等于不注，且不是孔门家法，孔门是显宗，朱子是秘宗了。"天命"，本能；既曰天命是本能，何畏之？"小人不知天命而不畏也。"孔夫子心是很热烈，而说得很安详。"畏"字何等有力，"知"字何等有分寸！

先秦文学　79

《论语·尧曰》又言：

> 不知命，无以为君子也。

此所谓"命"，盖即天命，并非二物，说法者是当机立断，听法者是直下承当。

《论语》云：

> 子罕言利与命与仁。（《子罕》）

孔子与人以显（具体事物），故"罕言"命，命太抽象，实则很重视命与仁。"罕言"是慎重之意，非禁止之辞。

《宪问》篇孔子有言：

> 道之将行也与？命也。道之将废也与？命也。

圣人不曾离道，道不能离圣人，道之行废，皆与命有关。今所谓"命"字与夫子所用，理有深浅，意无同异。现在所谓认命，近于消极；孔夫子所谓命，近于积极。"道之将废"是不可，是命也；而老夫子是"知其不可而为之"（《论语·宪问》），是尽人事而听天命，是积极。（今人是不尽人力而听天命。）故曰：

> 不怨天，不尤人，下学而上达，知我者其天乎！（《论语·宪问》）

天助自助者，"道之将废也与？命也"，是"不怨天，不尤人"。知命，然后心平气和，然后能努力；否则，虽努力是无明，是客气，不是真力。真力生于真知，欲得真力，必须真知。"不怨天，不尤人，下学而上达，知我者其天乎"，此孔子自述其治学、为人、用功之态度。

人与学发生关系而成道，人可助。人可助，若天、人不助，不怨不尤。"下学而上达"，夫子是渐而非顿，由低及高，由浅及深，"低处着手，高处着眼"（下学而上达）。

然孔子所谓"命"与《中庸》之"天命"，乃截然二事。佛家禅宗说"自性圆明，本无欠缺"（《圆觉经》），即天命。"天命之谓性"，与孔子所谓"命"不同，孔子所谓命甚严肃，乃至高无上之主宰，莫之高而高，莫之致而至，凡人力所不能达者皆谓之命。《中庸》"天命之谓性"，非此意。《楞严经》有云：

妙觉明心，清净本然。

"妙觉明"三字与"清净本然"四字，皆是讲心的，此方是《中庸》"天命之谓性"之"天命"。故中庸是儒家思想，而非孔门思想，光此一句可知。孔子所谓"天命"，只是天命，或简称天，或"命"，不能再加别字；而《中庸》曰"天命之谓性"。

"性"，《论语》有云：

子曰："性相近也，习相远也。"（《阳货》）
子贡曰："夫子之文章，可得而闻也。夫子之言性与天道，不可得而闻也。"（《公冶长》）

夫子言性"不可得而闻"，可见孔子不言性。宋儒好言性，岂孔子家法？性——隐微，无法讲。

"率性之谓道。"

"率"，《小戴礼记》郑氏注："循也。"朱子注同。"率由旧章"（《诗经·大雅·假乐》）之"率由"，即此意。循，依也；"率"，由也。"由是而之焉之谓道"（韩愈《原道》），然此非性善不可。然孔子未言性善，"相近"是有区别，故"率性之谓道"，亦非孔子家法。

孔子亦讲道，如"士志于道"（《论语·里仁》）、"朝闻道，夕死可矣"(《论语·里仁》),唯不常言天道耳。道,念兹在兹。孔门重道,而夫子所谓道究为何物?何谓道?

《论语·学而》篇记有子之言:

> 君子务本,本立而道生。孝弟也者,其为仁之本与?

"道""本"二字,后成一名词,佛家、道家均用,元曲有"清闲真道本"句(马致远《陈抟高卧》)。"本立而道生","立"字、"生"字好,生于其所不得不生。"其为仁之本与","仁"即人。"孝弟也者,其为人之本与"?佛说"因缘","因"即生机,儒家所谓"本"即"因"。宋儒讲义理是秘宗,孔子是显宗,易知易行。

《论语·里仁》篇:

> 子曰:"参乎,吾道一以贯之。"曾子曰:"唯。"子出,门人问曰:"何谓也?"曾子曰:"夫子之道,忠恕而已矣。"

孔门高弟"子"字多在下,如曾子;较次者"子"字在上,如子路。"有子之言似夫子"(《礼记·檀弓上》),曾子乃后进,年青,孔子曰"参也鲁"(《论语·先进》)。有子闻、知似孔子,盖行稍差;曾子盖闻、知、行得夫子之道最多,有子、曾子之言当能得夫子意。要说言中之物、孔门之法,专在"吾道一以贯之";曾子曰"唯",直下承当,息息相通,心心相印。

佛传法,世尊拈花,迦叶微笑,羚羊挂角,无迹可求,心心相印,用不着说;虽不说而有象征表现,故有拈花、微笑。于此,言语道尽,言语之道尽。"吾道一以贯之",尚非言语道尽,"并却咽喉唇舌,道将一句来"(百丈大智禅师语)。"吾道一以贯之"六字,千回百转,道此一句,较拈花微笑是显,实一样秘。"一"究为何物?"一"即拈花,"唯"即微笑。"子出",真好,上合天理,下合人情,如佛传法后之涅槃。曾子曰"夫子之道,忠恕而已矣",其如释家所谓"今日事不获已，一场败阙"（呆庵普庄禅师语）。所谓"忠恕"，中心谓忠，如心谓恕；尽其在己曰忠，对人曰恕；知有我谓之忠，知有人谓之恕。曰忠，恕在其中；曰恕，忠在其中，天下岂有不忠之恕，不恕之忠？居心是静，行事为动，在日用居心行事，无时无地不合忠恕，则无时无地不合道。犹少"末后一句"在——"夫子之道，忠恕而已矣"。

"孝弟""忠恕"非二事，本是"孝弟"，道归于"一"，"一"即忠恕。

《孟子》有云："老吾老，以及人之老；幼吾幼，以及人之幼。"（《梁惠王上》）"老吾老""幼吾幼"，是孝弟；"以及人之老""以及人之幼"，是恕。科学一加一是二，哲学一加一往往仍是一，孝弟忠恕是一，万殊归于一本。天下岂有不能忠恕而孝弟者，又岂有不能孝弟而有心忠恕者？上举"老吾老，以及人之老；幼吾幼，以及人之幼"得之。

"率性之谓道。"

"率性之谓道，修道之谓教"，与佛教"本来□学"不同。

"率性之谓道"，是秘，是中庸，非孔门。

"率"即《诗经》"率由旧章"（《大雅·假乐》）之"率"，"率由"即由也。"能顺木之天以致其性焉尔"（柳宗元《种树郭橐驼传》）即率性，即顺自然律。西洋哲学在征服自然；中国哲学在顺应自然，即率性。"率性之谓道"，顺本性生存、发展者也。

何以"率性之谓道"？

告子曰："性犹杞、柳也，义犹杯、棬也；以人性为仁义，犹以杞柳为杯棬。"孟子曰："子能顺杞、柳之性而以为杯、棬乎？将戕贼杞、柳而后以为杯、棬也？如将戕贼杞、柳而以为杯、棬，则亦将戕贼人以为仁义与？率天下之人而祸仁义者，必子之言夫！"（《孟子·告子上》）

先秦文学　83

告子主性恶，孟子主性善，荀子主无善无恶（可善可恶）。孔子"性相近，习相远"之说，荀子与之相近。孟子主性善，乃奖励说；告子主性恶，乃警戒说，其用心未可厚非，而说理未尝圆满。

"义犹杯、棬"，义中有仁。从修辞上看，"义犹杯、棬"是骈举。parallel sentence，骈句，排句，偶句。骈举有时是单举，如"中庸"；单举有时是骈举，如"义犹杯、棬也"，乃为修辞整齐。

"顺杞、柳之性"，"顺"即"率"字义，率，循、由、依。"戕贼"杞、柳之性，"率"即不戕贼、为害。

孟子云：

人，性之善也，犹水之就下也。（《告子上》）

自然，便非戕贼；比为杞、柳，则有戕贼。"从善如登，从恶如奔"（《国语·周语下》），奔跑下坡路，依孟子人性之善如水之就下，则当为"从善如奔"矣。外国怀疑派谓：若人性是善，则不必圣贤鼓励人为善了。故《中庸》"率性之谓道"，足见乃孟子之说，而非孔子之说。"率性之谓道"，即任其自然为道，太玄。

人可分三阶段：（一）初生，自然；（二）少壮，重染（见《大乘起信论》）；（三）衰老（或也许是少壮），还原（克复，克己复礼）。克己，在去其重染之气；复者，还也，如"七日来复"（《易经·复》）。第三时期无论少壮、衰老，此期皆为克复期，在智不增，在愚不减，恢复本来面目。重染非本来，重染愈甚，克复愈难；而克复之后，见道愈最真，愉快亦愈大。佛教说"放下屠刀，立地成佛"，孟子说"虽有恶人，斋戒沐浴，则可以祀上帝"（《孟子·离娄下》），人虽恶而要能真回心向善，比原来善人还诚。

某人问一大师："何谓道？"大师曰："平常心是道。"平常心若与道分为二，则非道矣。平常心是道，日用法是道。有子拈出"孝弟"二字，曾子拈出"忠恕"二字，即平常心。《论语》之道乃忠恕孝弟，孝弟忠恕如何下手？人人可为。《中庸》则曰"率性之谓道"，所谓

"率性"则神秘,"率性之谓道",如何致力？如何下手？道家所谓道,自然,率性；佛教所谓道,自性,率性,此皆非孔门家法。

道,韩愈谓：

> 仁与义为定名,道与德为虚位。(《原道》)

如言用功,是虚位,如何用功？用何功？"率性之谓道"是虚位；孝弟忠恕是定名,容易行。禅宗说悟道,儒教说行道。"悟"是白搭,说饭不中饿人吃；"道"是无从下手。若下手,孔子儒教是方便法门。

> 梓匠轮舆,其志将以求食也；君子之为道也,其志亦将以求食与？(《孟子·滕文公下》)

于道：一闻；二知；三行。闻、知、行,三者为一,不可分。闻后便行,知行合一；若不能行,仍为不闻不知。

《论语》载：

> 子路问："闻斯行诸？"子曰："有父兄在,如之何其闻斯行之？"冉有问："闻斯行诸？"子曰："闻斯行之。"公西华曰："由也问闻斯行诸,子曰'有父兄在',求也问闻斯行诸,子曰'闻斯行之'。赤也惑,敢问。"子曰："求也退,故进之；由也兼人,故退之。"(《先进》)

《论语》有"未若贫而乐,富而好礼者也"(《学而》)句,旧本"乐"字下有"道"字,与下"好礼"对。然此不必然,所乐是道不必言,所闻是道,"道"字亦可略。因症与药,凡大师说道皆有此等处。

与子路则曰"如之何其闻斯行之",子路猛于行而略于知,故孔子为是言。

先秦文学　85

（一）性（天命）；

（二）道（率性）；

（三）教（修道）。

"修道之谓教。"

郑注："修，治也，治而广之，人仿效之，是曰教。"言简而当。"治而广之"一句，尽其在我。治者，修治之意；广者，发挥广大之意。孟子云："老吾老，以及人之老；幼吾幼，以及人之幼。"（《孟子·梁惠王上》）"老吾老""幼吾幼"，是治；"以及人之老""以及人之幼"，是广之。

朱注："修，品节之也。性道虽同，而气禀或异，故不能无过不及之差，圣人因人物之所当行者而品节之，以为法于天下，则谓之教，若礼、乐、刑、政之属是也。"言多而无当。孟子云："比而同之，是乱天下也。"（《孟子·滕文公上》）朱子言岂非"比而同之"，不如郑注之"治而广之，人仿效之，是曰教"。

"修道之谓教"，此处所谓"教"，盖有二义：教诲、政教。

"教"之二义：

（一）教诲（教育）义。孔子"诲人不倦"（《论语·述而》），孟子"得天下英才而教育之"（《孟子·尽心上》）。教诲与仿效是一非二，西洋重在方法，中国以身作则，教育不是给人方法，是给人榜样。"修道之谓教"，没仿效；而修学与教学中有仿效。

（二）政教义。政教今谓政治，教，须自己先会；治，己不正而正人。教，无为而治。儒家政治思想皆与教相连，今乃以法治。儒家政治思想与教育思想同，教育不是给人方法，政治亦不是给人规则、法律。

然"教"字当还有"教化"之意味。"教化"由"教诲"与"政教"合成，办教育亦须以身作则，以身作则是化。

《论语·颜渊》篇载：

季康子问政于孔子。孔子对曰:"政者,正也。子帅以正,孰敢不正?"

此精神真伟大,此所谓"教"不是怕,是从心里不好意思,故中国儒家言政必曰"政教"。"子帅以正,孰敢不正",岂非仿效之?此种政治学太理想。《论语·子路》篇又云:

以不教民战,是谓弃之。

可见政治并非机械地支配。近代政治多为机械地支配或消极地防闭。教民不是机械地支配、消极地防闭,而是人格的感化,以一人精神、人格感化全国,真是积极精神,政治与教育打成一片,皆是以身作则。而孔子之学说是圣人,不是宗教。耶稣、释迦不言政治,不能抓住政权之心;孔子之教与政有关,不是宗教。

孔子所谓教育有二:一修道,一行道。穷而在下,则聚徒讲道(教,修道);达而在上,则得君行道。可见,儒教在借政治推行其道,否则事倍功半;借政治之力,则事半功倍。夫子周游,原想以政教推行,而失败了,遂归而教诲。教,须先修道。

对"天命之谓性"三句今做一譬喻:

"天命之谓性",如钢铁,具坚利性。钢铁不可用人为,是天生具坚利性。

"率性之谓道",乃制钢铁成刀剑,是因坚利性。若为铅,则不能为刀剑,根本无坚利之天性。"天命之谓性",身性所关,然后因之加以磨炼。

"修道之谓教",是用刀剑割刺,是用坚利性。

先秦文学

第二章

秦汉文学

傅斯年

傅斯年 （1896—1950）
北京大学文科研究所所长、代理校长

初字梦簪，字孟真，山东聊城人。著名历史学家，古典文学研究专家，教育家，学术领导人。1918年参与发起组织"新潮社"，创办《新潮》月刊。五四运动爆发时，担任游行总指挥。后长期任中央研究院历史语言研究所所长，在人才培养和学术研究的组织方面有显著成绩。著作编为《傅斯年全集》。

贾 谊

我们在论屈原时，已经略略谈到贾谊，司马迁本是把屈、贾合传的。他如此作的意思，是不是因为辞赋一体为他们造成一个因缘（若然，则应知其颇有不同者，因屈原文犹带传说之色彩，而贾谊著赋已不属传疑也），或者觉得他们两个人遭逢不偶的命运相同（其实绝不同），或者太史公借着自喻自发牢骚（太史公传古人，每将感慨系诸自己，如《伯夷列传》等），我们用不着瞎猜谜去；但他们两个人都是在文学上断时代的，就他们在文学史上所据的地位重要而论，则合传起来，不为厚此薄彼。不过我们也要知道屈原究竟是个传疑的人，贾生乃是信史中的人物罢了。

《史记·屈原贾生传》说：

贾生名谊，洛阳人也。年十八，以能诵《诗》属《书》闻于郡中。吴廷尉为河南守，闻其秀才，召置门下，甚幸爱。孝文皇帝初立，闻河南守吴公治平为天下第一，故与李斯同邑，而常学事焉。乃征为廷尉。廷尉乃言，贾生年少，颇通诸子百家诸书。文帝召以为博士。是时贾生年二十余，最为少，每诏令议下，诸老先生不能言，贾生尽为之对，人人各如其意所欲出，诸生于是乃以为能不及也。孝文帝说之，超迁，一岁中至太中大夫。贾生以为汉兴至孝文二十余年，天下和洽，而固当改正朔，易服色，法制度，定官名，兴礼乐，乃悉草具其事，仪法，色尚黄，数用五，为官名悉更秦之法。孝文帝初即位，谦让未遑也。诸律令所更定，及列侯悉就国，其说皆自贾生发之。于是天子议以为贾生任公卿之位，绛灌东阳侯冯敬之属尽害之，乃短贾生曰："洛阳之人，年少初学，专欲擅权，纷乱诸事。"于是天子后亦疏之，不用其议，乃以贾生为长沙王太傅。贾生既辞往行，闻长沙卑湿，自以寿不得长，又以适去，意不自得。及度湘水，为赋以吊屈原。（辞略）贾生为长沙王太傅，三年，有鸮飞入贾生舍，上于坐隅。楚人命鸮曰服，贾生既以适居长沙，长沙卑湿，自以为寿不得长，伤悼之，乃为赋以自广。（辞略）后岁余，贾生征见，孝文帝方受釐，坐宣室。上因感鬼神事而问鬼神之本，贾生因具道所以然之状，至夜半，文帝前席。既罢，曰："吾久不见贾生，自以为过之，今不及也。"居顷之，拜贾生为梁怀王太傅。梁怀王，文帝之少子，爱而好书，故令贾生傅之。文帝复封淮南厉王子四人皆为列侯，贾生谏，以为患之兴自此起矣。贾生数上疏，言诸侯或连数郡，非古之制，可稍削之，文帝不听。居数年，怀王骑堕马而死，无后。贾生自伤为傅无状，哭泣岁余，亦死。贾生之死时年三十三矣。

贾生死时只三十三，而死前"哭泣岁余"，在长沙又那样不乐，以这么短的时光，竟于文学史上开一新时代，为汉朝政治创一新道路，不可不谓为绝世天才。我们现在读他的文字时，且免不了为他动感慨。

骤看贾生的文辞和思想像是甚矛盾，因为好几种在别人不能一个人兼具的东西，或者性质反相的东西，在他却集在一个人的身上。

第一，贾生兼通儒家思想及三晋官术。我们在读他《陈政事疏》时，觉得儒术名法后先参伍，一节是儒术之至意，一节是名法之要言。《汉志》虽把他的著作列在儒家，然不"亲亲"而认"形势"，何尝是儒家的话？荀卿虽然已经以三晋人而儒学，李斯又是先谏逐客而后坑儒生的，究竟不如贾谊这样的拼合。

第二，能侃侃条疏政事，为绝好之"笔"的人，每多不能发扬铺张，成绝好之"文"（此处文笔两字用六朝人义）。贾谊的赋，及《过秦》中篇既有那样的文采，而他的《过秦》上、下篇（从《史记》之序）及陈政事各疏又能这样的密察，不是文人的文字。

第三，贾生的政论，如分封诸侯、教傅太子等，都是以深锐的眼光看出来的，都是最深刻切要的思想，都不是臆想之谈，都不是《盐铁论》一般之腐，却又谓匈奴不过一大县，欲系单于之颈，又仿佛等于一个妄想的书生。

贾谊何以有这些矛盾的现象呢？一来，所表示者不由一线而各线为矛盾的集合以成大造诣时，每每是天才强，精力伟大之表显，我们不必拘于能够沾沾自固的一格以评论才人。二来，他初为河南守吴公"闻其才，召置门下，甚幸爱"，河南守"故与李斯同邑，而常学事焉"，那么，贾生大有成了李斯"再传弟子"的样子。李斯先已学儒术而终于名法，贾生成学之环境及时代当可助成他这样子的并合众流。三来，他到底是一个少年的天才，所以一面观察时政这么锐敏，一面论到他不见的匈奴那么荒唐。四来，政治的状态转变了以后，社会的状态，不能随着这政治的新局面同时转，必须过上一世或若干世，然后政治新局面之效用显出来。

汉初的游士文人（游士与文人本是一行），如郦食其，不消说纯粹是个战国时人，即如邹阳、陆贾、朱建、叔孙通、娄敬、贾山，哪一个不是记得的是些战国的故事，说得的是些战国的话言，做得的是些战国的行事。秦代之学，"以吏为师"，本不能在民间发达另一种成

秦汉文学　　93

学的风气，时期又短，功效未见而亡国，所以汉起来时，一般参朝典、与国政、游诸侯的文士，都是从头至尾战国人样子的，到了贾谊我们才看见些汉朝东西。贾谊死于梁怀王死后年余，梁怀王文帝前十一年薨（西历前169），则贾生当死于文帝前十二三年（西历前168—前167），上距高帝五六年间（西历前202—前201），为三十三年，贾谊纯然是个汉朝的人了。战国时好几种不同的风气，经过秦代的压迫、楚汉的战乱以后，重以太平的缘故，恢复起他在社会上的作用时，自然要有些与原状态不同的分合，政制成一统之后，若干风尚也要合成一个系统，而贾生以他的天才，生在一个转移的时代，遂为最先一个汉文章、汉政治思想、汉制度之代表，那么，贾生之兼容若干趋向，只和汉家之兼有列国一样，也是时代使然。贾生对封建的制度论实现于景帝时，而他一切儒家思想均成于武帝，贾生不是一个战国之殿，而是一个汉风之前驱。但他到底是直接战国的人，所以议政论制，仍是就事论事，以时代之问题为标，而思解决处理之术，不是拿些抽象名词，传遗雅言，去做系统哲学的。以矛盾为相成的系统哲学，很表示汉代风气的，并不曾见于贾谊。

贾谊实在把战国晚年知识阶级中的所有所能集了大成，儒术及儒家相传的故实，黄老刑名，纵横家之文，赋家之辞，无不集在他一人身上，他以后没有人能这样了。

论贾生的著作，大略可分三类：一、论；二、赋；三、疏。

《过秦论》上节论子婴，中节论秦成功之盛，衰亡之急，下节论二世（从《史记》之叙）。拿他论二世、子婴的话和他在疏中论汉政的话来比，显然见得过秦文章发扬，而事实不切，论汉政则甚深刻。想来《过秦论》当是他早时在洛阳时的著作，尚未经历汉廷，得识世政之实。《过秦》上、下两节文章发扬而不艳，虽非尽如六朝人所谓"笔"，然亦不甚"文"，故昭明不选。《过秦论》之中节，乃是魏晋六朝人著论之模范，左太冲有"著论准《过秦》，作赋拟《子虚》"之言，其影响后人不限一时，陆机《辩亡》、干宝《晋记》不过是个尤其显著的摹拟罢了。这篇的中节就性质论实在近于赋体，例如他说:"当是时,齐有孟尝,赵有平原,楚有春申,魏有信陵。此四君者,皆明知而忠信,宽厚而爱人,尊贤而重士,约纵离横,并韩、魏、燕、赵、齐、楚、宋、卫、中山之众。于是六国之士,有宁越、徐尚、苏秦、杜赫之属为之谋,齐明、周最、陈轸、昭滑、楼缓、翟景、苏厉、乐毅之徒通其意,吴起、孙膑、带佗、兒良、王良、田忌、廉颇、赵奢之朋制其兵。尝以十倍之地,百万之众,叩关而攻秦,秦人开关延敌,九国之师,逡巡遁逃而不敢进。"这些人们时代相差百多年,亦无九国在一起攻秦之事,六国纵约始终未曾坚固地结过一次,然为文章之发扬不得不把事实说得这般和戏剧一样,那么,又和《子虚》《上林》的文情,有什么分别呢? 这类的论只可拿作"散文的赋"看。《文选》于论一格里,《过秦》中节之外,还有东方朔《非有先生》,王褒《四子讲德》(西汉后与此无涉,故不叙举以下)。这两篇虽以论史,其实如赋。古来著论本是敷文,不是循理,以循理为论,自魏晋始(如夏侯太初之论乐毅,江统之论徙戎,乃后世所谓论)。

贾谊的赋现在只存《鵩鸟》《吊屈原》两篇,《惜誓》一篇《史记》《汉书》都不提,《王逸》也说疑不能明(《北堂书钞》《艺文类聚》《文选》注、《古文苑》所引汉赋多六朝人所拟作)。其中字句虽有些同《屈原赋》,但《吊屈原赋》不谈神仙,而《惜誓》却侈谈神仙,也许是后人拟贾谊而作的。我们拿贾谊两赋与《离骚》《九章》比,则不特《离骚》重重复复,即《九章》亦不免,而贾赋不这样。这因为屈赋先经若干时之口传,贾赋乃是作时即著文的,所以没有因口传而生之颠倒。又屈原情重而不谈义理,贾赋于悲伤之后,归纳出一篇哲论,这也是文章由通俗体进到文人体时之现象。贾赋的文采都不大艳,都极有气力,这也是因为贾生到底不是专为辞人之业的人。屈君还是一个传疑中的辞人,贾生已是一个信史上的赋家了。贾赋在后来的影响并不大,后来的赋本是和之以巨丽,因之以曼衍,而贾赋"其趣不两,其于物无强,若枝叶之附其根本"。(张皋文叙《七十家赋》中《论贾谊赋》语)神旨一贯,以致言辞不长,遂不为后来之宗。

秦汉文学 95

说到贾谊的疏，到赵宋时才发生大影响。自王介甫起，个个以大儒自命的上万言书，然而作文章气都太重，都不如贾生论当时题目之切。自东汉时，一般的文调都趋于整齐，趋于清丽采艳，所以他的《陈政事疏》自班固而下没有拿着当文章看他。这疏中的意思在文、景、武三朝政治发展上固然有绝大的关系，即就文章论也为散文创到一个独至境界，词通达而理尽至，以深锐的剖析，成高抗的气力。通篇中虽然句句显出"紧张"的样子，而不言过其情，因为有透彻的思想做着根基，明亮的文辞振着气势。拿他的《陈政事疏》和《荀子》著书比，《荀子》说不这样明白；和《吕览》比，《吕览》说不这样响亮；和《孟子》比，《孟子》说不这样坚辟；和《战国策》比，《战国策》说不这样要练；和董仲舒比，更断然显出天才与愚儒之分（仲舒弟子先之大愚）。这实在是文学上一种绝高的造诣，声色和思想齐光，内质和外文并盛。只是东汉以后，文学变成士大夫阶级的文饰品，这样"以质称文"的制作，遂为人放在"笔"之列了。

贾生的论似赋，赋乃无后；论虽在六朝势力大，现在却只成历史的痕迹了。只有《陈政事疏》，至今还是一篇活文章，假如我们了解文、景、武三世政情的话。

继贾谊后，能把政事侃侃而谈的，有晁错。错无贾谊之文，政策都是述贾谊的。然错无儒家气，所以错所论引更多实在。

贾谊遗文现在所得见的，只有《汉书》所引之赋和疏，《史记·始皇本纪》替所引之论，现在虽有新书流传，不过这部书实是后人将《汉书》诸文拼成的一集，所补益更无胜义，宋人先已疑之，《四库提要》承认此事实，而仍为之回护，无谓也。

儒　林

　　刑名出于三晋,黄老变自刑名,迁怪生于燕齐,儒术盛于邹鲁。学业因地方而不同,亦因时代而变迁,一派分为数支,数学合为同派。以上这些情形在战国时代的,我们在前篇中说,现在只谈儒术入汉时的样子。原来儒宗势力之扩张,在乎他们是些教书匠,在战国时代的著作看来,儒虽然有时是一思想的系统,不过有时也是一个职业上的名词。"自行束脩以上,吾未尝无诲焉",可以明显地看出儒是职业来。后来术士、纵横之士都号儒,固然因为这些人也学过《诗》《书》、孔子语(从儒者学的),也因为儒这一个名词本不如墨之谨严,异道可以同文,同文则同为人呼作儒(如秦所坑之儒当然不是拒叔孙通之鲁两生所谓儒)。儒既是"教书匠阶级",遂因为教书而散居四方(孔子常言学,本是他的职业话),贵显者竟为人君之师。子夏设教西河,魏文侯好儒,以之为师,子贡适齐,澹台子羽居楚,故孟子前一世之楚人,已有"北学于中国"者(陈良),子思则老于卫。墨与儒为敌,然墨翟亦曾先"修儒者之业,读孔子之书",禽滑厘则受业于子夏。儒学之布于中部诸国,子夏居西河之力为大。故战国末季,儒为显学，亦成通名。我等固无证据谓战国时纵横之士亦号为儒，然汉初号为儒者每多纵横之士，如陆贾以至主父偃皆是。韩非子谓儒分为八，"自孔子之死也，有子张氏之儒，有子思之儒，有颜氏之儒，有孟氏之儒，有漆雕氏之儒，有仲良氏之儒，有孙氏之儒（孙卿），有乐正氏之儒"。这话不见得能尽当时的儒家宗派，大约仅就韩非所见的说，韩非未尝到过齐鲁（大约如此），当时齐鲁另有些宗派。现在看《礼记》及他书所记，汉初儒者所从出，有两个大师：一、曾子；二、荀卿。传《礼》、传《论语》者俱称曾子，汉儒一切托辞多归之曾子；《诗》、《书》、礼、乐之论每涉荀卿，而刘向校书时，《荀子》竟有三百余篇，去重复，存三十余篇，其中尚多与《礼记》出入之义。故汉初之儒，与战国之儒实难分。《管子》《晏子》书中亦均有儒家语，出于战国，或出于初汉，亦难定。

儒家虽在战国晚年已遍及列国，但汉初年儒学仍以齐鲁为西向出发之大本营。在战国时，儒本有论道、传经之不同，汉朝政治一统，论道者每每与纵横家俱废，而两者又侈复为一。诸经故训，是内传；外传则推衍其义，以论古今，以衡世人，以辩政治。故《诗》鲁说、《尚书大传》《春秋繁露》以及陆贾、贾谊所著，都可说是荀子著书一线下来之流派。现在我们以六经为分，论汉初儒者所遗之文学。

一、《诗》

《诗经》释义之学，毛郑胜于三家，故三家为毛淘汰，朱子胜于毛郑，故毛郑为朱子淘汰。清代儒者想回到毛郑身上的人，所争得的只是几个名物上的事，训诂大有进步，而解释文义，反而拘束不如朱子，故清儒注了几遍却并不能代朱子。嘉庆以来，三家《诗》之学兴，然究竟做不到《公羊》复兴的状态，因为《公羊传》文，邵公《解诂》俱存，《繁露》也不失，所以有根据。三家《诗》六朝即成绝学，借汉儒所引，现在尚得见者，"存十一于千百"，虽可恢复些残缺，究竟没有像公羊学那样子成大宗的凭借。我们现在就清儒所辑三家《诗》异文及遗说看，三家《诗》实在大同小异。大约三家《诗》之异处，在引申经义，以论政治伦理之处，不在释经，故"五际"之义，只有《齐诗》有，《鲁》《韩》都没有。三家皆以《诗》论道、论政，《齐诗》尤能与时抑扬，大约一切齐学，都作侈言，都随时变迁。《齐诗》如此，遂有五际，《公羊》如此，流成谶纬，伏《书》如此，杂以五行。《鲁诗》也是高谈致用，但不如齐学杂阴阳而谈天人，大约《韩诗》尤收敛，最少非常异义可怪之论，故流行也最久（此只就汉儒所说及现存若干段中可得之印象论之，其实情甚难知）。举例而言，太史公是学《鲁诗》的，《鲁诗》也最是大宗，他说：

　　孔子去其重，取可施于礼义，上采契后稷，中述殷周之盛，至幽厉之缺，始于衽席。故曰，《关雎》之乱，以为《风》始，《鹿鸣》为《小雅》始，《文王》为《大雅》始，《清庙》为《颂》始。

　　太史公读《春秋历谱牒》，至周厉王，未尝不废书而叹也，曰：呜呼！师挚见之矣。纣为象箸而箕子唏，周道缺，诗人本之衽席，《关雎》作，仁义凌迟，《鹿鸣》刺焉。

　　这样子拿着《诗经》解说一种的系统的政治哲学，和《公羊传》又有何分别？想当时三家必有若干"通义"，如春秋之胡毋生条例，大一统、黜周王鲁故宋、三世三统等。大约汉初儒者，都以孔子删《诗》修《春秋》皆是拨乱反正之义。

　　《庄子·天下篇》（篇首当是汉初年儒者所修改，六经次序犹是武帝时状态）说"《诗》以道志"，《太史公自叙》说，"《诗》长于风"，"《诗》以达意"，《经解》"《诗》之失愚"，这些话都不错。但把《诗经》张大其辞而作解释的风气，自孔子已然。他说："《诗》三百，一言以蔽之，曰，思无邪。"又说："人而不为《周南》《召南》，其犹正墙面而立也与？"这些话，我们也不能怪他，因为《诗》在当时是教

秦汉文学　　99

育，拿来做学人修养用的，故引申出这些哲学来也是情理之常。我们固断然不能更信这些话是对《诗》本文有切解的，但也要明白当时有这些话的背景。对汉儒以《诗经》侈谈政治也该一样。且《诗》本有一部分只是些歌谣，正靠这种张大其辞得存于世。

关于汉初三家《诗》义，可看陈乔枞等著作，此处不及多说。

二、《书》

《诗》于景帝时即是三家，三家虽大同，究不知出于一家否。

《书》却只有一家，欧阳、大小夏侯皆出自伏生。自昭帝时，闹《大誓》问题起，一切的所谓《古文尚书》层出不穷，经学之有古文问题，自《尚书》始。汉朝《诗》学起于多元，而终于无大异（《毛诗》在外），《书》学起于一元，而终于分歧。

伏生说《书》，也不是专训诂，也是借《书》论政，杂以故事，合以阴阳，一如《春秋》及《诗》之齐学。现在抄陈寿祺辑定《大传》之二节，前节《唐传》，后节《略说》。

维五祀，定钟石，论人声，乃及鸟兽，咸变于前。故更著四时，推六律六吕，询十有二变，而道宏广。五作十道。孝力为右，秋养耆老，而春食孤子。乃浡然招乐，兴于大麓之野。报事还归二年，诞然乃作《大唐之歌》。《乐》曰："舟张辟雍，鸧鸧相从。八风回回，凤皇喈喈。"歌者三年，昭然乃知乎王世明有不世之义。维十有三祀，帝乃称王而入唐郊，犹以丹朱为尸，于时百事咸昭然，乃知王世不绝，烂然必自有继祖守宗庙之君。维十有四祀，钟石笙管，变声乐，未罢，疾风发屋，天大雷雨。帝沈首而笑曰，明哉非一人之天下也。乃见于钟石。帝乃雍而歌耆重篇，招为宾客而雍为主人，始秦《肆夏》，纳以《孝成》。还归二年，而庙中苟有歌《大化》《大训》《天府》《九原》，而夏道兴。维十有五祀，祀者祀者，舜为宾客而禹为主人。乐正进赞曰，尚考室之义，唐为虞宾，至今衍于四海，成禹之变，垂于万世之后。于时卿云聚，俊人集，百工相和而歌《卿云》，帝乃倡之曰："卿云烂兮，礼（原注：礼字当作纠）缦缦兮。日月光华，旦复旦兮。"八伯咸进稽首曰："明明上天，烂然星陈。日月光华，宏予一人。"帝乃再歌旋持衡曰："日月有常，星辰有行。四时从经，万姓允诚。于予论乐，配天之灵。迁于贤圣，莫不咸听。鼛乎鼓之，轩乎舞之。菁华已竭，褰裳去之。于时八风循通，卿云蘩蘩。蟠龙贲信于其藏，蛟鱼踊跃于其渊。龟鳖咸出于其穴，迁虞而事夏也。"

子夏读书毕，孔子问曰，吾子何为于《书》？子夏曰，《书》之论事，昭昭若日月焉，所受于夫子者，弗敢忘。退而穷居河济之间，深山之中，壤室蓬户，弹琴瑟以歌先王之风，有人亦乐之，无人亦乐之，上见尧舜之道，下见三王之义，可以忘死生矣。孔子愀然变容曰，嘻！子殆可与言《书》矣！虽然，见其表未见其里，窥其门未入其中。颜回曰，何谓也？孔子曰，丘常悉心尽志以入其中，则前有高岸，后有大溪，填填正立而已。六《誓》可以观义，五《诰》可以观仁，《甫刑》可以观诫，《洪范》可以观度，《禹贡》可以观事，《皋陶谟》可以观治，《尧典》可以观美。

《大传》现在只有这个辑佚本，然已可看其杂于五行阴阳之学，纯是汉初年状态。西汉儒者本不以故训为大业（以故训为大业东汉诸通学始然），都是"通经致用"的人们。

三、《礼》

《礼》本无经，因为礼之本不明文字的事，汉初儒者以战国时之《士礼》十七篇当之（此虽古文说，然甚通），郑注的《仪礼》即是这个。据《汉书·儒林传》，《礼》学之传如下：

秦汉文学　101

```
鲁高堂生（不知徐生是否受之高堂）
       │
     鲁徐生
    ┌──┴──┐
  子失名   徐氏弟子（不知徐氏何代弟子）
  孙延    公户  桓生  单次  瑕丘
                      │
                     东海
                      │
                     后苍
    ┌────────┬────────┼────────┐
沛闻入通汉  梁戴德    戴圣      沛庆普
（子方）  （延君）  （次君）    （孝公）
              │    ┌──┴──┐    ┌──┴──┐
           琅琊徐良 梁桥仁 杨荣  鲁夏侯敬 族子咸
           （游卿）（季卿）子孙
            "大戴"  "小戴"        "庆氏"
```

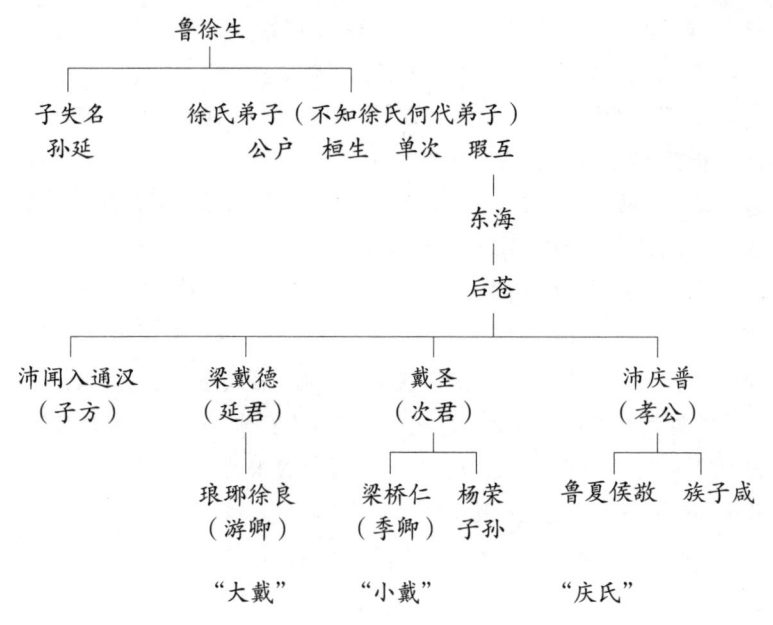

（一）《礼记》

二戴所传之记中，多存汉早年文学，现在举几篇重要的叙说一下子，其但关于制度、祭祀的，考证应详，非一时所能就，故从缺。

《曲礼》 这篇文章恰如这个名字，所谈皆是些礼之节，无长段，都是几句话的小段。从开始"不敬"起，至"贫贱而知好礼，则志不慑"，稍谈修养并极言礼之重要，以下便是一条一条的杂记了。所记多是些居室接人的样子，很可表现鲁国儒家（一种的）之样子主义，也有很多是释名称的，如前边所举"十年曰幼学"等，末尾尤多。这篇东西的材料大约多是先秦，然也有较后的痕迹。如"去国三世，爵禄有列于朝，出入有诏于国，若兄弟宗族犹存，则反，告于宗后；去国三世，爵禄无列于朝，出入无诏于国，惟兴之日，从新国之法"。这断非汉朝一统天下时代的话，且所举名称与《礼》，多与《春秋》

合，与《孟子》《荀子》亦有同者。所以这部书的大多部分应是先秦的物事，或者竟在春秋战国之交。这本书里包含很多鲁国"士阶级"之习俗及文教，故历史材料的价值很大。然很后的增加也有，如"行，前朱雀而后玄武，左青龙而右白虎"，这已经纯是秦汉间方士之谈了。

《檀弓》 这篇恐是《礼记》中最早之篇，所记虽较长，不如《曲礼》之简，仿佛繁者宜居后，然里面找不出一点秦汉的痕迹来（这篇里所记多鲁故，间有卫齐晋事，无战国事，所记晋献文子之张老，犹在前也）。所记固是丧葬祭一流的事，而和《论语》《孟子》《荀子》相发明处很多，所列的名字也多是春秋末乃至战国时儒家或与儒家多少相涉的人。取韩非儒分为八之言以校之，则数家之名见于此篇，取墨子非儒之义以核之，则此篇里恰有为墨论引以为矢的话（《檀弓上》：孔子曰："之死而致，死之不仁，而不可为也，之死而致生之不知，而不可为也。是故竹不成用，瓦不成味，木不成斲，琴瑟张而不平，竽笙备而不和，有钟磬而无簨虡，其曰明器神之也。"此外一切以丧祭为人生唯一重事的话，皆墨家所力攻者）。《论语》孔子叩原壤之胫，曾子临死战战兢兢之言，孟子有若似夫子等语，在《檀弓》里都有一个较详的叙述。这篇里面已经把孔子看作神乎其神，《史记》野合而生孔子之说，虽尚未出，然孔子在《檀弓》中已不知其父之墓，且已是损益三代，宗殷文周的人，并可预知其死了（《国语》已把孔子看成神人，这需要至少好几十年，孔子同时人断无如此者，故《国语》《左氏》作者断非孔子之友"鲁君子左丘明"）。所有一切服色，宗制，汉代儒者专以为业的，在这书里也有端了。曾子一派下来之鲁国正统儒家，在这篇里已经很显得他的势力了。这篇里实在保存了很多很多可宝贵的七十子后荀子前儒家史料。

（二）《王制》

《王制》《王制》中的制度与《孟子》《周礼》各不同，究是何王之制，汉儒初未曾明说。如说是三王一贯之制，乃真昏语。东汉卢植以为《王制》是汉文帝令博士诸生所作（引见《经典释文》卷一及卷十一），大约差近。《周礼》之伪，最容易看出的地方，在他的整齐及琐碎，是绝不能行之制度，《王制》之伪，最容易看出的地方，在他的刻板的形式，也是绝不能行之制度。如说，"凡四海之内九州岛，州方千里，建百里之国三十，七十里之国六十，五十里之国百有二十，凡二百一十国，名山大泽不以封。其余以为附庸闲由。八州，州二百一十国。天子之县内，方百里之国九，七十里之国二十有一，五十里之国六十有三，凡九十三国，名山大泽不以盼，其余以禄士以为闲由"。这样的制度，就是新开辟的美洲，拿着经纬线当省界的，也还办不到。但这篇中若干的礼制与汉初年儒家说相发明，其教胄子，论选士，合亲亲及名分之谊以折狱，戒侈糜，论养老等，皆汉初儒者以为要政者，试与贾谊疏一校即知。其不带着战国的色彩，亦甚显然，盖战国人论制，无此抽象，无此刻板，无此系统者。所以卢植以为文帝令博士作，即使无所本，也甚近情，实不能因卢是古学，古学用《周官》，遂大抑《王制》也。

这篇很代表汉初年儒家的政治思想。《礼记》由二戴删录，二戴不与古文相干，所以这一篇还能经古文学之大盛而遗留。但郑玄觉其与《周礼》违，遂创为殷制之说，此实不通之论。

《王制》自古文学兴后，即不显，朱文公亦不喜他，直到清嘉庆后，今文学复兴，以后以经籍谈政治者，愈出胆愈大，于是《王制》竟成素王手制之法。此种议论，发之康长素，本甚自然，发之绍述王、段之俞荫甫乃真怪事，总是一时习俗移人呵。

《月令》 这一篇同时见于《吕览》，又删要见于《淮南鸿烈·时则训》。然《淮南子》有此无足异，《礼记》与《吕览》有此，俱甚可怪。这篇整齐的论夏正，应该是汉初阴阳家的典籍，这个照道理放不进儒家的系统之内，而与《吕氏春秋》的其他各篇也并不相连属，但秦始皇帝坑燕齐海上术士，而扶苏谏曰，诸儒皆诵法孔子，荀卿亦以五行讥孟子子思，那么，阴阳家的势力浸入儒家，由来甚久了。到汉时，刑名黄老儒术无不为阴阳所化，《易》竟为六经之首，结果遂成了图录谶纬。然阴阳学在当时颇解些自然知识（看《淮南子》），历法其一。

《礼记》中之有《月令》，是汉先年儒术阴阳合糅的一个好证据。至于以《十二纪》分配《吕览》十二卷，应该也是汉人的把戏。（本书《序意篇》云，"凡十二纪者所以纪治乱存亡也，所以知寿夭吉凶也"。是未尝纪历也。）

《曾子问》 所论皆礼之支节，又附会孔子问礼老聃事。

《文王世子》 汉早年每以良儒为太子诸王太傅，虽文景不喜儒，这个风尚却流行。我疑这篇正是当时傅太子或傅诸王者之作，然无论如何，此是汉代所作，中云"遂设三老五更群老之席位焉"，三老五更是秦以来爵。

（三）《礼运》

《礼运》《礼运》运字之解释，当与"天其运乎""日月运行"之运同，指变动言，故始终未必如一。但，纵使如此，此篇之不一贯尚极明显，细按之实是拼凑好几个不同的小节而成，每节固非如注疏本中所章句者之短，而亦不甚长，前后反复及颠倒之痕迹，已有数处。这篇里有一个甚显著的色彩，就是这一篇杂黄老刑名之旨、并不是纯粹儒家的话。如：

是故礼者君之大柄也（按，礼是儒者之词，柄是刑名之语），故政者君之所以藏身也（按此是黄老驭政之术），故君者立于无过之地也。故君者所明也，非明人者也，君者所养者，非养人者也，君者所事也，非事人者也。故君明人则有过，养人则不足，事人则失位，故百姓则君以自治也，养君以自安也，事君以自显也。故礼达而分定，故人皆爱其死而患其生（此亦儒道刑名混合语）。

秦汉文学 105

尤其有趣的是最前两大节，宗旨完全相反。第一大节中说："今大道既隐，天下为家，各亲其亲，各子其子，货力为己，大人世及以为礼，城郭沟池以为固，礼义以为纪，以正君臣，以笃父子，以睦兄弟，以和夫妇，以设制度，以立田里，以贤勇知，以功为己，故谋用是作，而兵由此起，禹、汤、文武、成王、周公由此其选也。此六君子者，未有不谨于礼者也，以著其义，以考其信，著有过，刑仁讲让示民有常。如有不由此者，在势者去，众以为殃。是谓小康。"已经极言礼为世运既衰后之产物，维持衰世之品。其下言偃忽问，"如此乎礼之急也"，已不衔接，而孔子答语，"夫礼，先王以承天之道，以治人之情，……夫礼必本于天"，又这样称礼之隆。这显然不是一篇之文，一人之思想。

此篇第一节中论天下为公之大同思想，为近代今文学家所开始称道，实是汉初年儒道两种思想之混合，且道之成分更多。汉武帝以后，经宋学清学，无多人注意此者，最近始显。

《学记》 此篇是汉初儒者论教及学之方，并陈师尊之义。中引《兑命》，在伏生已佚，不知何据。又引《记》，不知何记。汉先年儒者生活之状态，此篇可示其数端。

《乐记》 此篇有一部分与《荀子·乐论》参差着相同。但荀子注重在驳墨，此则申泛义而已。此篇当是汉儒集战国及汉初儒者论乐之文贯串起来成这一篇，以论乐之用。末有三老五更之词，可见里边有汉朝的材料。

《经解》《哀公问》《仲尼燕居》《孔子闲居》此数篇皆论礼之用及其节制，颇有与《荀子》相证处，要是汉初年儒者述而兼作之言。

(四)《中庸》

《中庸》《中庸》显然是三个不同的分子造成的，今姑名之为甲部、乙部、丙部。甲部《中庸》从"子曰君子中庸小人反中庸起"，直到"诗曰，妻子好合，如鼓琴瑟，兄弟既翕，和乐且耽。宜尔室家，乐尔妻孥。子曰，父母其顺矣乎"。开头曰中庸，很像篇首的话（现在的篇首显然是一个后加的大帽子），这甲部中所谓中庸，全是两端之中，庸常之道，写一个下大夫上士中间阶级的世家人生观，所以结尾才是"妻子好合，如鼓琴瑟，兄弟既翕，和乐且耽，宜尔室家；乐尔妻孥，子曰，父母其顺矣乎"一流的话，不述索隐行怪，而有甚多的修养，不谈大题目，而论家庭社会间事，显然是一个文化甚细密中的东西（鲁国），显然不是一个发大议论的文笔（汉儒）。相传子思作《中庸》，看来这甲部《中庸》，与此传说颇合。要之，总是这一类的人的文字。乙部《中庸》，从"子曰：鬼神之为总其盛矣乎"起，直至"明乎郊社之礼帝尝之义治国其如示诸掌乎"止，与甲部《中庸》完全不相干，反与《礼记》中论郊祀、论祭、《大传》诸篇相涉，其为自他篇羼入无疑。丙部《中庸》自"哀公问政"以下直至篇末，"上天之载无声无臭至矣"，合着头上那个大帽子，由"天命之谓性"至"致中和，天地位焉，万物育焉"，共为一部。这一部中的意思，便和甲部完全不同了，这纯是汉儒的东西。这部中间，所谓中庸，已经全不是甲部中的"庸德之行，庸言之谨"，而是"中和"了。《中庸》在甲部本是一家之"小言詹詹"，在这丙部中乃是一个会合一切而谓共不冲突（即太和）之"大言炎炎"。盖中之初义乃取其中之一点而不偏于其两端之一，丙部中所谓中者，以其中括有其两端，所以仲尼便"祖述尧舜（法先王），宪章文武（法后王），上虑天时（羲和），下袭水土（禹）"，这比孟子称孔子之集大成更进一步了。孟子所谓金声玉振，尚是论德性的话，此处乃是想把孔子包罗一切人物。孟荀之所以不同，儒墨之所以有异，都把他一炉而熔之。九经之九事有些在本来是不兼容的，如亲亲尊贤，在战国是两派思想，亲亲者儒，尊贤者墨，此乃"并行而不相害并育而不相悖"，这岂是晚周子家所敢去想的？然而中庸究竟不能太后了，因为虽提到祯祥，尚未入谶纬，但也许卢植有所删削。

　　西汉人的思想截然和晚周人的思想不同，西汉人的文章也截然和晚周人的文章不同。我想，下列几个标准，有时可以助我们决定一篇

秦汉文学　　107

的文章属于晚周或汉世。

（1）就事说话的晚周，作起文来的是西汉的。

（2）对当时问题而言的是晚周的，空谈主义的是西汉的。

（3）思想成一贯，然并不为系统的铺排的，是晚周，为系统的铺排的，是西汉（自《吕览》发之）。

（4）凡是一篇文章或一部书，读了不能够想想出他的时代的背景来的，就是说，发的议论是抽象，对于时代独立的，是西汉，而反过来的一面，就是说，能想出他的时代的背景来的，却不一定是晚周。因为汉朝也有就事论事的著作家，而晚周却没有凭空成思之为方术者。

《吕览》是中国第一部一家著述，以前只多见些语录（《论语》不必说，即《孟子》等亦是记言之文）。谈话究竟不能成八股，所以战国以文代言的篇章总有个问题在前面，且以事为学，也难得抽象。汉儒不以事为学而以书为学，不以文代言，而以文为文，所以才有那样磅礴而混沌的气象。汉儒竟有三年不窥园亭者，遑论社会？那么，他的思想还不是书本子中的出产品吗？

《中庸》一书前人已疑其非子思作，如"载华岳而不重"，若是子思，应为岱宗。又"今天下，书同文，车同轨，行同伦"，这当然不是先秦的话。此数点前人已论，故不详说也。

《中庸》为子思作一说，见《史记》，而《汉志》有《中庸》说二篇，不知我们上文所论乙丙两部是不是说二篇中之语。

《儒行》 哀公问儒冠服儒服于孔子一说，已见于《荀子》三十一《哀公篇》，然意思和《儒行篇》全不同。《哀公问篇》中，问舜冠，孔子不对，以其不问苍生而问此。又问绅委章甫有益于仁否，孔子告以服能致善。这都未尝答以不知儒服。汉高帝恶儒生，骂人曰竖儒，随时溺儒冠，所谓以儒服为戏者，大约即是他，及他这一类人《儒行篇》中只言儒服儒冠受之自然（"丘少居鲁，衣逢掖之衣，长居宋，冠章甫之冠，丘闻之也，君子之学也，博其服也，乡丘不知儒服。"）却不敢诋毁笑儒服者，而以儒行对当之，这恐是汉初儒者感受苦痛自解之词。哀公即刘季也。

《大学》《孟子》说:"人有恒言,皆曰天下国家。天下之本在国,国之本在家,家之本在身。"可见《孟子》时尚没有一种完备发育的"身、家、国、天下"之系统哲学,《孟子》只是始提到这个思想。换言之,这个思想在《孟子》时是胎儿,而在《大学》时已是成人了。可见《孟子》在先,《大学》在后。《大学》总是说平天下,而与孔子、孟子不同。孔子时候有孔子时候的平天下,"九合诸侯,一匡天下",如齐桓晋文之霸业是。孟子时候有孟子时候的平天下,所谓"以齐王"是。列国分立时候的平天下,总是讲究天下如何定于一,姑无论是"合诸侯匡天下",是以公山弗扰为东周,是"以齐王",总都是些国与国间的关系;然而《大学》之谈平天下,但谈理财,既以财为末,又痛非聚敛之臣。理财原来只是一个治国的要务,到了理财成了平天下的要务,必在天下已一之后。可见《大学》不先于秦皇。《大学》引《秦誓》,秦向被东方诸侯以戎狄视之,他的掌故是难得成为东方的学问的。《书》二十八篇,出于伏生,伏生故秦博士,我总疑《书》中有《秦誓》,是伏生做过秦博士的痕迹。这话要真,《大学》要后于秦代了。且《大学》篇末大骂一阵聚敛之臣,不如盗臣,迸之四夷,不与同中国等等。汉初兵革纷扰,不成政治,无所谓聚敛之臣,文帝最不会闻聚敛之臣,而景帝也不闻曾用过,直到武帝时才大用而特用,而《大学》也就大骂而特骂了。《大学》总不能先于秦,而汉初也直到武帝才大用聚敛之臣,如果《大学》是对时政而立论,那么,这篇书或者应该作于孔仅、桑弘羊登用之后,轮台下诏之前罢!

《大学》《中庸》之为显学自宋始,仁宗始御书此两篇以赐新科状元王拱宸,十数年而程学兴,诚所谓利禄之途使然。在此一点,汉宋两代学问有何不同?(《中庸》古已显,惟未若宋后之超于经上,《大学》则自宋始显耳。)

（五）《大戴记》

《大戴记》 现存篇章不完,乾隆间儒者以《永乐大典》核之,稍有所得,而篇数的问题至今难决。现在抄录通行本的决叙如下面。

……

主立第三十九

哀公问五义第四十

哀公问于孔子第四十一

礼三本第四十二

……

礼察第四十六

夏小正第四十七

保傅第四十八

曾子立事第四十九

曾子本孝第五十

曾子立孝第五十一

曾子大孝第五十二

曾子事父母第五十三

曾子制言上第五十四

曾子制言中第五十五

曾子制言下第五十六

曾子疾病第五十七

曾子天圆第五十八

武王践阼第五十九

卫将军文子第六十

……

五帝德第六十二

帝系第六十三

劝学第六十四
子张问入官第六十五
盛德第六十六
明堂第六十七
千乘第六十八
四代第六十九
虞戴德第七十
诰志第七十一
文王官人第七十二
诸侯迁庙第七十三
诸侯衅庙第七十四
小辩第七十五
用兵第七十六
小间第七十七
朝事第七十八
投壶第七十九
公府第八十
本命第八十一
易本命第八十二

按，此书之少独立性质，一校即见。《主言》与王肃《家语·王言》合，《哀公问五义》与《荀子·哀公篇》二节合，《哀公问于孔子》与《小戴记·哀公问》合，《礼三本》与《荀子·礼论》第二节合，《礼察初》同《小戴经解》，后一部分与《汉书·贾谊传》合，《夏小正》在《隋书·经籍志》尚独立，《保傅》则全是《贾谊传》语。《曾子立事》至《曾子天圆》，《汉志》别有《曾子》十八篇，王应麟、晁公武即以此十篇当之，不为无见。《武王践阼》纯是道家语（或亦一种之《佚周书》），《卫将军文子》则多同《仲尼弟子列传》，而太史公只云取《论语·弟子问》，不言取此。《五帝德帝系姓》则同

秦汉文学　111

于《史记·五帝本纪》，《劝学》则大同于《荀子》第一篇。《盛德》《明堂》两篇为一为二，东汉许、郑已有争论。《千乘》《四代》《虞戴》《德诰志》《小辩》《用兵》《小间》七篇，王应麟据《三国·蜀志·秦宓传》裴注引刘向《七略》"孔子三见哀公，作《三朝记》七篇，今在《大戴礼》"之语，定为即《汉志》《论语》类之《三朝记》。《迁庙》《兴庙》两篇疑实一篇，其中一部同《小戴·杂记》；《朝事》多同《小戴·聘义》及《周礼·典命》《大行人》《小行人》《司仪掌客》等，《投壶》合于《小戴记》。《公符》未有昭帝冠辞，《本命篇》中一节合于《小戴·丧服四制》。这样的凌迟看看与诸书合，很不像一个能在西汉时与《小戴记》有分家的资格的书。且一部独立的书，自己没有独立的性质，篇篇和别些书综错着相合，而自己反见出一个七拼八凑的状态来，殊不近于情理。所以我疑现存的《大戴记》是《礼记》盛行之后，欲自树立门户者，将故书杂记拼合起来，且求合于刘向、许、郑所论列，至《汉志》所举百三十篇以内，《小戴》四十九篇以外之所谓《大戴记》，其本来面目早已不见了。如果这个设想不错，则今本《大戴记》之原本，当是魏晋宋间人集史说子家而成之，若王肃《家语》，不过不必有王肃的那个反郑的作用罢了。后来又丧失数十篇，又将《夏小正》加入，并且和《隋志》也不合啦。所谓十三卷，无非凑合《隋志》所举之数（其实《隋志》中《夏小正》尚独立）。

我疑《礼记》自后苍、二戴后，四十九篇已成本书，此外篇章，原无定本，因传学之人之好尚而或增或减；文籍上初无所谓《大戴》《小戴》之分〔大小戴书之分，疑在后（东汉），裴引《别录》恐非原文〕。亦无所谓二戴、庆氏三家之别（虽并立学官，实无大异，他经今文分立同）。汉博士分立，每因解说之小不同，不尽由篇章之差异，书之有大、小夏侯，公羊之有严、颜，皆是也。《汉书》谓桥仁季卿为小戴学，刘向《别录》谓其传《礼记》四十九篇，《后汉书》则谓其从同郡戴德学，《后汉·曹褒传》，父充，传庆氏《礼》，"褒亦传

《礼记》四十九篇，教授诸生千余人，庆氏学遂行于世"，是四十九篇三氏所共（今本《大戴》题九江太守戴德，是又弟冠兄戴矣）。自刘向、班固以来，引用《礼》篇，颇出今本大小戴记之外，篇名已有佚者，即篇名尚在引文却不见，是四十九篇之外随时有多出者，直到郑注始成画一。其引文篇名在，而文不在者，是今本四十九篇中与当时本有出入。

《经典释文》引晋陈邵云，"马融、卢植考诸家同异，附戴圣篇章，去其繁重，及所叙略，而行于世，即今之《礼记》是也。郑玄亦依卢、马之本而注焉"。此语如实，则今传《礼记》之字句是马、卢、郑玄三家定本，而郑氏定本以前，三家分别之实，已无可尽考。郑君虽说："戴德传《礼》八十五篇，则《大戴礼》是也，戴圣传《礼》四十九篇，则此《礼记》是也。"但郑君所谓《大戴礼》是什么东西，殊不可考，亦不能断定其必尽在《汉志》百三十一篇之内。今本《大戴》可疑滋多，已如前一节所说，并非郑所谓者。

但假如我们以为《大戴礼》是后来拼凑成的"之一说不差，我们却不能轻视这部材料书，其中诚保存不少古材料。读者试以《大戴礼》之文句与大体合于他书者，比较一下，或者可以看出先后杂糅、更改、删加等事来。欧洲人所发达之章句批评学（Text Criticism）实在是"手抄本校勘学"，由校勘而知其系统。乾嘉间儒者之校勘，精辟实过于欧洲，只因所据不过几个宋本，所参不过几部类书，及《永乐大典》，故成绩有时局促。王静安君据敦煌出土材料，成其考定《切韵》数抄本之善作，可以为模范者，也只是把不同的本子比一下子，因其不同，知其系统之别。如用这一法于《大戴礼记》，或者可得些新知识（即是以《大戴》为校书之用）。

《礼记》四十九篇中，无为古文学撑场面者，然除《王制》以外，亦无与古文学大冲突的话。这因为二戴、庆氏本是今文，又或者为古学之马、卢删其今文色彩之重者，故有现在不即不离的情形。

与《礼记》关系最多之子家，非《孟子》，实《荀子》。《荀子》

秦汉文学　113

大约是汉初年言学者所乐道，故文章重复至三百二十二篇（见刘向所叙），故研究《礼记》，非参考《荀子》不可。

《礼记》中《大学》《中庸》《乐记》《经解》等篇，显然是西汉之文，重而不华，比而不艳，博厚而不清逸。系统多而分析少，入东汉后，文章不是这样子了。

四、《乐》

关于乐一艺之文学，《汉志·六艺略》著录百六十五篇，现在除《乐记》二十三篇外，皆知其佚。此处《乐记》二十三篇与现在《礼记》中《乐记》之关系如何，亦难定。现存材料不够我们作结论的。

《乐》与文学出产之关系至大，而六经之《乐》与文学出产之关系乃至小，今故不论。

五、《易》

《易》和孔子没有关系，也和儒家没有关系。孔子晚而喜《易》韦编三绝之说，最早见于今本《史记》。《论语》上只有一句提到《易》的，即"加我数年，五十以学《易》，可以无大过矣"。然此易字在鲁《论》是亦字，从下文读，古《论》始改为易。古《论》向壁虚造，本不可信，那么，《论语》是不曾谈到《易》一字的，《孟子》《荀子》都不引《周易》。《左氏》《国语》所引《周易》并不与现存《周易》同（自然有同处）。且《易》本为卜筮之书，《史记》有明文，《史记·儒林传》叙，举孔子与《诗》《书》《礼》《乐》《春秋》五经之关系，无一字谈《周易》，《自叙》谓太史公学天官于唐都，受《易》于田何，习道论于黄子，也是把《易》与方术一齐看，疑《仲尼弟子列传》之谈《易》，皆后人所补（如刘歆一流人）。且《史记·五帝纪》无一语采《系辞》，《系辞》必非子长所见（一知百虑之言当据别文）。又《儒林传》云："鲁商瞿受《易》孔子，孔子卒，商瞿传《易》，六世至齐人田何，字子庄（此六世之传，《汉书·儒林传》与《史记·仲尼弟子传》不同），而汉兴。田何传东武人杨同子，仲子仲传菑川杨何。何以《易》，元光元年征官至大夫。"按，周敬王四十一年即鲁哀公十六年（西历前479）孔子卒，下至汉元光元年（西历前134）三百四十五年。八世传三百四十五年，必平均师年四十四，弟子始生，八代平均如此，天下无此事。且《史记》《汉书》所记之传授，由鲁而江东，由江而燕，而东武，而齐，准以汉世传经之例，无此辗转之远，此为虚造之词无疑，《易》本愚人之术，孔子不信，孔子并祷亦不为，何况卜筮？《易》实是齐国阴阳家之学，与儒术本不相干，而性相反，自战国晚年，儒生术士不分，而《易》始成乎学。

《易》《十翼》皆是汉时所著，即现存系词状态想亦非司马子长所及见，其他可知矣（子长虽引《易大传》然并未引《伏生》等雅训之言，知所见不同今系辞也）。儒家受了阴阳化，而五经之外有《易》；阴阳家受了儒化，而《易》有文言、系辞。

六、《春秋》

孔子和《春秋》的关系之不易断，已如我们在论孔子时所说，现在我们只谈汉初年的春秋学。原来《春秋》是公羊所传，《春秋》即是《公羊》，《公羊》即是《春秋》。《谷梁》本有把《公羊》去泰去甚的痕迹，而《左氏》则是刘歆等把《国语》割裂了来作伪，此两节均待后来说。《公羊传》何时著于竹帛，《史记》《汉书》俱无明文，后汉戴宏叙云（引见《公羊注疏何序》疏文）："子夏传与公羊高，高传与其子平，平传与其子地，地传与其子敢，敢传与其子寿。至汉景帝时，寿乃共弟子齐人胡毋子都著于竹帛。"现在《传》文全存；胡毋生条例，何休依之为《解诂》。但何去胡毋生三百年，此中《公羊》学之变化正不少，杂图谶其尤者，故现在从《解诂》中分出胡毋生之条例来，也不容易。就释经而论，乃是望文生义，无孔不凿；就作用而论，乃是一部甚超越的政治哲学，支配汉世儒家思想无过此学者。

隐公

元年春王正月，传：元年者何？君之始年也。春者何？岁之始也。王者孰谓？谓文王也。曷为先言王而后言正月？王正月也。何言乎王正月？大一统也。公何以不言即位？成公意也。何成乎公之意？公将平国而反之桓。曷为反之桓？桓幼而贵，隐长而卑，其为尊卑也微，国人莫知；隐长又贤，诸大夫扳隐而立之，隐于是焉而辞立，则未知桓之将必得立也。且如桓立，则恐诸大夫之不能相幼君也，故凡隐之立为桓立也。隐长又贤，何以不宜立？立適以长不以贤，立子以贵不以长。桓何以贵？母贵也。母贵则子何以贵？子以母贵，母以子贵。三月，公及邾娄仪父盟于眜。及者何？与也。会及暨皆与也，曷为或言会或言及或言暨？会犹最也，及犹汲汲也，暨犹暨暨也。及我欲之，暨不得已也。仪父者何？邾娄之君也。何以名？字也。曷为称字？褒之也。曷为褒之？为其与公盟也。与公盟者众矣，曷为独褒乎此？因其可褒而褒之。此其为可褒奈何？渐进也。眜者何？地期也。夏五月，郑伯克段于鄢。克之者何？杀之也。杀则曷为谓之克？大郑伯之恶也。曷为大郑伯之恶？母欲立之己杀之，如勿与而已矣。段者何？郑伯之弟也。何以不称弟？当国也。其地何？当国也。齐人杀无知何以不地？在内也；在内虽当国不地也，不当国虽在外亦不地也。秋七月，天王使宰咺来归惠公仲子之赗。宰者何？官也。咺者何？名也。曷为以官氏？宰士也。惠公者何？隐之考也。仲子者何？桓之母也。何以不称夫人？桓未君也。赗者何？丧事有赗，赗者盖以马，以乘马束帛、车马曰赗，货财曰赙，衣被曰襚。桓未君则诸侯曷为来赗之？隐为桓立，故以桓母之丧告于诸侯。然则何言尔？成公意也。其言来何？不及事也。其言惠公仲子何？兼之，兼之非礼也。何以不言及仲子？仲子微也。九月，及宋人盟于宿。孰及之？内之微者也。冬十有二月，祭伯来。祭伯者何？天子之大夫也。何以不称使？奔也。奔则曷为不言奔？王者无外，言奔则有外之辞也。公子益师卒。何以不日？远也。所见异辞，所闻异辞，所传闻异辞。

《春秋》本是一个"断烂朝报"，试将甲骨遗文以时次排列，恐怕很像《春秋》了。所以有《穀梁春秋》把《公羊》去泰去甚，尚可说是"尊修旧文而不穿凿"，《公羊》之例无一无破例者，董仲舒"为之词"曰《春秋》无常例，则实先本望文生义，后来必有不能合义之文，在断烂朝报本无所庸心，在释者却异常麻烦。董子书号《春秋繁露》，引申经义之外，合以杂文，宋人已疑之，然非尽伪，合于公羊家言者甚多（参看《四库提要》）。

《公羊春秋》与《齐诗》有同样的气炎，"泱泱乎大国之风"，《公羊传》《春秋繁露》，都无鲁儒生沾沾的气象。

七、《论语》《孝经》

今本《论语》是郑本，幸有《经典释文》存若干条"鲁""古"之异。《论语》自是曾子后著于竹帛的，大体上与汉无涉，然"行夏之时，乘殷之辂，服周之冕，乐则韶舞"，纯是汉初儒者正朔服色之思想，至早不能过于战国晚年，而"凤鸟不至，河不出图，吾已矣夫"，竟是谶纬的话了。《乡党》一篇，也有可疑处。汉兴，传《论语》有两家，《汉志》说："传齐论者，昌邑中尉少府家畸、御史大夫贡禹、尚书令五鹿充宗、胶东庸生、唯王阳各家。传鲁《论语》者，常山都尉龚奋、长信少府夏侯胜、丞相韦贤、鲁扶卿、前将军萧望之、安昌侯张禹，皆名家。张氏最后，而行于世。"

《孝经》当是如《礼记》者诸篇之一，所以后苍亦传之，后来为人称为《孝经》，以配六艺。所说纯是汉朝的话，如德教加于百姓，刑于四海之天子，只有秦汉皇帝如此，自孔子至战国末，无此天子。训诸侯以"在上不骄，高而不危，制节谨度，满而不溢。高而不危，所以长守贵也，满而不溢，所以长守富也。富贵不离其身，然后保其社稷，而和其人民"。又申之以"战战兢兢，如临深渊，如履薄冰"。这哪里是对春秋战国诸侯的话，汉家诸侯王常常坐罪国除，所以才说得上在上不骄，制节谨度，保其社稷，战战兢兢。然而刘歆时代《孝经》也有了古文，则古文之古可知了。

综合上面所论汉武帝前之六经，可见当时儒学实是齐鲁两学之合并，合并后互相为国，然仍各有不同处。齐放肆而鲁拘谨，齐大言而鲁永言（荀卿游学于齐，故荀卿亦非纯然三晋学者）。又汉初五经之学，几乎无不杂五行阴阳者，而以齐国诸学为尤甚。原五行之说本始于齐（见《孟子荀卿列传》）。而荀卿之以责子思、孟轲，当是风开得不合事实（言五行者托于《孟子》）。汉初，黄老刑名亦为五行所化，武帝时号称宗儒术而绌百家，实则以阴阳统一切之学而已。制礼乐的世宗，并不如封建的世宗之重要。

又汉初儒者实在太陋了，不识字（如书"文王"之成"宁王"），不通故，承受许多战国遗说，而实不知周时之典（如太史公《周本纪赞》之言，汉学者竟分不清楚宗周与成周），其有反动固宜。

汉初儒学的中心人物是孔子，《诗》《书》《礼》《乐》本是孔子时代士人之通学，《春秋》尚不闻，《易》尤后出。孔子与文艺关系，实不如汉初儒者所说之甚。大约《诗》《书》《礼》《乐》《春秋》是鲁学，儒家是在鲁地，故孔子与鲁成儒家之中心，今虽不及见汉初六经面目，但六经实是汉初定本。直到宋人才有了考证的功夫，亦能发达古器物学，以证实在，后人反以理学为宋学（其实清朝所谓理学是明朝的官学，即"大全"之学）、以宋学（考定文籍，辨章器物，皆宋人造成之学）为汉学，直使人有"觚不觚"之叹。现在括之曰，儒是鲁学，经是汉定，理学是明官学，考定是宋学。

平津丞相的事，关系汉世儒学成为正统者最大，且平津的行品恰是古往今来以《诗》《书》用世者之代表，而主父偃事既见一种齐人儒学之趋向，又和平津侯传相关连，所以都抄在下面。西汉时齐多相而鲁多师，齐鲁从学的风气固不同。齐士好政治，好阴阳，鲁士谈《诗》《礼》尚谨。齐人致用而用每随俗，不随俗者每每任才使气，故进而失德则如平津之曲学阿世，退而守德，亦有辕固之面折大君。而申公行事立言，乃真鲁生之情况。大约纯正的儒家，本不能为政治，所以历来所谓"儒相"每每偷偷地用申韩黄老之术，而儒家的修行，亦每每流为形式。虽日日言仁义而曲学阿世者，无时不辈出，观于汉时儒家之毕竟不能致汉于郅治，则儒家效用之局促可知也。

五言诗之起源

四言诗起源之踪迹可以追寻者甚微,因《诗经》以前没有关于韵文的记载遗留及我们,而四言到了西周晚年,体制已经很完整了。五言在这一节上的情形稍好些,因五言起在汉时,我们得见的记载多了。七言更后,所以他的起源更可以看得显明些。至于词和曲的起源,可以有很细密的研究,其中有些调儿也许是受外国乐及乐歌的影响,有些名字先已引人这么想的,如菩萨蛮、甘州乐之类;不过这一类的工作现还未开始。作这种研究也不容易。将来却一定有很多知识得到的(中国文学研究中许地山君《论中国歌剧与梵乐关系》一文,即示人此等问题所在,甚值得一看)。这本来是文学史上最重要的问题,只可惜现在研究词曲及他样韵文体裁的人没有注意到这些上。

我们于论五言诗起源之前,先辨明两种传说之不当。

一、论五言不起于枚乘

辨这些问题应以下列四书作参考，一、《文心雕龙》，二、《诗品》，三、《文选》，四、《玉台新咏》(《文章缘起》题任昉撰，然实后人书也，故不举列)。

《文心雕龙》云：

> 汉初四言，韦孟首唱，匡谏之义，继轨周人，孝武爱文，柏梁列韵（按：《柏梁》亦伪诗，亭林以来辨之详矣）。严、马之徒，属辞无方。至成帝品录三百余篇，朝章国采，亦云周备，而辞人遗翰，莫见五言。所以李陵、班婕妤见疑于后代也。

《诗品》云：

> 逮汉李陵，始著五言之目矣。古诗眇邈，人世难详，推其文体，固是炎汉之制，非衰周之倡也。自王、扬、枚、马之徒，辞赋竞爽，而吟咏靡闻。从李都尉迄班婕妤，将百年间。有妇人焉，一人而已。

《文选》尚无所谓枚乘诗，只有苏武、李陵诗，《玉台新咏》所加之枚乘者，《文选》列入无名氏古诗中。《玉台新咏》除《结发为夫妇》一首与《文选》一样归之苏属国外，所谓李陵诗不见，所谓李陵诗在性质上固然不属《玉台新咏》一格。

比核上列的四说，显然可见五言诗起于枚乘之说实在作俑于徐陵或他同时的人。昭明太子于孝穆为前辈，尚不取此说。自《文心雕龙》明言，"至成帝品录三百余篇"，辞人"莫见五言"；枚为辞人（即赋家），是枚乘作五言一说，齐人刘彦和尚不闻不见（彦和实齐人，卒于梁代耳）。而钟君《诗品》又明明说枚与他人仅"辞赋竞爽而吟咏靡闻"。徐陵去枚时已七百年，断无七百年间不谈不闻的事，乃七百年后反而为人知道的（若以充分的材料作考证，乃另是一回事）。且直到齐梁尚无枚乘作诗之说，《雕龙》《诗品》可以为证，是此说不特于事实无当，又且是一个很后之说。这一说本不够成一个严重的问题，我们不必多辩了。

二、论五言诗不起于李陵

比上一说历史较长根据较多的，是李陵创五言之一说。这一说始于甚么时代，我们也很难考，不过班孟坚作《汉书》，大家补成的时候，还没有这一说（可看《李陵传》）。建安黄初时代有没有这一说我们也没有记载可考，而齐梁间人对这还是将信将疑的。所以刘彦和说"李陵、班婕妤见疑于后代"。

我们不信五言起于李陵一说有好几层理由。

（一）《汉书》记载苏、李事甚详，独无李陵制五言诗一说，在别处也无五言诗起源之记载。

（二）自李陵至东汉中世，时将二百年，为人指为曾作五言者，只有苏武、李陵、班婕妤、傅毅数人，直到汉末然后一时大兴，如五言已始于李都尉，则建安以前，苏、李以后，不应那样零落。

（三）现存五言乐府古诗无丝毫为西汉之痕迹，而"游戏宛与落"为人指为枚乘作者，明明是东京（玉衡指孟冬一句，为人指为西汉之口实，其实此种指证，与法国海军官兵某以"日中星火"证《尧典》为真，同一荒唐）。

（四）汉武昭宣时，楚调余声未沫，此种绝整齐之五言体恐未能成熟产生。

（五）最有力之反证，即《汉书》实载李陵别苏武歌，仍是楚节，而非五言。

（六）试取《文选》所指为苏、李赠答诗者一看，皆是别妻之调，无一句与苏、李情景合。如"俯视江汉流"明明不是塞北的话。

不过李都尉成了五言诗的创作者一个传说也有他由来的道理。鸣沙山石室发见文卷中就存巴黎之一部分而论，什七八为佛经及其他外国文籍，中国自著文籍不过什之一，而其中已有关于苏、李故事者四五篇（记忆如此，不获据目录校之），可见李陵的故事在唐五代还是在民间很流行的。现在虽然这李陵的传说在民间已死了。而京调中的"杨老令公碰死在李陵碑"一切层次，尚且和李陵一生的关节相合，若杨四郎"在北国招了驸马"等，又很像李陵，大约这个杨家故事，即是李家故事到了宋后改名换姓的（一种故事的这样变法甚常见）。李陵故事流传之长久及普遍，至今可以想见，而就这物事为题目的文学出产品，当然不少的（一个民间故事，即是一个民间文学出产品）。即如苏、李往来书，敦煌石室出了好几首，其中有一个苏武是大骂李陵（已是故事的伦理化）。有一条骂他智不如孙权。这样的文章自然不是萧统及他的参订学士大夫所取的，所以《文选》里仅仅有"子卿足下勤宣令德……"一文。这篇文极多的人爱他，却只有几个人说他，也许是李陵作的。大约自汉以及六朝，民间传说李陵、苏武的故事时，有些歌调，咏叙此事，如秦罗敷；有些话言，作为由他自己出，如秦嘉妇。汉末乐府属于相和清商等者，本来多这样，所以当时必有很多李陵的诗，苏武的诗，如平话中的"有诗为证"。《水浒传》中（原来也只是一种平话）宋江的题诗，宣和遗事的宋太宗诗，一个道理。如果这段故事敷衍得长了，也许吸收若干当时民间的歌调，而成一段一段的状态，所以无名氏的别妻诗成了苏武的别妻诗。这些诗靠这借用的故事流传，后来的学士们爱他，遂又从故事中抽出，而真个成了苏武的诗。此外很显出故事性质的苏李诗，因为文采不艳，只在民间流行，久而丧失。原来古代的文人学士本不了解民间故事及歌曲的性质，看见李陵故事里有作为李陵口气的五言诗，遂以为李陵作五言诗；但最初也只是将信将疑，后来传久了，然后增加了这一说的威权。

何以李陵故事这样流行,也有一层道理,即李陵的一生纵使不加文饰也是一段可泣可咏的事实。李氏本是陇西士族,当时士大夫之望,不幸李广那样"数奇",以不愿对簿而自杀。李陵少年又为甚多人器许,武帝爱他,司马迁那样称赞他:"事亲孝,与士信,恭俭下人,常思奋不顾身,以赴国家之急。"在当时的士人看去,李陵比当时由佞幸倡优出身的大将,如卫青、霍去病、李广利,不可同年语的。偏偏遭际那样不巧,至于"陇西士大夫以李氏为愧"。而李降虏后,还是一个有声色有意气的人。有这样的情形,自然可以成一种故事的题目。苏属国是个完节的人,是个坚忍而无甚声采的人,拿他和李君亲起来,尤其使这故事有声色。天然造成的一个故事资料,所以便如此成就了。

东汉的故事现在只可于支支节节的遗文之中认识他的题目,如杞梁妻(《饮马长城窟行》属之)、秦罗敷(秋胡是其变说。秦嘉故事或亦是其中一节,将秦嘉为男子,遂为秦妇造徐淑之名)、李陵苏武、赵飞燕(班婕妤故事大约附在内)、王昭君等,多半有歌词传到现在。其中必有若干的好文学,可惜现在不见了。

三、论五言不起一人

然则五言是谁创的?曰,这个问题不应这样说,某一人创造某一体一种话,都由于以前人不明白文体是一种的有机体,自然生成,以渐生成,不是凭空创造的,然后说出。诚然,古来文人卖弄字句的体裁,如"连珠",最近代印刷术大发达后的出版界中文体,如"自由诗",都可由一个文人创造,但这样的事都是以不能通行于一般社会的体裁为限,都不能成文学上的一个大风气(即使有人凭空创了,到底不能缘势通行)。所有文学史上的大体裁,并不以中国为限,都是民众经过若干时期造成的,在散文尚且如此(中国近代之白话小说出于平话,《水浒传奇》等,尚经数百年在民众中之变迁而成今体,西洋之 Romance 字义先带地方人民性，不待说，即 novel，渊源上亦经若千世之演化，流变上亦经若千人之修改，然后成近体也）。何况韵文，何况凭传于民间歌乐的诗？所以五言、七言、词等，其来都很渐，都是在历史上先露若干端绪，慢慢地一步一步出现，从没有忽然一下子出来，前无渊源，顿成大体的。果然有人问五言是何时何人创的，我们只好回答他，五言是汉朝的民间出产品，若干时代渐渐成就的出产品。

五言在汉时慢慢出来有痕迹可见吗？曰：现在可见的西汉歌词中（可靠的书籍所记载，并可确知其为西汉者），没有一篇完全五言的，只存下列三诗有一个向五言演化的趋势。

(一)《戚夫人歌》(见《汉书·外戚传》)

子为王，母为虏。终日舂薄暮，常与死为伍。相离三千里，当谁使告女。

（三、三、五、五、五、五）

(二)《李延年歌》(见《汉书·外戚传》)

北方有佳人，绝世而独立。一顾倾人城，再顾倾人国。宁不知倾城与倾国，佳人难再得！

（五、五、五、五、八、五）

(《玉台新咏》已将第五句改成五言，遂为一完全五言诗矣)。

(三)《杨恽歌》(见《汉书·杨恽传》)

田彼南山，芜秽不治。种一顷豆，化而为萁。人生行乐耳，须富贵几时？

（四、四、四、四、五、五）

秦汉文学　125

这三篇都不是楚调。戚姬，定陶人；定陶属济阴郡，济阴地在战国末虽邻于楚之北疆，然楚文化当不及此。李延年，中山人。杨恽则明言"家本秦也，能为秦声；妇赵女也，雅善鼓瑟"。故他这歌非秦即赵。我们不能断定西汉时没有一篇整齐的五言诗（《困学纪闻》所引《虞姬歌》自不可据）。但若果多了，当不至于一首不遗留到现在，只见这三首有五言的趋向之诗。那么，五言在西汉只有含蓄在非楚调的杂言中，逐渐有就整齐成五言的趋向，纵使这一类之中偶然有全篇的五言，在当时人也不至于注意到，另为他标一格。大凡一种文体出来，必须时期成熟，《诗经》中虽有"子兮子兮"一流的话，《论语》中的"凤兮凤兮"一歌，也还近于《诗经》远于《楚辞》，直到《孟子》书中引的《沧浪之歌》，才像《楚辞》，所以《九辩》《九章》的体裁，总不能是战国中期以前的物事，西汉时楚调盛行，高帝武帝都提倡他所以房中之乐（如《安世房中歌》），乃至《郊祀之歌》（说详后），都是盛行楚声的。赋又是楚声之扩张体，如果歌乐的权柄在司马相如、枚皋一般人手里（见《史记》《汉书》数处），则含蓄在非楚调的杂言诗中之五言，没有发展的机会。一种普行的文体乃是时代环境之所形成，楚调不衰五言不盛。

四、我们宜注意下列几件事

（一）中国一切诗体皆从乐府出，词曲本是乐府，不必论；《诗三百》与乐之关系成说甚多，也不烦证明；只论辞赋、五言、七言，无不从乐府出来。《汉志》于《辞赋略》中标举"不歌而诵谓之赋"一句话，这话说司马相如是对的，说屈原是错的，举一事为证，屈赋每每有乱，《论语》"《师挚》之始，《关雎》之乱，洋洋乎盈耳哉"。有乱的文辞不是乐章是什么？赋体后来愈演愈铺张多，节奏少，乃至于不可歌罢了。七言从汉魏乐府中出来的痕迹更显明（后来再论），五言则除见于东汉乐府者不待说外，所谓古诗，苏、李诗，非相和之词，即清商之祖；后来到曹操所作，还都是乐府，子建的五言也大半是乐府。填词作诗不为歌唱，乃纯是后人的事，古世文人的范域与一般之差别不如后世之大，作诗而不歌，又为什么？所以杜工部还在那里"新诗改罢自长吟"，近代人才按谱填词，毕竟不歌哩（词律之规平仄，辨清浊阴阳，皆为歌时之流畅而起，既不歌矣，而按谱填，真成雕虫之技，不复属于文章之事，无谓甚矣）。

（二）中国一切诗歌之原皆是长短句，词曲不必论，四言在《诗经》中始终未整齐，到了汉朝人作那时的"古体诗"（如韦、孟等及自四言诗出之箴铭等）。才成整齐的四言，七言五言从杂言的汉乐府出之痕迹亦可见。

（三）从非楚调的杂言中出来了五言，必是当时的乐节上先有此趋势，然后歌调跟着同方向的走，这宗凭传于音乐的诗歌，情趣虽然属于文学，体裁都是依傍乐章，他难得先音乐而变。可惜汉代乐调一无可考，我们遂不能详看五言如何从杂言乐府出一个重要事实。

《楚辞》不续《诗经》之体及乐，《楚辞》在文情上也断然和《诗经》不同，五言不续《楚辞》之体及乐，五言在文情上也断然和《楚辞》不同。《国风》《小雅》中的情感在东汉五言诗中重新出现了（应取《古诗十九首》、苏李诗、五言乐府等与《国风》《小雅》较）。

第三章

六朝文学

———

胡适

胡适（1891—1962）
北京大学研究所哲学门主任、文学院院长、校长

原名嗣穈，后改为适、适之，安徽绩溪人。他著述丰富，在文学、哲学、史学、考据学、教育学、伦理学、红学等诸领域都有较深研究并开风气之先。1917年发表新文学运动的第一篇文章《文学改良刍议》，是五四新文化运动的重要代表人物。著作收入《胡适文存》《胡适文集》等。

汉末魏晋的文学

汉朝的韵文有两条来路：一条路是模仿古人的辞赋，一条路是自然流露的民歌。前一条路是死的，僵化了的，无可救药的。那富于革命思想的王充也只能说：

> 深覆典雅，指意难覩，唯赋颂耳。

这条路不属于我们现在讨论的范围，表过不提。如今且说那些自然产生的民歌，流传在民间，采集在"乐府"，他们的魔力是无法抵抗的，他们的影响是无法躲避的。所以这无数的民歌在几百年的时期内竟规定了中古诗歌的形式体裁。无论是五言诗、七言诗，或长短不定的诗，都可以说是从那些民间歌辞里出来的。

旧说相传汉武帝时的枚乘、李陵、苏武等做了一些五言诗。这种传说，大概不可靠。李陵，苏武的故事流传在民间，引起了许多传说，近年敦煌发见的古写本中也有李陵答苏武书（现藏巴黎国立图书馆），文字鄙陋可笑，其中竟用了孙权的典故！大概现存的苏李赠答诗文同出于这一类的传说故事，虽雅俗有不同，都是不可靠的。枚乘的诗也不可靠。枚乘的诗九首，见于徐陵的《玉台新咏》；其中八首收入萧统的《文选》，都在"无名氏"的古诗十九首之中。萧统还不敢说是谁人作的，徐陵生于萧统之后，却敢武断是枚乘的诗，这不是很可疑的吗？

大概西汉只有民歌；那时的文人也许有受了民间文学的影响而作诗歌的，但风气未开，这种作品只是"俗文学"，《汉书》《礼乐志》哀帝废乐府诏所谓"郑声"，《王褒传》宣帝所谓"郑卫"，是也。

到了东汉中叶以后，民间文学的影响已深入了，已普遍了，方才有上流文人出来公然仿效乐府歌辞，造作歌诗。文学史上遂开一个新局面。

这个新局面起于二世纪的晚年，汉灵帝（一六八至一八九）与献帝（一九〇至二二〇）的时代。灵帝时有个名士赵壹，恃才倨傲，受人的排挤，屡次得罪，几乎丧了生命。他作了一篇《疾邪赋》，赋中有歌两首，其一云：

河清不可俟，人命不可延。
顺风激靡草，富贵者称贤。
文籍虽满腹，不如一囊钱。
伊优北堂上，肮脏倚门边。

这虽不是好诗，但古赋中夹着这种白话歌辞，很可以看时代风气的转移了。

这个时代（灵帝、献帝时代）是个大乱的时代。政治的昏乱到了极端。清流的士大夫都被那"党锢"之祸一网打尽（党锢起于一六六，至一八四始解）。外边是鲜卑连年寇边，里面是黄巾的大乱。中央的权力渐渐瓦解，成了一个州牧割据的局面。许多的小割据区域渐渐被并吞征服，后来只剩下中部的曹操，西南的刘备，东南的孙权，遂成了三国分立的局面。直到晋武帝平了孙吴（二八〇），方才暂时有近二十年的统一。

这个纷乱时代，却是文学史上的一个很灿烂的时代。这时代的领袖人物是曹操。曹操在政治上的雄才大略，当时无人比得上他。他却又是一个天才很高的文学家。他在那"挟天子以令诸侯"的地位，自己又爱才如命，故能召集许多文人，造成一个提倡文学的中心。他的儿子曹丕、曹植也都是天才的文学家，故曹操死后这个文学运动还能继续下去。这个时期在文学史上叫作"建安（一九六至二二〇）正始（二四〇至二四九）时期"。

这个以曹氏父子为中心的文学运动，他的主要事业在于制作乐府歌辞，在于文人用古乐府的旧曲改作新词。《晋书》《乐志》说：

> 汉自东京大乱，绝无金石之乐；乐章亡绝，不可复知。及魏武（曹操）平荆州，获汉雅乐郎河南杜夔能识旧法，以为军谋祭酒，使创定雅乐。……

又说：

> 巴渝舞曲有《矛渝本歌曲》《弩渝本歌曲》《安台本歌曲》《行辞本歌曲》，总四篇，其辞既古，莫能晓其句度。魏初，乃使军谋祭酒王粲改创其辞。粲问巴渝帅李管和玉歌曲意，试使歌，听之，以考校歌曲而为之改为《矛渝新福曲歌》《弩渝新福曲歌》《安台新福曲歌》《行辞新福曲歌》，以述魏德。

又引曹植《鼙舞诗·序》云：

> 故汉灵帝西园鼓吹有李坚者能鼙舞。遭世荒乱，坚播越

六朝文学　133

关西，随将军段煨。先帝（曹操）闻其旧伎，下书召坚。坚年逾七十，中间废而不为，又古曲甚多谬误，异代之文未必相袭，故依前曲作新声五篇。

"依前曲，作新声"即是后世的依谱填词。《乐志》又说：

> 汉时有短箫铙歌之乐。其曲有《朱鹭》《思悲翁》《艾如张》《上之回》《雍离》《战城南》等，列于鼓吹，多序战阵之事。及魏受命，改其十二曲，使缪袭为词，述以功德代汉。改《朱鹭》为《楚之平》，言魏也，改《艾如张》为《获吕布》，言曹公东围临淮，擒吕布也。……

这都是"依前曲，作新声"的事业。这种事业并不限于当时的音乐专家；王粲，缪袭，曹植都只是文人。曹操自己也作了许多乐府歌辞。我们看曹操、曹丕、曹植、阮瑀、王粲诸人作的许多乐府歌辞，不能不承认这是文学史上的一个新时代。以前的文人把作辞赋看作主要事业，从此以后的诗人把作诗看作主要事业了。以前的文人从仿做古赋颂里得着文学的训练，从此以后的诗人要从仿作乐府歌辞里得着文学的训练了。

曹操作的乐府歌辞，最著名的自然是那篇《短歌行》。我们摘抄几节：

> 对酒当歌！人生几何？譬如朝露，去日苦多。
> 慨当以慷，忧思难忘。何以解忧？惟有杜康（传说杜康作酒）……
> 明明如月，何时可掇？忧从中来，不可断绝。
> 越陌度阡，枉用相存（存是探问）。契阔谈宴，心念旧恩。
> 月明星稀，乌鹊南飞。绕树三匝，何枝可依？……

他的《步出东西门行》，我们也选第四章的两段：

　　神龟虽寿，犹有竟时。腾蛇乘雾，终为土灰。
　　老骥伏枥，志在千里。烈士暮年，壮心不已。……

　　这种四言诗，用来作乐府歌辞，颇含有复古的意味。后来晋初荀勖造晋歌全用四言（见《晋书·乐志》），大概也是这个意思。但《三百篇》以后，四言诗的时期已过去了。汉朝的四言诗没有一篇可读的。建安时期内，曹操的大才也不能使四言诗复活。与曹操同时的有个哲学家仲长统（死于二二〇），有两篇《述志诗》，可算是汉朝一代的四言杰作：

　　飞鸟遗迹，蝉蜕亡壳，腾蛇弃鳞，神龙丧角。
　　至人能变，达士拔俗。乘云无辔，骋风无足。
　　垂露成帏，张霄（霄是日傍之气）成幄。
　　沆瀣（音亢械，露气也）当餐，九阳代烛。
　　恒星艳珠，朝霞润玉。六合之内，恣心所欲。
　　人事可遗，何为局促？
　　大道虽夷，见几者寡。任意无非，适物无可。
　　古来缭绕，委曲如琐。百虑何为？至要在我。
　　寄愁天上，埋忧地下。叛散五经，灭弃风雅。
　　百家杂碎。请用从火。抗志山栖，游心海左。
　　元气为舟，微风为柂。翱翔太清，纵意容冶。

　　但四言诗终久是过去的了。以后便都是五言诗与七言诗的时代。
　　曹丕（死于二二六）的乐府歌辞比曹操的更接近民歌的精神了，如《上留田行》：

居世一何不同？——上留田。
富人食稻与粱，——上留田。
贫子食糟与糠，——上留田。
贫贱亦何伤？——上留田。
禄命悬在苍天，——上留田。
今尔叹息，将欲谁怨？——上留田。

这竟是纯粹的民歌。又如《临高台》：

临台行高高以轩，下有水清且寒，中有黄鹄往且翻。
……
鹄欲南游，雌不能随。我欲躬衔汝，口噤不能开。
欲负之，毛衣摧颓。五里一顾，六里徘徊。

这也是绝好的民歌。他又有《燕歌行》两篇，我们选一篇：

秋风萧瑟天气凉，草木摇落露为霜。
群燕辞归雁南翔。念君客游多思肠，
慊慊思归恋故乡。君何淹留寄他方？
贱妾茕茕守空房，忧来思君不可忘，
不觉泪下沾衣裳。援琴鸣弦发清商，
短歌微吟不能长。明月皎皎照我床。
星汉西流夜未央。牵牛织女遥相望，
尔独何辜限河梁！

这虽是依旧曲作的新辞，这里面已显出文人阶级的气味了。文人仿作民歌，一定免不了两种结果，一方面是文学的民众化，一方面是民歌的文人化。试看曹丕自己作的《杂诗》：

西北有浮云，亭亭如车盖。
惜哉时不遇，适与飘风会，
吹我东南行，行行至吴会。
吴会非家乡，安得久留滞？
弃置勿复陈，客子常畏人。

前面的一首可以表示民歌的文人化，这一首可以表示文人作品的民众化。

曹丕的兄弟曹植（字子建，死于二三二）是当日最伟大的诗人。现今所存他的诗集里，他作的乐府歌辞要占全集的一半以上。大概他同曹丕俱负盛名，曹丕做了皇帝，他颇受猜忌，经过不少的忧患，故他的诗歌往往依托乐府旧曲，借题发泄他的忧思，从此以后，乐府遂更成了高等文人的文学体裁，地位更抬高了。

曹植的诗，我们也举几首作例。先引他的《野田黄雀行》：

高树多悲风，海水扬其波。
利剑不在掌，结友何须多？
不见篱间雀，见鹞自投罗？
罗家见雀喜，少年见雀悲。
拔剑捎罗网，黄雀得飞飞。
飞飞摩苍天，来下谢少年。

这种爱自由，思解放的心理，是曹植的诗的一个中心意境。这种心理有时表现为歌颂功名的思想。如《白马篇》云：

白马饰金羁，连翩西北驰。
借问谁家子，幽并游侠儿。
少小去乡邑，扬声沙漠垂。……

六朝文学　137

弃身锋刃端，性命安可怀，
　　父母且不顾，何言子与妻？
　　名在壮士籍，不得中顾私。
　　捐躯赴国难，视死忽如归。

又如《名都篇》：

　　名都多妖女，京洛出少年。
　　宝剑直千金，被服丽且鲜。
　　斗鸡东郊道，走马长楸间。
　　驰骋未及半，双兔过我前。
　　揽弓捷鸣镝，长驱上南山。
　　左挽因右发，一纵两禽连。
　　余巧未及展，仰手接飞鸢。
　　观者咸称善，众工归我妍。
　　归来宴平乐，美酒斗十千。
　　脍鲤臇胎鰕，炮鳖炙熊蹯。
　　鸣俦啸匹侣，列坐竟长筵。
　　连翩击鞠壤，巧捷惟万端。
　　白日西南驰，光景不可攀。
　　云散还城邑，清晨复来还。

　　同样爱自由的意境有时又表现为羡慕神仙的思想，故曹植有许多游仙诗，如《苦思行》《远游篇》，都是好例。他的晚年更不得意，很受他哥哥的政府的压迫。名为封藩而王，其实是远徙软禁。（看《三国志》卷十九）他后来在愁苦之中，发病而死，只有四十一岁。他有《瑟调歌辞》，用飞蓬自喻，哀楚动人：

吁嗟此转蓬，居世何独然？
长去本根逝，夙夜无休闲。
东西经七陌，南北越九阡。
卒遇回风起，吹我入云间。
自谓终天路，忽然下沉泉。
惊飚接我出，故归彼中田。
当南而更北，谓东而反西，
宕宕当何依，忽亡而复存。
飘摇风八泽，连翩历五山，
流转无恒处，谁知吾苦艰？
愿为中林草，秋随野火燔。
糜灭岂不痛？愿与根荄连。

与曹氏父子同时的文人，如陈琳、王粲、阮瑀、繁钦等，都受了这个乐府运动的影响。陈琳有《饮马长城窟行》，写边祸之惨：

饮马长城窟，水寒伤马骨。往谓长城吏：慎勿稽留太原卒。官作自有程，举筑谐汝声。男儿宁当格斗死，何能怫郁筑长城？

长城何连连，连连三千里。边城多健少，内舍多寡妇。作书与内舍："便嫁莫留住。善事新姑嫜，时时念我故夫子。"报书与边地："君今出语一何鄙！'身在祸难中，何为稽留他家子？'生男慎莫举！生女哺用脯！君独不见长城下，死人骸骨相撑拄？结发行事君，慊慊心意关。明知边地苦，贱妾何能久自全？"

王粲（死于二一七）《七哀诗》的第一首也是这种社会问题诗：

西京乱无象，豺虎方遘患。

六朝文学　　139

复弃中国去，委身适荆蛮。
　　亲戚对我悲，朋友相追攀。
　　出门无所见，白骨蔽平原。
　　路有饥妇人，抱子弃草间，
　　顾闻号泣声，挥涕独不还。
　　"未知身死处，何能两相完？"
　　驱马弃之去，不忍听此言。
　　南登霸陵岸，回首望长安。
　　悟彼泉下人，喟然伤心肝。

同时的阮瑀（死于二一二）作的《驾出北郭门行》，也是一篇社会问题的诗：

　　驾至北郭门，马樊不肯驰。
　　下车步踟蹰，仰折枯杨枝，
　　顾闻丘林中，噭噭有悲啼。
　　借问啼者谁，何为乃如斯？
　　亲母舍我没，后母憎孤儿。
　　饥寒无衣食，举动鞭捶施。
　　骨消肌肉尽，体若枯树皮。
　　藏我空屋中，父还不能知。
　　上冢察故处，存亡永别离。
　　亲母何可见？泪下声正嘶。
　　弃我于此间，穷厄岂有赀？
　　传告后代人，以此为明规。

这虽是笨拙的白话诗，却很可表示《孤儿行》一类的古歌辞的影响。

繁钦（死于二一八）有《定情诗》，中有一段：

> 我既媚君姿，君亦悦我颜。
> 何以致拳拳？绾臂双金环。
> 何以致殷勤？约指一双银。
> 何以致区区？耳中双明珠。
> 何以致叩叩？香囊系肘后。
> 何以致契阔？绕腕双条脱。……

这虽然也是笨拙浅薄的铺叙，然而古乐府《有所思》的影响也是很明显的。一百年前，当汉顺帝阳嘉年间（一三二至一三五），张衡作了一篇《四愁诗》，也很像是《有所思》的影响。《四愁诗》共四章，我们选二章作例：

> 我所思兮在太山，欲往从之梁甫艰，侧身东望涕沾翰。美人赠我金错刀。何以报之英琼瑶。路远莫致倚逍遥。何为怀忧心烦劳？（一）
> 我所思兮在汉阳，欲往从之陇坂长，侧身西望涕沾裳。美人赠我貂襜褕。何以报之明月珠。路远莫致倚踟蹰。何为怀忧心烦纡？（二）

《有所思》已引在第三章，今再抄于此，以供比较：

> 有所思，乃在大海南。何用问遗君？双珠玳瑁簪，用玉绍缭之。
> 闻君有他心，拉杂摧烧之。摧烧之！当风扬其灰？从今以往，勿复相思！……

六朝文学

我们把这诗与张衡、繁钦的诗比较着看,再用晋朝傅玄的《拟四愁诗》(丁福保编的《全晋诗》,卷二,页十六)来合看,便可以明白文学的民众化与民歌的文人化的两种趋势的意义了。

当时确有一种民众化的文学趋势,那是无可疑的。当时的文人如应璩兄弟几乎可以叫作白话诗人。《文心雕龙》说应场有《文论》,此篇现已失传了,我们不知他对于文学有什么主张。但他的《斗鸡诗》(丁福保《全三国诗》卷三,页十四)却是很近白话的。应璩(死于二五二)作《百一诗》,大概取杨雄"劝百而讽一"的话的意思。史家说他的诗"虽颇谐,然多切时要"。旧说又说,他作《百一诗》,讥切时事,"遍以示在事者,皆怪愕,以为应焚弃之"。今世所传《百一诗》已非全文,故不见当日应焚弃的话,但见一些道德常识的箴言,文辞甚浅近通俗,颇似后世的《太公家教》和《治家格言》一类的作品。所谓"其言颇谐",当是说他的诗体浅俚,近于俳谐。例如今存他的诗有云:

  细微可不慎?堤溃自蚁穴。
  滕理早从事,安复劳针石?……

又有云:

  子弟可不慎?慎在选师友。
  师友必长德,中才可进诱。……

这都是通俗格言的体裁,不能算作诗。其中勉强像诗的,如:

  前者隳官去,有人适我闾。
  田家无所有,酌醴焚枯鱼。
  问我何功德,三入承明庐。……

避席跪自陈，贱子实空虚。
宋人遇周客，惭愧靡所如。

只有一首《三叟》，可算是一首白话的说理诗：

古有行道人，陌上见三叟，
年各百余岁，相与锄禾莠。
住车问三叟：何以得此寿？
上叟前致辞：内中妪貌丑。
中叟前致辞：量腹节所受。
下叟前致辞：夜卧不覆首。
要哉三叟言，所以能长久。

但这种"通俗化"的趋势终久抵不住那"文人化"的趋势；乐府民歌的影响固然存在，但辞赋的旧势力也还不小，当时文人初作乐府歌辞，工具未曾用熟，只能用诗体来达一种简单的情感与简单的思想。稍稍复杂的意境，这种新体裁还不够应用。所以曹魏的文人遇有较深沉的意境，仍不能不用旧辞赋体。如曹植的《洛神赋》，便是好例。这有点像后世文人学作教坊舞女的歌词，五代宋初的词只能说儿女缠绵的话，直到苏轼以后，方才能用词体来谈禅说理，论史论人，无所不可。这其间的时间先后，确是个工具生熟的问题：这个解释虽是很浅，却近于事实。

五言诗体，起于汉代的无名诗人，经过建安时代许多诗人的提倡，到了阮籍方才正式成立。阮籍（死于二六三）是第一个用全力作五言诗的人；诗的体裁到他方才正式成立，诗的范围到他方才扩充到无所不包的地位。

阮籍是崇信自然主义的一个思想家。生在那个魏晋交替的时代，他眼见司马氏祖孙三代专擅政权，欺凌曹氏，压迫名流，他不能救济，只好纵酒放恣。史家说司马昭想替他的儿子司马炎（即晋武帝）娶阮籍的女儿，他没有法子，只得天天喝酒，接连烂醉了六十日，使司马昭没有机会开口。他崇拜自由，而时势不许他自由；他鄙弃那虚伪的礼法，而"礼法之士，疾之若仇"。所以他把一腔的心事都发泄在酒和诗两件事上。他有《咏怀》诗八十余首。他是一个文人，当时说话又不便太明显，故他的诗虽然抬高了五言诗的身份，虽然明白建立了五言诗的地位，同时却也增加了五言诗"文人化"的程度。

我们选录《咏怀》诗中的几首：

　　鸿鹄相随飞，飞飞适荒裔。
　　双翮临长风，须臾万里逝。
　　朝餐琅玕实，夕宿丹山际。
　　抗身青云中，网罗孰能制？
　　岂与乡曲士，携手共言誓？
　　昔闻东陵瓜，近在青门外。（秦时东陵侯邵平在秦亡后沦落为平民，在长安青门外种瓜，瓜美，人称为东陵瓜。）
　　连畛距阡陌，子母相钩带。
　　五色耀朝日，嘉宾四面会。
　　膏火自煎熬，多财为患害。
　　布衣可终身，宠禄岂足赖？
　　昔年十四五，志尚好书诗，
　　被褐怀珠玉，颜闵相与期。
　　开轩临四野，登高望所思。
　　丘墓蔽山冈，万代同一时。
　　千秋万岁后，荣名安所之？
　　乃悟羡门子，噭噭令自嗤。（羡门是古传说的仙人。）

独坐空堂上，谁可与欢者？
出门临永路，不见行车马。
登高望九州，悠悠分旷野。
孤鸟西北飞，离兽东南下。
日暮思亲友，晤言用自写。

人言愿延年，延年欲焉之？
黄鹄呼子安，千秋未可期。
独坐山岩中，恻怆怀所思。
王子一何好，猗靡相携持。
悦怿犹今辰，计校在一时。
置此明朝事，日夕将见欺。

驾言发魏都，南向望吹台。
箫管有遗音，梁王安在哉？
战士食糟糠，贤士处蒿莱。
歌舞曲未终，秦兵已复来。
夹林非吾有，朱宫生尘埃。
军败华阳下，身竟为土灰。

故事诗的起来

故事诗（Epic）在中国起来的很迟，这是世界文学史上一个很少见的现象。要解释这个现象，却也不容易。我想，也许是中国古代民族的文学确是仅有风谣与祀神歌，而没有长篇的故事诗，也许是古代本有故事诗，而因为文字的困难，不曾有记录，故不得流传于后代；所流传的仅有短篇的抒情诗。这二说之中，我却倾向于前一说。《三百篇》中如《大雅》之《生民》，如《商颂》之《玄鸟》，都是很可以作故事诗的题目，然而终于没有故事诗出来。可见古代的中国民族是一种朴实而不富于想象力的民族。他们生在温带与寒带之间，天然的供给远没有南方民族的丰厚，他们须要时时对天然奋斗，不能像热带民族那样懒洋洋地睡在棕榈树下白日见鬼，白昼做梦。所以《三百篇》里竟没有神话的遗迹。所有的一点点神话如《生民》《玄鸟》的"感生"故事，其中的人物不过是祖宗与上帝而已。(《商颂》作于周时，《玄鸟》的神话似是受了姜嫄故事的影响以后仿作的。）所以我们很可以说中国古代民族没有故事诗，仅有简单的祀神歌与风谣而已。

后来中国文化的疆域渐渐扩大了，南方民族的文学渐渐变成了中国文学的一部分。试把《周南》《召南》的诗和《楚辞》比较，我们便可以看出汝汉之间的文学和湘沅之间的文学大不相同，便可以看出疆域越往南，文学越带有神话的分子与想象的能力。我们看《离骚》里的许多神的名字——羲和、望舒等——便可以知道南方民族曾有不少的神话。至于这些神话是否取故事诗的形式，这一层我们却无从考证了。

中国统一之后，南方的文学——赋体——成了中国贵族文学的正统的体裁。赋体本可以用作铺叙故事的长诗，但赋体北迁之后，免不了北方民族的朴实风气的制裁，终究"庙堂化"了。起初还有南方文人的《子虚赋》《大人赋》，表示一点想象的意境，然而终不免要"曲终奏雅"，归到讽谏的路上去。后来的《两京》《三都》，简直是杂货店的有韵仿单，不成文学了。至于大多数的小赋，自《鵩鸟赋》以至于《别赋》《恨赋》，竟都走了抒情诗与讽谕诗的路子，离故事诗更远了。

但小百姓是爱听故事又爱说故事的。他们不赋两京，不赋三都，他们有时歌唱恋情，有时发泄苦痛，但平时最爱说故事。《孤儿行》写一个孤儿的故事，《上山采蘼芜》写一家夫妇的故事，也许还算不得纯粹的故事诗，也许只算是叙事的（Narrative）讽谕诗。但《日出东南隅》一类的诗，从头到尾只描写一个美貌的女子的故事，全神贯注在说故事，纯然是一篇故事诗了。

绅士阶级的文人受了长久的抒情诗的训练，终于跳不出传统的势力，故只能做有断制，有剪裁的叙事诗：虽然也叙述故事，而主旨在于议论或抒情，并不在于敷说故事的本身。注意之点不在于说故事，故终不能产生故事诗。

故事诗的精神全在于说故事：只要怎样把故事说得津津有味，娓娓动听，不管故事的内容与教训。这种条件是当日的文人阶级所不能承认的。所以纯粹故事诗的产生不在于文人阶级而在于爱听故事又爱说故事的民间。"田家作苦，岁时伏腊，烹羊炰羔，斗酒自劳，……

酒后耳热，仰天拊缶而歌乌乌"，这才是说故事的环境，这才是弹唱故事诗的环境，这才是产生故事诗的环境。

如今且先说文人作品里故事诗的趋势。

蔡邕（死于一九二）的女儿蔡琰（文姬）有才学，先嫁给卫氏，夫死无子，回到父家居住。父死之后，正值乱世，蔡琰于兴平年间（约一九五）被胡骑掳去，在南匈奴十二年，生了两个儿子。曹操怜念蔡邕无嗣，遂派人用金璧把她赎回中国，重嫁给陈留的董祀。她归国后，感伤乱离，作《悲愤》诗二篇，叙她的悲哀的遭际。一篇是用赋体作的，一篇是用五言诗体作的，大概她创作长篇的写实的叙事诗,（《离骚》不是写实的自述，只用香草美人等譬喻，使人得一点概略而已。）故试用旧辞赋体，又试用新五言诗体，要试验哪一种体裁适用。

蔡琰的五言的《悲愤》诗如下：

汉季失权柄，董卓乱天常，
志欲图篡弑，先害诸贤良；
逼迫迁旧邦，拥主以自强。
海内兴义师，欲共讨不祥。
卓众来东下，金甲耀日光。
平土人脆弱，来兵皆胡羌，
猎野围城邑，所向悉破亡。

斩截无孑遗，尸骸相撑拒。
马边悬男头，马后载妇女。
长驱入西关，回路险且阻；
还顾邈冥冥，肝脾为烂腐。
所略有万计，不得令屯聚。
或有骨肉俱，欲言不敢语。
失意几微间，辄言"毙降虏！

要当以亭刃，我曹不活汝！"

岂复惜性命？不堪其詈骂。
或便加捶杖，毒痛参并下。
旦则号泣行，夜则悲吟坐。
欲死不能得，欲生无一可。
彼苍者何辜，乃遭此厄祸！

边荒与华异，人俗少义理。
处所多霜雪，胡风春夏起：
翩翩吹我衣，肃肃入我耳。
感时念父母，哀叹无穷已。

有客从外来，闻之常欢喜；
迎问其消息，辄复非乡里。
邂逅徼时愿，骨肉来迎己。
己得自解免，当复弃儿子。
天属缀人心，念别无会期。
存亡永乖隔，不忍与之辞。
儿前抱我颈，问"母欲何之？
人言母当去，岂复有还时？
阿母常仁恻，今何更不慈？
我尚未成人，奈何不顾思？"
见此崩五内，恍惚生狂痴。
号泣手抚摩，当发复回疑。

兼有同时辈，相送告离别，
慕我独得归，哀叫声摧裂。
马为立踟蹰，车为不转辙，

> 观者皆歔欷，行路亦呜咽。
>
> 去去割情恋，遄征日遐迈。
> 悠悠三千里，何时复交会？
> 念我出腹子，胸臆为摧败。
>
> 既至家人尽，又复无中外。
> 城郭为山林，庭宇生荆艾。
> 白骨不知谁，从横莫覆盖。
> 出门无人声；豺狼号且吠。
> 茕茕对孤景，怛咤糜肝肺。
> 登高远眺望：魂神忽飞逝，
> 奄若寿命尽。旁人相宽大，
> 为复彊视息，虽生何聊赖？
> 托命于新人，竭心自勖厉！
> 流离成鄙贱，常恐复捐废。
> 人生几何时？怀忧终年岁。

这是很朴实的叙述。中间"儿前抱我颈"一段竟是很动人的白话诗。大概蔡琰也曾受乐府歌辞的影响。蔡琰另用赋体作的那篇《悲愤》，也只有写临行抛弃儿子的一段最好：

> 家既迎兮当归宁，临长路兮捐所生。
> 儿呼母兮啼失声，我掩耳兮不忍听。
> 追持我兮走茕茕，顿复起兮毁颜形。
> 还顾之兮破人情，心怛绝兮死复生。

这便远不如五言诗的自然了。(世传的《胡笳十八拍》，大概是很晚出的伪作，事实是根据《悲愤》诗，文字很像唐人的作品。如云

"杀气朝朝冲塞门,胡风夜夜吹边月",似不是唐以前的作品。)

蔡琰的赎还大约在建安十二三年(二〇七至二〇八)。《悲愤》诗凡一百零八句,五百四十字,也算得一首很长的叙事诗了。

魏黄初年间(约二二五),左延年以新声被宠。他似是一个民间新声的作家。他作的歌辞中有一篇《秦女休行》,也是一篇记事,而宗旨全在说故事,虽然篇幅简短,颇有故事诗的意味。《秦女休行》如下:

> 步出上西门,遥望秦氏庐。秦氏有好女,自名为女休。休年十四五,为宗行报仇。左执白杨刃,右据宛鲁矛。仇家便东南。仆僵秦女休。(此十字不可读,疑有错误。)女休西上山,上山四五里,关吏呵问女休。女休前置词。平生为燕王妇,于今为诏狱囚;平生衣参差,当今无领襦。明知杀人当死,兄言快快,弟言无道忧。(这九个字也有点不可解。)女休坚词:为宗报仇死不疑。杀人都市中,徼我都市西。丞卿罗列东向坐,女休凄凄曳梏前。两徒夹我持,刀刃五尺余。刀未下,朣胧击鼓赦书下。

此后数十年中,诗人傅玄(死于二七〇左右)也作了一篇《秦女休行》,也可以表示这时代的叙事韵文的趋势。傅玄是一个刚直的谏臣,史家说他能使"贵游慑伏,台阁生风"。(看《晋书》四十七他的传。)所以他对于秦女休的故事有特别的热枕。他的《秦女休行》,我试为分行写在下面:

> 庞氏有烈妇,义声驰雍凉。("庞氏",一本作"秦氏")
> 父母家有重怨,仇人暴且强。
> 虽有男兄弟,志弱不能当。
> 烈女念此痛,丹心为寸伤。

六朝文学 151

外若无意者,内潜思无方。
白日入都市,怨家如平常。
匿剑藏白刃,一奋寻身僵。
身首为之异处,伏尸列肆旁。
肉与土合成泥,洒血溅飞梁。
猛气上干云霓,仇党失守为披攘。
一市称烈义,观者收泪并慨慷。
百男何当益?不如一女良。
烈女直造县门,云"父不幸遭祸殃。
今仇身以(已)分裂,虽死情益扬。
杀人当伏辜,义不苟活骧旧章。"
县令解印绶,"令我伤心不忍听。"
刑部垂头塞耳,"令我吏举不能成。"
烈著希代之绩,义立无穷之名。
夫家同受其祚,子子孙孙咸享其荣。
今我作歌咏高风,激扬壮发悲且清。

这两篇似是同一件故事,然而数十年之间,这件故事已经有过许多演变了。被关吏呵问的,变成到县门自首了;丞卿罗列讯问,变成县令解印绶了;临刑刀未下时遇赦的,变成"烈著希代之绩,义立无穷之名"了。

依此看来,我们可以推想当日有一种秦女休的故事流行在民间。这个故事的民间流行本大概是故事诗。左延年与傅玄所作《秦女休行》的材料都是大致根据于这种民间的传说的。这种传说——故事诗——流传在民间,东添一句,西改一句,"母题"(Motif)虽未大变,而情节已大变了。左延年所采的是这个故事的前期状态;傅玄所采的已是他的后期状态了,已是"义声驰雍凉"以后的民间改本了。流传越久,枝叶添的越多,描写的越细碎。故傅玄写烈女杀仇人与自首两点比左延年详细得多。

建安、泰始之间（二〇〇至二七〇），有蔡琰的长篇自纪诗，有左延年与傅玄记秦女休故事的诗。此外定还有不少的故事诗流传于民间。例如乐府有《秋胡行》，本辞虽不传了，然可证当日有秋胡的故事诗；又有《淮南王篇》，本辞也没有了，然可证当日有淮南王成仙的故事诗。故事诗的趋势已传染到少数文人了。故事诗的时期已到了，故事诗的杰作要出来了。

我们现在可以讨论古代民间最伟大的故事诗《孔雀东南飞》了。此诗凡三百五十三句，一千七百六十五个字。此诗初次出现是在徐陵编纂的《玉台新咏》里，编者有序云：

汉末建安中（一九六至二二〇），庐江府小吏焦仲卿妻刘氏为仲卿母所遣，自誓不嫁。其家迫之，乃投水而死。仲卿闻之，亦自缢于庭树。时人伤之，为诗云尔。

全诗如下：

孔雀东南飞，五里一徘徊。——"十三能织素，十四学裁衣，十五弹箜篌，十六诵诗书，十七为君妇，心中常苦悲。君既为府吏，守节情不移；贱妾留空房，相见常日稀。鸡鸣入机织，夜夜不得息。三日断五匹，大人故嫌迟。非为织作迟，君家妇难为。妾不堪驱使，徒留无所施。便可白公姥，及时相遣归。"

府吏得闻之，堂上启阿母："儿已薄禄相，幸复得此妇，结发同枕席，黄泉共为友，共事三二年，始尔未为久。女行无偏斜，何意致不厚？"阿母谓府吏："何乃太区区？此妇无礼节，举动自专由，吾意久怀忿，汝岂得自由；东家有贤女，自名秦罗敷。可怜体无比，阿母为汝求。便可速遣之！遣之慎莫留！"

府吏长跪告："伏惟启阿母，今若遣此妇，终老不复

六朝文学　　153

取。"阿母得闻之,槌床便大怒:"小子无所畏!何敢助妇语!吾已失恩义,会不相从许。"

府吏默无声,再拜还入户,举言谓新妇,哽咽不能语。"我自不驱卿,逼迫有阿母!卿但暂还家;吾今且报府;不久当归还,还必相迎取。以此下心意,慎勿违我语!"

新妇谓府吏:"勿复重纷纭。往昔初阳岁,谢家来贵门,奉事循公姥,进止敢自专?昼夜勤作息,伶俜萦苦辛。

谓言无罪过,供养卒大恩。仍更被驱遣,何言复来还?妾有绣腰襦,葳蕤自生光;红罗复斗帐,四角垂香囊;箱帘六七十,绿碧青丝绳;物物各自异,种种在其中。人贱物亦鄙,不足迎后人,留待作遗施,于今无会因!时时为安慰,久久莫相忘!"

鸡鸣外欲曙,新妇起严妆,著我绣夹裙,事事四五通;足下蹑丝履,头上玳瑁光;腰若流纨素;耳著明月珰;指如削葱根;口如含珠丹;纤纤作细步,精妙世无双。上堂拜阿母,母听去不止。"昔作女儿时,生小出野里,本自无教训,兼愧贵家子。受母钱帛多,不堪母驱使。今日还家去,念母劳家里。"却与小姑别,泪落连珠子。"新妇初来时,小姑始扶床;今日被驱遣,小姑如我长,勤心养公姥,好自相扶将。初七及下九,嬉戏莫相忘!"出门登车去,涕落百余行。

府吏马在前,新妇车在后,隐隐何甸甸,俱会大道口。下马入车中,低头共耳语:"誓不相隔卿,且暂还家去。吾今且赴府,不久当还归,誓天不相负!"新妇谓府吏:"感君区区怀。君既若见录,不久望君来。君当作磐石,妾当作蒲苇;蒲苇纫如丝,磐石无转移。我有亲父兄,性行暴如雷,恐不任我意,逆以煎我怀。"举手长劳劳,二情同依依。

入门上家堂,进退无颜仪。阿母大拊掌:"不图子自归!十三教汝织,十四能裁衣,十五弹箜篌,十六知礼仪,十七遣汝嫁，谓言无誓违。（丁福保说，'誓违'疑是'愆违'之讹。愆古愆字。《诗》'不愆于仪'，《礼》《缁衣篇》引作愆。）汝今何罪过，不迎而自归？""兰芝惭阿母，儿实无罪过。"阿母大悲摧。

还家十余日，县令遣媒来，云："有第三郎，窈窕世无双，年始十八九，便言多令才。"阿母谓阿女："汝可去应之。"阿女含泪答："兰芝初还时，府吏见丁宁，结誓不别离；今日违情义，恐此事非奇；自可断来信，徐徐更谓之。"阿母白媒人："贫贱有此女，始适还家门，不堪吏人妇，岂合令郎君？幸可广问讯，不得便相许。"

媒人去数日，寻遣丞请还，说："有兰家女，承籍有宦官。（这十字不可解，疑有脱误。）云：'有第五郎，娇逸未有婚，遣丞为媒人，主簿通言语，直说太守家，有此令郎君。既欲结大义，故遣来贵门。'"阿母谢媒人："女子先有誓，老姥岂敢言。"

阿兄得闻之，怅然心中烦，举言谓阿妹："作计何不量！先嫁得府吏，后嫁得郎君，否泰如天地，足以荣自身。不嫁义郎体，其往欲何云？"兰芝仰头答："理实如兄言。谢家事夫婿，中道还兄门，处分适兄意，那得自任专？虽与府吏要，渠会永无缘。登即相许和，便可作婚姻。"

媒人下床去，诺诺复尔尔，还部白府君："下官奉使命，言谈大有缘。"府君得闻之，心中大欢喜，视历复开书：便利此月内，六合正相应，良吉三十日。"今已二十七，卿可去成婚。"交语速装束，络绎如浮云。

青雀白鹄舫，四角龙子幡，婀娜随风转；金车玉作轮，踯躅青骢马，流苏金镂鞍；赍钱三百万，皆用青丝穿；杂彩三百匹；交广市鲑珍；从人四五百，郁郁登郡门。

阿母谓阿女："适得府君书，明日来迎汝，何不作衣裳？莫令事不举。"阿女默无声，手巾掩口啼，泪落便如泻。

六朝文学　155

移我琉璃榻，出置前窗下。左手持刀尺，右手持绫罗；朝成绣夹裙，晚成单罗衫；晻晻日欲暝，愁思出门啼。

府吏闻此变，因求假暂归。未至二三里，摧藏马悲哀。新妇识马声，蹑履相逢迎，怅然遥相望，知是故人来。举手拍马鞍，嗟叹使心伤。"自君别我后，人事不可量。果不如先愿，又非君所详。我有亲父母，逼迫兼弟兄，以我应他人，君还何所望？"府吏谓新妇："贺君得高迁！磐石方且厚，可以卒千年；蒲苇一时纫，便作旦夕间。卿当日胜贵，吾独向黄泉。"新妇谓府吏："何意出此言！同是被逼迫，君尔妾亦然。黄泉下相见，勿违今日言。"执手分道去，各各还家门。生人作死别，恨恨那可论？念与世间辞，千万不复全。

府吏还家去，上堂拜阿母："今日大风寒，寒风摧树木，严霜结庭兰。儿今日冥冥，令母在后单。故作不良计，勿复怨鬼神。命如南山石，四体康且直。"阿母得闻之，零泪应声落："汝是大家子，仕宦于台阁，慎勿为妇死，贵贱情何薄？东家有贤女，窈窕艳城郭，阿母为汝求，便复在旦夕。"

府吏再拜还，长叹空房中，作计乃尔立；转头向户里，渐见愁煎迫。——其日牛马嘶，新妇入青庐。奄奄黄昏后，寂寂人定初。"我命绝今日，魂去尸长留。"揽裙脱丝履，举身赴清池。——府吏闻此事，心知长别离，徘徊庭树下，自挂东南枝。

两家求合葬，合葬华山傍；东西植松柏，左右种梧桐，枝枝相覆盖，叶叶相交通。中有双飞鸟，自名为鸳鸯，仰头相向鸣，夜夜达五更。行人驻足听，寡妇起彷徨。多谢后世人，戒之慎勿忘。

《孔雀东南飞》是什么时代的作品呢？

向来都认此诗为汉末的作品。《玉台新咏》把此诗列在繁钦、曹丕之间。近人丁福保把此诗收入《全汉诗》，谢无量作《中国大文学史》(第三编第八章第五节）也说是"大抵建安时人所为耳"。这都由于深信原序中"时人伤之，为诗云尔"一句话。（我在本书初稿里，也把此诗列在汉代。）至近年始有人怀疑此说。梁启超先生说：

> 像《孔雀东南飞》和《木兰诗》一类的作品，都起于六朝，前此却无有。
>
> （见他的《印度与中国文化之亲属关系》讲演，引见陆侃如《孔雀东南飞考证》）

他疑心这一类的作品是受了《佛本行赞》一类的佛教文学的影响以后的作品。他说他对这问题，别有考证。他的考证虽然没有发表，我们却不妨先略讨论这个问题。陆侃如先生也信此说，他说：

> 假使没有宝云（《佛本行经》译者）与无谶（《佛所行赞》译者）的介绍，《孔雀东南飞》也许到现在还未出世呢，更不用说汉代了。(《孔雀东南飞考证》，《国学月报》第三期）

我对佛教文学在中国文学上发生的绝大影响，是充分承认的。但我不能信《孔雀东南飞》是受了《佛本行赞》一类的书的影响以后的作品。我以为《孔雀东南飞》之作是在佛教盛行于中国以前。

第一，《孔雀东南飞》全文没有一点佛教思想的影响的痕迹。这是很可注意的。凡一种外来的宗教的输入，它的几个基本教义的流行必定远在它的文学形式发生影响之前。这是我们可以用一切宗教史和文化史来证明的。即如眼前一百年中，轮船火车煤油电灯以至摩托车无线电都来了，然而文人阶级受西洋文学的影响却还是最近一二十年的事，至于民间的文学竟可说是至今还丝毫不曾受着西洋文学的影响。你去分析《狸猫换太子》《济公活佛》等俗戏，可寻得出一分

六朝文学　157

一毫的西洋文学的影响吗？——《孔雀东南飞》写的是一个生离死别的大悲剧，如果真是作于佛教盛行以后，至少应该有"来生""轮回""往生"一类的希望。（如白居易《长恨歌》便有"在天愿为比翼鸟，在地愿为连理枝""但教心似金钿坚，天上人间会相见"的话。如元稹的《悼亡诗》便有"他生缘会更难期""也曾因梦送钱财"的话。）然而此诗写焦仲卿夫妇的离别只说：

"卿当日胜贵，吾独向黄泉。"
"黄泉下相见，勿违今日言。"
"生人作死别，恨恨那可论！
念与世间辞，千万不复全。"
"我命绝今日，魂去尸长留。……
府吏闻此事，心知长别离。"

写焦仲卿别他的母亲，也只说：

"儿今日冥冥，令母在后单。
故作不良计，勿复怨鬼神。"

这都是中国旧宗教里的见解，完全没有佛教的痕迹。一千七八百字的悲剧的诗里丝毫没有佛教的影子，我们如何能说他的形式体裁是佛教文学的产儿呢？

第二，《佛本行赞》《普曜经》等长篇故事译出之后，并不曾发生多大的影响。梁启超先生说：

《佛本行赞》译成华文以后也是风靡一时，六朝名士几于人人共读。

这是毫无根据的话。这一类的故事诗，文字俚俗，辞意烦复，和"六朝名士"的文学风尚相去最远。六朝名士所能了解欣赏的，乃是道安、慧远、支遁、僧肇一流的玄理，绝不能欣赏这种几万言的俗文长篇记事。《法华经》与《维摩诘经》一类的名译也不能不待至第六世纪以后方才风行。这都是由于思想习惯的不同，与文学风尚的不同，都是不可勉强的。所以我们综观六朝的文学，只看见惠休，宝月一班和尚的名士化，而不看见六朝名士的和尚化。所以梁、陆诸君重视《佛本行经》一类佛典的文学影响，是想象之谈，怕不足信罢？

陆侃如先生举出几条证据来证明《孔雀东南飞》是六朝作品。我们现在要讨论这些证据是否充分。

本篇末段有"合葬华山傍"的话，所以陆先生起了一个疑问，何以庐江的焦氏夫妇要葬到西岳华山呢？因此他便联想到乐府里《华山畿》二十五篇。《乐府诗集》引《古今乐录》云：

《华山畿》者，宋少帝时《懊恼》一曲，亦变曲也。少帝时，南徐一士子从华山畿往云阳。见客舍有女子，年十八九，悦之；无因，遂感心疾。母问其故，具以启母。母为至华山寻访，见女，具以闻；感之，因脱蔽膝，令母密置其席下，卧之当已。少日，果差。忽举席见蔽膝而抱持，遂吞食而死。气欲绝，谓母曰："葬时，车载从华山度。"母从其意。比至女门，牛不肯前，打拍不动。女曰："且待须臾！"妆点沐浴，既而出，歌曰：

华山畿！
君既为侬死，
独活为谁施！
欢若见怜时，
棺木为侬开！

棺应声开，女遂入棺；家人叩打，无如之何。乃合葬，呼曰"神女冢"。

六朝文学　159

陆先生从这篇序里得着一个大胆的结论。他说：

> 这个哀怨的故事，在五六世纪时是很普遍的，故发生了二十五篇的民歌。华山畿的神女冢也许变成殉情者的葬地的公名，故《孔雀东南飞》的作者叙述仲卿夫妇合葬时，便用了一个眼前的典故，遂使千余年后的读者们索解无从。但这一点便明明白白的指示我们说，《孔雀东南飞》是作于《华山畿》以后的。

陆先生的结论是很可疑的。《孔雀东南飞》的夫妇，陆先生断定他们不会葬在西岳华山。难道南徐士子的棺材却可以从西岳华山经过吗？南徐州治在现今的丹徒县，云阳在现今的丹阳县。华山大概即是丹阳之南的花山，今属高淳县。云阳可以有华山，何以见得庐江不能有华山呢？两处的华山大概都是本地的小地名，与西岳华山全无关系，两华山彼此也可以完全没有关系。故根据华山畿的神话来证明《孔雀东南飞》的年代，怕不可能罢？

陆先生又指出本篇"新妇入青庐"的话，说，据段成式《酉阳杂俎》卷一，"青庐"是"北朝结婚时的特别名词"。但他所引《酉阳杂俎》一条所谓"礼异"，似指下文"夫家领百余人……挟车俱呼"以及"妇家亲宾妇女……以杖打婿，至有大委顿者"的奇异风俗而言。"青布幔为屋，在门内外，谓之青庐"，不过如今日北方喜事人家的"搭棚"，没有什么特别之处。况且陆先生自己又引《北史》卷八说北齐幼主：

> 御马则藉以毡罽，食物有十余种；将合牝牡，则设青庐，具牢馔而亲观之。

这也不过如今人的搭棚看戏。这种布棚也叫作"青庐"，可见"青庐"未必是"北朝结婚时的特别名词"了。

陆先生又用"四角龙子幡",说这是南朝的风尚,这是很不相干的证据,因为陆先生所举的材料都不能证实"龙子幡"为以前所无。况且"青庐"若是北朝异俗,"龙子幡"又是南朝风尚,那么,在那南北分隔的五六世纪,何以南朝风尚与北朝异礼会同时出现于一篇诗里呢?

所以我想,梁启超先生从佛教文学的影响上推想此诗作于六朝,陆侃如先生根据"华山""青庐""龙子幡"等,推定此诗作于宋少帝(四二三至四二四)与徐陵(死于五八三)之间,这些主张大概都不能成立。

我以为《孔雀东南飞》的创作大概去那个故事本身的年代不远,大概在建安以后不远,约当三世纪的中叶。但我深信这篇故事诗流传在民间,经过三百多年之久(二三〇至五五〇)方才收在《玉台新咏》里,方才有最后的写定,其间自然经过了无数民众的减增修削,添上了不少的"本地风光"(如"青庐""龙子幡"之类),吸收了不少的无名诗人的天才与风格,终于变成一篇不朽的杰作。

"孔雀东南飞,五里一徘徊。"——这自然是民歌的"起头"。当时大概有"孔雀东南飞"的古乐曲调子。曹丕的《临高台》末段云:

鹄欲南游,雌不能随。
我欲躬衔汝,口噤不能开。
欲负之,毛衣摧颓。
五里一顾,六里徘徊。

这岂但是首句与末句的文字上的偶合吗?这里譬喻的是男子不能庇护他心爱的妇人,欲言而口噤不能开,欲负她同逃而无力,只能哀鸣瞻顾而已。这大概就是当日民间的《孔雀东南飞》(或《黄鹄东南飞》?)曲词的本文的一部分。民间的歌者,因为感觉这首古歌辞的寓意恰合焦仲卿的故事的情节,故用他来做"起头"。久而久之,这段起头曲遂被缩短到十个字了。然而这十个字的"起头"却给我们留下了此诗创作时代的一点点暗示。

曹丕死于二二六年,他也是建安时代的一个大诗人,正当焦仲卿故事产生的时代。所以我们假定此诗之初作去此时大概不远。

若这故事产生于三世纪之初,而此诗作于五六世纪（如梁陆诸先生所说）,那么,当那个没有刻板印书的时代,当那个长期纷乱割据的时代,这个故事怎样流传到二三百年后的诗人手里呢?所以我们直截假定故事发生之后不久民间就有《孔雀东南飞》的故事诗起来,一直流传演变,直到《玉台新咏》的写定。

自然,我这个说法也有大疑难。但梁先生与陆先生举出的几点都不是疑难。例如他们说:这一类的作品都起于六朝,前此却无有。依我们的研究,汉魏之间有蔡琰的《悲愤》,有左傅的《秦女休》,故事诗已到了文人阶级了,那能断定民间没有这一类的作品呢?至于陆先生说此诗"描写服饰及叙述谈话都非常详尽,为古代诗歌里所没有的",此说也不成问题。描写服饰莫如《日出东南隅》与辛延年的《羽林郎》;叙述谈话莫如《日出东南隅》与《孤儿行》。这是谁也不能否认的。

我的大疑难是:如果《孔雀东南飞》作于三世纪,何以魏晋宋齐的文学批评家——从曹丕的《典论》以至于刘勰的《文心雕龙》及钟嵘的《诗品》——都不提起这一篇杰作呢?这岂非此诗晚出的铁证吗?

其实这也不难解释,《孔雀东南飞》在当日实在是一篇白话的长篇民歌,质朴之中,夹着不少土气。至今还显出不少的鄙俚字句,因为太质朴了,不容易得当时文人的欣赏。魏晋以下,文人阶级的文学渐渐趋向形式的方面,字面要绮丽,声律要讲究,对偶要工整。汉魏民歌带来的一点新生命,渐渐又干枯了。文学又走上僵死的路上去了。到了齐梁之际,隶事（用典）之风盛行,声律之论更密,文人的心力转到"平头、上尾、蜂腰、鹤膝"种种把戏上去,正统文学的生气枯尽了。作文学批评的人受了时代的影响,故很少能赏识民间的俗歌。钟嵘作《诗品》（嵘死于五○二左右）,评论百二十二人的诗,竟不提及乐府歌辞。他分诗人为三品:陆机、潘岳、谢灵运都在上品,而陶潜、鲍照都在中品,可以想见他的文学赏鉴力了。他们对于陶潜、鲍照还不能赏识,何况《孔雀东南飞》那样朴实俚俗的白话诗呢?东汉的乐府歌辞要等到建安时代方才得着曹氏父子的提倡。魏晋南北朝的乐府歌辞要等到陈隋之际方才得着充分的赏识。故《孔雀东南飞》不见称于刘勰、钟嵘,不见收于《文选》,直到六世纪下半徐陵编《玉台新咏》始被采录,并不算是很可怪诧的事。

这一章印成之后,我又检得曹丕的"鹄欲南游,雌不能随……五里一顾,十里徘徊"一章,果然是删改民间歌辞的,本辞也载在《玉台新咏》里,其辞云:

飞来双白鹄,乃从西北来,十十将五五,罗列行不齐。忽然卒疲病,不能飞相随。五里一反顾,六里一徘徊。吾欲衔汝去,口噤不能开。吾将负汝去,羽毛日摧颓。乐哉新相知,忧来生别离。峙嵝顾群侣,泪落纵横垂。今日乐相乐,延年万岁期。

此诗又收在《乐府诗集》里,其辞颇有异同,我们也抄在这里:

飞来双白鹄,乃从西北来。十十五五,罗列行行。妻卒被病,行不能相随。五里一反顾,六里一徘徊。吾欲衔汝去,口噤不能开。吾欲负汝去,毛羽何摧颓!乐哉新相知,忧来生别离。峙嵝顾群侣,泪下不自知。念与君别离,气结不能言。各各重自爱,远道归还难。妾当守空房,闭门下重关。若生当相见,亡者会黄泉。今日乐相乐,延年万岁期。

这是汉朝乐府的瑟调歌,曹丕采取此歌的大意,改为长短句,作为新乐府《临高台》的一部分。而本辞仍旧流传在民间,"双白鹄"已讹成"孔雀"了,但"东南飞"仍保存"从西北来"的原意。曹丕原诗前段有"中有黄鹄往且翻","白鹄"也已变成了"黄鹄"。民间歌辞

六朝文学 163

靠口唱相传，字句的讹错是免不了的，但"母题"（Motif）依旧保留不变。故从汉乐府到郭茂倩，这歌辞虽有许多改动，而"母题"始终不变。这个"母题"恰合焦仲卿夫妇的故事，故编《孔雀东南飞》的民间诗人遂用这一支歌作引子。最初的引子必不止这十个字，大概至少像这个样子：

　　　　孔雀东南飞，五里一徘徊。吾欲衔汝去，
　　　　口噤不能开。吾欲负汝去，毛羽何摧颓！……

流传日久，这段开篇因为是当时人人知道的曲子，遂被缩短只剩开头两句了。又久而久之，这只古歌虽然还存在乐府里，而在民间却被那篇更伟大的长故事诗吞没了。故徐陵选《孔雀东南飞》全诗时，开篇的一段也只有这十个字。一千多年以来，这十个字遂成不可解的疑案。然而这十个字的保存究竟给我们留下了一点时代的暗示，使我们知道焦仲卿妻的故事诗的创作大概在《双白鹄》的古歌还流传在民间但已讹成《孔雀东南飞》的时候；其时代自然在建安之后，但去焦仲卿故事发生之时必不很远。

南北新民族的文学

汉朝统一了四百年，到第三世纪就分裂成三国。魏在北方，算是古文明的继产人。蜀在西方，开化了西部南部的蛮族，在文化史上也占一个地位。最重要的，吴在南方，是楚亡以后，江南江东第一次成独立的国家；吴国疆土的开拓，文化的提高与传播，都极重要；因为吴国的发展就是替后来东晋、宋、齐、梁、陈预备下了一个退步的地方，就是替中国文化预备下了一块避难的所在。

司马氏统一中国，不到二三十年，北中国便发生大乱了。北方杂居的各种新民族——匈奴、鲜卑、羯、氐、羌——一时并起，割据北中国，是为五胡十六国的时代。中国文化幸亏有东南一角作退步，中原大族多南迁，勉强保存一线的文明，不致被这一次大扰乱完全毁去。

北方大乱了一百多年，后来鲜卑民族中的拓跋氏起来，逐渐打平了北方诸国，北方才渐渐地有点治安。是为北魏，又称北朝。南方东晋以后虽有朝代的变更，但始终不曾有种族上与文化的大变动。东晋以后直到隋朝平陈，是为南朝。

这个南北分立的时期，有二百年之久；加上以前的五胡十六国时代，加上三国分立的时代，足足有四百年的分裂。这个分裂的时期，是中国文化史上一个最重要的时期。这是中国文明的第一座难关。中国文明虽遭一次大挫折，久而久之，居然能得最后的胜利。东南一角的保存，自不消说了；北方的新民族后来也渐渐地受不住中国文明的魔力，都被同化了。北魏一代，后来完全采用中国的文化，不但禁胡语，废胡服，改汉姓，娶汉女，还要立学校，正礼乐，行古体。到了拓跋氏的末年，一班复古的学者得势，竟处处用《周礼》，模仿三代以上的文体，竟比南朝的中国文化更带着古董色彩了。中国文化已经征服了北方的新民族，故到第六世纪北方的隋朝统一南北时，不但有了政治的统一，文化上也容易统一了。

这个割据分裂时代的民间文学，自然是南北新民族的文学。江南新民族本有的吴语文学，到此时代，方才渐渐出现。南方民族的文学的特别色彩是恋爱，是缠绵宛转的恋爱。北方的新民族多带着尚武好勇的性质，故北方的民间文学自然也带着这种气概。不幸北方新民族的平民文学传下来的太少了，真是可惜。有些明明是北朝文学，又被后人误编入南朝文学里去了；例如《企喻歌》《慕容垂歌》《陇头歌》《折杨柳歌》《木兰》，皆有人名或地名可以证明是北方文学，现在多被收入《梁横吹曲辞》里去了。我们现在把它们提出来，便容易看出北方的平民文学的特别色彩是英雄，是慷慨洒落的英雄。

我们先看南方新民族的儿女文学。《大子夜歌》云：

歌谣数百种，《子夜》最可怜。
慷慨吐清音，明转出天然。

这不但是《子夜歌》的总评，也可算是南方儿女文学的总引子。《晋书·乐志》云：

吴歌杂曲，并出江东。

东晋以来,稍有增广。

又云:

《子夜歌》者,女子名子夜造此声。

《子夜歌》几百首,绝不是一人所作,大概都是民间所流传。我们选几首作例:

宿昔不梳头,绿发被两肩。婉伸郎膝上,何处不可怜?
自从别欢来,奁器了不开。头乱不敢理,粉拂生黄衣。
朝思出前门,暮思还后渚。语笑向谁道,腹中阴忆汝。
揽枕北窗卧,郎来就侬嬉。喜时多唐突,相怜能几时!
揽裙未结带,约眉出前窗。罗裳易飘扬,小开骂春风。
夜长不得眠,转侧听更鼓。无故欢相逢,使侬肝肠苦。
年少当及时,蹉跎日就老。若不信侬语,但看霜下草。
夜长不得眠,明月何灼灼!想闻欢唤声,虚应空中诺。
春林花多媚,春鸟意多哀。春风复多情,吹我罗裳开。
(《子夜春歌》)
梅花落已尽,柳花随风散。叹我当春年,无人相要唤。
反覆华簟上,屏帐了不施。郎君未可前,待我整容仪。
(《子夜夏歌》)
自从别欢来,何日不相思?常恐秋叶零,无复连条时。
(《子夜秋歌》)
涂涩无人行,冒寒往相觅。若不信侬时,但看雪上迹。
(以下《子夜冬歌》)
寒鸟依高树,枯林鸣悲风。为欢憔悴尽,那得好颜容?

《子夜歌》之外,还有《华山畿》几十首,《懊侬歌》几十首,

六朝文学　　167

《读曲歌》近百首,还有散曲无数。有许多很艳的,如《乌夜啼》云:

可怜乌白鸟,强言知天曙,无故三更啼,欢子冒闇去。

如《碧玉歌》云:

碧玉破瓜时,郎为情颠倒。感郎不羞郎,回身就郎抱。

如《读曲歌》云:

打杀长鸣鸡,弹去乌白鸟。愿得连冥不复曙,一年都一晓。

如《华山畿》云:

奈何许!天下人何限!慊慊只为汝!
不能久长离。中夜忆欢时,抱被空中啼。
啼著曙,泪落枕将浮,身沉被流去。
相送劳劳渚。长江不应满,是侬泪成许。

又如《读曲歌》云:

忆欢不能食。徘徊三路间。因风寄消息。
觅欢敢唤名,念欢不唤字。连唤欢复欢,两誓不相弃。
折杨柳。百鸟园林啼,道欢不离口。
百花鲜。谁能怀春日,独入罗帐眠?
遥发不可料,憔悴为谁睹?欲知相忆时,但看裙带缓几许。

这种儿女艳歌之中,也有几首的文学技术是很高明的。如上文引的"奈何许"一首是何等经济的剪裁;"折杨柳"一首也有很好的技术。《懊侬歌》中的一首云:

懊恼奈何许!夜闻家中论,不得侬与汝。

《华山畿》里也有同样的一首:

未敢便相许。夜闻侬家论,不持侬与汝。

这诗用寥寥的十五个字写出一件悲剧的恋爱,真是可爱的技术。这种十三字或十五字的小诗,比五言二十字的绝句体还更经济。绝句往往须有"凑句",远不如这种十三字与十五字的短歌体,可以随宜长短。

我想以上举的例,可以代表南朝的儿女文学了。现在且看北方民族的英雄文学。我们所有的材料之中,最可以代表真正北方文学的是鲜卑民族的《敕勒歌》。这歌本是鲜卑语,译成汉文的。歌辞是:

敕勒川,阴山下,
天似穹庐,笼盖四野。
天苍苍,野茫茫,
风吹草低见牛羊。

"风吹草低见牛羊"七个字,真是神来之笔,何等朴素!何等真实!《乐府广题》说,北齐高欢攻宇文泰,兵士死去十分之四五,高欢愤怒发病。宇文泰下令道:"高欢鼠子,亲犯玉壁。剑弩一发,元凶自毙。"高欢知道了,只好扶病起坐。他把部下诸贵人都招集拢来,叫斛律金唱《敕勒》,高欢自和之,以安人心。我们读这故事,可以想见这篇歌在当日真可代表鲜卑民族的生活。

六朝文学　　169

我们再举《企喻歌》来作例：

男儿欲作健，结伴不须多。鹞子经天飞，群雀两向波。
放马大泽中，草好马著膘。牌子铁裲裆，𨱏铩鹦尾条。
前行看后行，齐著铁裲裆。前头看后头，齐著铁𨱏铩。

这是北方尚武民族的军歌了。再看《琅琊王》歌：

新买五尺刀，悬著中梁柱。一日三摩娑，剧于十五女。

又看《折杨柳歌辞》：

遥看孟津河，杨柳郁婆娑。我是虏家儿，不解汉儿歌。
健儿须快马，快马须健儿。跸跋黄尘下，然后别雄雌。

这种雄壮的歌调，与南朝的儿女文学比较起来，自然天地悬隔，怪不得北方新民族要说"我是虏家儿，不解汉儿歌"了！

北方新民族写痛苦的心境，也只有悲壮，没有愁苦。如《陇头歌》：

陇头流水，流离山下。念吾一身，飘然旷野。
朝发欣城，暮宿陇头。寒不能语，舌卷入喉。
陇头流水，鸣声幽咽。遥望秦川，心肠断绝。

北方平民文学写儿女的心事，也有一种朴实爽快的神气，不像江南女儿那样扭扭捏捏的。我们看《折杨柳枝歌》：

门前一株枣，岁岁不知老，阿婆不嫁女，那得孙儿抱？
敕敕何力力，女子临窗织。不闻机杼声，唯闻女叹息。
问女何所思，问女何所忆。阿婆许嫁女，今年无消息。

这种天真烂漫的神气,确是鲜卑民族文学的特色。

当四世纪初年（东晋太宁元年,三二三）,刘曜同西州氐羌的首领陈安作战,陈安败走。刘曜差将军平先、丘中伯带了劲骑去追他。陈安只带了十几骑在路上格战。他左手奋七尺大刀,右手执丈八蛇矛；敌人离近则他的刀矛齐发,往往杀伤五六人。敌远了,他就用弓箭左右驰射而走。追来的平先也是一员健将,勇捷如飞,与陈安搏战三合,夺了他的丈八蛇矛。那时天黑了,又遇大雨,陈安丢了马匹,爬山岭,躲在溪涧里。次日天晴,追兵跟着他们的脚迹,追着陈安,把他杀了。陈安平日很得人心,他死后,陇上民间为作《陇上歌》。其辞云:

陇上健儿曰陈安,躯干虽小腹中宽,爱养将士同心肝。骢骏马铁锻鞍,七尺大刀配齐环,丈八蛇矛左右盘。十荡十决无当前。百骑俱出如云浮,追者千万骑悠悠。战始三交失蛇矛,十骑俱荡九骑留。弃我骢骢攀岩幽,天非降雨追者休。

阿呵呜呼奈子何！呜呼阿呵奈子何！（纪事用《晋书》一百三,歌辞用《赵书》。）

这也是北方民族的英雄文学。这种故事诗体也可以同上章所说互相印证。傅玄的年代与刘曜,陈安相去很近。傅玄的《秦女休行》有"义声驰雍凉"的话,大概《秦女休》的故事诗也起于西北方,也许是北方民族的故事。

故事诗也有南北的区别。《日出东南隅》似是南方的故事诗,《秦女休（行）》便是北方杀人报仇的女英雄歌了。《孔雀东南飞》是南方的故事诗,《木兰辞》便是北方代父从军的女英雄歌了。

北方的平民文学的最大杰作是《木兰辞》,我们先抄此诗全文,分段写如下:

唧唧复唧唧，木兰当户织。不闻机杼声，惟闻女叹息。问女何所思，问女何所忆。"女亦无所思，女亦无所忆。昨夜见军帖，可汗大点兵，军书十二卷，卷卷有耶名。阿耶无大儿，木兰无长兄，愿为市鞍马，从此替耶征。"

东市买骏马，西市买鞍鞯，南市买辔头，北市买长鞭。旦辞耶娘去，暮宿黄河边，不闻耶娘唤女声，但闻黄河流水声溅溅。旦辞黄河去，暮宿黑山头；不闻耶娘唤女声，但闻燕山胡骑声啾啾。

万里赴戎机，关山度若飞。朔气传金柝，寒光照铁衣。将军百战死，壮士十年归。

归来见天子，天子坐明堂，策勋十二转，赏赐百千强。可汗问所欲，"木兰不用尚书郎，愿借明驼千里足，送儿还故乡。"

耶娘闻女来，出郭相扶将。阿姊闻妹来，当户理红妆。小弟闻姊来，磨刀霍霍向猪羊。开我东阁门，坐我西间床。脱我战时袍，著我旧时裳。当窗理云鬓，对镜贴花黄。出门看火伴，火伴始惊惶："同行十二年，不知木兰是女郎。"

雄兔脚扑朔，雌兔眼迷离。两兔傍地走，安能辨我是雄雌？

我要请读者注意此诗起首"唧唧复唧唧，木兰当户织，不闻机杼声，惟闻女叹息。问女何所思，问女何所忆"六句与上文引的《折杨柳枝歌》中间"敕敕何力力"六句差不多完全相同。这不但可见此诗是民间的作品，并且还可以推知此诗创作的年代大概和《折杨柳枝歌》相去不远。这种故事诗流传在民间，经过多少演变，后来引起了文人的注意，不免有改削润色的地方。如中间"朔气传金柝，寒光照铁衣"便不像民间的作风，大概是文人改作的。也许原文的中间有描写木兰的战功的一长段或几长段，文人嫌它拖沓，删去这一段，仅仅把"万里赴戎机，关山度若飞"两句总写木兰的跋涉；把"将军百战死,壮士十年归"两句总写她的战功;而文人手痒,忍不住又夹入这一联的词藻。

北方文学之中,只有一篇贵族文学可以算是白话文学。这一篇是北魏胡太后为她的情人杨华做的《杨白花》。胡太后爱上了杨华,逼迫他做了她的情人,杨华怕祸,逃归南朝。太后想念他,作了这歌,使宫人连臂踏足同唱。歌辞是:

  阳春二三月,杨柳齐作花。
  春风一夜入闺闼,杨花飘荡落南家。
  含情出户脚无力,拾得杨花泪沾臆。
  秋去春还双燕子,愿衔杨花入窠里!

这已是北方民族被中国文明软化后的文学了。

唐以前三百年中的文学趋势

汉魏之际，文学受了民歌的影响，得着不少新的生机，故能开一个新局面。但文学虽然免不了民众化，而一点点民众文学的力量究竟抵不住传统文学的权威。故建安、正始以后，文人的作品仍旧渐渐回到古文学的老路上去。

散文受了辞赋的影响逐渐倾向骈俪的体裁。这个"辞赋化"与"骈俪化"的倾向到了魏晋以下更明显了，更急进了。六朝的文学可说是一切文体都受了辞赋的笼罩，都"骈俪化"了。议论文也成了辞赋体，记叙文（除了少数史家）也用了骈俪文，抒情诗也用骈偶，记事与发议论的诗也用骈偶，甚至于描写风景也用骈偶。故这个时代可说是一切韵文与散文的骈偶化的时代。

我们试举西晋文坛领袖陆机（死于三〇三）的作品为例。陆机作《文赋》，是一篇论文学原理的文字，这个题目便该用散文的，他却通篇用赋体。其中一段云：

……其始也，皆收视反听，耽思傍讯，精骛八极，心游万仞。其致也，情瞳眬而弥鲜，物昭晰而互进；倾群言之沥液，漱六艺之芳润；浮天渊以安流，濯下泉而潜浸。于是沈辞怫悦，若游鱼衔钩而出重渊之深，浮藻连翩，若翰鸟婴缴而坠层云之峻。收百世之阙文，采千载之遗韵。谢朝华于已披，启夕秀于未振。观古今之须臾，抚四海于一瞬。……

这种文章，读起来很顺口，也很顺耳，只是读者不能确定作者究竟说的是什么东西。但当时的风尚如此，议论的文章往往作赋体；即使不作赋体，如葛洪的《抱朴子》，如刘勰的《文心雕龙》，如钟嵘的《诗品》，也都带着许多的骈文偶句。

在记事文的方面，几个重要史家如陈寿、范晔之流还能保持司马迁、班固的散文遗风。但史料的来源多靠传记碑志，而这个时代的碑传文字多充分地骈偶化了，事迹被词藻所隐蔽，读者至多只能猜想其大概，既不能正确，又不能详细，文体之坏，莫过于此了。

在韵文的方面，骈偶化的趋势也很明显。大家如陆机竟有这样恶劣的诗句：

逝矣经天日，悲哉带地川！（《长歌行》）
邈矣垂天景，壮哉奋地雷！（《折杨柳》）

本来说话里也未尝不可有对偶的句子，故古民歌里也有"新人工织缣，故人工织素；织缣日一匹，织素五丈余"的话，那便是自然的对偶句子。现代民歌里也有"上床要人背，下床要人驮"，那也是自然的对偶。但说话作文作诗若专作对偶的句子，或专在对仗的工整上做功夫，那就是走了魔道了。

陆机同时的诗人左思是个有思想的诗人，故他的诗虽然也带点骈偶，却不讨人厌。如他的《咏史》八首之一云：

郁郁涧底松，离离山上苗。以彼径寸茎，荫此百尺条。

六朝文学　　175

世胄蹑高位，英俊沈下僚。地势使之然，由来非一朝。金张藉旧业，七叶珥汉貂。冯公岂不伟，白首不见招。（金张是汉时的外戚。冯公指冯唐。）

左思有《娇女诗》，却是用白话作的。首段云：

吾家有娇女，皎皎颇白皙。小字为纨素，口齿自清历。鬓发覆广额，双耳似连璧。明朝弄梳台，黛眉类扫迹。浓朱衍丹唇，黄吻烂漫赤。……

中间一段云：

驰骛翔园林，果下皆生摘。江葩缀紫带，萍实骤抵掷。贪花风雨中，眒（瞬）忽数百适。……

结语云：

任其孺子意，羞受长者责。瞥闻当与杖，掩泪俱向壁。（诗中写两个女儿，纨素与蕙芳，故说“俱向壁”。）

又同时诗人程晓，是傅玄的朋友，也曾有一首白话诗，题为《嘲热客》：

平生三伏时，道路无行车。闭门避暑卧，出入不相过。今世褦襶子，触热到人家。主人闻客来，蹙頞“奈此何”！谓当起行去，安坐正跰跨。所说无一急，嗜哈一何多？疲倦向之久，甫问“君极那”？摇扇髀中痛，流汗正滂沱。莫谓为小事，亦是一大瑕。传戒诸高明，热行宜见呵。

大概当时并不是没有白话诗，应璩、左思、程晓都可以为证。但当日的文人受辞赋的影响太大了，太久了，总不肯承认白话诗的地位。后世所传的魏晋时人的几首白话诗都不过是嘲笑之作，游戏之笔，如后人的"打油诗"。作正经郑重的诗歌是必须摆起《周颂》《大雅》架子的，如陆机《赠弟诗》：

> 于穆予宗，禀精东岳，诞育祖考，造我南国。南国克靖，实繇洪绩。维帝念功，载繁其锡。……

其次，至少也必须打着骈偶的调子，如张协的《杂诗》：

> 大火流坤维，白日驰西陆。浮阳映翠林，回飙扇绿竹。飞雨洒朝兰，轻露栖丛菊。龙蛰暄气凝，天高万物肃。弱条不重结，芳蕤岂再馥？人生瀛海内，忽如鸟过目。川上之叹逝，前修以自勖。

十四行之中，十行全是对仗！

钟嵘说：

> 永嘉时（三〇七至三一三），贵黄老，稍尚虚谈。于是篇什，理过其辞，淡乎寡味。爰及江表（西晋亡于三一六，元帝在江南建国，是为东晋），微波尚传。孙绰，许询，桓，庾诸公诗皆平典似《道德论》（魏时何晏作《道德论》）。建安风力尽矣。

许询的诗今不传了。（丁福保《全晋诗》只收他的四句诗。）桓温、庾亮的诗也不传于后。日本残存的唐朝编纂的《文馆词林》卷一百五十七（董康影印本）载有孙绰的诗四首，很可以表示这时代的玄理诗的趋势。如他《赠温峤诗》的第一段云：

六朝文学　177

大朴无像，钻之者鲜。玄风虽存，微言靡演。逸矣哲人，测深钩缅。谁谓道辽，得之无远。

如《答许询》的第一段云：

仰观大造，俯览时物。机过患生，吉凶相拂。智以利昏，识由情屈。野有寒枯，朝有炎郁。失则震惊，得必充诎。

又如《赠谢安》的第一段云：

缅哉冥古，逸矣上皇。夷明太素，结纽灵网。不有其一，二理曷彰？幽源散流，玄风吐芳。芳扇则歇，流引则远。朴以雕残，实由英蕍。（蕍字原作前。从丁福保校改。）

大概这个时代的玄理诗不免都走上了抽象的玄谈的一路，并且还要勉力学古简，故结果竟不成诗，只成了一些谈玄的歌诀。

只有一个郭璞（死于三二二）颇能打破这种抽象的说理，改用具体的写法。他的四言诗也不免犯了抽象的毛病，如他的《与王使君》的末段云：

靡竭匪浚，靡颓匪隆。持贵以降，挹满以冲。……（他的四言诗也保存在《文馆词林》卷一五七里。）

但他的五言的《游仙诗》便不同了。《游仙》的第二首云：

青溪千余仞，中有一道士。云生梁栋间，风出窗户里。借问此何谁，云是鬼谷子。翘迹企颖阳（指许由），临河思洗耳。"阊阖"（秋风为阊阖风）西南来，潜波涣鳞起。灵妃顾我笑,粲然启玉齿。蹇修时不存,要之将谁使?

第四首云:

六龙安可顿?运流有代谢。时变感人思,已秋复愿夏。淮海变微禽,吾生独不化。虽欲腾丹溪,云螭非我驾。愧无鲁阳德,回日向三舍。临川哀逝年,抚心独悲吒。

第三首云:

翡翠戏兰苕,容色更相鲜。绿萝结高林,蒙笼盖一山。中有冥寂士,静啸抚清弦。放情凌霄外,嚼蕊挹飞泉。赤松临上游,驾鸿乘紫烟。左挹浮丘袖,右拍洪崖肩。借问蜉蝣辈,安知龟鹤年?

这些诗里固然也谈玄说理,却不是抽象的写法。钟嵘《诗品》说郭璞"始变永嘉平淡之体,故为中兴第一"。刘勰也说,"景纯(郭璞字景纯)艳逸,足冠中兴"。所谓"平淡",只是太抽象的说理;所谓"艳逸",只是化抽象的为具体的。本来说理之作宜用散文。两汉以下,多用赋体。用诗体来说理,本不容易。应璩、孙绰的失败,都由于不能用具体的写法。凡用诗体来说理,意思越抽象,写法越应该具体。仲长统的《述志》诗与郭璞的《游仙》诗所以比较可读,都只因为他们能运用一些鲜明艳逸的具体象征来达出一两个抽象的理想。左思的《咏史》也颇能如此。

两晋的文学大体只是一班文匠诗匠的文学。除去左思、郭璞少数人之外,所谓"三张、二陆、两潘"(张载与弟协、亢;陆机与弟云;潘岳与侄尼),都只是文匠诗匠而已。

然而东晋晚年却出了一个大诗人陶潜(本名渊明,字元亮,死于四二七年)。陶潜是自然主义的哲学的绝好代表者。他的一生只行得

六朝文学　179

"自然"两个字。他自己作了一篇《五柳先生传》,替自己写照:

> 先生不知何许人,不详姓字;宅边有五柳树,因以为号焉。闲静少言,不慕荣利。好读书,不求甚解;每有会意,欣然忘食。性嗜酒,而家贫不能恒得。亲旧知其如此,或置酒招之,造饮必尽,期在必醉;既醉而退,曾不吝情。环堵萧然,不蔽风日,短褐穿结,箪瓢屡空,——晏如也。常著文章自娱,颇示己志。忘怀得失,以此自终。

陶潜的诗在六朝文学史上可算得一大革命。他把建安以后一切辞赋化、骈偶化、古典化的恶习气都扫除得干干净净。他生在民间,做了几次小官,仍旧回到民间。史家说他归家以后"未尝有所造诣,所之唯至田舍及庐山游观而已"(《晋书》九十四)。他的环境是产生平民文学的环境;而他的学问思想却又能提高他的作品的意境。故他的意境是哲学家的意境,而他的言语却是民间的言语。他的哲学又是他实地经验过来的,平生实行的自然主义,并不像孙绰,支遁一班人只供挥麈清谈的口头玄理。所以他尽管作田家语,而处处有高远的意境;尽管作哲理诗,而不失为平民的诗人。钟嵘《诗品》说他:

> 其原出于应璩,又协左思风力。文体省净,殆无长语。笃意真古,辞兴婉惬。每观其文,想其人德。至如"欢言酌春酒""日暮天无云",风华清靡,岂直为田家语耶?古今隐逸诗人之宗也。

钟嵘虽然把陶潜列在中品,但这几句话却是十分推崇他。他说陶诗出于应璩、左思,也有一点道理。应璩是作白话谐诗的(说见第五章),左思也作过白话的谐诗。陶潜的白话诗,如《责子》,如《挽歌》,也是诙谐的诗,故钟嵘说他出于应璩。其实陶潜的诗只是他的天才与环境的结果,同那"拙朴类措大语"的应璩未必有什么渊源的关系。不过我们从历史的大趋势看来，从民间的俗谣到有意做"谐"诗的应璩、左思、程晓等，从"拙朴"的《百一诗》到"天然去雕饰"的陶诗，——这种趋势不能说是完全偶然的。他们很清楚地指点出中国文学史的一个自然的趋势，就是白话文学的冲动。这种冲动是压不住的。作《圣主得贤臣颂》的王褒竟会作白话的《僮约》，作《三都赋》的左思竟会作白话的《娇女诗》，在那诗体骈偶化的风气最盛的时代里竟会跳出一个白话诗人陶潜：这都足以证明那白话文学的生机是谁也不能长久压抑下去的。

我们选陶潜的白话诗若干首附在下面：

归田园居（二首）
（一）

少无适俗韵，性本爱丘山。误落尘网中，一去三十年。羁鸟恋旧林，池鱼思故渊。开荒南野际，守拙归园田。方宅十余亩，草屋八九间。榆柳荫后园，桃李罗堂前。暧暧远人村，依依墟里烟。狗吠深巷中，鸡鸣桑树巅。户庭无尘杂，虚室有余闲。久在樊笼里，复得返自然。

（二）

种豆南山下，草盛豆苗稀。晨兴理荒秽，带月荷锄归。道狭草木长，夕露沾我衣。衣沾不足惜，但使愿无违。

庚戌岁九月中于西田获早稻

人生归有事，衣食固其端。孰是都不营，而以求自安？开春理常业，岁功聊可观。晨出肆微勤，日入负耒还。山中饶霜露，风气亦先寒。田家岂不苦？弗获辞此难。四体诚乃疲，庶无异患干。盥濯息檐下，斗酒散劳颜。遥遥沮溺心，千载乃相关。但愿长如此，躬耕非所叹。

六朝文学　181

饮酒（三首）
（一）
道丧向千载，人人惜其情，有酒不肯饮，但顾世间名。所以贵我身，岂不在一生？一生复能几？倏如流电惊。鼎鼎百年内，持此欲何成？

（二）
结庐在人境，而无车马喧。问君何能尔，心远地自偏。采菊东篱下，悠然见南山。山气日夕佳，飞鸟相与还，此中有真意，欲辨已忘言。

（三）
故人赏我趣，挈壶相与至。班荆坐松下，数斟已复醉。父老杂乱言，觞酌失行次。不觉知有我，安知物为贵？悠悠迷所留，酒中有深味。

拟古
日暮天无云，春风扇微和。佳人美清夜，达曙酣且歌。歌竟长叹息，持此感人多。皎皎云间月，灼灼叶中华。岂无一时好？不久当如何？

读《山海经》
孟夏草木长，绕屋树扶疏。众鸟欣有托，吾亦爱吾庐。既耕亦已种，时还读我书。穷巷隔深辙，颇回故人车。欢然酌春酒，摘我园中蔬。微雨从东来，好风与之俱。泛览周王传，流观《山海图》。俯仰终宇宙，不乐复何如？

责子
白发被两鬓，肌肤不复实。虽有五男儿，总不好纸笔。

阿舒已十六，懒惰故无匹。阿宣行志学，而不爱文术。雍端年十三，不识六与七。通子垂九龄，但觅梨与栗。——天运苟如此，且进杯中物。

挽歌辞

有生必有死，早终非命促。昨暮同为人，今旦在鬼录。魂气散何之？枯形寄空木。娇儿索父啼，良友抚我哭。得失不复知，是非安能觉？千秋万岁后，谁知荣与辱？但恨在世时，饮酒不得足。

刘宋一代（四二〇至四七八）号称文学盛世。但向来所谓元嘉（文帝年号，四二四至四五三）文学的代表者谢灵运与颜延之实在不很高明。颜延之是一个庸才，他的诗毫无诗意；鲍照说他的诗像"铺锦列绣，亦雕缋满眼"，钟嵘说他"喜用古事，弥见拘束"，都是很不错的批评。谢灵运是一个佛教徒，喜欢游玩山水，故他的诗开"山水"的一派。刘勰说：

宋初文咏，庄老告退而山水方滋。俪采百字之偶，争价一句之奇。情必极貌以写物，辞必穷力而追新。

但他受辞赋的影响太深了，用骈偶的句子来描写山水，故他的成绩并不算好。我们只选一首比较最好的诗——《石壁精舍还湖中作》：

昏旦变气候，山水含清晖。清晖能娱人，游子憺忘归。出谷日尚早，入舟阳已微。林壑敛暝色，云霞收夕霏。芰荷迭映蔚，蒲稗相因依。披拂趋南径，愉悦偃东扉。虑澹物自轻，意惬理无违。寄言摄生客，试用此道推。

此诗全是骈偶，而"出谷"一联与"披拂"一联都是恶劣的句子。其

六朝文学　183

实"山水"一派应该以陶潜为开山祖师。谢灵运有意作山水诗,却只能把自然界的景物硬裁割成骈俪的对子,远不如陶潜真能欣赏自然的美:"此中有真意,欲辨已忘言。"这才是"自然诗人"(Nature-poets)的大师。后来最著名的自然诗人如王维、孟浩然、陆游、范成大、杨万里等,都出于陶,而不出于谢。

当时的最大诗人不是谢与颜,乃是鲍照。鲍照是一个有绝高天才的人;他二十岁时作《行路难》十八首,才气纵横,上无古人,下开百代。他的成就应该很大。可惜他生在那个纤弱的时代,矮人队里不容长人出头,他终于不能不压抑他的天才,不能不委屈迁就当时文学界的风尚。史家说那时宋文帝方以文章自高,颇多忌,故鲍照的作品不敢尽其才。钟嵘也说:"嗟其才秀人微,故取湮当代。"钟嵘又引羊曜璠的话,说颜延之"忌鲍之文,故立休鲍之论"。休是惠休,本是和尚,文帝叫他还俗,复姓汤。颜延之瞧不起惠休的诗,说"惠休制作,委巷中歌谣耳"。颜延之这样轻视惠休,却又把鲍照比他,可见鲍照在当日多受一班传统文人的妒忌与排挤。钟嵘也说他"贵尚巧似,不避危仄,颇伤清雅之调。故言险俗者,多以附照"。鲍照的天才不但"取湮当代",到了身后,还蒙"险俗"的批评。

其实"险"只是说他才气放逸,"俗"只是说他不避白话,近于"委巷中歌谣"。古代民歌在建安、正始时期已发生了一点影响,只为辞赋的权威太大,曹氏父子兄弟多不能充分地民歌化。鲍照受乐府民歌的影响最大,故他的少年作品多显出模仿乐府歌行的痕迹。他模仿乐府歌辞竟能"巧似",故当时的文人嫌他"颇伤清雅",说他"险俗"。直到三百年后,乐府民歌的影响已充分地感觉到了,才有李白、杜甫一班人出来发扬光大鲍照开辟的风气。杜甫说"俊逸鲍参军"。三百年的光景,"险俗"竟变成了"俊逸"了!这可见鲍照是个开风气的先锋;他在当时不受人的赏识,这正是他的伟大之处。

鲍照的诗:

代《结客少年场行》

骢马金络头,锦带佩吴钩。失意杯酒间,白刃起相仇。追兵一旦至,负剑远行游。去乡三十载,复得还旧丘。升高临四关,表里望皇州。九衢平若水,双阙似云浮。扶宫罗将相,夹道列王侯。日中市朝满,车马若川流。击钟陈鼎食,方驾自相求。今我独何为,坎壈怀百忧?

拟《行路难》(十八首之五)

(一)

奉君金卮之美酒,瑇瑁玉匣之雕琴,七彩芙蓉之羽帐,九华蒲萄之锦衾。红颜零落岁将暮,寒花宛转时欲沉。愿君裁悲且减思,听我抵节《行路吟》。不见柏梁铜雀上,宁闻古时清吹音?

(二)

璇闺玉墀上椒阁,文窗绮户垂绣幕。中有一人字金兰,被服纤罗蕴芳藿。春燕差池风散梅,开帷对影弄禽爵。(禽爵只是禽雀。丁福保说当作金爵,谓金爵钗也。似未为当。)含歌揽泪不能言,人生几时得为乐?宁作野中之双凫,不愿云间之别鹤!

(三)

泻水置平地,各自东西南北流。人生亦有命,安能行叹复坐愁?酌酒以自宽,举杯断绝歌《路难》。心非木石岂无感?吞声踯躅不能言?

(四)

对案不能食,拔剑击柱长叹息:"丈夫生世会几时?安能蹀躞垂羽翼?"弃置罢官去,还家自休息。朝出与亲辞,暮还在亲侧。弄儿床前戏,看妇机中织。自古圣贤尽贫贱,何况我辈孤且直!

(五)

愁思忽而至,跨马出北门,举头四顾望,但见松柏园。荆棘郁蹲蹲,中有一鸟名杜鹃,言是古时蜀帝魂,声音哀苦鸣不息,羽毛憔悴似人髡,飞走树间啄虫蚁,岂忆往日天子尊?念此死生变化非常理,中心恻怆不能言。

代《淮南王》

朱城九门门九开,愿逐明月入君怀。入君怀,结君佩,怨君恨君恃君爱。筑城思坚剑思利,同盛同衰莫相弃。

代《雉朝飞》

雉朝飞,振羽翼,专场挟雌恃强力。媒已惊,翳又逼,蒿间潜縠卢矢直。刎绣颈,碎锦臆,绝命君前无怨色。握君手,执杯酒,意气相倾死何有!

鲍照的诗里很有许多白话诗,如《行路难》末篇的"但愿樽中九酝满,莫惜床头百个钱"之类。所以同时的人把他比惠休。惠休的诗传世甚少,但颜延之说他的诗是"委巷中歌谣",可见他的诗必是白话的或近于白话的。我们抄他的《白纻歌》一首:

少年窈窕舞君前,容华艳艳将欲然。为君娇凝复迁延,流目送笑不敢前。长袖拂面心自煎,愿君流光及盛年。

这很不像和尚家说的话。在惠休之后,有个和尚宝月,却是一个白话诗人。我们抄他的诗三首:

估客乐

（一）

郎作十里行，侬作九里送。拔侬头上钗，与郎资路用。

（二）

有信数寄书，无信心相忆。莫作瓶落井，一去无消息。

（三）

大艑珂峨头，何处发扬州？借问艑上郎，见侬所欢不？

钟嵘评论元嘉以后文人趋向用典的风气云：

> 夫属词比事乃为通谈。若乃经国文符，应资博古；撰德驳奏，宜穷往烈。至乎吟咏情性，亦何贵于用事。"思君如流水"既是即目；"高台多悲风"亦惟所见；"清晨登陇首"羌无故实；"明月照积雪"讵出经史？观古今胜语多非补假，皆由直寻。颜延之、谢庄尤为繁密，于时化之。故大明、泰始（宋武帝，明帝年号，四五七至四七一）中，文章殆同书抄。近任昉，王元长（王融）等词不贵奇，竞须新事；尔来作者寖以成俗，遂乃句无虚语，语无虚字，拘挛补衲，蠹文已甚。

他又评论齐梁之间注重声律的风气道：

> 古曰诗颂，皆被之金竹，故非调五音无以谐会。……三祖（魏武帝、文帝、明帝）之词，文或不工，而韵入歌唱，此重音韵之义也。与世之言宫商异矣。今既不被管弦，亦何取于声律耶？齐有王元长者……创其首，谢朓，沈约扬其波。三贤咸贵公子孙，幼有文辩，于是士流景慕，务为精

密,襞积细微,专相陵架,故使文多拘忌,伤其真美。余谓文制本须讽读,不可蹇碍;但令清浊通流,口吻调利,斯为足矣。至平上去入,则余病未能;蜂腰鹤膝,闾里已具。(末四字不可解。)

《南齐书·陆厥传》也说:

永明(四八三至四九三)末,盛为文章。吴兴沈约,张郡谢朓,琅邪王融以气类相推毂。河南周颙善识声韵。为文皆用宫商,以平上去入为四声,以此制韵。有"平头""上尾""蜂腰""鹤膝"。五字之中,音韵悉异,两句之中,角徵不同,不可增减。世呼为"永明体"。

沈约在《宋书·谢灵运传》里说:

五色相宣,八音协畅,由乎玄黄律吕,各适物宜。欲使宫羽相变,低昂舛节,若前有浮声,则后须切响。一简之内,音韵尽殊;两句之中,轻重悉异。妙达此旨,始可言文。

这是永明文学的重要主张。文学到此地步,可算是遭一大劫。史家说:

宋明帝博好文章……每有祯祥及游幸宴集,辄陈诗展义,且以命朝臣。其戎士武夫则请托不暇,因于课限,或买以应诏焉。于是天下向风,人自藻饰,雕虫之艺,盛于时矣。

皇帝提倡于上,王融、沈约、谢朓一班人鼓吹于下,于是文学遂

成了极端的机械化。试举沈约的一首《早发定山》诗做个例:

> 夙龄爱远壑,晚莅见奇山。标峰彩虹外,置岭白云间。倾壁忽斜竖,绝顶复孤圆。归流海漫漫,出浦水溅溅。野棠开未落,山樱发欲然。忘归属兰杜,怀禄寄芳荃,眷言采三秀,徘徊望九仙。

这种作品只算得文匠变把戏,算不得文学。但沈约、王融的声律论却在文学史上发生了不少恶影响。后来所谓律诗只是遵守这种格律的诗。骈偶之文也因此而更趋向严格的机械化。我们要知道文化史上自有这种怪事。往往古人走错了一条路,后人也会将错就错,推波助澜,继续走那条错路。譬如缠小脚本是一件最丑恶又是最不人道的事,然而居然有人模仿,有人提倡,到一千年之久。骈文与律诗正是同等的怪现状。

但文学的新时代快到了。萧梁(五〇二至五五四)一代很有几个文学批评家,他们对于当时文学上的几种机械化的趋势颇能表示反对的批评。钟嵘的议论已引在上文了。萧纲(简文帝)为太子时,曾有与弟湘东王绎书,评论文学界的流弊,略云:

> 比闻京师文体懦钝殊常,竞学浮疏,争为阐缓……既殊比兴,正背《风骚》。……未闻吟咏情性,反拟《内则》之篇,操笔写志,更摹《酒诰》之作;"迟迟春日"翻学《归藏》,"湛湛江水"遂同《大传》。吾既拙于为文,不敢轻有掎摭。但以当世之作,历方古之才人……观其遣辞用心,了不相似。若以今文为是,则古文为非;若昔贤可称,则今体宜弃。……

梁时又有史家裴子野著有《雕虫论》,讥评当日的文学家,说他们:

> 其兴浮，其志弱，巧而不要，隐而不深。……荀卿有言，"乱世之征，文章匿而采"。斯岂近之乎？

"巧而不要，隐而不深"，这八个字可以抹倒六朝时代绝大部分的文学。

最可怪的是那主张声律论最有力的沈约也有"文章三易"之论！他说：

> 文章当从三易：易见事，一也；易识字，二也；易读诵，三也。（见《颜氏家训》）

沈约这话在当时也许别有所指："易见事"也许即是邢子才所谓"用事不使人觉"；"易读诵"也许指他的声律论。但沈约居然有这种议论，可见风气快要转变了。

这五六百年中的乐府民歌到了这个时候，应该要发生影响了。我们看萧梁一代（五〇二至五五四）几个帝王仿作的乐府，便可以感觉文学史的新趋势了。萧衍（武帝）的乐府里显出江南儿女艳歌的大影响。如他的《子夜歌》：

> 恃爱如欲进，含羞未肯前。朱口发艳歌，玉指弄娇弦。
> 阶上香入怀，庭中草照眼。春心一如此，情来不可限。

如他的《欢闻歌》：

> 艳艳金楼女，心如玉池莲。持底报郎思？俱期游楚天。
> （"底"是"什么"。）

这都是模仿民间艳歌之作。

他的儿子萧纲（简文帝）也作了不少的乐府歌辞。如《生别离》：

别离四弦声,相思双笛引。一去十三年,复无好音信。

如《春江曲》:

客行只念路,相争度京口。谁知堤上人,拭泪空摇手?

如《乌栖曲》:

浮云似帐月如钩。那能夜夜南陌头!宜城酝酒今行熟,莫惜停鞍暂栖宿。
青牛丹毂七香车,可怜今夜宿娼家。高树乌欲栖,罗帏翠帐向君低。

如《江南弄》中的两首:

江南曲
枝中木上春并归,长杨扫地桃花飞。清风吹人光照衣。光照衣,景将夕。掷黄金,留上客。

龙笛曲
金门玉堂临水居,一嚬一笑千万余。游子去还愿莫疏。愿莫疏,意何极?双鸳鸯,两相忆。

在这些诗里,我们很可以看出民歌的大影响了。

这样仿作民歌的风气至少有好几种结果:第一是对于民歌的欣赏。试看梁乐府歌辞之多,便是绝好证据。又如徐陵在梁陈之间编《玉台新咏》,收入民间歌辞很多。我们拿《玉台新咏》来比较那早几十年的《文选》,就可以看出当日文人对于民歌的新欣赏了。《文选》不曾收《孔雀东南飞》,而《玉台新咏》竟把这首长诗完全采入,这

六朝文学

又可见民歌欣赏力的进步了。第二是诗体的民歌化的趋势。宋、齐、梁、陈的诗人的"小诗",如《自君之出矣》一类,大概都是模仿民间的短歌的。梁以后,此体更盛行,遂开后来五言绝句的体裁。如萧纲的小诗:

愁闺照镜
别来憔悴久,他人怪颜色。只有匣中镜,还持自相识。

如何逊的小诗:

为人妾怨
燕戏还檐际,花飞落枕前。寸心君不见,拭泪坐调弦。

秋闺怨
闺阁行人断,房栊月影斜。谁能北窗下,独对后园花?

如江洪的小诗:

咏美人治妆
上车畏不妍,顾盼更斜转,大恨画眉长,犹言颜色浅。

隐士陶弘景(死于五三六)有《答诏问山中何所有》的一首诗:

山中何所有?岭上多白云。只可自怡悦,不堪持赠君。

这竟是一首严格的"绝句"了。

陈叔宝(后主,五八三至五八九)是个风流天子。史家说他每引宾客对贵妃等游宴,使诸贵人及女学士与狎客共赋新诗,互相赠答。其中有最艳丽的诗,往往被选作曲词,制成曲调,选几百个美貌的宫

女学习歌唱,分班演奏;在这个环境里产出的诗歌应该有民歌化的色彩了。果然后主的诗很有民歌的风味。我们略举几首做例:

三妇艳词

　　大妇西北楼,中妇南陌头。小妇初妆点,回眉对月钩。可怜还自觉,人看反更羞。(可怜即是可爱,古诗中"怜"字多如此解。)
　　大妇爱恒偏,中妇意长坚。小妇独娇笑,新来华烛前。新来诚可惑,为许得新怜。
　　大妇正当垆,中妇裁罗襦。小妇独无事,淇上待吴姝。乌归花复落,欲去却踟蹰。

《三妇艳词》起于古乐府《长安有狭邪行》,齐梁诗人最喜欢仿作这曲辞,或名《中妇织流黄》,或名《相逢狭路间》,或名《三妇艳诗》,或名《三妇艳》,或名《拟三妇》,诗中"母题"(Motif)大抵相同,先后共计有几十首,陈后主一个人便作了十一首,这又可见仿作民歌的风气了。后主又有:

舞媚娘

　　春日好风光,寻观向市傍。转身移佩响,牵袖起衣香。

自君之出矣

　　自君之出矣,房空帷帐轻。思君如昼烛,怀心不见明。
　　自君之出矣,绿草遍阶生。思君如夜烛,垂泪著鸡鸣。

乌栖曲

　　合欢襦薰百和香,床中被织两鸳鸯。乌啼汉没天应曙,只持怀抱送君去。

六朝文学　　193

东飞伯劳歌

池侧鸳鸯春日莺，绿珠绛树相逢迎。谁家佳丽过淇上，翠钗绮袖波中漾。雕鞍绣户花恒发，珠帘玉砌移明月。年时二七犹未笄，转顾流盼鬓鬟低。风飞蕊落将何故？可惜可怜空掷度。

后主的乐府可算是民歌影响的文学的代表，他同时的诗人阴铿的"律诗"可算是"声律论"产生的文学的成功者。永明时代的声律论出来以后，文人的文学受它不少的影响，骈偶之上又加了一层声律的束缚，文学的生机被它压死了。逃死之法只有抛弃这种枷锁镣铐，充分地向白话民歌的路上走。但这条路是革命的路，只有极少数人敢走的。大多数的文人只能低头下心受那时代风尚的拘禁，吞声忍气地迁就那些拘束自由的枷锁镣铐，且看在那些枷锁镣铐之下能不能寻着一点点范围以内的自由。有天才的人，在工具已用得纯熟以后，也许也能发挥一点天才，产出一点可读的作品。正如踹高跷的小旦也会做回旋舞，八股时文也可作游戏文章。有人说的好："只是人才出八股，非关八股出人才。"骈文律诗里也出了不少诗人，正是这个道理。声律之论起来之后，近百年中，很少能作好律诗的。沈约、范云自己的作品都不见高明。梁朝只有何逊作的诗偶然有好句子，如他的《日夕出富阳浦口和朗公》：

客心愁日暮，徙倚空望归。山烟涵树色，江水映霞晖。独鹤凌空逝，双凫出浪飞。故乡千余里，兹夕寒无衣。

到了阴铿，遂更像样了。我们抄几首，叫人知道"律诗"成立的时代：

登楼望乡

怀土临霞观，思归望石门。瞻云望鸟道，对柳忆家园。

寒田获里静，野日烧中昏。信美今何益，伤心自有源。

晚出新亭

大江一浩荡，离悲足几重！潮落犹如盖，云昏不作峰。远戍唯闻鼓，寒山但见松。九十方称半，归途讵有踪？

晚泊五洲

客行逢日暮，结缆晚洲中。戍楼因岊险，村路入江穷。水随云度黑，山带日归红。遥怜一柱观，欲轻千里风。

这不是旧日评诗的人所谓"盛唐风格"吗？其实所谓盛唐律诗只不过是极力模仿何逊、阴铿而得其神似而已！杜甫说李白的诗道：

李侯有佳句，往往似阴铿。

杜甫自己也说：

孰知二谢能将事，颇学阴、何苦用心。

盛唐律体的玄妙不过尔尔，不过如杜甫说的"恐与齐梁作后尘"而已。

第四章

唐 诗

闻一多

闻一多 （1899—1946）
北京大学中文系讲师

本名闻家骅，湖北浠水人，中国现代诗人、学者、民主战士。出版诗集《红烛》《死水》，表现了对祖国的深挚感情，对黑暗现实的憎恶和抗议。在《诗经》《楚辞》等研究领域有精深造诣。1946年在昆明被国民党特务暗杀。著作编为《闻一多全集》。

类书与诗

检讨的范围是唐代开国后约略五十年，从高祖受禅（六一八）起，到高宗、武后交割政权（六六〇）止。靠近那五十年的尾上，上官仪伏诛，算是强制地把"江左余风"收束了，同时新时代的先驱，"四杰"及杜审言，刚刚走进创作的年华，沈、宋与陈子昂也先后诞生了，唐代文学这才扯开六朝的罩纱，露出自家的面目。所以我们要谈的这五十年，说是唐的头，倒不如说是六朝的尾。

寻常我们提起六朝，只记得它的文学，不知道那时期对于学术的兴趣更加浓厚。唐初五十年所以像六朝，也正在这一点。这时期如果在文学史上占有任何位置，不是因为它在文学本身上有多少价值，而是因为它对于文学的研究特别热心，一方面把文学当作学术来研究，同时又用一种偏向于文学的观点来研究其余的学术。给前一方面举个例，便是曹宪、李善等的"选学"（这回文学的研究真是在学术中正式地分占了一席）。后一方面的例，最好举史学。许是因为他们有种特殊的文学观念（即《文选》所代表的文学观念），唐初的人们对于《汉书》的爱好，远在爱好《史记》之上，在研究《汉书》时，他们

唐诗　199

的对象不仅是历史,而且是记载历史的文字。便拿李善来讲,他是注过《文选》的,也撰过一部《汉书辨惑》;《文选》与《汉书》,在李善眼里,恐怕真是同样性质,具有同样功用的物件,都是给文学家供驱使的材料。他这态度可以代表那整个时代。这种现象在修史上也不是例外。只把姚思廉除开,当时修史的人们谁不是借作史书的机会来叫卖他们的文藻——尤其是《晋书》的著者!至于音韵学与文学的因缘,更是显著,不用多讲了。

当时的著述物中,还有一个可以称为第三种性质的东西,那便是类书,它既不全是文学,又不全是学术,而是介乎二者之间的一种东西,或是说兼有二者的混合体。这种畸形的产物,最足以代表唐初的那种太像文学的学术,和太像学术的文学了。所以我们若要明白唐初五十年的文学,最好的方法也是拿文学和类书排在一起打量。

现存的类书,如《北堂书钞》和《艺文类聚》,在当时所制造的这类出品中,只占极小部分。此外,太宗时编的,还有一千卷的《文思博要》,后来从龙朔到开元,中间又有官修的《累壁》六百三十卷、《瑶山玉彩》五百卷、《三教珠英》一千三百卷(《增广皇览》及《文思博要》)、《芳树要览》三百卷、《事类》一百三十卷、《初学记》三十卷、《文府》二十卷,私撰的《碧玉芳林》四百五十卷、《玉藻琼林》一百卷、《笔海》十卷。这里除《初学记》外,如今都不存在。内中是否有分类的总集,像《文馆词林》似的,我们不知道。但是《文馆词林》的性质,离《北堂书钞》虽较远,离《艺文类聚》却接近些了。欧阳询在《艺文类聚·序》里说是嫌"《流别》《文选》,专取其文,《皇览》《遍略》,直书其事"的办法不妥,他们(《艺文类聚》的编者不只他一人)才采取了"事居其前,文列于后"的体例。这可见《艺文类聚》是兼有总集(《流别》《文选》)与类书(《皇览》《遍略》)的性质,也可见他们看待总集与看待类书的态度差不多。《文馆词林》是和《流别》《文选》一类的书,在他们眼里,当然也和《皇览》《遍略》差不多了。再退一步讲,《文馆词林》的性质与《艺文类聚》一半相同,后者既是类书,前者起码也有一半类书的资格。

上面所举的书名，不过是就新、旧《唐书》和《唐会要》等书中随便摘下来的，也许还有遗漏。但只看这里所列的，已足令人惊诧了。特别是官修的占大多数，真令人不解。如果它们是《通典》一类的，或《大英百科全书》一类的性质，也许我们还会嫌它们的数量太小。但它们不过是"兔园册子"的后身，充其量也不过是规模较大、质量较高的"兔园册子"。一个国家的政府从百忙中抽调出许多第一流人才来编了那许多的"兔园册子"（在太宗时，房玄龄、魏徵、岑文本、许敬宗等都参与过这种工作），这用现代人的眼光看来，岂不滑稽？不，这正是唐太宗提倡文学的方法，而他所谓的文学，用这样的方法提倡，也是很对的。沉思翰藻谓之文的主张，由来已久，加之六朝以来有文学嗜好的帝王特别多，文学要求其与帝王们的身份相称，自然觉得沈思翰藻的主义最适合他们的条件了。文学由太宗来提倡，更不能不出于这一途。本来这种专在词藻的量上逞能的作风，需用学力比需用性灵的机会多，这实在已经是文学的实际化了。南朝的文学既已经在实际化的过程中，隋统一后，又和北方的极端实际的学术正面接触了，于是依照"水流湿，火就燥"的物理的原则，已经实际化了的文学便不能不愈加实际化，以至于到了唐初，再经太宗的怂恿，便终于被学术同化了。

　　文学被学术同化的结果，可分三方面来说。一方面是章句的研究，可以李善为代表。另一方面是类书的编纂，可以号称博学的《兔园册子》与《北堂书钞》的编者虞世南为代表。第三方面便是文学本身的堆砌性，这方面很难推出一个代表来，因为当时一般文学者的体干似乎是一样高矮，挑不出一个特别魁梧的例子来。没有办法，我们只好举唐太宗。并不是说太宗堆砌的成绩比别人精，或是他堆砌得比别人更甚，不过以一个帝王的地位，他的影响定不是一般人所能比的，而且他也曾经很明白地为这种文体张目过（这证据我们不久就要提出）。我们现在且把章句的研究、类书的纂辑，与夫文学本身的堆砌性三方面的关系谈一谈。

　　李善绰号"书簏"，因为，据史书说，他是一个"淹贯古今，不

唐诗　201

能属辞"的人。史书又说他始初注《文选》,"释事而忘意",经他儿子李邕补益一次,才做到"附事以见义"的地步。李善这种只顾"事",不顾"意"的态度,其实是与类书家一样的。章句家是书簏,类书家也是书簏,章句家是"释事而忘意",类书家便是"采事而忘意"了。我这种说法并不苛刻。只消举出《群书治要》来和《北堂书钞》或《艺文类聚》比一比,你便明白。同是钞书,同是一个时代的产物,但拿来和《治要》的"主意"的质素一比,《书钞》《类聚》"主事"的质素便显着格外分明了。章句家与类书家的态度,根本相同,创作家又何尝两样?假如选出五种书,把它们排成下面这样的次第:

《文选注》,《北堂书钞》,《艺文类聚》,《初学记》,初唐某家的诗集。

我们便看出一首初唐诗在构成程序中的几个阶段。劈头是"书簏",收尾是一首唐初五十年间的诗,中间是从较散漫、较零星的"事",逐渐地整齐化与分化。五种书同是"事"(文家称为词藻)的征集与排比,同是一种机械的工作,其间只有工作精粗的程度差别,没有性质的悬殊。这里《初学记》虽是开元间的产物,但实足以代表较早的一个时期的态度。在我们讨论的范围内,这部书的体裁,看来最有趣。每一项题目下,最初是"叙事",其次是"事对",最后便是成篇的诗赋或文。其实这三项中减去"事对",就等于《艺文类聚》,再减去诗赋文便等于《北堂书钞》。所以我们由《书钞》看到《初学记》,便看出了一部类书的进化史,而在这类书的进化中,一首初唐诗的构成程序也就完全暴露出来了。你想,一首诗做到了有了"事对"的程度,岂不是已经成功了一半吗?余剩的工作,无非是将"事对"装潢成五个字一幅的更完整的对联,拼上韵脚,再安上一头一尾罢了。(五言律是当时最风行的体裁,但这里,我没有把调平仄算进去,因为当时的诗,平仄多半是不调的。)这样看来,若说唐初五十年间的类书是较粗糙的诗,他们的诗是较精密的类书,许不算强词夺理吧?

《旧唐书·文苑传》里所收的作家,虽有着不少的诗人,但除了崔信明的一句"枫落吴江冷"是类书的范围所容纳不下的,其余作家的产品不干脆就是变相的书类吗?唐太宗之不如隋炀帝,不仅在没有作过一篇《饮马长城窟行》而已,便拿那"南化"了的隋炀帝,和"南化"了的唐太宗打比,像前者的:

暮江平不动,春花满正开。
流波将月去,潮水带星来。

甚至:

鸟击初移树,鱼寒不隐苔。

又何尝是后者有过的?不但如此,据说炀帝为妒嫉"空梁落燕泥"和"庭草无人随意绿"两句诗,曾经谋害过两条性命。"枫落吴江冷"比起前面那两个名句如何?不知道崔信明之所以能保天年,是因为太宗的度量比炀帝大呢,还是他的眼力比炀帝低。这不是说笑话。假如我们能回答这问题,那么太宗统治下的诗作的质量之高低,便可以判定了。归真地讲,崔信明这人,恐怕太宗根本就不知道,所以他并没有留给我们那样测验他的度量或眼力的机会。但这更足以证明太宗对于好诗的认识力很差。假如他是有眼力的话,恐怕当日撑持诗坛的台面的,是崔信明、王绩,甚至王梵志,而不是虞世南、李百药一流人了。

讲到这里,我们许要想到前面所引时人批评李善"释事而忘意",和我批评类书家"采事而忘意"两句话。现在我若给那些作家也加上一句"用事而忘意"的案语,我想读者们必不以为过分。拿虞世南、李百药来和崔信明、王绩、王梵志比,不简直是"事"与"意"的

唐诗　203

比照吗？我们因此又想到魏徵的《述怀》，颇被人认作这时期中的一首了不得的诗，《述怀》在唐代开国时的诗中所占的地位，据说有如魏徵本人在那时期政治上的地位一般的优越。这意见未免有点可笑，而替唐诗设想，居然留下生这意见的余地，也就太可怜了。平心说，《述怀》是一首平庸的诗，只因这作者不像一般的作者，他还不曾忘记那"诗言志"的古训，所以结果虽平庸而仍不失为"诗"。选家们搜出魏徵来代表初唐诗，足见那一个时代的贫乏。太宗和虞世南、李百药，以及当时成群的词臣，作了几十年的诗，到头还要靠这诗坛的局外人魏徵，来维持一点较清醒的诗的意识，这简直是他们的耻辱！不怕太宗和他率领下的人们为诗干得多热闹，究竟他们所热闹的，与其说是诗，毋宁说是学术。关于修辞立诚四个字，即算他们做到了修辞（但这仍然是疑问），那立诚的观念，在他们的诗里可说整个不存在。唐初人的诗，离诗的真谛是这样远，所以，我要说唐初是个大规模征集词藻的时期。我所谓征集词藻者，实在不但指类书的纂辑，连诗的制造也是应属于那个范围里的。

　　上述的情形，太宗当然要负大部分的责任。我们曾经说到太宗为堆砌式的文体张目过，不错，看他亲撰的《晋书·陆机传论》便知道：

　　　　观夫陆机、陆云，实荆、衡之杞梓，挺珪璋于秀实，驰英华于早年。风鉴澄爽，神情俊迈；文藻宏丽，独步当时；言论慷慨，冠乎终古。高词迥映，如朗月之悬光；迭意回舒，若重岩之积秀。千条析理，则电拆霜开；一绪连文，则珠流璧合。其词则深而雅，其义则博而显。故足远超枚、马，高蹑王、刘，百代文宗，一人而已。

因为他崇拜的陆机，是"文藻宏丽"，与夫"叠意回舒，若重岩之积秀""一绪连文，则珠流璧合"的陆机，所以太宗于他的群臣中就最钦佩虞世南。褚亮在《十八学士赞》中，是这样赞虞世南的：

> 笃行扬声，雕文绝世；网罗百家，并包六艺。

两《唐书·虞世南传》都说，他与兄世基同入长安，时人比作晋之二陆，《新传》又品评这两弟兄说：

> 世基辞章清劲过世南，而赡博不及也。

这样的虞世南，难怪太宗要认为是"与我犹一体"，并且在世南死后，还有"钟子期死，伯牙不复鼓琴"之叹。这虞世南，我们要记住，便是《兔园册子》和《北堂书钞》的著者。这一点极其重要。这不啻明白地告诉我们，太宗所鼓励的诗，是"类书家"的诗，也便是"类书式"的诗。总之，太宗毕竟是一个重实际的事业中人；诗的真谛，他并没有，恐怕也不能参透。他对于诗的了解，毕竟是个实际的人的了解。他所追求的只是文藻，是浮华，不，是一种文辞上的浮肿，也就是文学的一种皮肤病。这种病症，到了上官仪的"六对""八对"，便严重到极点，几乎有危害到诗的生命的可能，于是因察觉了险象而愤激的少年"四杰"，便不得不大声疾呼，抢上来施以针砭了。

唐诗　205

四 杰

继承北朝系统而立国的唐朝的最初五十年代，本是一个尚质的时期，王杨卢骆都是文章家，"四杰"这徽号，如果不是专为评文而设的，至少它的主要意义是指他们的赋和四六文。谈诗而称四杰，虽是很早的事，究竟只能算借用。是借用，就难免有"削足适履"和"挂一漏万"的毛病了。

按通常的了解，诗中的四杰是唐诗开创期中负起了时代使命的四位作家，他们都年少而才高，官小而名大，行为都相当浪漫，遭遇尤其悲惨（四人中三人死于非命）——因为行为浪漫，所以受尽了人间的唾骂；因为遭遇悲惨，所以也赢得了不少的同情。依这样一个概括、简明，也就是肤廓的了解，"四杰"这徽号是满可以适用的，但这也就是它的适用性的最大限度。超过了这限度，假如我们还问到：这四人集团中每个单元的个别情形和相互关系，尤其他们在唐诗发展的路线网里，究竟代表着哪一条，或数条线，和这线在网的整个体系中所担负的任务——假如问到这些方面，"四杰"这徽号的功用与适合性，马上就成问题了。因为诗中的四杰，并非一个单纯的、统一的宗派，而是一个大宗中包孕着两个小宗，而两小宗之间，同点恐怕还不如异点多，因之，在讨论问题时，"四杰"这名词所能给我们的方便，恐怕也不如纠葛多。数字是个很方便的东西，也是个很麻烦的东西。

既在某一观点下凑成了一个数目，就不能由你在另一观点下随便拆开它。不能拆开，又不能废弃它，所以就麻烦了。"四杰"这徽号，我们不能，也不想废弃，可是我承认我是抱着"息事宁人"的苦衷来接受它的。

四杰无论在人的方面，或诗的方面，都天然形成两组或两派。先从人的方面讲起。

将四人的姓氏排成"王、杨、卢、骆"这特定的顺序，据说寓有品第文章的意义，这是我们熟知的事实。但除这人为的顺序外，好像还有一个自然的顺序，也常被人采用——那便是序齿的顺序。我们疑心张说《裴公神道碑》"在选曹见骆宾王、卢照邻、王勃、杨炯"，和郗云卿《骆丞集序》"与卢照邻、王勃、杨炯文词齐名"，乃至杜诗"纵使卢王操翰墨"等语中的顺序，都属于这一类。严格的序齿应该是卢骆王杨，其间卢骆一组，王杨一组，前者比后者平均大了十岁的光景。然则卢骆的顺序，在上揭张、郗二文里为什么都颠倒了呢？郗序是为了行文的方便，不用讲。张碑，我想是为了心理的缘故，因为骆与裴（行俭）交情特别深，为裴作碑，自然首先想起骆来。也许骆赴选曹本在先，所以裴也先见到他。果然如此，则先骆后卢，是采用了另一事实作标准。但无论依哪个标准说，要紧的还是在张、郗两文里，前二人（骆卢）与后二人（王杨）之间的一道鸿沟（即平均十岁左右的差别）依然存在。所以即使张碑完全用的另一事实——赴选的先后作为标准，我们依然可以说，王杨赴选在卢骆之后，也正说明了他们年龄小了许多。实在，卢骆与王杨简直可算作两辈子人。据《唐会要》卷八二，"显庆二年，诏征太白山人孙思邈入京，卢照邻、宋令文、孟诜皆执师贽之礼"。令文是宋之问的父亲，而之问是杨炯同僚的好友。卢与之问的父亲同辈，而杨与之问本人同辈，那么卢与杨岂不是不能同辈了吗？明白了这一层，杨炯所谓"愧在卢前，耻居王

唐诗

后"，便有了确解。杨年纪比卢小得多，名字反在卢前，有愧不敢当之感，所以说"愧在卢前"；反之，他与王多分是同年，名字在王后，说"耻居王后"，正是不甘心的意思。

比年龄的距离更重要的一点，便是性格的差异。在性格上四杰也天然形成两种类型，卢、骆一类，王、杨一类。诚然，四人都是历史上著名的"浮躁浅露"不能"致远"的殷鉴，每人"丑行"的事例，都被谨慎地保存在史乘里了，这里也毋庸赘述。但所谓"浮躁浅露"者，也有程度深浅的不同。杨炯，相传据裴行俭说，比较"沉静"。其实王勃，除擅杀官奴那不幸事件外（杀奴在当时社会上并非一件太不平常的事），也不能算过分的"浮躁"。一个人在短短二十八年的生命里，已经完成了这样多方面的一大堆著述：

《舟中纂序》五卷，《周易发挥》五卷，《次论语》十卷，《汉书指瑕》十卷，《大唐千岁历》若干卷，《黄帝八十一难经注》若干卷，《合论》十卷，《续文中子书序诗序》若干篇，《元经传》若干卷，《文集》三十卷。

能够浮躁到哪里去呢？同王勃一样，杨炯也是文人而兼有学者倾向的，这满可以从他的《天文大象赋》和《驳孙茂道苏知几冕服议》中看出。由此看来，王、杨的性格确乎相近。相应的，卢、骆也同属于另一类型，一种在某项观点下真可目为"浮躁"的类型。久历边塞而屡次下狱的博徒革命家骆宾王不用讲了，看《穷鱼赋》和《狱中学骚体》，卢照邻也不像是一个安分的分子。骆宾王在《艳情代郭氏答卢照邻》里，便控告过他的薄幸。然而按骆宾王自己的口供：

但使封侯龙额贵，讵随中妇凤楼寒？

他原也是在英雄气概的烟幕下实行薄幸而已。看《忆蜀地佳人》一类诗，他并没有少给自己制造薄幸的机会。在这类事上，卢、骆恐怕还是一丘之貉。最后，卢照邻那悲剧型的自杀，和骆宾王的慷慨就义，不也还是一样？同是用不平凡的方式自动地结束了不平凡的一生，只是一悱恻，一悲壮，各有各的姿态罢了。

这几乎是不可避免的发展：由年龄的两辈，和性格的两类型，到友谊的两个集团。果然，卢、骆二人的交情，可凭骆的《艳情代郭氏答卢照邻》诗来坐实；而王、杨的契合，则有王的《秋日饯别序》和杨的《王勃集序》可证。反之，卢或骆与王或杨之间，就看不出这样紧凑的关系来。就现存各家集中所可考见的说，卢王有两首同题分韵的诗，卢杨有一首同题同韵的诗，可见他们两辈人确乎在文酒之会中常常见面。可是太深的交情，恐怕就谈不到。他们绝少在作品里互相提到彼此的名字。有之，只杨在《王勃集序》中说到一次"薛令公朝右文宗，托末契而推一变；卢照邻人间才杰，览清规而辍九攻"，这反足以证明卢、骆与王、杨属于两个壁垒，虽则是两个对立而仍不失为友军的壁垒。

于是，我们便可谈到他们——卢、骆与王、杨——另一方面的不同了。年龄的不同辈，性格的不同类型，友谊的不同集团，和作风的不同派，这些不也正是一贯的现象吗？其实，不待知道"人"方面的不同，我们早就应该发觉"诗"方面的不同了。假如不受传统名词的蒙蔽，我们早就该惊讶，为什么还非维持这"四"字不可，而不仿"前七子""后七子"的例，称卢、骆为"前二杰"，王、杨为"后二杰"？难道那许多迹象，还不足以证明他们两派的不同吗？

首先，卢、骆擅长七言歌行，王、杨专工五律，这是两派选择形式的不同。当然卢、骆也作五律，甚至大部分篇什还是五律，而王、杨一派中至少王勃也有些歌行流传下来，但他们的长处绝不在这些方面。像卢集中的：

风摇十洲影，日乱九江文。（《赠李荣道士》）
川光摇水箭，山气上云梯。（《山庄休沐》）

唐诗 209

和骆集中这样的发端：

> 故人无与晤，安步陟山椒。(《冬日野望》)

在那贫乏的时代，何尝不是些夺目的珍宝？无奈这些有句无章的篇什，除声调的成功外，还是没有超过齐梁的水准。骆比较有些"完璧"，如《在狱咏蝉》之类，可是又略无警策。同样，王的歌行，除《滕王阁歌》外，也毫不足观。便说《滕王阁歌》，和他那典丽凝重，与凄情流动的五律比起来，又算得了什么呢！

杜甫《戏为六绝句》第三首说"纵使卢王操翰墨，劣于汉魏近《风》《骚》"。这里是以卢代表卢、骆，王代表王、杨，大概不成问题。

至于"劣于汉魏近《风》《骚》"，假如可以解作王、杨"劣于汉魏"，卢、骆"近《风》《骚》"，倒也有它的妙处。因为卢、骆那用赋的手法写成的粗线条的宫体诗，确乎是《风》《骚》的余响；而王、杨的五言，虽不及汉魏，却越过齐梁，直接上晋宋了。这未必是杜诗的原意，但我们不妨借它的启示来阐明一个真理。

卢、骆与王、杨选择形式不同，是由于他们两派的使命不同。卢、骆的歌行，是用铺张扬厉的赋法膨胀过了的乐府新曲，而乐府新曲又是宫体诗的一种新发展，所以卢、骆实际上是宫体诗的改造者。他们都曾经是两京和成都市中的轻薄子，他们的使命是以市井的放纵改造宫庭的堕落，以大胆代替羞怯，以自由代替局缩，所以他们的歌声需要大开大阖的节奏，他们必须以赋为诗。正如宫体诗在卢、骆手里是由宫庭走到市井，五律到王、杨的时代是从台阁移至江山与塞漠。台阁上只有仪式的应制，有"缔句绘章，揣合低卬"。到了江山与塞漠，才有低徊与怅惘，严肃与激昂，例如王的《别薛升华》《送杜少府之任蜀州》和杨的《从军行》《紫骝马》一类的抒情诗。抒情的形式，本无须太长，五言八句似乎恰到好处。前乎王、杨，尤其应制的作品，五言长律用得还相当多。这是该注意的！五言八句的五律，到王、杨才正式成为定型,同时完整的真正唐音的抒情诗也是这时才出现的。

将卢、骆与王、杨对照着看,真是一个说不尽的话题。我在旁处曾说明过从卢、骆到刘(希夷)、张(若虚)是一贯的发展,现在还要点醒,王、杨与沈、宋也是一脉相承。李商隐早无意地道着了秘密:

沈、宋裁辞矜变律,王、杨落笔得良朋。
当时自谓宗师妙,今日惟观属对能。(《漫成章》)

以沈、宋与王、杨并举,实在是最自然、最合理的看法。"律"之"变",本来在王、杨手里已经完成了,而沈、宋也是"落笔得良朋"的妙手。并且我们已经提过,杨炯和宋之问是好朋友。如果我们再知道他们是好到如之问《祭杨盈川文》所说的那程度,我们便更能了然于王、杨与沈、宋所以是一脉相承之故。老实说,就奠定五律基础的观点看,王、杨与沈、宋未尝不可视为一个集团,因此也有资格承受四杰的徽号;

而卢、骆与刘、张也同样有理由,在改良宫体诗的观点下,被称为另一组四杰。一定要墨守着先入为主的传统观点,只看见"王、杨、卢、骆"之为四杰,而抹煞了一切其他的观点,那只是拘泥、顽冥,甘心上传统名词的当罢了。

将卢、骆与王、杨分别地划归了刘、张与沈、宋两个集团后,再比较一下刘、张与沈、宋在唐诗中的地位,便也更能了解卢、骆与王、杨的地位了。五律无疑是唐诗最主要的形式,在那时人心目中,五律才是诗的正宗。

沈、宋之被人推重,理由便在此。按时人安排的顺序,王、杨的名字列在卢、骆之上,也正因他们的贡献在五律,何况王、杨的五律是完全成熟了的五律,而卢、骆的歌行还不免于草率、粗俗地"轻薄为文"呢?论内在价值,当然王、杨比卢、骆高。然而,我们不要忘

唐诗 211

记卢、骆曾用以毒攻毒的手段,凭他们那新式宫体诗,一举摧毁了旧式的"江左余风"的宫体诗,因而给歌行芟除了芜秽,开出一条坦途来。若没有卢、骆,哪会有刘、张,哪会有《长恨歌》《琵琶行》《连昌宫词》和《秦妇吟》,甚至于李、杜、高、岑呢?看来,在文学史上,卢、骆的功绩并不亚于王、杨。后者是建设,前者是破坏,他们各有各的使命。负破坏使命的,本身就得牺牲,所以失败就是他们的成功。人们都以成败论事,我却愿向失败的英雄们多寄予点同情。

宫体诗的自赎

宫体诗就是宫廷的，或以宫廷为中心的艳情诗，它是个有历史性的名词，所以严格地讲，宫体诗又当指以梁简文帝为太子时的东宫，及陈后主、隋炀帝、唐太宗等几个宫廷为中心的艳情诗。我们该记得从梁简文帝当太子到唐太宗宴驾中间一段时期，正是谢朓已死，陈子昂未生之间一段时期。这其间没有出过一个第一流的诗人。那是一个以声律的发明与批评的勃兴为人所推重，但论到诗的本身，则为人所诟病的时期。没有第一流诗人，甚至没有任何诗人，不是一桩罪过。

那只是一个消极的缺憾。但这时期却犯了一桩积极的罪。它不是一个空白，而是一个污点。为什么？就因为他们制造了些有如下面这样的宫体诗：

长筵广未同，上客娇难逼。
还杯了不顾，回身正颜色。（高爽《咏酌酒人》）

众中俱不笑，座上莫相撩。（邓铿《奉和夜听妓声》）

这里所反映的上客们的态度，便代表他们那整个宫廷内外的气氛。人人眼角里是淫荡：

上客徒留目，不见正横陈。（鲍泉《敬酬刘长史咏名士悦倾城》）

人人心中怀着鬼胎：

春风别有意，密处也寻香。（李义府《堂堂词》）

对姬妾娼妓如此，对自己的结发妻亦然（刘孝威《鄀县寓见人织率尔赠妇》便是一例）。于是发妻也就成了倡家。徐悱写得出《对房前桃树咏佳期赠内》那样一首诗，他的夫人刘令娴为什么不可以写一首《光宅寺》来赛过他？索性大家都揭开了：

知君亦荡子，贱妾自倡家。（吴均《鼓瑟曲有所思》）

因为也许她明白她自己的秘诀是什么：

自知心所爱，出入仕秦宫。
谁言连尹屈，更是莫敖通？（简文帝《艳歌篇十八韵》）

简文帝对此并不诧异，说不定这对他，正是件称心的消息。堕落是没有止境的。从一种变态到另一种变态往往是个极短的距离，所以现在像简文帝《娈童》、吴均《咏少年》、刘孝绰《咏小儿采莲》、刘遵《繁华应令》，以及陆厥《中山王孺子妾歌》一类作品，也不足令人惊奇了。变态的又一类型是以物代人为求满足的对象。于是绣领、袙腹、履、枕、席、卧具……全有了生命，而成为被玷污者。推而广之，以至灯烛、玉阶、梁尘，也莫不踊跃地助他们集中意念到那个荒唐的焦点，不用说，有机生物如花草莺蝶等更都是可人的同情者：

> 罗荐已擘鸳鸯被，绮衣复有葡萄带。
> 残红艳粉映帘中，戏蝶流莺聚窗外。（上官仪《八咏应制》）

看看以上的情形，我们真要疑心，那是作诗，还是在一种伪装下的无耻中求满足。在那种情形下，你怎能希望有好诗！所以常常是那套褪色的陈词滥调，诗的本身并不能比题目给人以更深的印象。实在有时他们真不像是在作诗，而只是制题。这都是惨淡经营的结果：《咏人聘妾仍逐琴心》（伏知道），《为寒床妇赠夫》（王胄）。特别是后一例，尽有"闺情""秋思""寄远"一类的题面可用，然而作者偏要标出这样五个字来，不知是何居心。如果初期作者常用的"古意""拟古"一类暧昧的题面，是一种遮羞的手法，那么现在这些人是根本没有羞耻了！这由意识到文词，由文词到标题，逐步地鲜明化，是否可算作一种文字的裸裎狂，我不知道。反正赞叹事实的"诗"变成了标明事类的"题"之附庸，这趋势去《游仙窟》一流作品，以记事文为主，以诗副之的形式，已很近了。形式很近，内容又何尝远？《游仙窟》正是宫体诗必然的下场。

我还得补充一下宫体诗在它那中途丢掉的一个自新的机会。这专以在昏淫的沉迷中作践文字为务的宫体诗，本是衰老的，贫血的南朝宫廷生活的产物，只有北方那些新兴民族的热与力才能拯救它。因此我们不能不庆幸庾信等之入周与被留，因为只有这样，宫体诗才能更稳固地移植在北方，而得到它所需要的营养。果然被留后的庾信的《乌夜啼》《春别诗》等篇，比从前在老家作的同类作品，气色强多了。移植后的第二三代本应不成问题。谁知那些北人骨子里和南人一样，也是脆弱的，经不起南方那美丽的毒素的引诱，他们马上又屈服了。除薛道衡《昔昔盐》《人日思归》，隋炀帝《春江花月夜》三两首诗外，他们没有表现过一点抵抗力。炀帝晚年可算热忱地效忠于南

唐诗　215

方文化了。文艺的唐太宗,出人意料之外,比炀帝还要热忱。于是庾信的北渡完全白费了。宫体诗在唐初,依然是简文帝时那没筋骨、没心肝的宫体诗。不同的只是现在词藻来得更细致,声调更流利,整个的外表显得更乖巧、更酥软罢了。说唐初宫体诗的内容和简文帝时完全一样,也不对。因为除了搬出那僵尸"横陈"二字外,他们在诗里也并没有讲出一些什么。这又教人疑心这辈子人已失去了积极犯罪的心情。

恐怕只是词藻和声调的试验给他们羁縻着一点作这种诗的兴趣(词藻声调与宫体有着先天与历史的联系)。宫体诗在当时可说是一种不自主的、虚伪的存在。原来从虞世南到上官仪是连堕落的诚意都没有了。此真所谓"萎靡不振"!

但是堕落毕竟到了尽头,转机也来了。

在窒息的阴霾中,四面是细弱的虫吟,虚空而疲倦,忽然一声霹雳,接着是狂风暴雨!虫吟听不见了,这样便是卢照邻《长安古意》的出现。这首诗在当时的成功不是偶然的。放开了粗豪而圆润的嗓子,他这样开始:

> 长安大道连狭斜,青牛白马七香车。
> 玉辇纵横过主第,金鞭络绎向侯家!
> 龙衔宝盖承朝日,凤吐流苏带晚霞。
> 百丈游丝争绕树,一群娇鸟共啼花。
> ……

这生龙活虎般腾踔的节奏,首先已够教人们如大梦初醒而心花怒放了。然后如云的车骑,载着长安中各色人物 panorama 式地一幕幕出现,通过"五剧三条"的"弱柳青槐"来"共宿娼家桃李蹊"。诚然这不是一场美丽的热闹。但这癫狂中有战栗,堕落中有灵性:

> 得成比目何辞死,愿作鸳鸯不羡仙。

比起以前那光是病态的无耻：

> 相看气息望君怜，谁能含羞不肯前！（简文帝《乌栖曲》）

如今这是什么气魄！对于时人那虚弱的感情，这真有起死回生的力量。最后：

> 节物风光不相待，桑田碧海须臾改。
> 昔时金阶白玉堂，即今惟见青松在！

似有"劝百讽一"之嫌。对了，讽刺，宫体诗中讲讽刺，多么生疏的一个消息！我几乎要问《长安古意》究竟能否算宫体诗？从前我们所知道的宫体诗，自萧氏君臣以下都是作者自身下流意识的口供，那些作者只在诗里。这回卢照邻却是在诗里，又在诗外，因此他能让人人以一个清醒的旁观的自我，来给另一自我一声警告。这两种态度相差多远！

> 寂寂寥寥杨子居，年年岁岁一床书。
> 独有南山桂花发，飞来飞去袭人裾。

这篇末四句有点突兀，在诗的结构上既嫌蛇足，而且这样说话，也不免暴露了自己态度的褊狭，因而在本篇里似乎有些反作用之嫌。可是对于人性的清醒方面，这四句究不失为一个保障与安慰。一点点艺术的失败，并不妨碍《长安古意》在思想上的成功。他是宫体诗中一个破天荒的大转变。一手挽住衰老了的颓废，教给他如何回到健全的欲望；一手又指给他欲望的幻灭。这诗中善与恶都是积极的，所以二者似相反而实相成。我敢说《长安古意》的恶的方面比善的方面还有用。不要问卢照邻如何成功，只看庾信是如何失败的。欲望本身不是

唐诗 217

什么坏东西。如果它走入了歧途,只有疏导一法可以挽救,壅塞是无效的。庾信对宫体诗的态度,是一味地矫正,他仿佛是要以非宫体代宫体。反之,卢照邻只要以更有力的宫体诗救宫体诗,他所争的是有力没有力,不是宫体不宫体。甚至你说他的方法是以毒攻毒也行,反正他是胜利了。有效的方法不就是对的方法吗?

矛盾就是人性,诗人作诗本不必对自己的行为负责。原来《长安古意》的"年年岁岁一床书",只是一句诗而已,即令作诗时事实如此,大概不久以后,情形就完全变了,骆宾王的《艳情代郭氏答卢照邻》便是铁证。故事是这样的:照邻在蜀中有一个情妇郭氏,正当她有孕时,照邻因事要回洛阳去,临行相约不久回来正式成婚。谁知他一去两年不返,而且在三川有了新人。这时她望他的音信既望不到,孩子也丢了。"悲鸣五里无人问,肠断三声谁为续!"除了骆宾王给寄首诗去替她申一回冤,这悲剧又能有什么更适合的收场呢?一个生成哀艳的传奇故事,可惜骆宾王没赶上蒋防、李公佐的时代。我的意思是:故事最适宜于小说,而作者手头却只有一个诗的形式可供采用。这试验也未尝不可作,然而他偏偏又忘记了《孔雀东南飞》的典型。凭一支作判词的笔锋(这是他的当行),他只草就了一封韵语的书札而已。然而是试验,就值得钦佩。骆宾王的失败,不比李百药的成功有价值吗?他至少也替《秦妇吟》垫过路。

这以"一抔之土未干,六尺之孤何托",教历史上第一位英威的女性破胆的文士,天生一副侠骨,专喜管闲事,打抱不平、杀人报仇、革命、帮痴心女子打负心汉,都是他干的。《代女道士王灵妃赠道士李荣》里没讲出具体的故事来,但我们猜得到一半,还不是卢郭公案那一类的纠葛?李荣是个有才名道士。(见《旧唐书·儒学·罗道琮传》,卢照邻也有过诗给他。)故事还是发生在蜀中,李荣往长安去了,也是许久不回来,王灵妃急了,又该骆宾王给去信促驾了。不过这回的信却写得比较像首诗。其所以然,倒不在——

梅花如雪柳如丝,年去年来不自持。

初言别在寒偏在，何悟春来春更思。

一类响亮句子，而是那一气到底而又缠绵往复的旋律之中，有着欣欣向荣的情绪。《代女道士王灵妃赠道士李荣》的成功，仅次于《长安古意》。

和卢照邻一样，骆宾王的成功，有不少成分是仗着他那篇幅的。

上文所举过的二人的作品，都是宫体诗中的云岗造像，而宾王尤其好大成癖（这可以他那以赋为诗的《帝京篇》《畴昔篇》为证）。从五言四句的《自君之出矣》，扩充到卢、骆二人洋洋洒洒的巨篇，这也是宫体诗的一个剧变。仅仅篇幅大，没有什么。要紧的是背面有厚积的力量撑持着。这力量，前人谓之"气势"，其实就是感情。有真实感情，所以卢、骆的来到，能使人们麻痹了百余年的心灵复活。有感情，所以卢、骆的作品，正如杜甫所预言的，"不废江河万古流"。

从来没有暴风雨能持久的。果然持久了，我们也吃不消，所以我们要它适可而止。因为，它究竟只是一个手段，打破郁闷烦躁的手段；也只是一个过程，达到雨过天青的过程。手段的作用是有时效的，过程的时间也不宜太长，所以在宫体诗的园地上，我们很侥幸地碰见了卢、骆，可也很愿意早点离开他们，——为的是好和刘希夷会面。

古来容光人所美，况复今日遥相见？
愿作轻罗着细腰，愿为明镜分娇面。（《公子行》）

这不是什么十分华贵的修辞，在刘希夷也不算最高的造诣；但在宫体诗里，我们还没听见过这类的痴情话。我们也知道他的来源是《同声诗》和《闲情赋》。但我们要记得，这类越过齐梁，直向汉晋人借贷灵感，在将近百年以来的宫体诗里也很少人干过呢！

与君相向转相亲，与君双栖共一身。

唐诗

愿作贞松千岁古,谁论芳槿一朝新!
百年同谢西山日,千秋万古北邙尘。(《公子行》)

这连同它的前身——杨方《合欢诗》,也不过是常态的、健康的爱情中,极平凡、极自然的思念,谁知道在宫体诗中也成为了不得的稀世的珍宝。回返常态确乎是刘希夷的一个主要特质,孙翌编《正声集》时把刘希夷列在卷首,便已看出这一点来了。看他即便哀艳到如:

自怜妖艳姿,妆成独见时。
愁心伴杨柳,春尽乱如丝。(《春女行》)

携笼长叹息,逶迤恋春色。
看花若有情,倚树疑无力。
薄暮思悠悠,使君南陌头。
相逢不相识,归去梦青楼。(《采桑》)

也从没有不归于正的时候。感情返到正常状态是宫体诗的又一重大阶段。唯其如此,所以烦躁与紧张都消失了,只剩下一片晶莹的宁静。就在此刻,恋人才变成诗人,憬悟到万象的和谐,与那一水一石一草一木的神秘的不可抵抗的美,而不禁受创似的哀叫出来:

可怜杨柳伤心树!可怜桃李断肠花!(《公子行》)

但正当他叫着"伤心树""断肠花"时,他已从美的暂促性中认识了那玄学家所谓的"永恒"——一个最缥缈,又最实在;令人惊喜,又令人震怖的存在。在它面前一切都变渺小了,一切都没有了。自然认识了那无上的智慧,就在那彻悟的一刹那间,恋人也就变成哲人了:

> 洛阳城东桃李花，飞来飞去落谁家？
> 洛阳女儿好颜色，坐见落花长叹息：
> 今年花落颜色改，明年花开复谁在！
> ……
> 古人无复洛城东，今人还对落花风。
> 年年岁岁花相似，岁岁年年人不同。(《代悲白头翁》)

相传刘希夷吟到"今年花落……"二句时，吃一惊，吟到"年年岁岁……"二句，又吃一惊。后来诗被宋之问看到，硬要让给他，诗人不肯，就生生地被宋之问给用土囊压死了。于是诗谶就算应验了。编故事的人的意思，自然是说，刘希夷泄露了天机，论理该遭天谴。这是中国式的文艺批评，隽永而正确，我们在千载之下，不能，也不必改动它半点。不过我们可以用现代语替它诠释一遍，所谓泄露天机者，便是悟到宇宙意识之谓。从蜣螂转丸式的宫体诗一跃而到庄严的宇宙意识，这可太远了，太惊人了！这时的刘希夷实已跨近了张若虚半步，而离绝顶不远了。

如果刘希夷是卢、骆的狂风暴雨后宁静爽朗的黄昏，张若虚便是风雨后更宁静、更爽朗的月夜。《春江花月夜》本用不着介绍，但我还是忍不住要谈谈。就宫体诗发展的观点看，这首诗尤有大谈的必要：

> 春江潮水连海平，海上明月共潮生。
> 滟滟随波千万里，何处春江无月明！
> 江流宛转绕芳甸，月照花林皆似霰，
> 空里流霜不觉飞，汀上白沙看不见。

在这种诗面前，一切的赞叹是饶舌，几乎是渎亵。它超过了一切的宫体诗有多少路程的距离，读者们自己也知道。我认为用得着一点诠明的倒是下面这几句：

唐诗

> 江畔何人初见月？江月何年初照人？
> 人生代代无穷已，江月年年只相似。
> 不知江月待何人，但见长江送流水！

更夐绝的宇宙意识！一个更深沉、更寥廓、更宁静的境界！在神奇的永恒前面，作者只有错愕，没有恐惧，没有憧憬，没有悲伤。从前卢照邻指点出"昔时金阶白玉堂，即今惟见青松在"时，或另一个初唐诗人——寒山子更尖酸地吟着"未必长如此，芙蓉不耐寒"时，那都是站在本体旁边凝视现实。那态度我以为太冷酷、太傲慢，或者如果你愿意，也可以带点狐假虎威的神气。在相反的方向，刘希夷又一味凝视着"以有涯随无涯"的徒劳，而徒劳地为它哀毁着，那又未免太萎靡，太怯懦了。只张若虚这态度不亢不卑，冲融和易才是最纯正的，"有限"与"无限"，"有情"与"无情"——诗人与"永恒"猝然相遇，一见如故，于是谈开了——"江畔何人初见月？江月何年初照人？……江月年年只相似，不知江月待何人？"对每一问题，他得到的仿佛是一个更神秘的、更渊默的微笑，他更迷惘了，然而也满足了。于是他又把自己的秘密倾吐给那缄默的对方：

> 白云一片去悠悠，青枫浦上不胜愁。

因为他想到她了，那"妆镜台"边的"离人"。他分明听见她的叹喟：

> 此时相望不相闻，愿逐月华流照君！

他说自己很懊悔，这飘荡的生涯究竟到几时为止！

> 昨夜闲潭梦落花，可怜春半不还家。
> 江水流春去欲尽，江潭落月复西斜！

他在怅惘中,忽然记起飘荡的许不只他一人,对此清景,大概旁人,也只得徒唤奈何罢?

  斜月沉沉藏海雾,碣石潇湘无限路。
  不知乘月几人归,落月摇情满江树!

  这里一番神秘而又亲切的,如梦境的晤谈,有的是强烈的宇宙意识,被宇宙意识升华过的纯洁的爱情,又由爱情辐射出来的同情心,这是诗中的诗,顶峰上的顶峰。从这边回头一望,连刘希夷都是过程了,不用说卢照邻和他的配角骆宾王,更是过程的过程。至于那一百年间梁、陈、隋、唐四代宫廷所遗下的那份最黑暗的罪孽,有了《春江花月夜》这样一首宫体诗,不也就洗净了吗?向前替宫体诗赎清了百年的罪,因此,向后也就和另一个顶峰陈子昂分工合作,清除了盛唐的路,——张若虚的功绩是无从估计的。

孟　浩　然

当年孙润夫家所藏王维画的孟浩然像,据《韵语阳秋》的作者葛立方说,是个很不高明的摹本,连所附的王维自己和陆羽、张洎等三篇题识,据他看,也是一手摹出的。葛氏的鉴定大概是对的,但他并没有否认那"俗工"所据的底本,即张洎亲眼见到的孟浩然像,确是王维的真迹。这幅画,据张洎的题识说:

虽轴尘缣古,尚可窥览。观右丞笔迹,穷极神妙。襄阳之状颀而长,峭而瘦,衣白袍,靴帽重戴,乘欵段马——一童总角,提书笈负琴而从——风仪落落,凛然如生。

这在今天,差不多不用证明,就可以相信是逼真的孟浩然。并不是说我们知道浩然多病,就可以断定他当瘦。实在经验告诉我们,什九人是当如其诗的。你在孟浩然诗中所意识到的诗人那身影,能不是"颀而长,峭而瘦"的吗?连那件白袍,恐怕都是天造地设,丝毫不可移动的成分。白袍靴帽固然是"布衣"孟浩然分内的装束,尤其是诗人孟浩然必然的扮相。编《孟浩然集》的王士源应是和浩然很熟的人，不错，他在序文里用来开始介绍这位诗人的"骨貌淑清，风神散朗"八字，与夫陶翰《送孟六入蜀序》所谓"精朗奇素"，无一不与画像的精神相合，也无一不与孟浩然的诗境一致。总之，诗如其人，或人就是诗，再没有比孟浩然更具体的例证了。

张祜曾有过"襄阳属浩然"之句，我们却要说：浩然也属于襄阳。也许正唯浩然是属于襄阳的，所以襄阳也属于他。大半辈子岁月在这里度过，大多数诗章是在这地方、因这地方、为这地方而写的。没有第二个襄阳人比孟浩然更忠于襄阳，更爱襄阳的。晚年漫游南北，看过多少名胜，到头还是：

山水观形胜，襄阳美会稽。

实在襄阳的人杰地灵，恐怕比它的山水形胜更值得人赞美。从汉阴丈人到庞德公，多少令人神往的风流人物，我们简直不能想象一部《襄阳耆旧传》，对于少年的孟浩然是何等深厚的一个影响。了解了这一层，我们才可以认识孟浩然的人、孟浩然的诗。

隐居本是那时代普遍的倾向，但在旁人仅仅是一个期望，至多也只是点暂时的调剂，或过期的赔偿，在孟浩然却是一个完完整整的事实。在构成这事实的复杂因素中，家乡的历史地理背景，我想，是很重要的一点。

在一个乱世，例如庞德公的时代，对于某种特别性格的人，入山采药，一去不返，本是唯一的出路。但生在"开元全盛日"的孟浩然，有那必要吗？然则为什么三番两次朋友们伸过援引的手来，都被拒绝，甚至最后和本州采访使韩朝宗约好了一同入京，到头还是喝得酩酊大醉，让韩公等烦了，一赌气独自先走了呢？正如当时许多有隐士倾向的读书人，孟浩然原来是为隐居而隐居，为着一个浪漫的理想，为着对古人的一个神圣的默契而隐居。在他这回，无疑的那成为默契的对象便是庞德公。孟浩然当然不能为韩朝宗背弃庞公。鹿门山不许他，他自己家园所在，也就是"庞公栖隐处"的鹿门山，绝不许他那样做。

鹿门月照开烟树，忽到庞公栖隐处。
岩扉松径长寂寥，惟有幽人自来去。

这幽人究竟是谁？庞公的精灵，还是诗人自己？恐怕那时他自己也分辨不出，因为心理上他早与那位先贤同体化了。历史的庞德公给了他启示，地理的鹿门山给了他方便，这两项重要条件具备了，隐居的事实便容易完成得多了。实在，鹿门山的家园早已使隐居成为既成事实，只要念头一转，承认自己是庞公的继承人，此身便俨然是《高士传》中的人物了。总之，是襄阳的历史地理环境促成孟浩然一生老于布衣的。孟浩然毕竟是襄阳的孟浩然。

我们似乎为奖励人性中的矛盾，以保证生活的丰富，几千年来一直让儒道两派思想维持着均势，于是读书人便永远在一种心灵的僵局中折磨自己，巢、由与伊、皋，江湖与魏阙，永远矛盾着，冲突着，于是生活便永远不谐调，而文艺也便永远不缺少题材。矛盾是常态，愈矛盾则愈常态。今天是伊、皋，明天是巢、由，后天又是伊、皋，这是行为的矛盾。当巢、由时向往着伊、皋，当了伊、皋，又不能忘怀于巢、由，这是行为与感情间的矛盾。在这双重矛盾的夹缠中打转，是当时一般的现象。反正用诗一发泄，任何矛盾都注销了。诗是唐人排解感情纠葛的特效剂，说不定他们正因有诗作保障，才敢于放心大胆地制造矛盾，因而那时代的矛盾人格才特别多。自然，反过来说，矛盾愈深愈多，诗的产量也愈大了。孟浩然一生没有功名，除在张九龄的荆州幕中当过一度清客外，也没有半个官职，自然不会发生第一项矛盾问题。但这似乎就是他的一贯性的最高限度。因为虽然身在江湖，他的心并没有完全忘记魏阙。下面不过是许多显明例证中之一：

欲济无舟楫，端居耻圣明。

坐观垂钓者，徒有羡鱼情。

然而"羡鱼"毕竟是人情所难免的，能始终仅仅"临渊羡鱼"，而并不"退而结网"，实在已经是难得的一贯了。听李白这番热情的赞叹，便知道孟浩然超出他的时代多么远：

吾爱孟夫子，风流天下闻。
红颜弃轩冕，白首卧松云。
醉月频中圣，迷花不事君。
高山安可仰，徒此挹清芬。

可是我们不要忘记矛盾与诗的因果关系，许多诗是为给生活的矛盾求统一、求调和而产生的。孟浩然既免除了一部分矛盾，对于他，诗的需要便当减少了。果然，他的诗是不多，量不多，质也不多。量不多，有他的同时人作见证，杜甫讲过的："吾怜孟浩然……赋诗虽不多，往往凌鲍谢。"质不多，前人似乎也早已见到。苏轼曾经批评他"韵高而才短，如造内法酒手，而无材料"。这话诚如张戒在《岁寒堂诗话》里所承认的，是说尽了孟浩然，但也要看"才"字如何解释。

"才"如果是指才情与才学二者而言，那就对了，如果专指才学，还算没有说尽。情当然比学重要得多。说一个人的诗缺少情的深度和厚度，等于说他的诗的质不够高。孟浩然诗中质高的有是有些，数量总是太少。"气蒸云梦泽，波撼岳阳城"式的和"微云淡河汉，疏雨滴梧桐"式的句子，在集中几乎也找不出第二个例子。论前者，质和量当然都不如杜甫，论后者，至少在量上不如王维。甚至"不材明主弃，多病故人疏"，质量都不如刘长卿和"十才子"。这些都不是真正的孟浩然。

真孟浩然不是将诗紧紧地筑在一联或一句里，而是将它冲淡了，平均地分散在全篇中：

唐诗　227

> 出谷未停午，到家日已曛。
> 回瞻下山路，但见牛羊群。
> 樵子暗相失，草虫寒不闻。
> 衡门犹未掩，伫立望夫君。

甚至淡到令你疑心到底有诗没有：

> 垂钓坐磐石，水清心亦闲。
> 鱼行潭树下，猿挂岛藤间。
> 游女昔解佩，传闻于此山。
> 求之不可得，沼月棹歌还。

　　淡到看不见诗了，才是真正孟浩然的诗。不，说是孟浩然的诗，倒不如说是诗的孟浩然，更为准确。在许多旁人，诗是人的精华，在孟浩然，诗纵非人的糟粕，也是人的剩余。在最后这首诗里，孟浩然几曾作过诗？他只是谈话而已。甚至要紧的还不是那些话，而是谈话人的那副"风神散朗"的姿态。读到"求之不可得，沼月棹歌还"，我们得到一如张洎从画像所得到的印象，"风仪落落，凛然如生"。得到了像，便可以忘言，得到了"诗的孟浩然"便可以忘掉"孟浩然的诗"了。
　　这是我们前面所提到的"诗如其人"或"人就是诗"的另一解释。
　　超过了诗也好，够不上诗也好，任凭你从环子的哪一点看起。反正除了孟浩然，古今并没有第二个诗人到过这境界。东坡说他没有才，东坡自己的毛病，就在才太多。
　　庄子笑曰："周将处乎材与不材之间。材与不材之间，似之而非也，故未免乎累。"
　　谁能了解庄子的道理，就能了解孟浩然的诗，当然也得承认那点"累"。至于"似之而非"，而又能"免乎累"，那除陶渊明，还有谁呢？

杜 甫

引言

明吕坤曰："史在天地，如形之景。人皆思其高曾也，皆愿睹其景。至于文儒之士，其思书契以降之古人，尽若是已矣。"数千年来的祖宗，我们听见过他们的名字，他们生平的梗概，我们仿佛也知道一点，但是他们的容貌、声音，他们的性情、思想，他们心灵中的种种隐秘——欢乐和悲哀，神圣的企望，庄严的愤慨，以及可笑亦复可爱的弱点或怪癖……我们全是茫然。我们要追念，追念的对象在哪里？要仰慕，仰慕的目标是什么？要崇拜，向谁施礼？假如我们是肖子肖孙，我们该怎样的悲恸，怎样的心焦！

看不见祖宗的肖像，便将梦魂中迷离恍惚的，捕风捉影，摹拟出来，聊当瞻拜的对象——那也是没有办法的慰情的办法。我给诗人杜甫绘这幅小照，是不自量，是渎亵神圣，我都承认。因此工作开始了，马上又搁下了。一搁搁了三年，依然死不下心去，还要赓续，不为别的，只还是不奈何那一点"思其高曾，愿睹其景"的苦衷罢了。

像我这回掮起的工作，本来应该包括两个步骤，第一是分析，第二是综合。近来某某考证，某某研究，分析的工作作得不少了；关于杜甫，这类的工作，据我知道的却没有十分特出的成绩。我自己在这里偶尔虽有些零星的补充，但是，我承认，也不是什么大发现。我这次简直是跳过了第一步，来径直做第二步；这样做法，是不会有好结果的，自己也明白。好在这只是初稿，只要那"思其高曾，愿睹其景"的心情不变，永远那样的策励我，横竖以后还可以随时搜罗，随时拼补。目下我绝不敢说，这是真正的杜甫，我只说是我个人想象中的"诗圣"。

我们的生活如今真是太放纵了，太夸妄了，太杳小了，太龌龊了。因此我不能忘记杜甫；有个时期，华茨华斯也不能忘记弥尔敦，他喊——

Milton! thou shouldst be living at this hour: England hath need of thee : she is a fen of stagnant waters: alter, sword, and pen. Fireside, the heroic wealth of hall and bower, Have forfeited their ancient English dower of in ward happiness, we are selfish men: O raise us up, return to us again; And give us manners, virtue, freedom power.

一

当中一个雄壮的女子跳舞。四面围满了人山人海的看客。内中有一个四龄童子，许是骑在爸爸肩上，歪着小脖子，看那舞女的手脚和丈长的彩帛渐渐摇起花来了，看着，看着，他也不觉眉飞目舞，仿佛很能领略其间的妙绪。他是从巩县特地赶到郾城来看跳舞的。这一回经验定给了他很深的印象。下面一段是他几十年后的回忆：

㸌如羿射九日落，矫如群帝骖龙翔。
来如雷霆收震怒，罢如江海凝清光。

舞女是当代名满天下的公孙大娘。四岁的看客后来便成为中国有史以来第一个大诗人，四千年文化中最庄严、最瑰丽、最永久的一道光彩。四岁时看的东西，过了五十多年，还能留下那样活跃的印象，公孙大娘的艺术之神妙，可以想见，然而小看客的感受力，也就非凡了。

杜甫，字子美；生于唐睿宗先天元年（七一二）；原籍襄阳，曾祖依艺作河南巩县县令，便在巩县住家了。子美幼时的事迹，我们不大知道。我们知道的，是他母亲死得早，他小时是寄养在姑母家里。他自小就多病。有一天可叫姑母为难了。儿子和侄儿都病着，据女巫说，要病好，病人非睡在东南角的床上不可；但是东南角的床铺只有一张，病人却有两个。老太太居然下了决心，把侄儿安顿在吉利的地方，叫自家的儿子填了侄儿的空子。想不到决心下了，结果就来了。子美长大了，听见老家人讲姑母如何让表兄给他替了死，他一辈子觉得对不起姑母。

早慧不算稀奇；早慧的诗人尤其多着。只怕很少的诗人开笔开得像我们诗人那样有重大的意义。子美第一次破口歌颂的，不是什么凡物。这"七龄思即壮，开口咏凤凰"的小诗人，可以说，咏的便是他自己。禽族里再没有比凤凰善鸣的，诗国里也没有比杜甫更会唱的。凤凰是禽中之王，杜甫是诗中之圣，咏凤凰简直是诗人自占的预言。从此以后，他便常常以凤凰自比（《凤凰台》《赤凤行》便是最明白的表示）；这种比拟，从现今这开明的时代看去，倒有一种特别恰当的地方。因为谈论到这伟大的人格，伟大的天才，谁不感觉寻常文字的无效？不，无效的还不只文字，你只顾呕尽心血来悬拟、揣测，总归是隔膜，那超人的灵府中的秘密，他的心情，他的思路，像宇宙的谜语一样，绝不是寻常的脑筋所能猜透的。你只懂得你能懂的东西；因此，谈到杜甫，只好拿不可思议的比不可思议的。凤凰你知道是神话，是子虚，是不可能。可是杜甫那伟大的人格，伟大的天才，你定

唐诗　231

神一想，可不是太伟大了，伟大得可疑吗？上下数千年没有第二个杜甫（李白有他的天才，没有他的人格），你敢信杜甫的存在绝对可靠吗？一切的神灵和类似神灵的人物都有人疑过，荷马有人疑过，莎士比亚有人疑过，杜甫失了被疑的资格，只因文献、史迹，种种不容抵赖的铁证，一五一十，都在我们手里。

子美自弱冠以后，直到老死，在四方奔波的时候多，安心求学的机会很少。若不是从小用过一番苦功，这诗人的学力哪得如此的雄厚？生在书香门第，家境即使贫寒，祖藏的书籍总还够他餍饫的。从七八岁到弱冠的期间，我们想象子美的生活，最主要的，不外作诗，作赋，读书，写擘窠大字……无论如何，闲游的日子总占少数。（从七岁以后，据他自称，四十年中作了一千多首诗文；一千多首作品是要时候作的。）并且多病的身体当不起剧烈的户外生活，读书学文便自然成了唯一的消遣。他的思想成熟得特别早，一半固由于天赋，一半大概也是孤僻的书斋生活酿成的。在书斋里，他自有他的世界。他的世界是时间构成的；沿着时间的航线，上下三四千年，来往地飞翔，他沿路看见的都是圣贤、豪杰、忠臣、孝子、骚人、逸士——都是魁梧奇伟、温馨凄艳的灵魂。久而久之，他定觉得那些庄严灿烂的姓名，和生人一般地实在，而且渐渐活现起来了，于是他看得见古人行动的姿态，听得到古人歌哭的声音。甚至他们还和他揖让周旋，上下议论；他成了他们其间的一员。于是他只觉得自己和寻常的少年不同，他几乎是历史中的人物，他和古人的关系比和今人的关系密切多了。他是在时间里，不是在空间里活着。他为什么不那样想呢？这些古人不是在他心灵里活动、血脉里运行吗？他的身体不是从这些古人的身体分泌出来的吗？是的，那政事、武功、学术震耀一时的儒将杜预便是他的十三世祖；那宣言"吾文章当得屈宋作衙官，吾笔当得王羲之北面"的著名诗人杜审言，便是他的祖父；他的叔父杜升是个为报父仇而杀身的十三岁的孝子；他的外祖母便是张说所称的那为监牢中的父亲"菲屦布衣，往来供馈，徒行赪色，伤动人伦"的孝女；他外祖母的兄弟崔行芳，曾经要求给二哥代死，没有诏准，就同哥哥一起就刑了,当时称为"死悌"。你看他自己家里,同外家里,事业、文章、孝行、友爱,——立德、立功、立言的人物这样多;他翻开近代的史乘,等于翻开自己的家谱。这样读书,对于一个青年的身心,潜移默化的影响,定是不可限量的。难怪一般的少年,他瞧不上眼。他是一个贵族,不但在族望上,便论德行和智慧,他知道,也应该高人一等。所以他的朋友,除了书本里的古人,就是几个有文名的老前辈。要他同一般行辈相等的庸夫俗子混在一起,是办不到的。看看这一段文字,便可想见当时那不可一世的气概:

性豪业嗜酒,嫉恶怀刚肠。
脱略小时辈,结交皆老苍。
饮酣视八极,俗物皆茫茫。

子美所以有这种抱负,不但因为他的血缘足以使他自豪,也不仅仅是他不甘自暴自弃;这些都是片面的,次要的理由。最要紧的,是他对于自己的成功,如今确有把握了。崔尚、魏启心一般的老前辈都比他作班固、扬雄;他自己仿佛也觉得受之无愧。十四五岁的杜二,在翰墨场中,已经是一个角色了。

这时还有一件事也可以增长一个人的兴致。从小摆不脱病魔的纠缠,如今摆脱了。这件事竟许是最足令人开心的。因为毕竟从前那种幽闭的书斋生活不大自然,只因一个人缺欠了健康,身体失了自由,什么都没有办法。如今健康恢复了,有了办法,便尽量地追回以前的积欠,当然是不妨的,简直是应该的。譬如院子里那几棵枣树,长得比什么树都古怪,都有精神,枝子都那样剑拔弩张地挺着,仿佛全身都是劲。一个人如今身体强了,早起在院子里走走,往往也觉得浑身是劲,忽然看见它们那挑衅的样子,恨不得拣一棵抱上去,和它摔一跤,决个雌雄。但是想想那举动又未免太可笑了。最好是等八月来,枣子熟了,弟妹们只顾要枣子吃;枣子诚然好吃,但是当哥哥的,尤其筋强力壮的哥哥,最得意的,不是吃枣子,是在那给弟妹们不断地

唐诗　233

供应枣子的任务。用竹篙子打枣子还不算本领。哥哥有本领上树,不信他可以试给他们看看。上树要上到最高的枝子,又得不让枣刺扎伤了手,脚得站稳了,还不许踩断了树枝;然后躲在绿叶里,一把把地撒下来;金黄色的,朱砂色的,红黄参半的枣子,花花刺刺地撒将下来,得让孩子们抢都抢不赢。上树的技术练高了,一天可以上十来次,棵棵树都要上到。最有趣的,是在树顶上站直了,往下一望;离天近,离地远,一切都在脚下,呼吸也轻快了,他忍不住大笑一声;那笑里有妙不可言的胜利的庄严和愉快。便是游戏,一个人的地位也要站得超越一点,才不愧是杜甫。

健康既经恢复了,年龄也渐渐大了,一个人不能老在家乡守着。他得看看世界。并且单为自己创作的前途打算,多少通都广邑,名山大川,也不得不瞻仰瞻仰。

二

大约在二十岁左右,诗人便开始了他的飘流的生活。三十五以前,是快意的游览(仍旧用他自己的比喻),便像羽翮初满的雏凤,乘着灵风,踏着彩云,往蒙蒙的长空飞去。他胁下只觉得一股轻松,到处有竹实,有醴泉,他的世界是清鲜,是自由,是无垠的希望,和薛雷的云雀一般,他是

An unbodied joy whose race is just begun.

三十五以后,风渐渐尖峭了,云渐渐恶毒了,铅铁的穹窿在他背上逼压着,太阳也不见了,他在风雨雷电中挣扎,血污的翎羽在空中缤纷地旋舞,他长号,他哀呼,唱得越急切,节奏越神奇,最后声嘶力竭,他卸下了生命,他的挫败是胜利的挫败、神圣的挫败。他死了,他在人类的记忆里永远留下了一道不可逼视的白光;他的音乐,或沉

雄，或悲壮，或凄凉，或激越，永远，永远是在时间里颤动着。

子美第一次出游是到晋地的郇瑕（今山西猗氏县），在那边结交的人物，我们知道的，有韦之晋。此后，在三十五岁以前，曾有过两次大举的游历：第一次到吴越，第二次到齐赵。两度的游历，是诗人创作生活上最需要的两种精粹而丰富的滋养。在家乡，一切都是单调、平凡，青的天笼盖着黄的地，每隔几里路，绿杨藏着人家，白杨翳着坟地，分布得驿站似的呆板。土人的生活也和他们的背景一样的单调。我们到过中州的人都知道那是个什么样的去处；大概从唐朝到现在是不会有多少进步的。从那样的环境，一旦踏进山明水秀的江南，风流儒雅的江南，你可以想象他是怎样的惊喜。我们还记得当时和六朝，好比今天和昨日；南朝的金粉，王谢的风流，在那里当然还留着够鲜明的痕迹。江南本是六朝文学总汇的中枢，他读过鲍、谢、江、沈、阴、何的诗，如今竟亲历他们歌哭的场所，他能不感动吗？

何况重重叠叠的历史的舞台又在他眼前，剑池、虎丘、姑苏台、长洲苑、太伯的遗庙、阖闾的荒冢，以及钱塘、剡溪、鉴湖、天姥——处处都是陈迹、名胜，处处都足以促醒他的回忆，触发他的诗怀。我们虽没有他当时纪游的作品，但是诗人的得意是可以猜到的。美中不足的只是到了姑苏，船也办好了，都没有浮着海。仿佛命数注定了今番只许他看到自然的秀丽，清新的面相；长洲的荷香，镜湖的凉意，和明眸皓齿的耶溪女……都是他今回的眼福；但是那瑰奇雄健的自然，须得等四五年后游齐赵时，才许他见面。

在叙述子美第二次出游以前，有一件事颇有可纪念的价值，虽则诗人自己并不介意。

唐代取士的方法分三种——生徒、贡举、制举。已经在京师各学馆，或州县各学校成业的诸生，送来尚书省受试的，名曰生徒；不从学校出身，而先在州县受试，及第了，到尚书省应试的，名曰贡举。以上两种是选士的常法。此外，每多少年，天子诏行一次，以举非常之士，便是制举。开元二十三年（七三六）子美游吴越回来，挟着那"气劘屈贾垒，目短曹刘墙"的气焰应贡举，县试成功了，在京兆尚

唐诗　235

书省一试，却失败了。结果没有别的，只是在够高的气焰上又加了一层气焰。功名的纸老虎如今被他截穿了。果然，他想，真正的学问，真正的人才，是功名所不容的。也许这次下第，不但不能损毁，反足以抬高他的身价。可恨的许只是落第落在名职卑微的考功郎手里，未免叫人丧气。当时士林反对考功郎主试的风潮酝酿得一天比一天紧，在子美"忤下考功第"的明年，果然考功郎吃了举人的辱骂，朝廷从此便改用侍郎主试。

子美下第后八九年之间，是他平生最快意的一个时期，游历了许多名胜，结交了许多名流。可惜那期间是他命运中的朝曦，也是夕照，那几年的经历是射到他生命上的最始和最末的一道金辉；因为从那以后，世乱一天天地纷纭，诗人的生活一天天地潦倒，直到老死，永远闯不出悲哀、恐怖和绝望的环攻。但是末路的悲剧不忙提起，我们的笔墨不妨先在欢笑的时期多流连一会儿，虽则悲惨的下文早晚是要来的。

开元二十四五年之间，子美的父亲——闲——在兖州司马任上，子美去省亲，乘便游历了兖州、齐州一带的名胜，诗人的眼界于是更加开阔了。这地方和家乡平原既不同，和秀丽的吴越也两样。根据书卷里的知识，他常常想见泰山的伟大和庄严，但是真正的岱岳，那"造化钟灵秀，阴阳割昏晓"的奇观，他没有见过。这边的湍流、峻岭、丰草、长林都另有一种他最能了解，却不曾认识过的气魄。在这里看到的，是自然的最庄严的色相。唯有这边自然的气势和风度最合我们诗人的脾胃，因为所有磅礴郁结在他胸中的，自然已经在这景物中说出了；这里一丘一壑，一株树，一朵云，都能引起诗人的共鸣。他在这里勾留了多年，直变成了一个燕赵的健儿；慷慨悲歌、沉郁顿挫的杜甫，如今发现了他的自我。过路的人往往看见一行人马，带着弓箭旗枪，驾着雕鹰，牵着猎狗，望郊野奔去。内中头戴一顶银盔，脑后斗大一颗红缨，全身铠甲，跨在马上的，便是监门胄曹苏预（后来避讳改名源明）。在他左首并辔而行的，装束略微平常，双手横按着长矟，却也是英风爽爽的一个丈夫，便是诗人杜甫。两个少年后来

成了极要好的朋友。这回同着打猎的经验,子美永远不能忘记,后来还供给了《壮游》诗一段有声有色的文字:

> 春歌丛台上,冬猎青邱旁。
> 呼鹰皂枥林,逐兽云雪岗。
> 射飞曾纵鞚,引臂落鹜鹤。
> 苏侯据鞍喜,忽如携葛强。

原来诗人也学得了一手好武艺!

这时的子美,是生命的焦点,正午的日耀,是力,是热,是锋棱,是夺目的光芒。他这时所咏的《房兵曹胡马》和《画鹰》恰好都是自身的写照。我们不能不腾出篇幅,把两首诗的全文录下:

> 胡马大宛名,锋棱瘦骨成。
> 竹批双耳峻,风入四蹄轻。
> 所向无空阔,真堪托死生。
> 骁腾有如此,万里可横行。(《房兵曹胡马》)

> 素练风霜起,苍鹰画作殊。
> 㧐身思狡兔,侧目似愁胡。
> 绦镟光堪摘,轩楹势可呼。
> 何当击凡鸟,毛血洒平芜!(《画鹰》)

这两首和稍早的一首《望岳》都是那时期里最重要的代表作品,实在也奠定了诗人全部创作的基础。诗人作风的倾向,似乎是专等这次游历来发现的;齐赵的山水,齐赵的生活,是几天的骄阳接二连三地逼成了诗人天才的成熟。

灵机既经触发了,弦音也已校准了,从此轻拢慢撚,或重挑急抹,信手弹去,都是绝调。艺术一天进步一天,名声也一天大一天。

唐诗　237

从齐赵回来，在东都（今洛阳）住了两三年，城南首阳山下的一座庄子，排场虽是简陋，门前却常留着达官贵人的车辙马迹。最有趣的是，那一天门前一阵车马的喧声，顿时老苍头跑进来报道贵人来了。子美倒屣出迎；一位道貌盎然的斑白老人向他深深一揖，自道是北海太守李邕，久慕诗人的大名，特地来登门求见。北海太守登门求见，与诗人相干吗？世俗的眼光看来，一个乡贡落第的穷书生家里来了这样一位阔客人，确乎是荣誉，是发迹的吉兆。但是诗人的眼光不同。他知道的李邕，是为追谥韦巨源事，两次驳议太常博士李处，和声援宋璟，弹劾谋反的张昌宗弟兄的名御史李邕——是碑版文字，散满天下，并且为要压倒燕国公的"大手笔"，几乎牺牲了性命的李邕——是重义轻财，卑躬下士的李邕。这样一位客人来登门求见，当然是诗人的荣誉；所以"李邕求识面"可以说是他生平最得意的一句诗。结识李邕在诗人生活中确乎要算一件有关系的事。李邕的交游极广，声名又大，说不定子美后来的许多朋友，例如李白、高适诸人，许是由李邕介绍的。

三

写到这里，我们该当品三通画角，发三通摇鼓，然后提起笔来蘸饱了金墨，大书而特书。因为我们四千年的历史里，除了孔子见老子（假如他们是见过面的）没有比这两人的会面，更重大，更神圣，更可纪念的。我们再逼紧我们的想象，譬如说，青天里太阳和月亮走碰了头，那么，尘世上不知要焚起多少香案，不知有多少人要望天遥拜，说是皇天的祥瑞。如今李白和杜甫——诗中的两曜，劈面走来了，我们看去，不比那天空的异瑞一样的神奇，一样的有重大的意义吗？所以假如我们有法子追究，我们定要把两人行踪的线索，如何拐弯抹角，时合时离，如何越走越近，终于两条路线会合交叉了——统统都记录下来。假如关于这件事，我们能发现到一些翔实的材料，那该是文学史里多么浪漫的一段掌故！可惜关于李杜初次的邂逅，我们知道的一成，不知道的九成。我们知道天宝三载三月，太白得罪了高力士，放出翰林院之后，到过洛阳一次，当时子美也在洛阳。两位诗人初次见面，至迟是在这个当儿，至于见面时的情形，在什么时候，什么地方，也许是李邕的筵席上，也许是洛阳城内一家酒店里，也许……但这都是可能范围里的猜想，真确的情形，恐怕是永远的秘密。

有一件事我们却拿得稳是可靠的。子美初见太白所得的印象，和当时一般人得的，正相吻合。司马子微一见他，称他"有仙风道骨，可与神游八极之表"；贺知章一见，便呼他作"天上谪仙人"。子美集中第一首《赠李白》诗，满纸都是企羡登真度世的话，假定那是第一次的邂逅，第一次的赠诗，那么，当时子美眼中的李十二，不过一个神采趣味与常人不同，有"仙风道骨"的人，一个可与"相期拾瑶草"的侣伴，诗人的李白没有在他脑中镌上什么印象。到第二次赠诗，说"未就丹砂愧葛洪"，回头就带着讥讽的语气问："痛饮狂歌空度日，飞扬跋扈为谁雄？"依然没有谈到文字。约莫一年以后，第三次赠诗，文字谈到了，也只轻轻的两句"李侯有佳句，往往似阴铿"，不是什么了不得的恭维，可是学仙的话一概不提了。或许他们初见时，子美本就对于学仙有了兴味，所以一见了"谪仙人"，便引为同调；或许子美的学仙的观念完全是太白的影响。无论如何，子美当时确是做过那一段梦——虽则是很短的一段；说"苦无大药资，山林迹如扫"；说"未就丹砂愧葛洪"。起码是半真半假的心话。东都本是商贾贵族蜂集的大城，廛市的繁华，人心的机巧，种种城市生活的罪恶，我们明明知道，已经叫子美腻烦，厌恨了；再加上当时炼药求仙的风气正盛，诗人自己又正在富于理想的、如火如荼的浪漫的年华中——在这种情势之下，萌生了出世的观念，是必然的结果。只是杜甫和李白的秉性根本不同：

李白的出世，是属于天性的，出世的根性深藏在他骨子里，出世的风神披露在他容貌上；杜甫的出世是环境机会造成的念头，是一时

唐诗

的愤慨。两人的性格根本是冲突的。太白笑"尧舜之事不足惊"，子美始终要"致君尧舜上"。因此两人起先虽觉得志同道合，后来子美的热狂冷了，便渐渐觉得不独自己起先的念头可笑，连太白的那种态度也可笑了；临了，念头完全抛弃，从此绝口不提了。到不提学仙的时候，才提到文字，也可见当初太白的诗不是不足以引起子美的倾心，实在是诗人的李白被仙人的李白掩盖了。

东都的生活果然是不能容忍了，天宝四载夏天，诗人便取道如今开封归德一带，来到济南。在这边，他的东道主，便是北海太守李邕。他们常时集会，宴饮，赋诗；集会的地点往往在历下亭和鹊湖边上的新亭。在座的都是本地的或外来的名士；内中我们知道的还有李邕的从孙李之芳员外，和邑人蹇处士。竟许还有高适，有李白。

是年秋天太白确乎是在济南。当初他们两人是否同来的，我们不晓得；我们晓得他们此刻交情确是很亲密了，所谓"醉眠秋共被，携手日同行"，便是此时的情况。太白有一个朋友范十，是位隐士，住在城北的一个村子上。门前满是酸枣树，架上吊着碧绿的寒瓜，瀹瀹的白云整天在古城上闲卧着——俨然是一个世外的桃源；主人又殷勤；太白常常带子美到这里喝酒谈天。星光隐约的瓜棚底下，他们往往谈到夜深人静，太白忽然对着星空出神，忽然谈起从前陈留采访使李彦如何答应他介绍给北海高天师学道箓，话说过了许久，如今李彦许早忘记了，他可是等得不耐烦了。子美听到那类的话，只是唯唯否否；直等话头转到时事上来，例如贵妃的骄奢、明皇的昏聩，以及朝里朝外的种种险象，他的感慨才潮水般地涌来。两位诗人谈着话，叹着气，主人只顾忙着筛酒，或许他有意见不肯说出来，或许压根儿没有意见。

贾　岛

这像是元和、长庆间诗坛动态中的三个较有力的新趋势。这边老年的孟郊，正哼着他那沙涩而带芒刺感的五古，恶毒地咒骂世道人心，夹在咒骂声中的，是卢仝、刘叉的"插科打诨"和韩愈的洪亮的嗓音，向佛老挑衅。那边元稹、张籍、王建等，在白居易的改良社会的大纛下，用律动的乐府调子，对社会泣诉着他们那各阶层中病态的小悲剧。同时远远的，在古老的禅房或一个小县的廨署里，贾岛、姚合领着一群青年人作诗，为各人自己的出路，也为着癖好，做一种阴黯情调的五言律诗（阴黯由于癖好，五律为着出路）。

老年中年人忙着挽救人心，改良社会，青年人反不闻不问，只顾躲在幽静的角落里作诗，这现象现在看来不免新奇，其实正是旧中国传统社会制度下的正常状态。不像前两种人，或已"成名"，或已通籍，在权位上有说话做事的机会和责任，这般没功名、没宦籍的青年人，在地位上职业上可说尚在"未成年"时期，种种对国家社会的崇高责任是落不到他们肩上的。越俎代庖的行为是情势所不许的，所以恐怕谁也没想到那头上来。有抱负也好，没有也好，一个读书人生在

唐诗　241

那时代，总得作诗。做诗才有希望爬过第一层进身的阶梯。诗作到合乎某种程式，如其时运也凑巧，果然混得一"第"，到那时，至少在理论上你才算在社会中"成年"了，才有说话做事的资格。否则万一你的诗作得不及或超过了程式的严限，或诗无问题而时运不济，那你只好做一辈子的诗，为责任作诗以自课，为情绪作诗以自遣。贾岛便是在这古怪制度之下被牺牲，也被玉成了的一个。在这种情形下，你若还怪他没有服膺孟郊到底，或加入白居易的集团，那你也可算不识时务了。

贾岛和他的徒众，为什么在别人忙着救世时，自己只顾作诗，我们已经明白了；但为什么单作五律呢？这也许得再说明一下。孟郊等为便于发议论而做五古，白居易等为讲故事而作乐府，都是为了各自特殊的目的，在当时习惯以外，匠心地采取了各自特殊的工具。贾岛一派人则没有那必要。为他们起见，当时最通行的体裁——五律就够了。一则五律与五言八韵的试帖最近，做五律即等于做功课，二则为拈拾点景物来烘托出一种情调，五律也正是一种标准形式。然而作诗为什么老是那一套阴霾、凛冽、峭硬的情调呢？我们在上文说那是由于癖好，但癖好又是如何形成的呢？这点似乎尤其重要。如果再明白了这点，便明白了整个的贾岛。

我们该记得贾岛曾经一度是僧无本。我们若承认一个人前半辈子的蒲团生涯，不能因一旦返俗，便与他后半辈子完全无关，则现在的贾岛，形貌上虽然是个儒生，骨子里恐怕还有个释子在。所以一切属于人生背面的、消极的、与常情背道而驰的趣味，都可溯源到早年在禅房中的教育背景。早年记忆中"坐学白骨塔"或"三更两鬓几枝雪，一念双峰四祖心"的禅味，不但是：

  独行潭底影，数息树边身。
  ……
  月落看心次，云生闭目中。

一类诗境的蓝本,而且是:

> 瀑布五千仞,草堂瀑布边。
> ……
> 孤鸿来夜半,积雪在诸峰。

甚至:

> 怪禽啼旷野,落日恐行人。

的渊源。他目前那时代——一个走上了末路的,荒凉、寂寞、空虚,一切罩在一层铅灰色调中的时代,在某种意义上与他早年记忆中的情调是调和,甚至一致的。唯其这时代的一般情调,基于他早年的经验,可说是先天的与他不但面熟,而且知心,所以他对于时代,不至如孟郊那样愤恨,或白居易那样悲伤,反之,他却能立于一种超然地位,借此温寻他的记忆,端详它,摩挲它,仿佛一件失而复得的心爱的什物样。早年的经验使他在那荒凉得几乎狞恶的"时代相"前面,不变色,也不伤心,只感着一种亲切、融洽而已。于是他爱静,爱瘦,爱冷,也爱这些情调的象征——鹤、石、冰雪。黄昏与秋是传统诗人的时间与季候,但他爱深夜过于黄昏,爱冬过于秋。他甚至爱贫、病、丑和恐怖。他看不出"鹦鹉惊寒夜唤人"句一定比"山雨滴栖鹉"更足以令人关怀;也不觉得"牛羊识僮仆,既夕应传呼",较之"归吏封宵钥,行蛇入古桐"更为自然。也不能说他爱这些东西。如果是爱,那便太执着而邻于病态了。(由于早年禅院的教育,不执着的道理应该是他早已懂透了的。)他只觉得与它们臭味相投罢了。更说不上好奇。他实在因为那些东西太不奇,太平易近人,才觉得它们"可人",而喜欢常常注视它们。如同一个三棱镜,毫无主见地准备接受并解析日光中各种层次的色调,无奈"世纪末"的云翳总不给他放晴,因此他最热闹的色调也不过"杏园啼百舌,谁醉在花

唐诗　243

傍！……身事岂能遂？兰花又已开"和"柳转斜阳过水来"之类。常常是温馨与凄清揉合在一起，"芦苇声兼雨，芰荷香绕灯"，春意留恋在严冬的边缘上，"旧房山雪在，春草岳阳生"。

他瞥见的"月影"偏偏不在花上而在"蒲根"，"栖鸟"不在绿杨中而在"棕花上"。是点荒凉感，就逃不脱他的注意，哪怕琐屑到"湿苔粘树瘿"。

以上这些趣味，诚然过去的诗人也偶尔触及到，却没有如今这样大量地、彻底地被发掘过，花样、层次也没有这样丰富。我们简直无法想象他给予当时人的，是如何深刻的一个刺激。不，不是刺激，是一种酣畅的满足。初唐的华贵，盛唐的壮丽，以及最近"十才子"的秀媚，都已腻味了，而且容易引起一种幻灭感。他们需要一点清凉，甚至一点酸涩来换换口味。在多年的热情与感伤中，他们的感情也疲乏了。现在他们要休息。他们所熟习的禅宗与老庄思想也这样开导他们。孟郊、白居易鼓励他们再前进。眼看见前进也是枉然，不要说他们早已声嘶力竭。况且有时在理论上就释道二家的立场说，他们还觉得"退"才是正当办法。正在苦闷中，贾岛来了，他们得救了，他们惊喜得像发现了一个新天地，真的，这整个人生的半面，犹如一日之中有夜，四时中有秋冬，——为什么老被保留着不许窥探？这里确乎是一个理想的休息场所，让感情与思想都睡去，只感官张着眼睛往有清凉色调的地带涉猎去。

叩齿坐明月，搘颐望白云。

休息又休息。对了，唯有休息可以驱除疲惫，恢复气力，以便应付下一场的紧张。休息，这政治思想中的老方案，在文艺态度上可说是第一次被贾岛发现的。这发现的重要性可由它在当时及以后的势力中窥见。由晚唐到五代，学贾岛的诗人不是数字可以计算的，除极少数鲜明的例外，是向着词的意境与词藻移动的，其余一般的诗人大众，也就是大众的诗人，则全属于贾岛。从这观点看，我们不妨称晚唐五代为贾岛的时代。

他居然被崇拜到这地步：

> 李洞……酷慕贾长江，遂铜写岛像，戴之巾中，常持数珠念贾岛佛。人有喜贾岛诗者，洞必手录岛诗赠之，叮咛再四，曰："此无异佛经，归焚香拜之。"（《唐才子传》九）
>
> 南唐孙晟……尝画贾岛像，置于屋壁，晨夕事之。（《郡斋读书志》十八）

上面的故事，你尽可解释为那时代人们的神经病的象征，但从贾岛方面看，确乎是中国诗人从未有过的荣誉，连杜甫都不曾那样老实地被偶像化过。你甚至说晚唐五代之崇拜贾岛是他们那一个时代的偏见和冲动，但为什么几乎每个朝代的末叶都有回向贾岛的趋势？宋末的"四灵"，明末的锺谭，以至清末的同光派，都是如此。不宁唯是，即宋代江西派在中国诗史上所代表的新阶段，大部分不也是从贾岛那分遗产中得来的盈余吗？可见每个在动乱中灭毁的前夕都需要休息，也都要全部地接受贾岛，而在平时，也未尝不可以部分地接受他，作为一种调济，贾岛毕竟不单是晚唐五代的贾岛，而是唐以后各时代共同的贾岛。

第五章

宋词

吴梅

吴梅（1884—1936）
北京大学教授、昆曲组导师

江苏长洲（今苏州市）人。文学家。在诗、文、曲、词的研究和创作上颇有成绩，尤以戏曲为突出，曾作杂剧《轩亭秋》，歌颂民主革命志士秋瑾。在曲学等教育领域也有突出贡献。著有《顾曲尘谈》《南北九宫简谱》《中国戏曲概论》等。

词学通论

词之为学，意内言外。发始于唐，滋衍于五代，而造极于两宋。调有定格，字有定音，实为乐府之遗，故曰诗余。唯齐梁以来，乐府之音节已亡，而一时君臣，尤喜别翻新调。如梁武帝之《江南弄》、陈后主之《玉树后庭花》、沈约之《六忆诗》，已为此事之滥觞。唐人以诗为乐，七言律绝，皆付乐章。至玄肃之间，词体始定。李白《忆秦娥》、张志和《渔歌子》，其最著也。或谓词破五七言绝句为之，如《菩萨蛮》是。又谓词之《瑞鹧鸪》即七律体，《玉楼春》即七古体，《杨柳枝》即七绝体，欲实诗余之名，殊非确论。盖开元全盛之时，即词学权舆之日。旗亭画壁，本属歌诗；"陵阙""西风"，亦承乐府。强分后先，终归臆断。自是以后，香山、梦得、仲初、幼公之伦，竞相藻饰。《调笑》《转应》之曲，"江南""春去"之词，上拟清商，亦无多让。及飞卿出而词格始成。《握兰》《金荃》，远接骚辨，变南朝之宫体，扬北部之新声。于是皇甫松、郑梦复、司空图、韩偓、张曙之徒，一时云起。"杨柳大堤"之句、"芙蓉曲渚"之篇，自出机杼，彬彬称盛矣。

作词之难，在上不似诗，下不类曲，不淄不磷，立于二者之间，要须辨其气韵。大抵空疏者作词，易近于曲；博雅者填词，不离乎诗。浅者深之，高者下之，处于才不才之间，斯词之三昧得矣。唯词中各牌，有与诗无异者。如《生查子》，何殊于五绝；《小秦王》《八拍蛮》《阿那曲》，何殊于七绝。此等词颇难着笔，又须多读古人旧作，得其气味，去诗中习见辞语，便可避去。至于南北曲，与词格不甚相远，而欲求别于曲，亦较诗为难。但曲之长处，在雅俗互陈，又熟谙元人方言，不必以藻缋为能也。词则曲中俗字，如"你我""这厢""那厢"之类，固不可用；即衬贴字，如"虽则是""却原来"等，亦当舍去。而最难之处，在上三下四对句。如史邦卿春雨词云："惊粉重、蝶宿西园，喜泥润、燕归南浦。"又："临断岸、新绿生时，是落红、带愁流处。"此词中妙语也。汤临川《还魂》云："他还有念老夫诗句男儿，俺则有学母氏画眉娇女。"又："没乱里春情难遣，蓦忽地怀人幽怨。"亦曲中佳处，然不可入词。由是类推，可以隅反，不仅在词藻之雅俗而已。宋词中尽有俚鄙者，亟宜力避。

小令、中调、长调之目，始自《草堂诗余》，后人因之，顾亦略云尔。《词综》所云"以臆见分之，后遂相沿，殊属牵强"者也。钱唐毛氏云："五十八字以内为小令，五十九字至九十字为中调，九十一字以外为长调，古人定例也。"此亦就《草堂》所分而拘执之。所谓定例，有何所据？若以少一字为短，多一字为长，必无是理。如《七娘子》有五十八字者，有六十字者，将为小令乎？抑中调乎？如《雪狮儿》有八十九字者，有九十二字者，将为中调乎？抑长调乎？此皆妄为分析，无当于词学也。况《草堂》旧刻，只有分类，并无小令、中调、长调之名。至嘉靖间，上海顾从敬刻《类编草堂诗余》四卷，始有小令、中调、长调之目，是为别本之始。何良俊序称"从敬家藏宋刻，较世所行本多七十余调"，明系依托。自此本行而旧本遂微，于是小令、中调、长调之分，至牢不可破矣。

词中调同名异，如《木兰花》与《玉楼春》，唐人已有之，至宋人则多取词中辞语名篇，强标新目。如《贺新郎》为《乳燕飞》，《念奴娇》为《酹江月》，《水龙吟》为《小楼连苑》之类。此由文人好奇，争相巧饰，而于词之美恶无与焉。又有调异名同者，如《长相思》《浣溪沙》《浪淘沙》，皆有长调。此或清真提举大晟时所改易者，故周集中皆有之。此等词牌，作时须依四声，不可自改声韵。缘舍此以外别无他词可证也。又如《江月晃重山》《江城梅花引》《四犯剪梅花》类，盖割裂牌名为之，此法南曲中最多。凡作此等曲，皆一时名手游戏及之，或取声律之美，或取节拍之和。如《巫山十二峰》《九回肠》之目，歌时最为耐听故也。词则万不能造新名，仅可墨守成格。何也？曲之板式，今尚完备，苟能遍歌旧曲，不难自集新声。词则拍节既亡，字谱零落，强分高下，等诸面墙，间释工尺，亦同向壁。集曲之法，首严腔格，亡佚若斯，万难整理。此其一也。六宫十一调，所隶诸曲，管色既明，部署亦审，各宫互犯，确有成法。词则分配宫调，颇有出入，管色高低，万难悬揣。而欲汇集美名，别创新格，即非惑世，亦类欺人。此其二也。至于明清作者，辄意自度腔，几欲上追白石、梦窗，真是不知妄作。又如许宝善、谢淮辈，取古今名调，一一被诸管弦，以南北曲之音拍，强诬古人，更不可为典要。学者慎勿惑之。

沈伯时《乐府指迷》云："音律欲其协，不协，则成长短之诗。下字欲其雅，不雅，则近乎缠令之体。用字不可太露，露，则直突而无深长之味。发意不可太高，高，则狂怪而失柔婉之意。"此四语为词学之指南，各宜深思也。夫协律之道，今不可知。但据古人成作，而勿越其规范，则谱法虽逸，而字格尚存，揆诸按谱之方，亦云弗畔。若夫缠令之体，本于乐府相和之歌，沿至元初，其法已绝；唯董词所载，犹存此名。清代《大成谱》，备录董词，而于缠令格调，亦未深考。亡佚既久，可以不论。至用字发意，要归蕴藉。露则意不称辞，高则辞不达意。二者交讥，非作家之极轨也。故作词能以清真为归，斯用字发意，皆有法度矣。

咏物之作，最要在寄托。所谓寄托者，盖借物言志，以抒其忠爱绸缪之旨。《三百篇》之比兴，《离骚》之香草美人，皆此意也。沈伯时云："咏物须时时提调，觉不分晓，须用一两件事印证方可。如清真咏梨花之《水龙吟》，第三、第四句，须用'樊川''灵关'事；又'深闭门'及'一枝带雨'事，觉后段太宽。又用'玉容'事，方表得梨花。若全篇只说花之白，则是凡白花皆可用，如何见得是梨花？"（见《乐府指迷》）按，伯时此说，仅就运典言之，尚非赋物之极则。且其弊必至探索隐僻，满纸谰言，岂词家之正法哉？唯有寄托，则辞无泛设，而作者之意，自见诸言外。朝市身世之荣枯，且于是乎觇之焉。如碧山咏蝉《齐天乐》"宫魂余恨"，点出命意。"乍咽凉柯，还移暗叶"，慨播迁之苦。"西窗"三句，伤敌骑暂退，燕安如故。"镜暗妆残，为谁娇鬓尚如许"二语，言国土残破，而修容饰貌，侧媚依然。衰世臣主，全无心肝，千古一辙也。"铜仙"三句，言宗器重宝，均被迁夺，泽不下逮也。"病翼"二句，更痛哭流涕，大声疾呼，言海岛栖迟，断不能久也。"余音"三句，遗臣孤愤，哀怨难论也。"漫想"二句，责诸臣苟且偷安，视若全盛也。如此立意，词境方高。顾通首皆赋蝉，初未逸出题目范围，使直陈时政，又非词家口吻。其他赋白莲之《水龙吟》，赋绿阴之《琐窗寒》，皆有所托，非泛泛咏物也。会得此意，则"绿芜台城"之路，"斜阳烟柳"之思，感事措辞，自然超卓矣。（碧山此词，张皋文、周止庵辈皆有论议。余本端木子畴说诠释之，较为确切。他如白石《暗香》《疏影》二首，亦寄时事，唯语意隐晦，仅"江国，正寂寂。叹寄与路遥，夜雪初积"数语，略明显耳。故不具论。）

沈伯时云："前辈好词甚多，往往不协律腔，所以无人唱和。秦楼楚馆之词，多是教坊乐工及闹井做赚人所作，只缘音律不差，故多唱之。求其下语用字，全不可读。甚至咏月却说雨，咏春却说凉。"（《乐府指迷》）余按此论出于宋末，已有不协腔律之词，何况去伯时数百年，词学衰熄如今日乎？紫霞论词，颇严协律。然协律之法，初未明示也。近二十年中，如沤尹、夔笙辈，辄取宋人旧作，校定四声，通体不改易一音。如《长亭怨》，依白石四声，《瑞龙吟》依清真四声，《莺啼序》依梦窗四声，盖声律之法无存，制谱之道难索。万不得已，宁守定宋词旧式，不致僭越规矩。顾其法益密，而其境益苦矣。（余按：定四声之法，实始于蒋鹿潭。其《水云楼词》如《霓裳中序第一》《寿楼春》等，皆谨守白石、梅溪定格，已开朱、况之先路矣。）余谓小词如《点绛唇》《卜算子》类，凡在六十字下者，四声尽可不拘。一则古人成作，彼此不符；二则南曲引子，多用小令，上去出入，亦可按歌，固无须斤斤于此。若夫长调，则宋时诸家往往遵守。吾人操管，自当确从，虽难付管丝，而典型具在，亦告朔饩羊之意。由此言之，明人之自度腔，实不知妄作，吾更不屑辨焉。

杨守斋《作词五要》第四云：“要随律押韵，如越调《水龙吟》、商调《二郎神》，皆用平入声韵，古词俱押去声，所以转折怪异，成不祥之音。昧律者反称赏之，真可解颐而启齿也。”守斋名缵，周草窗《苹洲渔笛谱》中所称紫霞翁者即是。尝与草窗论五凡工尺义理之妙，未按管色，早知其误。草窗之词，皆就而订正之。玉田亦称其持律甚严，一字不苟作，观其所论可见矣。戈顺卿又从其言推广之，于学词者颇多获益。其言曰：“词之用韵，平仄两途，而有可以押平韵，又可以押仄韵者，正自不少。其所谓仄，乃入声也。如越调又有《霜天晓角》《庆春宫》，商调又有《忆秦娥》，其余则双调之《庆佳节》，高平调之《江城子》，中吕宫之《柳梢青》，仙吕宫之《望梅花》《声声慢》，大石调之《看花回》《两同心》，小石调之《南歌子》，用仄韵者，皆宜入声。《满江红》有入南吕宫者，有仙吕宫者。入南吕宫者，即白石所改平韵之体，而要其本用入声，故可改也。外此又有用仄韵，而必须入声者，则如越调之《丹凤吟》《大酺》，越调犯正宫之《兰陵王》，商调之《凤凰阁》《三部乐》《霓裳中序第一》《应天长慢》《西湖月》《解连环》，黄钟宫之《侍香金童》

《曲江秋》，黄钟商之《琵琶仙》，双调之《雨霖铃》，仙吕宫之《好事近》《蕙兰芳引》《六幺令》《暗香》《疏影》，仙吕犯商调之《凄凉犯》，正平调之《淡黄柳》，无射宫之《惜红衣》，中吕宫之《尾犯》，中吕商之《白苎》，夹钟羽之《玉京秋》，林钟商之《一寸金》，南吕商之《浪淘沙慢》，此皆宜用入声韵者，勿概之曰仄而用上去也。其用上去之调，自是通协，而亦稍有差别。如黄钟商之《秋宵吟》，林钟商之《清商怨》，无射商之《鱼游春水》，宜单押上声。仙吕调之《玉楼春》，中吕调之《菊花新》，双调之《翠楼吟》，宜单押去声。复有一调中必须押上、必须押去之处，有起韵结韵，互皆押上、宜皆押去之处，不能一一胪列。"（《词林正韵·发凡》）顺卿此论，可云发前人所未发，应与紫霞翁之言相发明。作者细加考核，随律押韵，更随调择韵，则无转折怪异之病矣。

择题最难，作者当先作词，然后作题。除咏物、赠送、登览外，必须一一细讨，而以妍雅出之。又不可用四六语（间用偶语亦不妨），要字字秀冶，别具神韵方妙。至如有感、即事、漫兴、早春、初夏、新秋、初冬等类，皆选家改易旧题，别标一二字为识，非原本如是也。《草堂诗余》诸题，皆坊人改易，切不可从。学者作题，应从石帚、草窗。石帚题如《鹧鸪天》"予与张平甫自南昌同游"云云，《浣溪纱》"予女须家沔之山阳"云云，《霓裳中序第一》"丙午岁留长沙"云云，《庆宫春》"绍熙辛亥除夕，予别石湖"云云，《齐天乐》"丙辰岁与张功甫会饮张达可之堂"云云，《一萼红》"丙午人日，予客长沙别驾之观政堂"云云，《念奴娇》"予客武陵，湖北宪治在焉"云云，草窗题如《渡江云》"丁卯岁未除三日"云云，《采绿吟》"甲子夏，霞翁会吟社诸友"云云，《曲游春》"禁烟湖上薄游"云云，《长亭怨》"岁丙午丁未，先君子监州太末"云云，《瑞鹤仙》"寄闲结吟台"云云，《齐天乐》"丁卯七月既望"云云，《乳燕飞》"辛未首夏以书舫载客"云云，叙事写景，俱极生动，而语语研炼，如读《水经注》，如读柳州游记，方是妙题，且又得词中之意。抚时感事，如与古人晤对。（清真、梦窗，词题至简，平生事实，无从讨索，亦词家憾事。）而平生行谊，即可由此考见焉。若通本皆书感、漫兴，成何题目？

意之曲者词贵直，事之顺者语宜逆，此词家一定之理。千古佳词，要在使人可解。尝有意极精深，词涉隐晦，翻绎数过，而不得其意之所在者，此等词在作者固有深意，然不能日叩玄亭问此盈篇奇字也。近人喜学梦窗，往往不得其精，而语意反觉晦涩。此病甚多，学者宜留意。

论平仄四声

平仄一道，童孺亦知之，唯四声略难，阴阳声则尤难耳。词之为道，本合长短句而成，一切平仄，宜各依本调成式。五季两宋，创造各调，定具深心。盖宫调管色之高下，虽立定程，而字音之开齐撮合，别有妙用。倘宜平而仄，或宜仄而平，非特不协于歌喉，抑且不成为句读。昔人制腔造谱，八音克谐，今虽音理失传，而字格具在，学者但宜依仿旧作，字字恪遵，庶不失此中矩矱。凡古人成作，读之格格不上口，拗涩不顺者，皆音律最妙处。张绥《诗余图谱》，遇拗句即改为顺适，无怪为红友所讥也。拗调涩体，多见清真、梦窗、白石三家。清真词如《瑞龙吟》之"归骑晚，纤纤池塘飞雨"，《忆旧游》之"东风竟日吹露桃"，《花犯》之"今年对花太匆匆"；梦窗词如《莺啼序》之"快展旷眼，傍柳系马"，《西子妆》之"一箭流光，又趁寒食去"，《霜花腴》之"病怀强宽，更移画船"；白石词如《满江红》之正"一望千顷翠澜"，《暗香》之"江国，正寂寂"，《凄凉犯》之"怕匆匆，不肯寄与误后约"，《秋宵吟》之"今夕何夕恨未了"，此等句法，平仄拗口，读且不顺，而欲出辞尔雅，本非易易，顾不得轻易改顺也。虽然，平仄之道，仅止两途，而仄有上去入三种，又不可遇仄而概以三声统填也。一调之中，可以统用者，十之六七；不可统用者，十之三四，须斟酌稳惬，方能下字无疵。于是四声之说起矣。盖一调有一调之风度声响，若上去互易，则调不振起，便有落腔之弊。黄九烟论曲，有"三仄应须分上去，两平还要辨阴阳"之句，填词何独不然？如《齐天乐》有四处必须用去上声。清真词"云窗静掩""露萤清夜照书卷""凭高眺远""但愁斜照敛"是也。此四句中，如"静掩""眺远""照敛"，万不可用他声，故此词切忌用入韵。虽入可作上，究不相宜。又《梦芙蓉》亦有五处必须去上声。《梦窗词》"西风摇步绮，应红绡翠冷""霜挽正慵起""仙云深路杳""城影蘸流水"是也。"步绮""翠冷""正起""路杳""蘸水"，亦万不可用他声，此词亦忌入韵。又《眉妩》亦有三处用去上声。白石词"信马青楼去""翠尊共款""乱红万点"是也。中如"信马""共款""万点"，亦不可用他声。至如《兰陵王》之多仄声字，《寿楼春》之多平声字，又当一一遵守，不得混用上去入三声也。此法在词中虽至易晓，但所以必要遵守之理，实由发调。余尝作南曲《集贤宾》，据旧谱首句云"西风桂子香正幽"，用平平去上平去平，历按各家传作，如《西楼》云"愁魔病鬼朝露捐"，《长生殿》云"秋空夜永碧汉清"，皆守则诚格式。因戏改四声作之云"烽烟古道人懒游"，此"懒"字必须落下，而此处却宜高揭，遂至字顿喉间，方知旧曲中如"博山云袅鸡舌焚，寻常杏花难上头"类，歌时转捩怪异，拗折嗓子也。因曲及词，其理相同。清词名家唯陈实庵、沈闰生、蒋鹿潭能合四声，余皆不合律式。清初诸家如陈迦陵、纳兰容若、曹溶辈且不足以语此也。盖上声舒徐和软，其腔低，去声激厉劲远，其腔高，相配用之，方能抑扬有致。大抵两上两去，法所当避，阴阳间用，最易动听。试观方千里和清真词，于用字去上之间，一守成式，可知古人作词之严矣。万红友云："名词转折跌荡处，多用去声。"此语深得倚声三昧。盖三仄之中，入可作平，上界平仄之间，去则独异。且其声由低而高，最宜缓唱。凡牌名中应用高音者，皆宜用此。如尧章《扬州慢》"过春

宋词　257

风十里""自胡马窥江去后""渐黄昏,清角吹寒",凡协韵后转折处皆用去声,此首最为明显。他如《长亭怨慢》"树若有情时""望高城不见""第一是早早归来""算空有并刀",《淡黄柳》之"看尽鹅黄嫩绿""怕梨花落尽成秋色",其领头处,无一不用去声者。无他,以发调故也。此意为昔人所未发,红友亦言之不详。因特著之。

入声之叶三声,《中原音韵》、绿斐轩《词林韵释》既备列之矣。但入作三声,仅有七部:支微、鱼虞、皆来、萧豪、歌戈、家麻、尤侯诸部是也。然此是曲韵,于词微有不合。就词韵论,当分八部,以屋、沃、烛为一部,觉、药、铎为一部,质、栉、迄、昔、锡、职、德、缉为一部,术、物为一部,陌、麦为一部,没、曷、末为一部,月、黠、辖、屑、薛、叶、帖为一部,合、盍、业、洽、狎、乏为一部,如此分合,较戈氏《词林正韵》为当矣。其派作三声处,仍据高安旧例,分隶前列七部之内,则入作三声,亦一览而知,详后论韵篇。此其大较也。唯古人用入声字、其叶韵处,固不外七部之例。如晏幾道《梁州令》"莫唱阳关曲","曲"字作邱雨切,叶鱼虞韵。柳永《女冠子》"楼台悄似玉","玉"字作于句切。又《黄莺儿》"暖律潜催幽谷","谷"字作公五切,皆叶鱼虞韵。辛弃疾《丑奴儿慢》"过者一霎","霎"字作始鲊切,叶家麻韵。张炎《西子妆慢》"遥岑寸碧","碧"字作邦彼切,叶支微韵。又《徵招》换头"京洛染淄尘","洛"字须韵作郎到切,叶萧豪韵。此与曲韵无所分别。至如句中用入,派作三声处,则大有不同。大抵词中入声协入三声之理,与南曲略同。不能谨守绿斐所派三声之例。如欧词《摸鱼子》"恨人去寂寂,凤枕孤难宿","寂寂"叶精妻切。苏轼《行香子》"酒斝时须满十分",周邦彦《一寸金》"便入渔钓乐","十""入"二字叶绳知切。秦观《望海潮》"金谷俊游","谷"叶公五切。又《金明池》"才子倒玉山休诉","玉"叶语居切。姜夔《暗香》"旧时月色","月"叶胡靴切。诸如此类,不可尽数。而按诸绿斐旧律,或有未尽合者,此不得责订韵者之误,亦不可责填词者之非也。盖入声叶韵处,其派入三声,本有定法,某字作上,某字作平,某字作去,一定不易。仅宗高安、绿斐二家，亦可勿畔。至于句中入声字，严在代平，其作上去，本不多见。词家用仄声处，本合上去入三声言之，即使不作去上，直读本声，亦无大碍。故句中入字，叶作三声，实无定法，既可作平，亦可上去，但须辨其阴阳而已。如用十字，其在平声格，固必须协绳知切，读若池音。苟在仄声格，上则作去，可作本字入声读，亦无不可。所谓词中之仄，本上去入三声统用也。故学者遇入作三声时，宜注意作平之际者，即此故也。又词有必须用入之处，不得易用上去者。如《法曲献仙音》首二句。"虚阁笼寒""小帘通月"，阁、月宜入。《凄凉犯》首句"绿杨巷陌"，绿、陌宜入，《夜飞鹊》"斜月远堕余辉""兔葵燕麦"，月、麦宜入。《霜叶飞》换头"断阕经岁慵赋"，《瑞龙吟》"愔愔坊陌人家""侵晨浅约宫黄""吟笺赋笔"，陌、约、笔宜入。《忆旧游》末句"千山未必无杜鹃"，必字宜入。词中类此颇多。盖入声字重浊而断，词中与上去间用，有止如槁木之致。今南曲中遇入声字，皆重读而作断腔，最为美听。以词例曲，理本相同。虽谱法亡逸，而程式尚存，故当断断谨守之也。戈氏《词韵》于入声字分为五部，虽失之太宽，而分派三声，仍分列各部之下，眉目既晰，而所分平上去三声，亦按图可索，学者称便利。且派作三声者，皆有切音，使人知有限度，不能滥施自便，尤有功于词学，非浅鲜矣。

作　法

作词之法，论其间架构造，却不甚难。至于撷芳佩实，自成一家，则有非言语可以形容者。所谓能与人规矩，不能使人巧也；有一成不变之律，无一定不易之文。南宋时修内司所刊《乐府混成集》，巨帙百余，周草窗《齐东野语》，称其古今歌词之谱靡不备具，而有谱无词者，实居其半。当时词家，但就已定之谱为之调高下、定句读，叶四声，而实之以俊语。故白石集中，自度腔皆有字谱，其他则否，非不知旧词之谱也。盖是时通行诸谱，完全无缺，作者按谱以下字，字范于音，音统于律，正不必琐琐缮录也。（此意余别有考订。今省。）是以在宋时多有谱而无词，至今则有词而无谱。唯无谱可稽，斯论律之书愈多矣，要皆扣槃扪烛也。余撰此篇，亦匠氏之规矩耳。律可合，而音不可求，余亦无如何焉。

一、结构

词之为调，有六百六十余，其体则一千一百八十有奇。学者就万氏《词律》按律谐声，不背古人之成法，亦可无误。唯律是成式，文无成式也，于是不得不论结构矣。全词共有几句，应将意思配置妥帖后，然后运笔。凡题意宽大，宜抒写胸襟者，当用长调；而长调中就以苏、辛雄放之作为宜；若题意纤仄，模山范水者，当用小令或中调。唯境有悲欢，词亦有哀乐，大抵商调、南吕诸词，皆近悲怨；正宫、高宫之词，皆宜雄大；越调冷隽；小石风流，各视题旨之若何，以为择调张本。若送别用《南浦》，祝嘏用《寿楼春》，皆毫厘千里之谬。(《南浦》系欢词，《寿楼春》为悼亡。)此择调之大略也。至每调谋篇之法，又各就词之长短以为衡。短令宜蕴藉含蓄，令人得言外之意，方为合格。如李后主词"别有一般滋味在心头"，不说出苦字；温飞卿词"杨柳又如丝，驿桥春雨时"，不说出别字，皆是小令作法。长调则布置须周密，有先将题面说过，至下叠方发议论者，如王介甫《桂枝香》"金陵怀古"。有直赋一物，寄寓感喟者，如东坡《水龙吟》"杨花"。而凭高念旧，怅触无端，又复用意明晰，措词娴雅者，莫如草窗《长亭怨》"怀旧词"云：

记千竹、万荷深处，绿净池台，翠凉亭宇。醉墨题香，闲箫横玉尽吟趣。胜流星聚，知几诵、燕台句。零落碧云空，叹转眼、岁华如许。

凝伫。望涓涓一水，梦到隔花窗户。十年旧事，尽消得、庾郎愁赋。燕楼鹤表半飘零，算惟有、盟鸥堪语。谩倚遍河桥，一片凉云吹雨。

盖草窗之父，曾为衢州倅官。时刺史为杨泳斋(按即草窗之外舅)，别驾为牟存斋，郡博士为洪恕斋。一时名流星聚。倅衙在龟阜，有堂曰啸咏，为琴尊觞咏之地。是时草窗尚少，及后数十年，再过是地，则水逝云飞，无人识令威矣。词中"千竹万荷"，指啸咏堂也。"醉墨题香""胜流星聚"，指一时裙屐也。"隔花窗户""燕楼飘零"，指目前景物也。"谩倚河桥""凉云吹雨"，是直抒葵麦之感矣。此等词结构布局，最是匀称，可以为法。（宋词佳构，浩如烟海，安得一一引入。仅举一例，以俟隅反。）

二、字义

我国文字，往往有一字两三音，而解释殊者，词家当深明此义。如萧索之索当叶速，索取之索当叶啬。数日之数当叶素，烦数之数当叶朔。睡觉之觉当去声，知觉之觉当入声。其他专名如嫪毐、仆射、龟兹等，尤宜留意。作词者一或不慎，动辄得咎。词为声律之文，苟失黏错误，便无意致。草窗《玉漏迟》"题吴梦窗霜花腴词集"首云"老来欢意少"，又云"与君共是承平年少"，两用少字，非复韵也。盖多少之少是上声，老少之少是去声，本系两字，尽可同叶。又如些字，一入麻韵，一入个韵，盖"些儿"之"些"为平，"楚些"之"些"为仄也。因略举数则：

屈信申　信义迅　造作早　造就糙　矛盾忍　甲盾遁　窒塞色
边塞赛　冯妇逢　冯河平　女红工　红紫洪　戕害祥　戕牁臧

诸如此类，不胜其多。学者平时诵习，一加考核，则音读既正，自无误用矣。

三、句法

积字成句,叶以平仄,此填词者,尽人知之也。但句法之异,须在作者研讨,一调有一定之平仄,而句法亦有成规。若乱次以济,未有不舛谬者。今自一字句至七字句止,逐句核订如左:

一字句。此种甚少,唯《十六字令》首句有之,其他皆用作领字,而实未断句者。(领不外正、甚、怎、奈、渐、又、料、怕、是、证、想等数字,用平声者不多。)

二字句。此种大概用于换头首句,其声"平仄"者最多;又或用于句中暗韵处。用在换头者,如王沂孙《无闷》云"清致,悄无似",周邦彦《琐窗寒》云"迟暮,嬉游处",此用平仄者。又如东坡《满庭芳》"无何,何处是",张炎《渡江云》"愁余,荒洲古溆",此用平平者。用在暗韵者,如《木兰花慢》梦窗"寿秋壑"云"金绒,锦鞯赐马""兰宫,系书翠羽",此用平平者。又如白石《惜红衣》云"故国,渺天北",是用仄仄者。二字句法,不外此数例矣。

三字句。通常以"仄平平"为多,如《多丽》之"晚山青"是也。他如平平仄者,如《万年欢》之"仁恩被""封人祝"是。仄平仄者,如《满江红》之"奠淮右"。平平平者,如《寿楼春》之"今无裳"皆是。若"仄仄平""仄仄仄"类,大半是领头句矣。

四字句。"平平仄仄""仄仄平平",固四字句普通句法。无须征引古词。然如《水龙吟》末句,辛稼轩云"揾英雄泪",苏东坡云"是离人泪",是上一下三句法也。又如杨无咎《曲江秋》云"银汉坠怀""渐觉夜阑",是平仄仄平也。

五字句。按此亦只有"上二下三"与"上一下四"两种,"平平平仄仄""仄仄仄平平""仄仄平平仄""平平仄仄平",此四种皆上二下三句法也。若如《燕归梁》云"记一笑千金",是上一下四也。唯《寿楼春》"裁春衣寻芳",用五平声字,则殊不多耳。

六字句。此有二种:一为普通用于双句对下,一为折腰句。如

《清平乐》之下叠，《风入松》之末二句，则词中不经见者，平仄无定。

七字句。此亦有二种：一为"上四下三"，如诗一句者，如《鹧鸪天》"小窗愁黛淡秋山"，《玉楼春》"棹沉云去情千里"之类；一为"上三下四"者，若《唐多令》"燕辞归客尚淹留"，《洞仙歌》"金波淡玉绳低转"之类，平仄无定，作时须留意。

以上七格，词中句法略备矣。至八字句，如《金缕曲》"枉教人梦断瑶台月"，九字句，如《江城子》"锦帽貂裘，千骑卷平冈"类，实皆合"三五""四五"成句耳。句至七字，诸体全矣。盖歌之节奏，全视句法之何若。今南曲板式，即为限定句法而设，故曰乐句。曲与词固是一例，词谱虽亡，而句法未改，守定成式，自无偭规越矩之诮。至就文律言之，则出句宜雅艳，忌枯瘁，宜芳润，不宜噍杀。意常则造语贵新，语常则倒换须奇。一调之中，句句琢炼，语语自然，积以成章，自无疵病矣。

四、结声字

结声者，词中第一韵与两叠结韵处也。第一韵谓之起调，两结韵谓之毕曲。此三处下韵，其音须相等。近人作词，往往就古人成作，守定四声，通体不易一音。其用力良苦，然煞声字不合之弊，则无之也。此端昉于蒋鹿潭，近则朱、况，皆斤斤于此，一字不少假借。夔笙更欲调以清浊，分订八音，守律愈细。而填词如处桎梏，分毫不能自由矣。

五、杂述

古今诗话，汗牛充栋，词话则颇罕。然如玉田《词源》，辅之

《词旨》，宋元时已有专书；而周公谨《浩然斋雅谈》末卷，吴曾《能改斋漫录》十六、十七两卷，亦皆词话之类也。至清则如刘公勇之《七颂堂词绎》，王阮亭之《花草蒙拾》，邹程村之《远志斋词衷》等书，亦皆有价值者。(《古今词话》一书，散见《词综》，无单行者。) 而周氏《词辨》，又有独到语，概足为学者取法也。

词以自然为宗，但自然不从追琢中来，便率易无味。此彭金粟语，最是中肯。又云："用古人之事，则取其新僻，而去其陈因。用古人之语，则取其清隽，而去其平实。用古人之字，则取其轻丽，而去其浅俗。"近人好用僻典，颇觉晦涩，乃叹范贽之记《云仙》，陶谷之录《清异》，稍资谈柄，不是仙才。

吴子律云："词患堆积，堆积近缛，缛则伤意。词忌雕琢，雕琢近涩，涩则伤气。"又云："言情以雅为宗，语艳则意尚巧，意亵则语贵曲。"(按意亵亦是一病。)

学稼轩，要于豪迈中见精致，学梦窗，要于缜密中求清空。

咏物词须别有寄托，不可直赋。自诉飘零，如东坡之"咏雁"，独写哀怨，如白石之"咏蟋蟀"，斯最善矣。至如史邦卿之"咏燕"，刘龙洲之"咏指""足"，纵工摹绘，已落言诠。今之作者，即欲为刘史之隶吏，亦不可得也。彼演肤词，此征僻典，夸多竞富，味同嚼蜡。况词之体格，微与诗异乎？此如咏"梅花"者，累代不能得数语，而鄙者或百咏，或数十咏，徒使开府汗颜，逋仙冷齿耳。且竹垞"咏猫"，武曾"咏笋"，辄胪故实，亦载鄙谚。偶一为之，亦才人忍俊不禁之故技。究之静志居、秋锦山房之联踪两宋，弁冕一朝者，谓区区在此，谅亦不然。顾奈何以俳色揣声为能事乎？

宋词 265

唐五代词概论

词者诗之余也。诗莫古于《三百篇》，皆可以合乐。周衰，诗亡乐废，屈宋代兴。虽"九歌"侑乐，而已与诗异途矣。经秦之乱，古乐胥亡。汉武立乐府，作郊祀十九章，铙歌二十二章，历魏晋六朝，皆仍其节奏。（其名历代不同。其歌法仍袭旧。）于是诗与乐分矣。自魏武借乐府以写时事，《薤露歌》《蒿里行》，皆为董卓之乱而作，与原义不同。陈思王植作《鞞舞新歌》五章，谓古曲谬误至多，异代之文，不必相袭，爰依前曲，别作新歌。此说一开，后人乃有依乐府之题，而直抒胸臆者。于是乐府之真又失矣。两晋以下，诸家所作。不尽仿古，一时君臣，尤喜别翻新调；而民间哀乐缠绵之情，托诸长谣短咏以自见者，亦往往而有。如东晋无名氏作《女儿子》《休洗红》二曲，梁武帝之《江南弄》，沈约之《六忆诗》，其字句音节，率有定格，此即词之滥觞矣。盖诗亡而乐府兴，乐府亡而词作，变迁递接，皆出自然也。

一、唐人词略

昔人论词，皆断自唐代。诚以唐代以前，如炀帝之《清夜游》《湖上曲》，侯夫人《看梅一点春》等，虽在李白、王维以前，而其词恐为后人伪托，不可据为典要，因亦以唐代为始。按赵璘《因话录》，唐初，柳范作《江南折桂令》，当在青莲《忆秦娥》《菩萨蛮》之前，而各家选本，皆未及之，其词盖久佚矣。皋文以青莲首列者，有深意焉。大抵初唐诸作，不过破五七言诗为之，中盛以后，词式始定。迨温庭筠出，而体格大备。此唐词之大概也。爰为论列之。

（一）李白

白，字太白，蜀人。或云山东人。供奉翰林。录《忆秦娥》一首：

箫声咽，秦娥梦断秦楼月。秦楼月，年年柳色，灞陵伤别。
乐游原上清秋节，咸阳古道音尘绝。音尘绝，西风残照，汉家陵阙。

太白此词，实冠今古，绝非后人可以伪托，非如《菩萨蛮》《桂殿秋》《连理枝》诸阕，读者尚有疑词也。盖自齐梁以来，陶弘景之《寒夜怨》，陆琼《饮酒乐》，徐孝穆《长相思》等，虽具词体，而堂庑未大。至太白而繁情促节，长吟远慕，遂使前此诸家，悉归笼化，故论词不得不首太白也。刘融斋以《菩萨蛮》《忆秦娥》两首，足抵杜陵《秋兴》，想其情境，殆作于明皇西幸之后，此言前人所未发，因亟录之。（按太白前，不独柳范有《折桂令》一曲也，沈佺期有《回波词》，红友亦收入《词律》，实则六言诗耳。又明皇亦有《好时光》一首，见《尊前集》，亦系伪作。）

（二）韦应物

应物，京兆人，官左司郎中，历苏州刺史。录《调笑》一首：

> 胡马，胡马，远放燕支山下。跑沙跑雪独嘶，东望西望路迷。迷路，迷路，边草无穷日暮。

应物词见《尊前集》者共四首《调笑》二，《三台》二也。唐人作《调笑》者至多，如戴叔伦之边草词。王建之"团扇词"，皆用此调。其后《杨柳枝》盛行，而此调鲜见。入宋以后，此调句法更变，专供大曲歌舞之用矣。（《杨柳枝》实即七绝耳）

（三）白居易

居易，字乐天，下邽人。贞元十四年进士，历官中书舍人，以刑部尚书致仕。有《长庆集》。录《长相思》一首：

> 汴水流，泗水流，流到瓜州古渡头。吴山点点愁。思悠悠，恨悠悠，恨到归时方始休。月明人倚楼。

公所作词至富，如《杨柳枝》《竹枝》《花非花》《浪淘沙》《宴桃源》等，皆流丽稳协。而《一七令》体，尤为古今创作。后人塔体诗，即依此作也。余细按诸作，唯《宴桃源》与《长相思》为纯粹词体，余若《杨枝》《竹枝》《浪淘沙》，显为七言绝体。即《花非花》《一七令》，亦长短句之诗，不得概目之为词也。《宴桃源》云："前度小花静院。不比寻常时见。见了又还休，愁却等闲分散。肠断。肠断。记取钗横鬓乱。"按格直是《如梦令》。昔人以后唐庄宗所作为创，不知已始于白傅矣。余此录概取唐人之确凿为词者，彼长短句之诗勿入焉。

(四)刘禹锡

禹锡,字梦得,中山人。贞元中进士,仕为太子宾客,会昌中检校礼部尚书。录《忆江南》一首:

春去也,多谢洛城人。弱柳从风疑举袂,丛兰浥露似沾巾。独坐亦含颦。

《尊前集录》梦得作有《杨柳枝》十二首、《竹枝》十首、《纥那曲》二首、《忆江南》一首、《浪淘沙》九首、《潇湘神》二首、《抛球乐》二首,中唯《忆江南》为词,《潇湘神》亦长短句诗耳。(词云:"斑竹枝。斑竹枝。泪痕点点寄相思。楚客欲听瑶瑟怨,潇湘深夜月明时。"与韩翃《章台柳》词实是一格。韩词云:"章台柳。章台柳。昔日青青今在否。纵使长条似旧垂,也应攀折他人手。"所异者一平韵,一仄韵而已。)《忆江南》一调,据韩偓《海山记》,隋炀帝泛东湖,制《湖上》曲八阕,即为《忆江南》句调,后人遂谓隋时所作。不知《湖上》八曲,皆是双叠,而双叠之体,实始于宋,唐人诸作,无一非单调。岂有炀帝时反有是格哉?故论此调创始,不若以白傅、梦得辈为妥云。

(五)温庭筠

本名岐,字飞卿,太原人。官方山尉。有《握兰》《金荃》等集。录《更漏子》一首:

玉炉香,红蜡泪,偏照画堂秋思。眉翠薄,鬓云残,夜长衾枕寒。

梧桐树,三更雨,不道离情正苦。一叶叶,一声声,空阶滴到明。

宋词

唐至温飞卿，始专力于词。其词全祖风骚，不仅在瑰丽见长。陈亦峰曰："所谓沉郁者，意在笔先，神余言外。写怨夫思妇之怀，寓孽子孤臣之感。凡交情之冷淡，身世之飘零，皆可于一草一木发之。而发之又必若隐若现，欲露不露，反复缠绵，终不许一语道破。匪独体格之高，亦见性情之厚。"此数语唯飞卿足以当之。学词者从沉郁二字着力，则一切浮响肤词，自不绕其笔端，顾此非可旦夕期也。飞卿最著者，莫如《菩萨蛮》十四首。大中时，宣宗爱《菩萨蛮》，丞相令狐绹乞其假手以进，戒令勿他泄，而遽言于人，由是疏之。今所传《菩萨蛮》诸作，固非一时一境所为，而自抒性灵，旨归忠爱，则无弗同焉。张皋文谓皆感士不遇之作，盖就其寄托深远者言之。即其直写景物，不事雕缋处，亦复绝不可追及。如"花落子规啼，绿窗残梦迷""杨柳又如丝，驿桥烟雨时""鸾镜与花枝，此情谁得知"等语，皆含思凄婉，不必求工，已臻绝诣，岂独以瑰丽胜人哉！（《词苑丛谈》载宣宗时，宫嫔所歌《菩萨蛮》一首云，在《花间集》外，其词殊鄙俚，如下半叠云："风流心上物，本为风流出。看取薄情人，罗衣无此痕。"绝非飞卿手笔，故赵选不取。）至其所创各体，如《归国遥》《定西番》《南歌子》《河渎神》《遐方怨》《诉衷情》《思帝乡》《河传》《蕃女怨》《荷叶杯》等，虽亦就诗中变化而出，然参差缓急，首首有法度可循，与诗之句调，绝不相类。所谓解其声，故能制其调也。彭孙遹《词统源流》以为词之长短错落，发源于《三百篇》，飞卿之词，极长短错落之致矣。而出辞都雅，尤有怨悱不乱之遗意。论词者必以温氏为大宗，而为万世不祧之俎豆也。宜哉！

二、五代十国人词略

陆放翁曰："诗至晚唐五季，气格卑陋，千人一律，而长短句独精巧高丽，后世莫及，此事之不可晓者。"盖其时君唱于上，臣和于下，极声色之供奉，蔚文章之大观，风会所趋，朝野一致，虽在贤知，亦不能自外于习尚也。《花间》辑录，重在蜀人。（赵录共十八人，词五百首，而蜀人有十三家，如韦庄、薛昭蕴、牛峤、毛文锡、牛希济、欧阳炯、顾敻、魏承班、鹿虔扆、阎选、尹鹗、毛熙震、李珣等，皆蜀人也。）并世哲匠，颇多遗佚。后唐、西蜀，不乏名言；李氏君臣，亦多奇制。而屏弃不存，一语未采，不得不谓蔽于耳目之近矣。夫五代之际，政令文物殊无足观，唯兹长短之言，实为古今之冠。大抵意婉词直，首让韦庄；忠厚缠绵，唯有延巳。其余诸子，亦各自可传，虽境有哀乐，而辞无高下也。至若吴越王钱俶、闽后陈氏、蜀昭仪李氏、陶学士、郑秀才之伦，单词片语，不无可录。第才非专家，不妨从略焉。

（一）南唐嗣主

录《山花子》一首：

菡萏香销翠叶残，西风愁起绿波间。还与韶光共憔悴，不堪看。

细雨梦还鸡塞远，小楼吹彻玉笙寒。多少泪珠何限恨，倚阑干。

中宗诸作，自以《山花子》二首为最，盖赐乐部王感化者也。此词之佳，在于沉郁。夫菡萏销翠，愁起西风，与韶光无涉也；而在伤心人见之，则夏景繁盛，亦易摧残，与春光同此憔悴耳。故一则曰"不堪看"，一则曰"何限恨"，其顿挫空灵处，全在情景融洽，不事雕琢，凄然欲绝。至"细雨""小楼"二语，为西风愁起之点染语，炼词虽工，非一篇中之至胜处；而世人竞赏此二语，亦可谓不善读者矣。余尝谓二主词，中主能哀而不伤，后主则近于伤矣。然其用赋体，不用比兴，后人亦无能学者也。此二主之异处也。

（二）南唐后主

录《虞美人》一首：

春花秋月何时了，往事知多少。小楼昨夜又东风，故国不堪回首月明中。

雕阑玉砌应犹在，只是朱颜改。问君能有几多愁，恰似一江春水向东流。

前谓后主词用赋体，观此可信。顾不独此也，《忆江南》《相见欢》《长相思》（"一重山"一首）等，皆直抒胸臆，而复宛转缠绵者也。至《浪淘沙》之"无限江山"，《破阵子》之"泪对宫娥"，此景此情，安得不以眼泪洗面？东坡讥其不能痛哭九庙，以谢人民，此是宋人之论耳。余谓读后主词，当分为二类：《喜迁莺》《阮郎归》《木兰花》《菩萨蛮》（"花明月暗"一首）等，正当江南隆盛之际，虽寄情声色，而笔意自成馨逸，此为一类；至入宋后，诸作又别为一类（即前述《忆江南》《相见欢》等）。其悲欢之情固不同，而自写襟抱，不事寄托，则一也。今人学之，无不拙劣矣。（"雕阑玉砌"云云，即《浪淘沙》"玉楼瑶殿空照秦淮"之意也。）

（三）韦庄

庄，字端己，杜陵人。乾宁元年进士，入蜀，王建辟掌书记，寻召为起居舍人，建表留之，后官至散骑常侍，判中书门下事。有《浣花集》。录《归国遥》一首：

金翡翠，为我南飞传我意。罨画桥边春水，几年花下醉。

别后只知相愧，泪珠难远寄。罗幕绣帏鸳被，旧欢如梦里。

端己《菩萨蛮》四章，惓惓故国之思，最耐寻味。而此词南飞传意，别后知愧，其意更为明显。陈亦峰论其词，谓似直而纡，似达而郁，洵然。虽一变飞卿面目，而绮罗香泽之中，别具疏爽之致。世以温韦并论，当亦难于轩轾也。《菩萨蛮》云："未老莫还乡，还乡须断肠。"又云："凝恨对斜晖，忆君君不知。"《应天长》云："夜夜绿窗风雨，断肠君信否。"又云："难相见，易相别，又是玉楼花似雪。"皆望蜀思君之辞。时中原鼎沸，欲归未能，言愁始愁，其情大可哀矣。

又按《花间集》共录十八家，自温庭筠、皇甫松外，凡十六家，为五季时人。而十六家中，除韦庄外，蜀人有十二人之多，以见蜀中文物之盛云。

十二家，皆见《花间集》。崇祚为蜀人，故所录多本国人诸作。词家选本，以此集为最古，其有不见此选者，亦无从搜讨矣。夫蜀自王建戊辰改元武成，至后主衍咸康己酉亡，历十有八年。后蜀自孟知祥甲午改元明德，至后主昶广政甲子亡，历三十年。此选成于广政三年，是时孟氏立国，仅有七载，故此集所采，大氐前蜀人为多。而韦庄、牛峤、毛文锡且为唐进士也。五季之际，如沸如羹，天宇崩颓，彝教凌废。深识之士，浮沉其间，惧忠言之触祸，托俳语以自晦。吾知十国遗黎，必多感叹悲伤之作，特甄录无人，乃至湮没，后人籀讽，独有赵录，遂谓声歌之制，独盛于蜀，滋可惜矣。今就此十二家言之，唯欧阳炯、顾夐、鹿虔扆为孟蜀显官，至阎选、李珣亦布衣耳，其他皆王氏旧属。是以缘情托兴，万感横集，不独《醉妆》《薄媚》，沦落风尘，睿藻流传，足为词谶也。牛希济之"梦断禁城"，鹿虔扆之"露泣亡国"，言为心声，亦可得其大概矣。

(四) 冯延巳

字正中，唐末，徙家新安。事南唐，官至左仆射，同平章事。有《阳春集》一卷。录《菩萨蛮》一首：

画堂昨夜西风过，绣帘时拂朱门锁。惊梦不成云。双蛾枕上颦。

　　金炉烟袅袅，烛暗纱窗晓。残月尚弯环。玉筝和泪弹。

　　正中词缠绵忠厚，与温韦相伯仲。其《蝶恋花》诸作，情词悱恻，可群可怨。张皋文云："忠爱缠绵，宛然骚辨之义。"余最爱诵之。如"日日花前常病酒，不辞镜里朱颜瘦""泪眼倚楼频独语，双燕来时，陌上相逢否""浓睡觉来莺乱语，惊残好梦无寻处"。思深意苦，又复忠厚恻怛。词至此则一切叫嚣纤冶之失，自无从犯其笔端矣。他如《归国谣》《抛球乐》《采桑子》《菩萨蛮》等，亦含思凄惋，蔼然动人，俨然温韦之意也。其《谒金门》一首，当系成幼文作。《古今词话》曰："幼文为大理卿，词曲妙绝，尝作《谒金门》曰：'风乍起，吹皱一池春水。'为中主所闻，因按狱稽滞。召诘之，且谓曰：'卿职在典刑，一池春水，干卿何事？'幼文顿首croydon谢。"《南唐书》以为冯词。陈振孙《书录解题》曰："风乍起"词，世多言冯作。而《阳春录》无之。当是成作。不独"庭院深深"一首，明是欧作，有李清照《漱玉词》可证也。

　　又按南唐享国虽不久长，而文学之士，风发云举，极一时之盛，如张泌、成幼文、韩熙载、潘佑、徐铉兄弟、汤悦，俱有才名。即以词论，诸子皆有可观。

　　总之，五季时词以西蜀、南唐为最盛，而词之工拙，以韦庄为第一，冯延巳次之，最下为毛文锡。叶梦得尝谓馆阁诸公评庸陋之词，必曰此仿毛司徒，是在宋时已有定论，今亦赖赵录而传。崇祚洵词苑功臣哉！至诸家情至文生，缠绵忠爱，不独为苏、黄、秦、柳之开山，即宣和、绍兴之盛，皆兆于此矣。

两宋词概论

论词至赵宋，可云家怀隋珠，人抱和璧，盛极难继者矣。然合两宋计之，其源流递嬗，可得而言焉。大抵开国之初，沿五季之旧，才力所诣，组织较工。晏欧为一大宗，二主一冯，实资取法，顾未能脱其范围也。汴京繁庶，竞赌新声，柳永失意无憀，专事绮语；张先流连歌酒，不乏艳辞。唯托体之高，柳不如张，盖子野为古今一大转移也。前此为晏欧，为温韦，体段虽具，声色未开。后此为苏辛，为姜张，发扬蹈厉，壁垒一变。而界乎其间者，独有子野，非如耆卿专工铺叙，以一二语见长也。迨苏轼则得其大，贺铸则取其精，秦观则极其秀，邦彦则集其成。此北宋词之大概也。南渡以还，作者愈盛，而抚时感事，动有微言。稼轩之"烟柳斜阳"，幸免种豆之祸；玉田之"贞芳清影"（《清平乐》"赋所南画兰"），独余故国之思。至若碧山咏物，梅溪题情，梦窗之"丰乐楼头"，草窗之"禁烟湖上"，词翰所寄，并有微意，又岂常人所易及哉！余故谓绍兴以来，声律之文，自以稼轩、白石、碧山为优，梅溪、梦窗则次之，玉田、草窗又次之，至竹屋、竹山辈，纯疵互见矣。此南宋词之大概也。夫倚声之道，独

宋词　275

盛天水，文藻留传，矜式万世。余之论议，不事广征者，亦聊见渊源而已。兹更分述之。

一、北宋人词略

言词者必曰词至北宋而大，至南宋而精；然而南北之分，亦有难言者也。如周紫芝、王安中、向子諲、叶梦得辈，皆生于北宋，没于南宋。论者以周、王属北，向、叶属南者，只以得名之迟早而已。盖混而不分，又不能明流别。尚论者约略言之，作一界限，实无与于词体也。毛晋刻《六十一家词》，北宋凡十九家：晏殊、欧阳修、柳永、苏轼、黄庭坚、秦观、晏几道、晁补之、程垓、陈师道、李之仪、毛滂、杜安世、葛胜仲、周紫芝、谢逸、周邦彦、王安中、蔡伸是也。此外若潘阆《逍遥词》一卷，王安石《半山词》一卷，张先《子野词》一卷，贺铸《东山寓声乐府》三卷，皆有成书，而见于他刻也。余谓承十国之遗者，为晏、欧；肇慢词之祖者，为柳永；具温韦之情者，为张先；洗绮罗之习者，为苏轼；得骚雅之意者，为贺铸；开婉约之风者，为秦观；集古今之成者，为邦彦。此外或力非专诣，或才工片言，要非八家之敌也。

（一）晏殊

字同叔，临川人。官至枢密使。有《珠玉词》一卷。录《蝶恋花》一首：

南雁依稀回侧阵。雪霁墙阴，偏觉兰芽嫩。中夜梦余消酒困，炉香卷穗灯生晕。

急景流年都一瞬。往事前欢，未免萦方寸。腊后花期知渐近，寒梅已作东风信。

宋初如王禹偁、钱惟演辈，亦有小词。王之《点绛唇》，钱之《玉楼春》，虽有佳处，实非专家。故宋词应以元献为首，所作《浣溪沙》有"无可奈何花落去，似曾相识燕归来"之语，为一时传诵。相传下语为王琪所对（见《复斋漫录》），无俟深考。即"重头歌韵响琤琮，入破舞腰红乱旋"，亦仅形容歌舞之胜，非词家之极则，总不及此词之俊逸也。宋初诸家，靡不祖述二主，宪章正中。同叔去五代未远，馨烈所扇，得之最先。刘攽《中山诗话》谓元献喜冯延巳词，其所自作，亦不减延巳。此语亦是。第细读全词，颇有可议者。如《浣溪沙》之"淡淡梳妆薄薄衣，天仙模样好容仪"，《诉衷情》之"东城南陌花下，逢着意中人"，又"心心念念，说尽无凭，只是相思"诸语，庸劣可鄙，已开山谷、三变俳语之体，余甚无取也。唯"满目山河空念远，落花风雨更伤春"二语，较"无可奈何"胜过十倍，而人未之知，可云陋矣。

（二）欧阳修

字永叔，庐陵人。官至兵部尚书。有《六一居士集》，词附。录《踏莎行》一首：

候馆梅残，溪桥柳细，草熏风暖摇征辔。离愁渐远渐无穷，迢迢不断如春水。寸寸柔肠，盈盈粉泪，楼高莫近危阑倚。平芜尽处是春山，行人更在春山外。

宋初大臣之为词者，寇莱公、宋景文、范蜀公与欧阳公，并有声艺苑。然数公或一时兴到之作，未为专诣，独元献与文忠，学之既至，为之亦勤，翔双鹄于交衢，驭二龙于天路。且文忠家庐陵，元献家临川，词之有西江派，转在诗先，亦云奇矣。公词纯疵参半，盖为他人窜易。蔡绦《西清诗话》云："欧词之浅近者，谓是刘辉伪作。"《名臣录》亦云："修知贡举，为下第举子刘辉等所忌，以《醉蓬莱》

《望江南》诬之。"是读公词者，当别具会心也。至《生查子》"元夜灯市"，竟误载淑真词中，遂启升庵之妄论。此则深枉矣。余按公词以此为最婉转，以《少年游》"咏草"为最工切超脱，当亦百世之公论也。

（三）柳永

字耆卿，初名三变，崇安人。官至屯田员外郎。有《乐章集》。录《雨霖铃》一首：

> 寒蝉凄切，对长亭晚，骤雨初歇。都门帐饮无绪，方留恋处，兰舟催发。执手相看泪眼，竟无语凝噎。念去去千里烟波，暮霭沉沉楚天阔。
>
> 多情自古伤离别，更那堪冷落清秋节。今宵酒醒何处，杨柳岸晓风残月。此去经年，应是良辰好景虚设。便纵有千种风情，更与何人说。

《能改斋漫录》云："仁宗留意儒雅，务本向道，深斥浮艳虚华之文。初，进士柳三变，好为淫冶讴歌之曲，传播四方，尝有《鹤冲天》词云：'忍把浮名，换了浅斟低唱。'及临轩发榜，特落之，曰：'且去浅斟低唱，何要浮名？'景佑元年，方及第。后改名永，方得磨勘转官。"《后山诗话》云："柳三变游东都南北二巷，作新乐府，骫骳从俗，天下咏之，遂传禁中。仁宗颇好其词，每对宴，必使侍从歌之再三。三变闻之，作宫词，号《醉蓬莱》，因内官达后宫，且求其助。仁宗闻而觉之，自是不复歌其词矣。"黄花庵云："永为屯田员外郎，会太史奏老人星现。时秋霁，宴禁中，仁宗命左右词臣为乐章。内侍属柳应制。柳方冀进用，作此词进（指《醉蓬莱》词）。上见首有渐字，色若不怿。读至'宸游凤辇何处'，乃与御制真宗挽词暗合，上惨然。又读至'太液波翻'，曰：'何不言波澄？'投之于地。自此不复擢用。"《钱塘遗事》云："孙何帅钱塘，柳耆卿作《望海潮》词赠之，有'三秋桂子，十里荷香'之句，此词流播。金主亮闻之，欣然起投鞭渡江之志。"据此，则柳之佗傺无聊，与词名之远，概见一斑。余谓柳词仅工铺叙而已，每首中事实必清，点景必工，而又有一二警策语，为全词生色，其工处在此也。冯梦华谓其曲处能直，密处能疏，羃处能平，状难状之景，达难达之情，而出之以自然，自是北宋巨手。然好为俳体，词多蝶黩，有不仅如《提要》所云以俗为病者。此言甚是。余谓柳词皆是直写，无比兴，亦无寄托，见眼中景色，即说意中人物，便觉直率无味。况时时有俚俗语，如《昼夜乐》云："早知恁地难拚，悔不当初留住。其奈风流端正外，更别有系人心处。一日不思量，也攒眉千度。"《梦还京》云："追悔当初，绣阁话别太容易。"《鹤冲天》云："假使重相见，还得似当初么？悔恨无计。那迢迢长夜，自家只恁摧挫。"《两同心》云："个人人昨夜分明，许伊偕老。"《征部乐》云："待这回好好怜伊，更不轻拆。"皆率笔无咀嚼处，诸如此类？不胜枚举，实不可学。且通本皆摹写艳情，追述别恨，见一斑已具全豹，正不必字字推敲也。唯北宋慢词，确创自耆卿，不得不推为大家耳。

（四）苏轼

字子瞻，眉山人。嘉佑初，试礼部第一，历官翰林学士。绍圣初，安置惠州，徙昌化。元符初北还，卒于常州。高宗朝，谥文忠。有《东坡居士词》二卷。录《水龙吟》一首"赋杨花"：

> 似花还似非花，也无人惜从教坠。抛家傍路，思量却是，无情有思。萦损柔肠，困酣娇眼，欲开还闭。梦随风万里，寻郎去处，又还被莺呼起。
> 不恨此花飞尽，恨西园、落红难缀。晓来雨过，遗踪何在，一池萍碎。春色三分，二分尘土，一分流水。细看来、

不是杨花，点点是离人泪。

东坡词在宋时已议论不一，如晁无咎云："居士词，人多谓不谐音律。然横放杰出，自是曲子内缚不住者。"陈无己云："东坡以诗为词，如教坊雷大使之舞，虽极天下之工，要非本色。"陆务观云："世言东坡不能词，故所作乐府，词多不协。晁以道绍圣初，与东坡别于汴下。东坡酒酣，自歌古《阳关》，则公非不能歌，但豪放不喜裁剪以就声律耳。"又云："东坡词，歌之曲终，觉天风海雨逼人。"胡致堂云："词曲至东坡，一洗绮罗香泽之态，摆脱绸缪宛转之度，使人登高望远，举首高歌，逸怀浩气，超乎尘垢之外。于是《花间》为皂隶，而耆卿为舆台矣。"张叔夏云："东坡词清丽舒徐处，高出人表，周、秦诸人所不能到。"此在当时毁誉已不定矣。至《四库提要》云："词至晚唐五季以来，以清切婉丽为宗，至柳永而一变，如诗家之有白居易；至轼而又一变，如诗家之有韩愈，遂开南宋辛弃疾等一派。寻源溯流，不能不谓之别格。然谓之不工则不可。"此为持平之论。余谓公词豪放缜密，两擅其长，世人第就豪放处论，遂有铁板铜琶之诮，不知公婉约处，何让温、韦！如《浣溪沙》云："彩索身轻长趁燕，红窗睡重不闻莺。"《祝英台》云："挂轻帆，飞急桨，还过钓台路。酒病无聊，欹枕听鸣橹。"《永遇乐》云："天涯倦客，山中归路，望断故园心眼。燕子楼空，佳人何在，空锁楼中燕。"《西江月》云："高情已逐晓云空，不与梨花同梦。"此等处，与"大江东去""把酒问青天"诸作，如出两手。不独"乳燕飞华屋""缺月挂疏桐"诸词，为别有寄托也。要之公天性豁达，襟抱开朗，虽境遇迍邅，而处之坦然，即去国离乡，初无羁客迁人之感，唯胸怀坦荡，词亦超凡入圣。后之学者，无公之胸襟，强为摹仿，多见其不知量耳。

（五）秦观

观字少游，高邮人。登第后，苏轼荐于朝，除太学博士，迁正字，

兼国史院编修,坐党籍遣戍。有《淮海词》三卷。录《踏莎行》一首:

雾失楼台,月迷津渡,桃源望断无寻处。可堪孤馆闭春寒,杜鹃声里斜阳暮。
驿寄梅花,鱼传尺素,砌成此恨无重数。郴江幸自绕郴山,为谁流下潇湘去。

晁无咎云:"近来作者,皆不及少游,如'斜阳外,寒鸦数点,流水绕孤村'。虽不识字人,亦知是天生好言语。"蔡伯世云:"子瞻辞胜乎情,耆卿情胜乎辞,辞情相称者,惟少游而已。"张綖云:"少游多婉约,子瞻多豪放,当以婉约为主。"叶少蕴云:"少游乐府,语工而入律,知乐者谓之作家歌。子瞻戏之'山抹微云秦学士,露花倒影柳屯田',微以气格为病也。"诸家论断,大氐与子瞻并论。余谓二家不能相合也。子瞻胸襟大,故随笔所之,如怒澜飞空,不可狎视。少游格律细,故运思所及,如幽花媚春,自成馨逸。其《满庭芳》诸阕,大半被放后作,恋恋故国,不胜热中,其用心不逮东坡之忠厚,而寄情之远,措语之工,则各有千古。他作如《望海潮》云:"柳下桃蹊,乱分春色到人家。西园夜饮鸣筑,有华灯碍月,飞盖妨花。"《水龙吟》云:"花下重门,柳边深巷,不堪回首。"《风流子》云:"斜日半山,暝烟两岸,数声横笛,一叶扁舟。"《鹊桥仙》云:"两情若是久长时,又岂在朝朝暮暮。"《千秋岁》云:"春去也,飞红万点愁如海。"《浣溪沙》云:"自在飞花轻似梦,无边丝雨细如愁。"此等句皆思路沉着,极刻画之工,非如苏词之纵笔直书也。北宋词家以缜密之思,得遒炼之致者,唯方回与少游耳。今人以秦柳并称,柳词何足相比哉,(《高斋诗话》云:"少游自会稽入都,见东坡。东坡曰:'不意别后却学柳七作词。'少游曰:'某虽无学,亦不如是。'东坡曰:"'销魂,当此际',非柳七语乎?'"据此则少游雅不愿与柳齐名矣。)唯通观集中,亦有俚俗处,如《望海潮》云:"妾如飞絮,郎如流水,相沾便肯相随。"《满园花》云:"近日来,非常罗皂丑,佛也须眉皱,怎掩得旁人口。"《迎春乐》云："怎得香香深处，作个蜂儿抱。"《品令》云："幸自得一分索强，教人难吃。好好地恶了十来日，恰而今较些不。"又云："帘儿下时把鞋儿踢，语低低，笑咭咭。"又云："人前强不欲相沾识，把不定，脸儿赤。"竟如市井荒伧之言，不过应坊曲之请求，留此恶札。词家如此，最是魔道，不得以宋人之作为之文饰也。但全集止此三四首，尚不足为盛名之累。

（六）周邦彦

字美成，钱唐人。元丰中，献《汴都赋》，召为太学正。徽宗朝，仕至徽猷阁待制，提举大晟府，出知顺昌府。晚居明州，卒。自号清真居士。有《清真集》。录《瑞龙吟》一首：

> 章台路，还见褪粉梅梢，试花桃树。愔愔坊陌人家，定巢燕子，归来旧处。
>
> 黯凝伫，因记个人痴小，乍窥门户。侵晨浅约宫黄，障风映袖，盈盈笑语。
>
> 前度刘郎重到，访邻寻里，同时歌舞。惟有旧家秋娘，声价如故。吟笺赋笔，犹记燕台句。知谁伴、名园露饮，东城闲步。事与孤鸿去。探春尽是伤离意绪。官柳低金缕。归骑晚，纤纤池塘飞雨。断肠院落，一帘风絮。

陈郁《藏一话腴》云："美成自号清真，二百年来，以乐府独步，贵人、学士、市侩、妓女，皆知美成词为可爱。"楼攻愧云："清真乐府播传，风流自命，顾曲名堂，不能自已。"《贵耳录》云："美成以词行，当时皆称之。不知美成文章，大有可观，可惜以词掩其他文也。"强焕序云："美成模写物态，曲尽其妙。"陈质斋云："美成词多用唐人诗，櫽括入律，混然天成。长调尤善铺叙，富艳精工。词人之甲乙也。"张叔夏云："美成词浑厚和雅，善于融化诗句。"沈伯时云："作词当以清真为主，盖清真最为知音，且下字用意，皆有法度。"此宋人论清真之说也。余谓词至美成，乃有大宗，前收苏、秦之终，后开姜、史之始。自有词人以来，为万世不祧之宗祖。究其实亦不外"沉郁顿挫"四字而已。即如《瑞龙吟》一首，其宗旨所在，在"伤离意绪"一语耳。而入手先指明地点曰章台路，却不从目前景物写出，而云"还见"，此即沉郁处也。须知梅梢桃树，原来旧物，唯用"还见"云云，则令人感慨无端，低徊欲绝矣。首叠末句云"定巢燕子，归来旧处"，言燕子可归旧处，所谓"前度刘郎"者，即欲归旧处而不得，徒彳亍于愔愔坊陌，章台故路而已，是又沉郁处也。第二叠"黯凝伫"一语为正文，而下文又曲折。不言其人不在，反追想当日相见时状态。用"因记"二字，则通体空灵矣，此顿挫处也。第三叠"前度刘郎"至"声价如故"，言个人不见，但见同里秋娘，未改声价。是用侧笔以衬正文，又顿挫处也。"燕台"句，用义山柳枝故事，情景恰合。"名园露饮，东城闲步"，当日己亦为之，今则不知伴着谁人，赓续雅举。此"知谁伴"三字，又沉郁之至矣。"事与孤鸿去"三语，方说正文，以下说到归院，层次井然，而字字凄切。末以飞雨风絮作结，寓情于景，倍觉黯然。通体仅"黯凝伫""前度刘郎重到""伤离意绪"三语，为作词主意，此外则顿挫而复缠绵，空灵而又沉郁。骤视之，几莫测其用笔之意，此所谓神化也。他作亦复类此，不能具述。总之，词至清真，实是圣手，后人竭力摹效，且不能形似也。至说部纪载，如《风流子》为溧水主簿姬人作，《少年游》为道君幸李师师家作，《瑞鹤仙》为睦州梦中作，此类颇多，皆稗官附会，或出之好事忌名，故作讪笑，等诸无稽。倘史传所谓"邦彦疏隽少检，不为州里推重"者此欤？

二、南宋人词略

词至南宋，可云极盛时代。黄升散花庵《中兴以来绝妙词选》十卷，始于康与之，终于洪瑹；周密《绝妙好词》七卷，始于张孝祥，终于仇远，合订不下二百家。二书皆选家之善本，学者必须探讨。顾由博返约，首当抉择，兹选论七家，为南渡词人之表率，即稼轩、白石、玉田、碧山、梅溪、梦窗、草窗是也。此外附录所及，各以类聚，亦可略见大概矣。

（一）辛弃疾

字幼安，历城人。耿京聚兵山东，节制忠义军马，留掌书记。绍兴中，令奉表南归。高宗召见，授承务郎，累官浙东安抚使，进枢密都承旨。有《稼轩长短句》十二卷。

贺新郎 独坐停云作

甚矣吾衰矣，怅平生、交游零落，只今余几。白发空垂三千丈，一笑人间万事，问何物能令公喜。我见青山多妩媚，料青山见我亦如是。情与貌，略相似。

一尊搔首东窗里，想渊明、停云诗就，此时风味。江左沉酣求名者，岂识浊醪妙理。回首叫云飞风起，不恨古人吾不见，恨古人不见吾狂耳。知我者，二三子。

陈子宏云："蔡元工于词，靖康中陷金。辛幼安以诗词谒蔡，曰：'子之诗则未也。他日当以词名家。'"刘潜夫云："公所作大声镗鞳，小声铿鍧，横绝六合，扫空万古，其秾丽绵密者，又不在小晏、秦郎之下。"毛子晋云："词家争斗秾纤，而稼轩率多抚时感事之作，磊落英多，绝不作妮子态。宋人以东坡为词诗，稼轩为词论，善评也。"陈亦峰云："稼轩词自以《贺新郎》一篇为冠，《别茂嘉十二弟》沉郁苍凉，跳跃动荡。古今无此笔力。"余谓学稼轩词，须多读书，不用书卷，徒事叫嚣，便是蒋心余、郑板桥，去"沉郁"二字远矣。辛词着力太重处，如《破阵子》"为陈同甫赋壮诗以寄之"，《瑞鹤仙》"南涧双溪楼"等作，不免剑拔弩张。至如《鹧鸪天》云"却将万字平戎策，换得东郊种树书"，读之不觉衰飒。《临江仙》云"别浦鲤鱼何日到，锦书封恨重重。海棠花下去年逢。也应随分瘦，忍泪觅残红"，婉雅芊丽，孰谓稼轩不工致语耶？又《蝶恋花》"元日立春"云"今岁花期消息定，只愁风雨无凭准"，盖言荣辱不定，遭谪无常。言外有多少疑惧哀怨，而仍是含蓄不尽。此等处，虽迦陵且不能知，遑论余子！世以《摸鱼子》一首为最佳，亦有见地，但启讥讽之端。陈藏一之"咏雪"，德佑太学生之《百字令》，往往易招衍尤也。

（二）陆游

字务观，山阴人。以荫补登仕郎，隆兴初，赐进士出身。范成大帅蜀，为参议官。人讥其颓放，因自号放翁。有《剑南集》，词二卷。录《水龙吟·春日游摩诃池》一首：

摩诃池上追游路，红绿参差春晚。韶光妍媚，海棠如醉，桃花欲暖。挑菜初闲，禁烟将近，一城丝管。看金鞍争道，香车飞盖，争先占，新亭馆。

惆怅年华暗换，黯消魂、雨收云散。镜查掩月，钗梁拆凤，秦筝斜雁。身在天涯，乱山孤垒，危楼飞观。叹春来只有，杨花和恨，向东风满。

刘潜夫云："放翁、稼轩，一扫纤艳，不事斧凿，但时时掉书袋，要是一癖。"余谓务观与稼轩，不可并列。放翁豪放处不多，今传诵最著者，如《双头莲》《鹊桥仙》《真珠帘》等，字字馨逸，与稼轩大不相同。至《南园》一记，蒙垢今古；《钗头凤》，寄慨家庭。平生家国间，真有隐痛矣。

(三) 李清照

自号易安居士,济南人。格非女,赵明诚妻。有《漱玉集》。录《壶中天》一首:

> 萧条庭院,又斜风细雨,重门须闭。宠柳娇花寒食近,种种恼人天气。险韵诗成,扶头酒醒,别是闲滋味。征鸿过尽,万千心事谁寄。
>
> 楼上几日春寒,帘垂四面,玉阑干慵倚。被冷香消新梦觉,不许愁人不起。清露晨流,新桐初引,多少游春意。日高烟敛,更看今日晴未。

易安词最传人口者,如《如梦令》之"绿肥红瘦",《一剪梅》之"红藕香残",《醉花阴》之"帘卷西风",《凤凰台》之"香冷金猊",世皆谓绝妙好词也。其《声声慢》一首,尤为罗大经、张端义所激赏。其实此词收二语,颇有伧气,非易安集中最胜者。大抵易安诸作,能疏俊而少沉着,即如《永遇乐》"元宵"词,人咸谓绝佳,此事感怀京洛,须有沉痛语方佳。词中如"如今憔悴,风鬟雾鬓,怕向花间重去",固是佳语,而上下文皆不称。上云:"铺翠冠儿,燃金雪柳,簇带争济楚。"下云:"不如向帘儿底下,听人笑语。"皆太质率,明者自能辨之。唯其论词语绝精,因摘录之。其言曰:本朝柳屯田永,变旧声作新声,出《乐章集》,大得声称于世,虽协音律,而词语尘下。又有张子野、宋子京兄弟、沈唐、元绛、晁次膺辈继出,虽时时有妙语,而破碎何足名家。至晏丞相、欧阳永叔、苏子瞻,学际天人,作为小歌词,直如酌蠡水于大海,然皆句读不葺之诗耳,又往往不协音律。(中略)王介甫、曾子固文章似西汉,若作小歌词,则人必绝倒,不可读也。乃知词别是一家,知之者少。后晏叔原、贺方回、黄鲁直出,始能知之。而晏苦无铺叙,贺苦少典重。秦少游专主情致，而少故实，譬如贫家美女，虽极妍丽丰逸，而终乏富贵态。黄即尚故实，而多疵病，譬如良玉有瑕，价自减半矣。其讥弹前辈，能切中其病，世不以为刻论也。至玉壶献金之疑，汝舟改嫁之谬，俞理初、陆刚甫、李莼客辈论之详矣，不赘述。

竹山、后村，仍复论列者，盖以见苏辛词，实不可学，虽宋人且不能佳也。至南宋词人之盛，实多不胜数，讲学家如朱元晦、胡澹庵辈，亦有小词流传。（朱有《水调歌头》，胡有《醉落魄》。）大臣如真德秀、魏了翁、周必大等，又各有乐府名世。（真有《蝶恋花》，魏有《寿词》一卷，周有《省斋近体乐府》。）缁流如仲殊、祖可，羽流如葛长庚、丘长春，所作亦冲雅俊迈。（仲殊有《诉衷情》，祖可有《小重山》，长庚有《醉江月》，长春有《无俗念》。）名妓如苏琼、严蕊，复通词翰，斯已奇矣。（苏有《西江月》，严有《卜算子》《鹊桥仙》等。）至《词苑丛谈》载，李全之子瓘《水龙吟》一首，有"投笔书怀，枕戈待旦，陇西年少"之语，是绿林之豪，亦知柔翰，更不胜胪举也。余故约略论之，聊疏流别而已。

金元明清词概论

前述唐、五代、两宋人之作，为词学极盛之期，自是而后，此道衰矣。金、元诸家，唯吴、蔡、遗山为正，余皆略事声歌，无当雅奏。元人以北词见长，文人心力，仅注意于杂剧，且有以词入曲者，虽有疏斋、仁近、蜕岩诸子，亦非专家之业也。

完颜一朝，立国浅陋，金、宋分界，习尚不同。程学行于南，苏学行于北，一时文物，亦未谓无人。唯前为宋所掩，后为元所压，遂使豪俊无闻，学术未显，识者惜之。然而《中州》一编，悉金源之文献；《归潜》十卷，实艺苑之掌故，稽古者所珍重焉。至论词学，北方较衰，杂剧搊弹盛行，而雅词几废。间有操翰倚声，亦目为习诗余技，远非两宋可比也。综其传作言之，风雅之始，端推海陵，"南征"之作，豪迈无及章宗颖悟，亦多题咏，"聚骨扇"词，一时绝唱。密国公璹，才调尤富，《如庵小稿》，存词百首，宗室才望，此其选矣。至若吴、蔡体行，词风始正，于是黄华、玉峰、稷山二妙，诸家并起，而大集其成，实在《遗山乐府》所集三十六家。

元人以北词登场，而歌词之法遂废。其时作者，如许鲁斋之《满江红》,张弘范之《临江仙》,不过余技及之,非专家之业。即如刘太保之《干荷叶》,冯子振之《鹦鹉曲》,亦为北词小令,非真两宋人之词也。盖入元以来,词曲混而为一。(始自董《西厢》,如《醉落魄》《点绛唇》《哨遍》《沁园春》之类,皆取词名入曲。元人杂剧,仍之不变。)而词之谱法,存者无多,且有词名仍旧,而歌法全非者。是以作家不多,即作亦如长短句之诗,未必如两宋之可按管弦矣。至如解语花之歌《骤雨打新荷》,陈凤仪之歌《一络索》,殊不可见也。总一朝论之,开国之初,若燕公楠、程钜夫、卢疏斋、杨西庵辈,偶及倚声,未扩门户;逮仇仁近振起于钱唐,此道遂盛。赵子昂、虞道园、萨雁门之徒,咸有文彩,而张仲举以绝尘之才,抱忧时之念,一身耆寿,亲见盛衰。故其词婉丽谐和,有南宋之旧格。论者谓其冠绝一时,非溢美也。其后如张埜、倪瓒、顾阿瑛、陶宗仪,又复赓续雅音,缠绵赠答。及邵复孺出,合白石、玉田之长,寄"烟柳斜阳"之感,其《扫花游》《兰陵王》诸作,尤近梦窗,殿步一朝,良无愧怍,此其大较也。

　　论词至明代,可谓中衰之期,探其根源,有数端焉。开国作家,沿伯生、仲举之旧,犹能不乖风雅。永乐以后,两宋诸名家词,皆不显于世,唯《花间》《草堂》诸集,独盛一时。于是才士摸情,辄寄言于闺闼,艺苑定论,亦揭橥于香奁。托体不尊,难言大雅。其蔽一也。明人科第,视若登瀛,其有怀抱冲和,率不入乡党之月旦,声律之学,大率扣槃。迨夫通籍以还,稍事研讨,而艺非素习,等诸面墙。花鸟托其精神,赠答不出台阁,庚寅揽撰,或献以谀词;俳优登场,亦宠以华藻。连章累篇,不外酬应。其蔽二也。又自中叶,王、李之学盛行,坛坫自高,不可一世。微吾、长夜、于鳞,既跋扈于先;才胜、相如、伯玉,复簸扬于后,品题所及,渊膝随之,谫闻下士,狂易成风。守升庵《词品》一编,读弇州《卮言》半册,未悉正变,动肆诋諆。学寿陵邯郸之步,拾温、韦牙后之慧。衣香百合(用修《如梦令》),止崇祚之余音;落英千片(弇州《玉蝴蝶》),亦草堂之坠响。句摭字捃,神明不属。其弊三也。况南词歌讴,遍于海内,白苎新奏，盛推昆山；宁庵吴歈，备传白下。一时才士，竞尚侧艳。美谈极于利禄，雅情拟诸桑濮。以优孟缠达之言，作乐府风雅之什。小虫机杼，义仍只工回文；细雨窗纱，圆海唯长绮语。好行小慧，无当雅言。其蔽四也。作者既雅郑不分，读者亦泾渭莫辨。正声既绝，繁响遂多，删汰之责，是在后贤。

词至清代，可谓极盛之期，唯门户派别，颇有不同。二百八十年中，各遵所尚，虽各不相合，而各具异采也。其始沿明季余习，以《花》《草》为宗，继则竹垞独取南宋，而分虎、符曾佐之，风气为之一变，至樊榭而浙中诸子，咸称彬彬焉。皋文、朗甫，独工寄托，去取之间，号为严密，于是毗陵遂树帜骚坛矣。鹿潭雄才，得白石之清，而俯仰身世，动多感喟，庾信萧瑟，所作愈工，别裁伪体，不附风气，骎骎入两宋之室。幼霞之与小坡，南北不相谋也，而幼霞之严，小坡之精，各抒称心之言，咸负出尘之誉，风尘溷洞，家国飘摇，读其词者，即可知其身世焉。一代才彦，迥出朱明之上。迨及季世，彊村、蘷笙，并称瑜亮，而新亭故国之感，尤非烟柳斜阳所可比拟矣。（朱、况两家，以人皆生存，未便辑入云。）盖尝总而论之：清初辇毂诸公，尊前酒边，借长短句以吐其胸中之气，始而微有寄托，久则务为谐邕。而吴越操觚家，闻风竞起，选者、作者，妍媸糅杂。渔洋数载广陵，实为此道总持。迨纳兰容若才华门地，直欲牢笼一世，享年不永，同声悲惋，此一时也。竹垞以出类之才，平生宗尚，独在乐笑，江湖载酒，尽扫陈言，而一时裙屐，亦知趋武姜、张，叫嚣奔放之风，变而为敦厚温柔之致。二李继轨，更畅宗风，又得太鸿羽翼，如万花谷中，杂以芳杜。扬州二马，太仓诸王，具臻妙品。而东坡词诗，稼轩词论，肮脏激扬之调，遂为世所诟病。此一时也。自樊榭之学盛行，一时作家，咸思拔帜于陈朱之外，又遇大力者负之以趋，窈曲幽深，词格又非昔比。武进张氏，别具论古之怀，大汰言情之作，词非寄托不入。皋文既揭橥于前，言非宛转不工，子远又联骖于后，而黄仲则、左仲甫、恽子居、张翰风辈，操翰铸辞，绝无馁饤之习。又有介存周子，接武毗陵，标赵宋为四家，合诸宗于一轨。其壮气毅力，有非同时哲匠可并者。此一时也。洪、杨之乱，民苦锋镝，《水云》一卷，颇多伤乱之语。以南宋之规模，写江东之兵革，平生自负，接步风骚。论其所造，直得石帚神理。复堂雅制，品骨高骞，窥其胸中，殆将独秀。而艺非专嗜，难并鹿潭。《箧中词》品题所及，亦具巨眼，开比兴之端，结浙中之局，礼义不愆，根柢具在。月坡樵风，无所不赅。持较半塘，未云才弱。其精到之处，雅近玉田。而《茗雅》一卷，又有《狡童》《离黍》之悲焉。此又一时也。至于论律诸家，亦以清代为胜，红友订词，实开橐钥；顺卿论韵，亦推输墨。而其所作，率皆颓唐，不称其才。岂知者未必工，工者未必尽知之欤？

第六章

元杂剧

王国维

王国维 （1877—1927）
北京大学国学门通讯导师

初名德桢，字静安。浙江杭州府海宁人，中国学者、国学大师。中国新学术的开拓者，连接中西美学的大家，在文学、美学、史学、哲学、金石学、甲骨文、考古学等领域成就卓著。王国维精通英文、德文、日文，使他在研究宋元戏曲史时独树一帜，成为用西方文学原理批评中国旧文学的第一人。

元杂剧之渊源

宋金之所谓杂剧院本者，其中有滑稽戏，有正杂剧，有艳段，有杂班，又有种种技艺游戏。其所用之曲，有大曲，有法曲，有诸宫调，有词，其名虽同，而其实颇异。至成一定之体段，用一定之曲调，而百余年间无敢逾越者，则元杂剧是也。元杂剧之视前代戏曲之进步，约而言之，则有二焉。宋杂剧中用大曲者几半。大曲之为物，遍数虽多，然通前后为一曲，其次序不容颠倒，而字句不容增减，格律至严，故其运用亦颇不便。其用诸宫调者，则不拘于一曲，凡同在一宫调中之曲，皆可用之。顾一宫调中，虽或有联至十余曲者，然大抵用二三曲而止，移宫换韵，转变至多，故于雄肆之处，稍有欠焉。元杂剧则不然，每剧皆用四折，每折易一宫调，每调中之曲，必在十曲以上；其视大曲为自由，而较诸宫调为雄肆。且于正宫之〔端正好〕、〔货郎儿〕、〔煞尾〕，仙吕宫之〔混江龙〕、〔后庭花〕、〔青哥儿〕，南吕宫之〔草池春〕、〔鹌鹑儿〕、〔黄钟尾〕，中吕宫之〔道和〕，双调之〔□□□〕、〔折桂令〕、〔梅花酒〕、〔尾声〕，共十四曲：皆字句不拘，可以增损，此乐曲上之进步也。其二则由叙事体而变为代言体

元杂剧

也。宋人大曲，就其现存者观之，皆为叙事体；金之诸宫调，虽有代言之处，而其大体只可谓之叙事。独元杂剧于科白中叙事，而曲文全为代言。虽宋金时或当已有代言体之戏曲，而就现存者言之，则断自元剧始，不可谓非戏曲上之一大进步也。此二者之进步，一属形式，一属材质，二者兼备，而后我中国之真戏曲出焉。

顾自元剧之进步言之，虽若出于创作者，然就其形式分析观之，则颇不然。元剧所用曲，据周德清《中原音韵》所纪，则黄钟宫二十四章，正宫二十五章，大石调二十一章，小石调五章，仙吕四十二章，中吕三十二章，南吕二十一章，双调一百章，越调三十五章，商调十六章，商角调六章，般涉调八章，都三百三十五章（章即曲也）。而其中小石、商角、般涉三调，元剧中从未用之。故陶九成《辍耕录》（卷二十七）无此三调之曲，仅有正宫二十五章，黄钟十五章，南吕二十章，中吕三十八章，仙吕三十六章，商调十六章，大石十九章，双调六十章，都二百三十章。二者不同。观《太和正音谱》所录，全与《中原音韵》同。则以曲言之，陶说为未备矣。然剧中所用，则出于陶《录》二百三十章外者甚少。此外百余章，不过元人小令套数中用之耳。今就此三百三十五章研究之，则其曲为前此所有者几半。更分析之，则出于大曲者十一：

〔降黄龙衮〕（黄钟）

〔小梁州〕、〔六么遍〕（以上正宫）

〔催拍子〕（大石）

〔伊州遍〕（小石）

〔八声甘州〕、〔六么序〕、〔六么令〕（以上仙吕）

〔普天乐〕（《宋史·乐志》太宗撰大曲，有《平晋普天乐》，此或其略语也）、〔齐天乐〕（以上中吕）

〔梁州第七〕（南吕）。

出于唐宋词者七十有五：

〔醉花阴〕、〔喜迁莺〕、〔贺圣朝〕、〔昼夜乐〕、〔人月圆〕、〔抛球乐〕、〔侍香金童〕、〔女冠子〕（以上黄钟宫）

〔滚绣球〕、〔菩萨蛮〕(以上正宫)

〔归塞北〕(即词之〔望江南〕)、〔雁过南楼〕(晏殊《珠玉词》〔清商怨〕中有此句,其调即词之〔清商怨〕)、〔念奴娇〕、〔青杏儿〕(宋词作〔青杏子〕)、〔还京乐〕、〔百字令〕(以上大石)

〔点绛唇〕、〔天下乐〕、〔鹊踏枝〕、〔金盏儿〕(词作〔金盏子〕)、〔忆王孙〕、〔瑞鹤仙〕、〔后庭花〕、〔太常引〕、〔柳外楼〕(即〔忆王孙〕)(以上仙吕)

〔粉蝶儿〕、〔醉春风〕、〔醉高歌〕、〔上小楼〕、〔满庭芳〕、〔剔银灯〕、〔柳青娘〕、〔朝天子〕(以上中吕)

〔乌夜啼〕、〔感皇恩〕、〔贺新郎〕(以上南吕)

〔驻马听〕、〔夜行船〕、〔月上海棠〕、〔风入松〕、〔万花方三台〕、〔滴滴金〕、〔太清歌〕、〔捣练子〕、〔快活年〕(宋词作〔快活年近拍〕)、〔豆叶黄〕、〔川拨棹〕(宋词作〔拨棹子〕)、〔金盏儿〕、〔也不罗〕(原注即〔野落索〕。按其调即宋词之〔一落索〕也)、〔行香子〕、〔碧玉箫〕、〔骤雨打新荷〕、〔减字木兰花〕、〔青玉案〕、〔鱼游春水〕(以上双调)

〔金蕉叶〕、〔小桃红〕、〔三台印〕、〔耍三台〕、〔梅花引〕、〔看花回〕、〔南乡子〕、〔糖多令〕(以上越调)

〔集贤宾〕、〔逍遥乐〕、〔望远行〕、〔玉抱肚〕、〔秦楼月〕(以上商调)

〔黄莺儿〕、〔踏莎行〕、〔垂丝钓〕、〔应天长〕(以上商角调)

〔哨遍〕、〔瑶台月〕(以上般涉调)

其出于诸宫调中各曲者,二十有八:

〔出队子〕、〔刮地风〕、〔寨儿令〕、〔神仗儿〕、〔四门子〕、〔文如锦〕、〔啄木儿煞〕(以上黄钟)

〔脱布衫〕(正宫)

〔荼蘼香〕、〔玉翼蝉煞〕(以上大石)

〔赏花时〕、〔胜葫芦〕、〔混江龙〕(以上仙吕)

〔迎仙客〕、〔石榴花〕、〔鹘打兔〕、〔乔捉蛇〕(以上中吕)

元杂剧

〔一枝花〕、〔牧羊关〕（以上南吕）

〔搅筝琶〕、〔庆宣和〕（以上双调）

〔斗鹌鹑〕、〔青山口〕、〔凭栏人〕、〔雪里梅〕（以上越调）

〔耍孩儿〕、〔墙头花〕、〔急曲子〕、〔麻婆子〕（以上般涉调）

然则此三百三十五章，出于古曲者一百有十，殆当全数之三分之一。虽其词字句之数，或与古词不同，当由时代迁移之故；其渊源所自，要不可诬也。此外曲名，尚有虽不见于古词曲，而可确知其非创造者如下：

〔六国朝〕（大石）曾敏行《独醒杂志》（卷五）："先君尝言宣和末客京师，街巷鄙人，多歌蕃曲，名曰〔异国朝〕、〔四国朝〕、〔六国朝〕、〔蛮牌序〕、〔蓬蓬花〕等。其言至俚，一时士大夫亦皆歌之。"则汴宋末已有此曲也。

〔憨郭郎〕（大石）《乐府杂录·傀儡子》条云："其引歌舞有郭郎者，发正秃，善优笑，闾里呼为郭郎，凡戏场必在俳儿之首也。"《后山诗话》载杨大年《傀儡诗》："鲍老当筵笑郭郎。"则宋时尚有之，其曲当出宋代也。

〔叫声〕（中吕）《事物纪原》（卷九）《吟叫》条："嘉佑末，仁宗上仙。""四海遏密，故市井初有叫果子之戏。其本盖自至和嘉佑之间叫〔紫苏丸〕，泪乐工杜人经'十叫子'始也。京师凡卖一物，必有声韵，其吟哦俱不同；故市人采其声调，间以词章，以为戏乐也。今盛行于世，又谓之吟哦也。"《梦粱录》（卷二十）："今街市与宅院，往往效京师叫声，以市井诸色歌叫卖合之声，采合宫商，成其词也。"

〔快活三〕（中吕）《东京梦华录》（卷七）：关扑"有名者，任大头、快活三之类"。《武林旧事》（卷二）"舞队"有《快活三郎》《快活三娘》二种，盖亦宋时语也。

〔鲍老儿〕、〔古鲍老〕（中吕）杨文公诗："鲍老当筵笑郭郎。"《武林旧事》（卷二）"舞队"中有《大小砑刀鲍老》《交衮鲍老》，则亦宋时语也。

〔四边静〕（中吕）《云麓漫钞》（卷四）："巾之制，有圆顶、方顶、砖顶、琴顶，秦伯阳又以砖顶服去顶上之重纱，谓之四边净。"则此亦宋时语也。

〔乔捉蛇〕（中吕）《武林旧事》（卷二）"舞队"中有《乔捉蛇》，金人院本名目中，亦有《乔捉蛇》一本。

〔拨不断〕（仙吕）《武林旧事》（卷六）"唱〔拨不断〕"有张胡子、黄三二人，则亦宋时旧曲也。

〔太平令〕（仙吕）《梦粱录》（卷二十）："绍兴年间，有张五牛大夫，因听动鼓板中有〔太平令〕或赚鼓板"，"遂撰为赚"。则亦宋时旧曲也。

此上十章，虽不见于现存宋词中，然可证其为宋代旧曲，或为宋时习用之语，则其有所本，盖无可疑。由此推之，则其他二百十余章，其为宋金旧曲者，当复不鲜，特无由证明之耳。

虽元剧诸曲配置之法，亦非尽由创造。《梦粱录》谓宋之缠达，引子后只有两腔，迎互循环。今于元剧仙吕宫、正宫中曲，实有用此体例者。今举其例：如马致远《陈抟高卧》剧第一折，（仙吕）第五曲后，实以〔后庭花〕、〔金盏儿〕二曲迎互循环。今举其全折之曲名：

〔仙吕·点绛唇〕、〔混江龙〕、〔油葫芦〕、〔天下乐〕、〔醉中天〕、〔后庭花〕、〔金盏儿〕、〔后庭花〕、〔金盏儿〕、〔醉中天〕、〔金盏儿〕、〔赚煞〕。

郑廷玉《看钱奴买冤家债主》第二折，则其例更明：

〔正宫·端正好〕、〔滚绣球〕、〔倘秀才〕、〔滚绣球〕、〔倘秀才〕、〔滚绣球〕、〔倘秀才〕、〔滚绣球〕、〔倘秀才〕、〔塞鸿秋〕、〔随煞〕。

此中〔端正好〕一曲，当宋缠达中之引子，而以〔滚绣球〕、

元杂剧　299

〔倘秀才〕二曲循环迎互，至于四次，〔随煞〕则当缠达之尾声，唯其上多〔塞鸿秋〕一曲。《陈抟高卧》剧之第四折亦然。其全折之曲名如下：

〔正宫·端正好〕、〔滚绣球〕、〔倘秀才〕、〔滚绣球〕、〔倘秀才〕、〔叨叨令〕、〔倘秀才〕、〔滚绣球〕、〔倘秀才〕、〔滚绣球〕、〔倘秀才〕、〔三煞〕、〔二煞〕、〔煞尾〕。

元刊无名氏《张千替杀妻》杂剧第二折亦同：

〔端正好〕、〔滚绣球〕、〔倘秀才〕、〔滚绣球〕、〔倘秀才〕、〔滚绣球〕、〔倘秀才〕、〔滚绣球〕、〔叨叨令〕、〔尾声〕。

此亦皆以〔滚绣球〕、〔倘秀才〕二曲相循环，中唯杂以〔叨叨令〕一曲。他剧正宫曲中之相循环者，亦皆用此二曲，故《中原音韵》于此二曲下皆注"子母调"。此种自宋代缠达出，毫无可疑。可知元剧之构造，实多取诸旧有之形式也。

且不独元剧之形式为然，即就其材质言之，其取诸古剧者不少。兹列表以明之：

元杂剧		宋官本杂剧	金院本名目	其他
作者	剧名			
关汉卿	姑苏台范蠡进西施		范蠡	董颖薄媚大曲
同	包待制三勘蝴蝶梦		蝴蝶梦	
同	隋炀帝牵龙舟		牵龙舟	
同	刘盼盼闹衡州		刘盼盼	
高文秀	刘先主襄阳会		襄阳会	

续表

元杂剧 作者	元杂剧 剧名	宋官本杂剧	金院本名目	其他
白朴	鸳鸯简墙头马上（一作裴少俊墙头马上）	裴少俊伊州	鸳鸯简墙头马	
同	崔护谒浆	崔护六么 崔护逍遥乐		
庾天锡	隋炀帝风月锦帆舟		牵龙舟	
同	薛昭误入兰昌宫		兰昌宫	
同	封鹭先生骂上元	封陟中和乐		
李文蔚	蔡逍遥醉写石州慢		蔡消遥	
李直夫	尾生期女浸蓝桥		浸蓝桥	
吴昌龄	唐三藏西天取经		唐三藏	
同	张天师断风花雪月	风花雪月爨	风花雪月	
王实父	韩彩云丝竹芙蓉亭		芙蓉亭	
同	崔莺莺待月西厢记	莺莺六么		董解元西厢诸宫调
李寿卿	船子和尚秋莲梦		船子和尚 四不犯	
尚仲贤	海神庙王魁负桂英	王魁三乡题		宋末有王魁戏文
同	凤皇坡越娘背灯	越娘道人欢		
同	洞庭湖柳毅传书	柳毅大圣乐		
同	崔护谒浆	（见前）		
同	张生煮海		张生煮海	
史九敬先	花间四友庄周梦		庄周梦	
郑光祖	崔怀宝月夜闻筝		月夜闻筝	

元杂剧　301

续表

元杂剧		宋官本杂剧	金院本名目	其他
作者	剧名			
范康	曲江池杜甫游春		杜甫游春	
沈和	徐驸马乐昌分镜记			南宋有乐昌分镜戏文
周文质	孙武子教女兵			宋舞队有孙武子教女兵
赵善庆	孙武子教女兵			同上
无名氏	朱砂担滴水浮沤记	浮沤传永成双 浮沤暮云归		
同	逞风流王焕百花亭			宋末有王焕戏文
同	双斗医		双斗医	
同	十样锦诸葛论功		十样锦	

今元剧目录之见于《录鬼簿》《太和正音谱》者，共五百余种。而其与古剧名相同，或出于古剧者，共三十二种。且古剧之目，存亡恐亦相半，则其相同者，想尚不止于此也。

由元剧之形式材料两面研究之，可知元剧虽有特色，而非尽出于创造；由是其创作之时代，亦可得而略定焉。

元剧之时地

元杂剧之体，创自何人，不见于纪载。钟嗣成《录鬼簿》所著录，以关汉卿为首。宁献王《太和正音谱》以马致远为首。然《正音谱》之评曲也，于关汉卿则云："观其词语，乃可上可下之才；盖所以取者，初为杂剧之始，故卓以前列。"盖《正音谱》之次第，以词之甲乙论，而非以时代之先后。其以汉卿为杂剧之始，固与《录鬼簿》同也。汉卿时代，颇多异说。杨铁崖《元宫词》云："开国遗音乐府传，白翎飞上十三弦，大金优谏关卿在，《伊尹扶汤》进剧编。"此关卿当指汉卿而言。虽《录鬼簿》所录汉卿杂剧六十本中，无《伊尹扶汤》，而郑光祖所作杂剧目中有之。然马致远《汉宫秋》杂剧中有云："不说它《伊尹扶汤》，则说那《武王伐纣》。"按《武王伐纣》乃赵文殷所作杂剧，则《伊尹扶汤》亦必为杂剧之名。马致远时代，在汉卿之后，郑光祖之前，则其所云《伊尹扶汤》剧，自当为关氏之作，而非郑氏之作。其不见于《录鬼簿》者，亦犹其所作《窦娥冤》《续西厢》等，亦未为钟氏所著录也。杨诗云云，正指汉卿，则汉卿固逮事金源矣。《录鬼簿》云："汉卿，大都人，太医院尹。"明蒋仲舒《尧山

元杂剧　303

堂外纪》(卷六十八)则云："金末为太医院尹,金亡不仕。"则不知所据。据《辍耕录》(卷二十三)则汉卿于中统初尚存。按自金亡至元中统元年,凡二十六年。果使金亡不仕,则似无于元代进杂剧之理。宁视汉卿生于金代,仕元,为太医院尹,为稍当也。又《鬼董》五卷末,有元泰定丙寅临安钱孚跋,云"关解元之所传",后人皆以解元为即汉卿。《尧山堂外纪》遂误以此书为汉卿所作。钱氏《元史艺文志》仍之。按解元之称,始于唐;而其见于正史也,始于《金史·选举志》。金人亦喜称人为解元,如董解元是已。则汉卿得解,自当在金末。若元则唯太宗九年(金亡后三年)秋八月一行科举,后废而不举者七十八年。至仁宗延祐元年八月,始复以科目取士,遂为定制。故汉卿得解,即非在金世,亦必在蒙古太宗九年。至世祖中统之初,固已垂老矣。杂剧苟为汉卿所创,则其创作之时,必在金天兴与元中统间二三十年之中,此可略得而推测者也。

《正音谱》虽云汉卿为杂剧之始,然汉卿同时,杂剧家业已辈出,此未必由新体流行之速,抑由元剧之创作诸家亦各有所尽力也。据《录鬼簿》所载,于杨显之则云"与汉卿莫逆交,凡有珠玉,与公较之";于费君祥则云"与汉卿交,有《爱女论》行于世";于梁进之则云"与汉卿世交"。又如红字李二、花李郎二人,皆注教坊刘耍和婿。按《辍耕录》所载院本名目,前章既定为金人之作,而云教坊魏、武、刘三人鼎新编辑,刘疑即刘耍和。金李治敬斋《古今黈》(卷一)云:"近者伶官刘子才,蓄才人隐语数十卷。"疑亦此人,则其人自当在金末,而其婿之时代,当与汉卿不甚相远也。他如石子章,则《元遗山诗集》(卷九)有答石子章兼送其行七律一首;李庭《寓庵集》(卷二)亦有送石子章北上七律一首。按寓庵生于金承安三年,卒于元至元十三年,其年代与遗山略同。如杂剧家之石子章,即《遗山》《寓庵集》中之人,则亦当与汉卿同时矣。

此外与汉卿同时者,尚有王实父。《西厢记》五剧,《录鬼簿》属之实父。后世或谓王作,而关续之(都穆《南濠诗话》,王世贞《艺苑卮言》);或谓关作,而王续之者(《雍熙乐府》卷十九,载无名氏

《西厢十咏》)。然元人一剧，如《黄粱梦》《骗䩥裘》等，恒以数人合作，况五剧之多乎？且合作者，皆同时人，自不能以作者与续者定时代之先后也。则实父生年，固不后于汉卿。又汉卿有《闺怨佳人拜月亭》一剧，实父亦有《才子佳人拜月亭》剧，其所谱者乃金南迁时事，事在宣宗贞佑之初，距金亡二十年。或二人均及见此事，故各有此本欤。

此外元初杂剧家，其时代确可考者，则有白仁甫朴。据元王博文《天籁集序》谓："仁甫年甫七岁，遭壬辰之难。"又谓："中统初，开府史公，将以所业荐之于朝。"按壬辰为金哀宗天兴元年，时仁甫年七岁，则至中统元年庚辰，年正三十五岁，故于至元一统后，尚游金陵。盖视汉卿为后辈矣。

由是观之，则元剧创造之时代，可得而略定矣。至有元一代之杂剧，可分为三期：一、蒙古时代：此自太宗取中原以后，至至元一统之初。《录鬼簿》卷上所录之作者五十七人，大都在此期中。（中如马致远、尚仲贤、戴善甫，均为江浙行省务官，姚守中为平江路吏，李文蔚为江州路瑞昌县尹，赵天锡为镇江府判，张寿卿为浙江省掾史，皆在至元一统之后。侯正卿亦曾游杭州，然《录鬼簿》均谓之前辈名公才人，与汉卿无别，或其游宦江浙，为晚年之事矣。）其人皆北方人也。二、一统时代：则自至元后至至顺后至元间，《录鬼簿》所谓"已亡名公才人，与余相知或不相知者"是也。其人则南方为多，否则北人而侨寓南方者也。三、至正时代：《录鬼簿》所谓"方今才人"是也。此三期，以第一期之作者为最盛，其著作存者亦多，元剧之杰作大抵出于此期中。至第二期，则除宫天挺、郑光祖、乔吉三家外，殆无足观，而其剧存者亦罕。第三期则存者更罕，仅有秦简夫、萧德祥、朱凯、王晔五剧，其去蒙古时代之剧远矣。

就诸家之时代，今取其有杂剧存于今者，著之。

第一期

关汉卿　杨显之　张国宝（一作国宾）　石子章　王实父　高文秀　郑廷玉　白朴　马致远　李文蔚　李直夫　吴昌龄　武汉臣　王

仲文　李寿卿　尚仲贤　石君宝　纪君祥　戴善甫　李好古　孟汉卿　李行道　孙仲章　岳伯川　康进之　孔文卿　张寿卿

第二期

杨梓　宫天挺　郑光祖　范康　金仁杰　曾瑞　乔吉

第三期

秦简夫　萧德祥　朱凯　王晔

此外如王子一、刘东生、谷子敬、贾仲名、杨文奎、杨景言、汤式，其名均不见《录鬼簿》。《元曲选》于谷子敬、贾仲名诸剧，皆云元人，《太和正音谱》则直以为明人。按王刘诸人不见他书；唯贾仲名则元人有同姓名者。《元史·贾居贞传》："居贞字仲明，真定获鹿人，官至江西行省参知政事。卒于至元十七年，年六十三。"则尚为元初人，似非作曲之贾仲名。且《正音谱》宁献王所作，纪其同时之人，当无大谬。又谷贾二人之曲，虽气骨颇高，而伤于绮丽，颇于元曲不类；则视为明初人，当无大误也。

更就杂剧家之里居研究之，则如下表。

大都	中书省所属	河南江北等处行中书省所属	江浙等处行中书省所属
关汉卿	李好古 保定　陈无妄 东平	赵天锡 汴梁	金仁杰 杭州
王实父	彭伯威 同　王廷秀 益都		范康 同
庾天锡	白朴 真定　武汉臣 济南	陆显之 汴梁	沈和
马致远	李文蔚 同　岳伯川 同	钟嗣成 汴梁	鲍天祐 同
王仲文	尚仲贤 同　康进之 棣州	姚守中 洛阳	陈以仁 同
杨显之	戴善甫 同　吴昌龄 西京	孟汉卿 亳州	范居中 同
	李寿卿 太原		
纪君祥	侯正卿 同　刘唐卿 同	张鸣善 扬州	施惠 同
费君祥	史九敬先 同　乔吉甫 西京	孙子羽 同	黄天泽 同

续表

大都	中书省所属	河南江北等处行中书省所属	江浙等处行中书省所属
费唐臣	江泽民 同　石君宝 平阳		沈拱 同
张国宝	郑廷玉 彰德　于伯渊 同		周文质 同
石子章	赵公辅 同		萧德祥 同
李宽甫	赵文殷 同　狄君厚 同		陆登善 同
梁进之	陈宁甫 大名　孔文卿 同		王晔 同
孙仲章	李进取 同　郑光祖 同		王仲元 同
赵明道	宫天挺 同　李行甫 同		杨梓 嘉兴
李子中	高文秀 东平		
李时中	张时起 同		
曾瑞	顾仲清 同		
	张寿卿 同		
王伯成 涿州	赵良弼 同		

更就杂剧家之里居研究之，六十二人中，北人四十九，而南人十三。而北人之中，中书省所属之地，即今直隶、山东西产者，又得四十六人。而其中大都产者，十九人；且此四十六人中，其十分之九，为第一期之杂剧家，则杂剧之渊源地，自不难推测也。又北人之中，大都之外，以平阳为最多。其数当大都之五分之二。按《元史·太宗纪》："太宗二七年，耶律楚材请立编修所于燕京，经籍所于平阳，编集经史，至世祖至元二年，始徙平阳经籍所于京师。"则元初除大都外，此为文化最盛之地，宜杂剧家之多也。至中叶以后，则剧家悉为杭州人。中如宫天挺、郑光祖、曾瑞、乔吉、秦简夫、钟嗣成等，虽为北籍，亦均久居浙江。盖杂剧之根本地，已移而至南方，岂非以南宋旧都，文化颇盛之故欤？

元杂剧　307

元初名臣中有作小令套数者，唯杂剧之作者，大抵布衣，否则为省掾令史之属。蒙古色目人中，亦有作小令套数者，而作杂剧者，则唯汉人（其中唯李直夫为女真人）。盖自金末重吏，自掾史出身者，其任用反优于科目。至蒙古灭金，而科目之废，垂八十年，为自有科目来未有之事。故文章之士，非刀笔吏无以进身；则杂剧家之多为掾史，固自不足怪也。沈德符《万历野获编》（卷二十五）及臧懋循《元曲选序》均谓蒙古时代，曾以词曲取士，其说固诞妄不足道。余则谓元初之废科目，却为杂剧发达之因。盖自唐宋以来，士之竞于科目者，已非一朝一夕之事，一旦废之，彼其才力无所用，而一于词曲发之。且金时科目之学，最为浅陋（观刘祁《归潜志》卷七、八、九数卷可知）。此种人士，一旦失所业，固不能为学术上之事，而高文典册，又非其所素习也。适杂剧之新体出，遂多从事于此；而又有一二天才出于其间，充其才力，而元剧之作，遂为千古独绝之文字。然则由杂剧家之时代爵里，以推元剧创造之时代，及其发达之原因，如上所推论，固非想象之说也。

元剧之结构

元剧以一宫调之曲一套为一折。普通杂剧，大抵四折，或加楔子。按《说文》（六）："楔，櫼也。"今木工于两木间有不固处，则斫木札入之，谓之楔子，亦谓之櫼。杂剧之楔子亦然。四折之外，意有未尽，则以楔子足之。昔人谓北曲之楔子，即南曲之引子，其实不然。元剧楔子，或在前，或在各折之间，大抵用〔仙吕·赏花时〕或〔端正好〕二曲。唯《西厢记》第二剧中之楔子，则用〔正宫·端正好〕全套，与一折等，其实亦楔子也。除楔子计之，仍为四折。唯纪君祥之《赵氏孤儿》，则有五折，又有楔子，此为元剧变例。又张时起之《赛花月秋千记》，今虽不存，然据《录鬼簿》所纪，则有六折。此外无闻焉。若《西厢记》之二十折，则自五剧构成，合之为一，分之则仍为五。此在元剧中亦非仅见之作。如吴昌龄之《西游记》，其书至国初尚存，其著录于《也是园书目》者云四卷，见于曹寅《楝亭书目》者云六卷。明凌蒙初《西厢序》云"吴昌龄《西游记》有六本"，则每本为一卷矣。凌氏又云："王实父《破窑记》《丽春园》《贩茶船》《进梅谏》《于公高门》，各有二本。关汉卿《破窑记》《浇花旦》，亦有二本。"此必与《西厢记》同一体例。此外《录鬼簿》所载：如李文蔚有《谢安东山高卧》，下注云"赵公辅次本"，而于赵公辅之《晋谢安东山高卧》下，则注云"次本"；武汉臣有《虎牢关三战吕布》，下注云"郑德辉次本"，而于郑德辉此剧下，则注云"次本"。盖李武二人作前本，而赵郑续之，以成一全体者也。余如武汉臣之《曹伯明错勘赃》，尚仲贤之《崔护谒浆》，赵子祥之《太祖夜斩石守信》《风月害夫人》，赵文殷之《宦门子弟错立身》，金仁杰之《蔡琰还朝》，皆注"次本"。虽不言所续何人，当亦续《西厢记》之类。然此不过增多剧数，而每剧之以四折为率，则固无甚出入也。

　　杂剧之为物，合动作、言语、歌唱三者而成。故元剧对此三者，各有其相当之物。其纪动作者，曰科；纪言语者，曰宾、曰白；纪所歌唱者，曰曲。元剧中所纪动作，皆以科字终。后人与白并举，谓之科白，其实自为二事。《辍耕录》纪金人院本，谓教坊"魏、武、刘三人，鼎新编辑，魏长于念诵，武长于筋斗，刘长于科泛"；科泛或即指动作而言也。宾白，则余所见周宪王自刊杂剧，每剧题目下，即有全宾字样。明姜南《抱璞简记》（《续说郛》卷十九）曰："北曲中有全宾全白。两人相说曰宾，一人自说曰白。"则宾白又有别矣。臧氏《元曲选序》云："或谓元取士有填词科，（中略）主司所定题目外，止曲名及韵耳。其宾白，则演剧时伶人自为之，故多鄙俚蹈袭之语。"填词取士说之妄，今不必辨。至谓宾白为伶人自为，其说亦颇难通。元剧之词，大抵曲白相生；苟不兼作白，则曲亦无从作，此最易明之理也。今就其存者言之，则《元曲选》中百种，无不有白，此犹可诬为明人之作也。然白中所用之语，如马致远《荐福碑》剧中之"曳剌"，郑光祖《王粲登楼》剧中之"点汤"，一为辽金人语，一为宋人语，明人已无此语，必为当时之作无疑。至《元刊杂剧三十种》，则有曲无白者诚多；然其与《元曲选》复出者，字句亦略相同，而有曲白相生之妙，恐坊间刊刻时，删去其白，如今日坊刊脚本然。盖白则人人皆知，而曲则听者不能尽解。此种刊本，当为供观剧者之便故也。且元剧中宾白，鄙俚蹈袭者固多，然其杰作如《老生儿》等，其妙处全在于白。苟去其白，则其曲全无意味。欲强分为二人之作，安可得也。且周宪王时代，去元未远，观其所自刊杂剧，曲白俱全，则元剧亦当如此。愈以知臧说之不足信矣。

元剧每折唱者，只限一人，若末，若旦；他色则有白无唱，若唱，则限于楔子中；至四折中之唱者，则非末若旦不可。而末若旦所扮者，不必皆为剧中主要之人物；苟剧中主要之人物，于此折不唱，则亦退居他色，而以末若旦扮唱者，此一定之例也。然亦有出于例外者，如关汉卿之《蝴蝶梦》第三折，则旦之外，俫儿亦唱；尚仲贤之《气英布》第四折，则正末扮探子唱，又扮英布唱；张国宾之《薛仁贵》第三折，则丑扮禾旦上唱，正末复扮伴哥唱；范子安之《竹叶舟》第三折，则首列御寇唱，次正末唱。然《气英布》剧探子所唱，已至尾声，故元刊本及《雍熙乐府》所选，皆至尾声而止，后三曲或后人所加。《蝴蝶梦》《薛仁贵》中，俫及丑所唱者，既非本宫之曲，且刊本中皆低一格，明非曲。《竹叶舟》中，列御寇所唱，明曰道情，至下〔端正好〕曲，乃入正剧。盖但以供点缀之用，不足破元剧之例也。唯《西厢记》第一、第四、第五剧之第四折，皆以二人唱。今《西厢》只有明人所刊，其为原本如此，抑由后人窜入，则不可考矣。

元剧脚色中，除末、旦主唱，为当场正色外，则有净有丑；而末、旦二色，支派弥繁。今举其见于元剧者，则末有外末、冲末、二末、小末，旦有老旦、大旦、小旦、旦俫、色旦、搽旦、外旦、贴旦等。《青楼集》云："凡妓以墨点破其面为花旦。"元剧中之色旦、搽旦，殆即是也。元剧有外旦、外末，而又有外；外则或扮男，或扮女，当为外末、外旦之省。外末、外旦之省为外，犹贴旦之后省为贴也。按《宋史·职官志》："凡直馆院则谓之馆职，以他官兼者谓之贴职。"又《武林旧事》（卷四）"干淳教坊乐部"，有"衙前"，有"和顾"；而和顾人中，如朱和、蒋宁、王原全下，皆注云"次贴衙前"，意当与贴职之贴同，即谓非衙前而充衙前（衙前谓临安府乐人）也。然则曰冲、曰外、曰贴，均系一义，谓于正色之外，又加某色，以充之也。此外见于元剧者，以年龄言，则有若字老、卜儿、俫儿，以地

元杂剧　311

位职业言，则有若孤、细酸、伴哥、禾旦、曳剌、邦老，皆有某色以扮之；而其身则非脚色之名，与宋金之脚色无异也。

元剧中歌者与演者之为一人，固不待言。毛西河《词话》，独创异说，以为演者不唱，唱者不演。然《元曲选》各剧，明云末唱、旦唱，《元刊杂剧》亦云"正末开"，或"正末放"，则为旦、末自唱可知。且毛氏"连厢"之说，元明人著述中从未见之，疑其言犹蹈明人杜撰之习。即有此事，亦不过演剧中之一派，而不足以概元剧也。

演剧时所用之物，谓之砌末。焦理堂《易余钥录》（卷十七）曰："《辍耕录》有诸杂砌之目，不知所谓。按元曲《杀狗劝夫》，祇从取砌末上，谓所埋之死狗也。《货郎旦》外旦取砌末付净科，谓金银财宝也。《梧桐雨》正末引宫娥挑灯拿砌末上，谓七夕乞巧筵所设物也。《陈抟高卧》外扮使臣引卒子捧砌末上，谓诏书帛也。《冤家债主》和尚交砌末科，谓银也。《误入桃源》正末扮刘晨，外扮阮肇带砌末上，谓行李包裹或采药器具也。又净扮刘德引沙三、王留等将砌末上，谓春社中羊酒纸钱之属也。"余谓焦氏之解砌末是也。然以之与杂砌相牵合，则颇不然。杂砌之解，已见上文，似与砌末无涉。砌末之语，虽始见元剧，必为古语。按宋无名氏《续墨客挥犀》（卷七）云："问今州郡有公宴，将作曲，伶人呼细末将来，此是何义？对曰：凡御宴进乐，先以弦声发之，然后众乐和之，故号丝抹将来。今所在起曲，遂先之以竹声，不唯讹其名，亦失其实矣。"又张表臣《珊瑚钩诗话》（卷二）亦云："始作乐必曰丝抹将来，亦唐以来如是。"余疑砌末或为细末之讹。盖丝抹一语，既讹为细末，其义已亡，而其语独存，遂误视为将某物来之意，因以指演剧时所用之物耳。

元剧之文章

元杂剧之为一代之绝作,元人未之知也。明之文人始激赏之,至有以关汉卿比司马子长者(韩文靖邦奇)。三百年来,学者文人,大抵屏元剧不观。其见元剧者,无不加以倾倒。如焦里堂《易余钥录》之说,可谓具眼矣。焦氏谓一代有一代之所胜,欲自楚骚以下,撰为一集,汉则专取其赋,魏晋六朝至隋,则专录其五言诗,唐则专录其律诗,宋专录其词,元专录其曲。余谓律诗与词,固莫盛于唐宋,然此二者果为二代文学中最佳之作否,尚属疑问。若元之文学,则固未有尚于其曲者也。元曲之佳处何在?一言以蔽之,曰:自然而已矣。古今之大文学,无不以自然胜,而莫著于元曲。盖元剧之作者,其人均非有名位学问也;其作剧也,非有藏之名山,传之其人之意也。彼以意兴之所至为之,以自娱娱人。关目之拙劣,所不问也;思想之卑陋,所不讳也;人物之矛盾,所不顾也。彼但摹写其胸中之感想,与时代之情状,而真挚之理,与秀杰之气,时流露于其间。故谓元曲为中国最自然之文学,无不可也。若其文字之自然,则又为其必然之结果,抑其次也。

明以后传奇，无非喜剧，而元则有悲剧在其中。就其存者言之，如《汉宫秋》《梧桐雨》《西蜀梦》《火烧介子推》《张千替杀妻》等，初无所谓先离后合、始困终亨之事也。其最有悲剧之性质者，则如关汉卿之《窦娥冤》，纪君祥之《赵氏孤儿》，剧中虽有恶人交构其间，而其蹈汤赴火者，仍出于其主人翁之意志，即列之于世界大悲剧中，亦无愧色也。

元剧关目之拙，固不待言。此由当日未尝重视此事，故往往互相蹈袭，或草草为之。然如武汉臣之《老生儿》，关汉卿之《救风尘》，其布置结构，亦极意匠惨淡之致，宁较后世之传奇，有优无劣也。

然元剧最佳之处，不在其思想结构，而在其文章。其文章之妙，亦一言以蔽之，曰：有意境而已矣。何以谓之有意境？曰：写情则沁人心脾，写景则在人耳目，述事则如其口出是也。古诗词之佳者无不如是，元曲亦然。明以后，其思想结构尽有胜于前人者，唯意境则为元人所独擅。兹举数例以证之。其言情述事之佳者，如关汉卿《谢天香》第三折：

〔正宫·端正好〕我往常在风尘，为歌妓，不过多见了几个筵席，回家来仍作个自由鬼；今日倒落在无底磨牢笼内！

马致远《任风子》第二折：

〔正宫·端正好〕添酒力晚风凉，助杀气秋云暮，尚兀自脚趔趄醉眼模糊。他化的我一方之地都食素，单则俺杀生的无缘度。

语语明白如画，而言外有无穷之意。又如《窦娥冤》第二折：

〔斗虾蟆〕空悲戚，没理会，人生死，是轮回。感着这般病疾，值着这般时势，可是风寒暑湿，或是饥饱劳役；各人证候自知，人命关天关地，别人怎生替得？寿数非干一世。相守三朝五夕，说甚一家一计。又无羊酒缎匹，又无花红财礼，把手为活过日，撒手如同休弃。不是窦娥忤逆，生怕旁人论议。不如听咱劝你，认个自家悔气。割舍的一具棺材停置，几件布帛收拾，出了咱家门里，送入他家坟地。这不是你那从小儿年纪，指脚的夫妻，我其实不关亲，无半点凄怆泪。休得要心如醉，意似痴，便这等嗟嗟怨怨，哭哭啼啼。

此一曲直是宾白，令人忘其为曲。元初所谓当行家，大率如此；至中叶以后，已罕觏矣。其写男女离别之情者，如郑光祖《倩女离魂》第三折：

〔醉春风〕空服遍瞒眩药不能痊，知他这腌臜病何日起。要好时直等的见他时，也只为这症候因他上得。得。一会家缥缈呵，忘了魂灵；一会家精细呵，使着躯壳；一会家混沌呵，不知天地。

〔迎仙客〕日长也愁更长，红稀也信尤稀，春归也奄然人未归。我则道相别也数十年，我则道相隔着数万里，为数归期，则那竹院里刻遍琅玕翠。

此种词如弹丸脱手，后人无能为役；唯南曲中《拜月》《琵琶》差能近之。至写景之工者，则马致远之《汉宫秋》第三折：

〔梅花酒〕呀！对着这迥野凄凉，草色已添黄，兔起早迎霜。犬褪得毛苍，人擞起缨枪，马负着行装，车运着糇粮，打猎起围场。他他他伤心辞汉主，我我我携手上河梁。他部从，入穷荒；我銮舆，返咸阳。返咸阳，过宫墙；过宫

元杂剧　315

墙，绕回廊；绕回廊，近椒房；近椒房，月昏黄；月昏黄，夜生凉；夜生凉，泣寒螀；泣寒螀，绿纱窗；绿纱窗，不思量。〔收江南〕呀！不思量，便是铁心肠，铁心肠也愁泪滴千行；美人图今夜挂昭阳，我那里供养，便是我高烧银烛照红妆。

（尚书云）陛下回銮罢，娘娘去远了也。（驾唱）

〔鸳鸯煞〕我煞大臣行，说一个推辞谎，又则怕笔尖儿那火编修讲。不见那花朵儿精神，怎趁那草地里风光。唱道伫立多时，徘徊半晌，猛听的塞雁南翔，呀呀的声嘹亮，却原来满目牛羊，是兀那载离恨的毡车半坡里响。

以上数曲，真所谓写情则沁人心脾，写景则在人耳目，述事则如其口出者。第一期之元剧，虽浅深大小不同，而莫不有此意境也。

古代文学之形容事物也，率用古语，其用俗语者绝无。又所用之字数亦不甚多。独元曲以许用衬字故，故辄以许多俗语或以自然之声音形容之。此自古文学上所未有也。兹举其例，如《西厢记》第四剧第四折：

〔雁儿落〕绿依依墙高柳半遮，静悄悄门掩清秋夜，疏剌剌林梢落叶风，昏惨惨云际穿窗月。
〔得胜令〕惊觉我的是颤巍巍竹影走龙蛇，虚飘飘庄周梦蝴蝶，絮叨叨促织儿无休歇，韵悠悠砧声儿不断绝；痛煞煞伤别，急煎煎好梦儿应难舍，冷清清的咨嗟，娇滴滴玉人儿何处也？

此犹仅用三字也。其用四字者，如马致远《黄粱梦》第四折：

〔叨叨令〕我这里稳丕丕土炕上迷颩没腾的坐，那婆婆将粗剌剌陈米喜收希和的簸，那蹇驴儿柳阴下舒着足乞留恶滥的卧,那汉子去脖项上婆婆没索的摸。你则早醒来了也么哥,你则早醒来了也么哥,可正是窗前弹指时光过。

其更奇绝者,则如郑光祖《倩女离魂》第四折:

〔古水仙子〕全不想这姻亲是旧盟,则待教祆庙火刮刮匝匝烈焰生。将水面上鸳鸯忒楞楞腾分开交颈,疏剌剌沙鞴雕鞍撒了锁鞓,厮琅琅汤偷香处喝号提铃,支楞楞争弦断了不续碧玉筝,吉丁丁珰精砖上摔破菱花镜,扑通通东井底坠银瓶。

又无名氏《货郎旦》剧第三折,则用叠字,其数更多。

〔货郎儿六转〕我则见黯黯惨惨天涯云布,万万点点潇湘夜雨;正值着窄窄狭狭沟沟堑堑路崎岖,黑黑黯黯彤云布,赤留赤律潇潇洒洒断断续续,出出律律忽忽鲁鲁阴云开处,霍霍闪闪电光星注;正值着飕飕摔摔风,淋淋渌渌雨,高高下下四四答答一水模糊,扑扑簌簌湿湿渌渌疏林人物,却便似一幅惨惨昏昏潇湘水墨图。

由是观之,则元剧实于新文体中自由使用新言语。在我国文学中,于《楚辞》、内典外,得此而三。然其源远在宋金二代,不过至元而大成。其写景抒情述事之美,所负于此者,实不少也。

元曲分三种,杂剧之外,尚有小令、套数。小令只用一曲,与宋词略同。套数则合一宫调中诸曲为一套,与杂剧之一折略同。但杂剧以代言为事,而套数则以自叙为事,此其所以异也。元人小令套数之佳,亦不让于其杂剧。兹各录其最佳者一篇,以示其例,略可以见元人之能事也。

小令

〔天净沙〕(无名氏。此词《庶斋老学丛谈》及元刊《乐府新声》,均不著名氏,《尧山堂外纪》以为马致远撰,朱竹垞《词综》仍之,不知何据。)

枯藤老树昏鸦,小桥流水人家,古道西风瘦马,夕阳西下,断肠人在天涯。

套数

《秋思》(马致远。见元刊《中原音韵》《乐府新声》)

〔双调·夜行船〕百岁光阴如梦蝶,重回首往事堪嗟!昨日春来,今朝花谢,急罚盏夜阑灯灭。

〔乔木查〕秦宫汉阙,做衰草牛羊野,不恁渔樵无话说。纵荒坟横断碑,不辨龙蛇。

〔庆宣和〕投至狐踪与兔穴,多少豪杰,鼎足三分半腰折,魏耶?晋耶?

〔落梅风〕天教富,不待奢,无多时好天良夜,看钱奴硬将心似铁,空辜负锦堂风月。

〔风入松〕眼前红日又西斜,疾似下坡车,晚来清镜添白雪,上床与鞋履相别。莫笑鸠巢计拙,葫芦提一就装呆。

〔拨不断〕利名竭,是非绝,红尘不向门前惹,绿树偏宜屋角遮,青山正补墙东缺,竹篱茅舍。

〔离亭宴煞〕蛩吟罢一枕才宁贴,鸡鸣后万事无休歇,算名利何年是彻!密匝匝蚁排兵,乱纷纷蜂酿蜜,闹穰穰蝇争血。裴公绿野堂,陶令白莲社,爱秋来那些?和露滴黄花,带霜烹紫蟹,煮酒烧红叶。人生有限杯,几个登高节?嘱付与顽童记者,便北海探吾来,道东篱醉了也。

〔天净沙〕小令,纯是天籁,彷佛唐人绝句。马东篱《秋思》一套,周德清评之以为万中无一,明王元美等亦推为套数中第一,诚定论也。此二体虽与元杂剧无涉,可知元人之于曲,天实纵之,非后世所能望其项背也。

　　元代曲家,自明以来,称关马郑白。然以其年代及造诣论之,宁称关白马郑为妥也。关汉卿一空倚傍,自铸伟词,而其言曲尽人情,字字本色,故当为元人第一。白仁甫、马东篱,高华雄浑,情深文明。郑德辉清丽芊绵,自成馨逸。均不失为第一流。其余曲家,均在四家范围内。唯宫大用瘦硬通神,独树一帜。以唐诗喻之:则汉卿似白乐天,仁甫似刘梦得,东篱似李义山,德辉似温飞卿,而大用则似韩昌黎。以宋词喻之:则汉卿似柳耆卿,仁甫似苏东坡,东篱似欧阳永叔,德辉似秦少游,大用似张子野。虽地位不必同,而品格则略相似也。明宁献王曲品,跻马致远于第一,而抑汉卿于第十。盖元中叶以后,曲家多祖马、郑,而祧汉卿,故宁王之评如是。其实非笃论也。

　　元剧自文章上言之,优足以当一代之文学。又以其自然故,故能写当时政治及社会之情状,足以供史家论世之资者不少。又曲中多用俗语,故宋金元三朝遗语,所存甚多。辑而存之,理而董之,自足为一专书。此又言语学上之事,而非此书之所有事也。

元 院 本

元人杂剧之外，尚有院本。《辍耕录》云："国朝杂剧院本，分而为二。"盖杂剧为元人所创，而院本则金源之遗，然元人犹有作之者。

《录鬼簿》（卷下）云："屈英甫名彦英，编《一百二十行》及《看钱奴》院本"是也。元人院本，今无存者，故其体例如何，全不可考。唯明周宪王《吕洞宾花月神仙会》杂剧中，有院本一段。此段系宪王自撰，或剪裁金元旧院本充之，虽不可知；然其结构简易，与北剧南戏，均截然不同。故作元院本观可，即金人院本，亦即此而可想象矣。今全录其文如下：

末云："小生昨日街上闲行，见了四个乐工，自山东瀛州来到此处，打趲觅钱。小生邀他今日在大姐家，庆会小生生辰，若早晚还不见来。"

办净同捷讥、付末、末泥上，相见了，做院本《长寿仙献香添寿》。院本上。捷云："歌声才住。"末泥云："丝竹暂停。"净云："俺四人佳戏向前。"付末云："道甚清才谢乐？"

捷云："今日双秀才的生日，您一人要一句添寿的诗。"捷先云："桧柏青松常四时。"付末云："仙鹤仙鹿献灵芝。"末泥云："瑶池金母蟠桃宴。"付净云："都活一千八百岁。"付末打云："这言语不成文章，再说。"净云："都活二千九百岁。"付末云："也不成文章。"净云："有了，有了，都活三万三千三百岁，白了髭髯白了眉。"付末云："好好！到是一个寿星。"捷云："我问你一人要一件祝寿底物。"捷云："我有一幅画儿，上面三个人儿：两个是福禄星君，一个是南极老儿。"问付末云："我有一幅画儿，上面四科树儿：两科是青松翠柏，两科是紫竹灵芝。"问末泥云："我有一幅画儿，上面两般物儿：一个是送酒黄鹤，一个是衔花鹿儿。"净趋抢云："我也有。我有一幅图儿，上面一个靶儿，我也不识是甚物，人都道是春画儿。"付末打云："这个甚底，将来献寿。"净云："我子愿欢会长生。"净趋抢云："俺一人要两般乐器：一般是丝，一般是竹，与双秀才添寿咱。"捷云："我有一个玉笙，有一架银筝，就有一个小曲儿添寿，名是《醉太平》。"

捷唱："有一排玉笙，有一架银筝，将来献寿凤鸾鸣，感天仙降庭。玉笙吹出悠然兴，银筝得新词令，都来添寿乐官星，祝千年寿宁。"

末泥云："我也有一管龙笛，一张锦瑟，就有一个曲儿添寿。"

末泥唱："品龙笛凤声，弹锦瑟泉鸣，供筵前添寿老人星，庆千春万龄。瑟呵！冰蚕吐出丝明净，笛呵！紫筠调得声相应。我将这龙笛锦瑟贺升平，饮香醪玉瓶！"

付末云："我也有一面琵琶，一管紫箫，就有个曲儿添寿。"

付末唱："拨琵琶韵美，吹箫管声齐，琵琶箫管庆樽席，向筵前奏只。琵琶弹出长生意，紫箫吹得天仙会，都来添寿

元杂剧　321

笑嘻嘻,老人星贺喜!"

净趋抢云:"小子儿也有一条弦儿一个孔儿的丝竹,就有一个曲儿添寿。"

净唱:"弹棉花的木弓,吹柴草的火筒,这两般丝竹不相同,是俺付净色的受用。这木弓弹了棉花呵!一夜温暖衣衾重。这火筒吹着柴草呵!一生饱食凭他用。这两般,不受饥,不受冷,过三冬,比你乐器的有功。"

付末打云:"付净的巧语能言。"净云:"说遍这丝竹管弦。"付末云:"蓝采和手执檀板。"净云:"汉钟离书捧真筌。"付末云:"铁拐李忙吹玉管。"净云:"白玉蟾舞袖翩翩。"付末云:"韩湘子生花藏叶。"净云:"张果老击鼓喧阗。"付末云:"曹国舅高歌大曲。"净云:"徐神翁慢抚琴弦。"付末云:"东方朔学蹈焰爨。"净云:"吕洞宾掌记词篇。"付末云:"总都是神仙作戏。"净云:"庆千秋福寿双全。"付末云:"问你付净的办个甚色?"净云:"哎哎!哎哎!我办个富乐院里乐探官员。"付末收住:"世财红粉高楼酒,都是人间喜乐时。"

末云:"深谢四位伶官,逢场作戏,果然是锦心绣口,弄月嘲风。"

此中脚色,末泥、付末、付净(即副末、副净)三色,与《辍耕录》所载院本中脚色同,唯有捷讥而无引戏。按上文说唱,皆捷讥在前,则捷讥或即引戏。捷讥之名,亦起于宋。《武林旧事》(卷六)"诸色伎艺人"中,商谜有捷机和尚是也。此四色中,以付净、付末二色为重。且以付净色为尤重,较然可见。此犹唐宋遗风。其中付末打付净者三次,亦古代鹘打参军之遗;而末一段,付净、付末各道一句,又欧阳公《与梅圣俞书》所谓如"杂剧人上名下韵不来,须副末接续"者也。此一段之为古曲,当无可疑。即非古曲,亦必全仿古剧为之者。以其足窥金元之院本,故兹著之。

院本之体例，有白有唱，与杂剧无异。唯唱者不限一人，如上例中捷讥、末泥、付末、付净，各唱《醉太平》一曲是也。明徐充《暖姝由笔》(《续说郛》卷十九)曰："有白有唱者名杂剧，用弦索者名套数，扮演戏跳而不唱者名院本。"杂剧与套数之别，既见上章，绝非如徐氏之说。至谓院本演而不唱，则不独金人院本以曲名者甚多，即上例之中，亦有歌曲。而《水浒传》载白秀英之演院本，亦有白有唱，可知其说之无根矣。且院本一段之中，各色皆唱，又与南曲戏文相近，但一行于北，一行于南。其实院本与南戏之间，其关系较二者之与元杂剧更近。以二者一出于金院本，一出于宋戏文，其根本要有相似之处；而元杂剧则出于一时之创造故也。

第七章

明清小说

鲁迅

鲁迅 （1881—1936）
北京大学讲师、北大研究所国学门委员会委员

原名周树人，字豫才，浙江绍兴人。著名文学家、思想家、革命家、民主战士，新文化运动的重要参与者，中国现代文学的奠基人之一。1918年发表第一篇白话小说《狂人日记》，为中国现代文学的奠基之作。随后写了《阿Q正传》等名篇和大量思想深刻的杂文，是20世纪中国的文学巨人。著作编为《鲁迅全集》。

三国演义

宋之说话人，于小说及讲史皆多高手（名见《梦梁录》及《武林旧事》），而不闻有著作；元代扰攘，文化沦丧，更无论矣。日本内阁文库藏至治（一三二一至一三二三）间新安虞氏刊本全相（犹今所谓绣像全图）平话五种，曰《武王伐纣书》，曰《乐毅图齐七国春秋后集》，曰《秦并六国》，曰《吕后斩韩信前汉书续集》，曰《三国志》，每集各三卷（《斯文》第八编第六号，盐谷温《关于明的小说"三言"》），今唯《三国志》有印本（盐谷博士影印本及商务印书馆翻印本），他四种未能见。其《全相三国志平话》分为上下二栏，上栏为图，下栏述事，以桃园结义始，孔明病殁终。而开篇亦先叙汉高祖杀戮功臣，玉皇断狱，令韩信转生为曹操，彭越为刘备，英布为孙权，高祖则为献帝，立意与《五代史平话》无异。唯文笔则远不逮，词不达意，粗具梗概而已，如述"赤壁鏖兵"云：

却说武侯过江到夏口，曹操舡上高叫"吾死矣！"众军曰："皆是蒋干。"众官乱刀锉蒋干为万段。曹操上舡，荒速

明清小说　　327

夺路，走出江口，见四面舡上，皆为火也。见数十只舡，上有黄盖言曰，"斩曹贼，使天下安若太山！"曹相百官，不通水战，众人发箭相射。却说曹操措手不及，四面火起，前又相射。曹操欲走，北有周瑜，南有鲁肃，西有陵统甘宁，东有张昭吴苞，四面言杀。史官曰："倘非曹公家有五帝之分，孟德不能脱。"曹操得命，西北而走，至江岸，众人撺曹公上马。却说黄昏火发，次日斋时方出，曹操回顾，尚见夏口舡上烟焰张天，本部军无一万。曹相望西北而走，无五里，江岸有五千军，认得是常山赵云，拦住，众官一齐攻击，曹相撞阵过去。……

至晚，到一大林。……曹公寻滑荣路去，行无二十里，见五百校刀手，关将拦住。曹相用美言告云长，"看操亭侯有恩。"关公曰："军师严令。"曹公撞阵却过。说话间，面生尘雾，使曹公得脱。关公赶数里复回，东行无十五里，见玄德、军师。是走了曹贼，非关公之过也。言使人小着玄德（按此句不可解）。众问为何。武侯曰："关将仁德之人，往日蒙曹相恩，其此而脱矣。"关公闻言，忿然上马，告主公复追之。玄德曰："吾弟性匪石，宁奈不倦。"军师言："诸葛赤（亦？）去，万无一失。"……（卷中十八至十九页）

观其简率之处，颇足疑为说话人所用之话本，由此推演，大加波澜，即可以愉悦听者，然页必有图，则仍亦供人阅览之书也。余四种恐亦此类。

说《三国志》者，在宋已甚盛，盖当时多英雄，武勇智术，瑰伟动人，而事状无楚汉之简，又无春秋列国之繁，故尤宜于讲说。东坡（《志林》六）谓"王彭尝云，途巷中小儿薄劣，其家所厌苦，辄与钱，令聚坐听说古话，至说三国事，闻刘玄德败，频蹙眉，有出涕者，闻曹操败，即喜唱快。以是知君子小人之泽，百世不斩"。在瓦舍，"说三分"为说话之一专科，与"讲《五代史》"并列（《东京梦

328　文学课

华录》五）。金元杂剧亦常用三国时事，如《赤壁鏖兵》《诸葛亮秋风五丈原》《隔江斗智》《连环计》《复夺受禅台》等，而今日搬演为戏文者尤多，则为世之所乐道可知也。其在小说，乃因有罗贯中本而名益显。

贯中，名本，钱唐人（明郎瑛《七修类稿》二十三田汝成《西湖游览志余》二十五胡应麟《少室山房笔丛》四十一），或云名贯，字贯中（明王圻《续文献通考》一百七十七），或云越人，生洪武初（周亮工《书影》），盖元明间人（约一三三〇至一四〇〇）。所著小说甚夥，明时云有数十种（《志余》），今存者《三国志演义》之外，尚有《隋唐志传》《残唐五代史演义》《三遂平妖传》《水浒传》等；亦能词曲，有杂剧《龙虎风云会》（目见《元人杂剧选》）。然今所传诸小说，皆屡经后人增损，真面殆无从复见矣。

罗贯中本《三国志演义》，今得见者以明弘治甲寅（一四九四）刊本为最古，全书二十四卷，分二百四十回，题曰"晋平阳侯陈寿史传，后学罗本贯中编次"。起于汉灵帝中平元年"祭天地桃园结义"，终于晋武帝太康元年"王濬计取石头城"，凡首尾九十七年（一八四至二八〇）事实，皆排比陈寿《三国志》及裴松之注，间亦仍采平话，又加推演而作之；论断颇取陈裴及习凿齿孙盛语，且更盛引"史官"及"后人"诗。然据旧史即难于抒写，杂虚辞复易滋混淆，故明谢肇淛（《五杂组》十五）既以为"太实则近腐"，清章学诚（《丙辰札记》）又病其"七实三虚惑乱观者"也。至于写人，亦颇有失，以致欲显刘备之长厚而似伪，状诸葛之多智而近妖；唯于关羽，特多好语，义勇之概，时时如见矣。如叙羽之出身丰采及勇力云：

……阶下一人大呼出曰："小将愿往，斩华雄头献于帐下！"众视之：见其人身长九尺五寸，髯长一尺八寸，丹凤眼，卧蚕眉，面如重枣，声似巨钟，立于帐前。绍问何人。公孙瓒曰："此刘玄德之弟关某也。"绍回见居何职。瓒曰："跟随刘玄德充马弓手。"帐上袁术大喝曰："汝欺吾众诸侯无大将耶？量一弓手，安敢乱言。与我乱棒打出！"曹操急止之曰："公路息怒，此人既出大言，必有广学；试教出马，如其不胜，诛亦未迟。"……关某曰："如不胜，请斩我头。"操教酾热酒一杯，与关某饮了上马。关某曰："酒且斟下，某去便来。"出帐提刀，飞身上马。众诸侯听得寨外鼓声大震，喊声大举，如天摧地塌，岳撼山崩。众皆失惊，却欲探听。鸾铃响处，马到中军，云长提华雄之头，掷于地上；其酒尚温。（第九回《曹操起兵伐董卓》）

又如曹操赤壁之败，孔明知操命不当尽，乃故使羽扼华容道，俾得纵之，而又故以军法相要，使立军令状而去，此叙孔明止见狡狯，而羽之气概则凛然，与元刊本平话，相去远矣：

……华容道上，三停人马，一停落后，一停填了坑堑，一停跟随曹操过险峻，路稍平妥。操回顾，止有三百余骑随后，并无衣甲袍铠整齐者。……又行不到数里，操在马上加鞭大笑。众将问丞相笑者何故。操曰，"人皆言诸葛亮周瑜足智多谋，吾笑其无能为也。今此一败，吾自是欺敌之过，若使此处伏一旅之师，吾等皆束手受缚矣。"言未毕，一声炮响，两边五百校刀手摆列，当中关云长提青龙刀，跨赤兔马，截住去路。操军见了，亡魂丧胆，面面相觑，皆不能言。操在人丛中曰："既到此处，只得决一死战。"众将曰："人纵然不怯，马力乏矣：战则必死。"程昱曰："某知云长傲上而不忍下，欺强而不凌弱，人有患难，必须救之，仁义播于天下。丞相旧日有恩在彼处，何不亲自告之，必脱此难矣。"操从其说，即时纵马向前，欠身与云长曰："将军别来无恙？"云长亦欠身答曰："关某奉军师将令，等候丞相多时。"操曰："曹操兵败势危，到此无路，望将军以昔日之言为重。"云长答曰："昔日关某虽蒙丞相厚恩，某曾解白马之危以报之。今日奉命，岂敢为私乎？"操曰："五关斩将之时，还能记否？古之人大丈夫处世，必以信义为重；将军深明《春秋》，岂不知庾公之斯追子濯孺子者乎？"云长闻之，低首良久不语。当时曹操引这件事，说犹未了，云长是个义重如山之人，又见曹军惶惶，皆欲垂泪，云长思起五关斩将放他之恩，如何不动心，于是把马头勒回，与众军曰："四散摆开！"这个分明是放曹操的意。操见云长勒回马，便和众将一齐冲将过去，云长回身时，前面众将已自护送操过去了。云长大喝一声，众皆下马，哭拜于地，云长不忍杀之，正犹豫中，张辽纵马至，云长见了，亦动故旧之心，长叹一声，并皆放之。后来史官有诗曰：

彻胆长存义，终身思报恩，威风齐日月，名誉震乾坤，忠勇高三国，神谋陷七屯，至今千古下，军旅拜英魂。（第一百回《关云长义释曹操》）

弘治以后，刻本甚多，即以明代而论，今尚未能详其凡几种（详见《小说月报》二十卷十号郑振铎《三国志演义的演化》）。迨清康熙时，茂苑毛宗岗字序始师金人瑞改《水浒传》及《西厢记》成法，即旧本遍加改窜，自云得古本，评刻之，亦称"圣叹外书"，而一切旧本乃不复行。凡所改定，就其序例可见，约举大端，则一曰改，如旧本第百五十九回《废献帝曹丕篡汉》本言曹后助兄斥献帝，毛本则云助汉而斥丕。二曰增，如第百六十七回《先主夜走白帝城》本不涉孙夫人，毛本则云"夫人在吴闻猇亭兵败，讹传先主死于军中，遂驱兵至江边，望西遥哭，投江而死"。三曰削，如第二百五回《孔明火烧木栅寨》本有孔明烧司马懿于上方谷时，欲并烧魏延，第二百三十四回《诸葛瞻大战邓艾》有艾贻书劝降，瞻览毕狐疑，其子尚诘责之，乃决死战，而毛本皆无有。其余小节，则一者整顿回目，二者修正文辞，三者削除论赞，四者增删琐事，五者改换诗文而已。

水 浒 传

《水浒》故事亦为南宋以来流行之传说，宋江亦实有其人。《宋史》（二十二）载徽宗宣和三年"淮南盗宋江等犯淮阳军，遣将讨捕，又犯京东、江北，入楚海州界，命知州张叔夜招降之"。降后之事，则史无文，而稗史乃云"收方腊有功，封节度使"（见十三篇）。然擒方腊者盖韩世忠（《宋史》本传），于宋江辈无与，唯《侯蒙传》（《宋史》三百五十一）又云，"宋江寇京东，蒙上书，言宋江以三十六人横行齐魏，官军数万，无敢抗者，不若赦江，使讨方腊以自赎"。似即稗史所本。顾当时虽有此议，而实未行，江等且竟见杀。洪迈《夷坚乙志》（六）言，"宣和七年，户部侍郎蔡居厚罢，知青州，以病不赴，归金陵，疽发于背，卒。未几，其所亲王生亡而复醒，见蔡受冥谴，嘱生归告其妻，云'今只是理会郓州事'。夫人恸哭曰：'侍郎去年帅郓时，有梁山泺贼五百人受降，既而悉诛之，吾屡谏，不听也。……'"《乙志》成于乾道二年，去宣和六年不过四十余年，耳目甚近，冥谴固小说家言，杀降则不容虚造，山泺健儿终局，盖如是而已。

然宋江等啸聚梁山泺时，其势实甚盛，《宋史》（三百五十三）亦云"转略十郡，官军莫敢撄其锋"。于是自有奇闻异说，生于民间，辗转繁变，以成故事，复经好事者掇拾粉饰，而文籍以出。宋遗民龚圣与作《宋江三十六人赞》，自序已云"宋江事见于街谈巷语，不足采著，虽有高如李嵩辈传写，士大夫亦不见黜"（周密《癸辛杂识》续集上）。今高李所作虽散失，然足见宋末已有传写之书。《宣和遗事》由抄撮旧籍而成，故前集中之梁山泺聚义始末，或亦为当时所传写者之一种，其节目如下：

  杨志等押花石纲阻雪违限
  杨志途贫卖刀杀人刺配卫州
  孙立等夺杨志往太行山落草
  石碣村晁盖伙劫生辰纲
  宋江通信晁盖等脱逃
  宋江杀阎婆惜题诗于壁
  宋江得天书有三十六将姓名
  宋江奔梁山泺寻晁盖
  宋江三十六将共反
  宋江朝东岳赛还心愿
  张叔夜招宋江三十六将降
  宋江收方腊有功封节度使

唯《宣和遗事》所载，与龚圣与赞已颇不同：赞之三十六人中有宋江，而《遗事》在外；《遗事》之吴加亮李进义李海阮进关必胜王雄张青张岑，赞则作吴学究卢进义李俊阮小二关胜杨雄张清张横；诨名亦偶异。又元人杂剧亦屡取水浒故事为资材，宋江燕青李逵尤数见，性格每与在今本《水浒传》中者差违，但于宋江之仁义长厚无异词，而陈泰（茶陵人，元延祐乙卯进士）记所闻于篙师者，则云"宋之为人勇悍狂侠"（《所安遗集补遗·江南曲序》），与他书又正反。意者此

明清小说 333

种故事，当时载在人口者必甚多，虽或已有种种书本，而失之简略，或多舛迕，于是又复有人起而荟萃取舍之，缀为巨帙，使较有条理，可观览，是为后来之大部《水浒传》。其缀集者，或曰罗贯中（王圻田汝成郎瑛说），或曰施耐庵（胡应麟说），或曰施作罗编（李贽说），或曰施作罗续（金人瑞说）。

原本《水浒传》今不可得，周亮工（《书影》一）云"故老传闻，罗氏为《水浒传》一百回，各以妖异语引其首，嘉靖时郭武定重刻其书，削其致语，独存本传"。所削者盖即"灯花婆婆等事"（《水浒传全书》发凡），本亦宋人单篇词话（《也是园书目》十），而罗氏袭用之，其他不可考。

现存之《水浒传》则所知者有六本，而最要者四：

一曰一百十五回本《忠义水浒传》。前署"东原罗贯中编辑"，明崇祯末与《三国演义》合刻为《英雄谱》，单行本未见。其书始于洪太尉之误走妖魔，而次以百八人渐聚山泊，已而受招安，破辽，平田虎王庆方腊，于是智深坐化于六和，宋江服毒而自尽，累显灵应，终为神明。唯文词蹇拙，体制纷纭，中间诗歌，亦多鄙俗，甚似草创初就，未加润色者，虽非原本，盖近之矣。其记林冲以忤高俅断配沧州，看守大军草场，于大雪中出危屋觅酒云：

……却说林冲安下行李，看那四下里都崩坏了，自思曰："这屋如何过得一冬，待雪晴了叫泥水匠来修理。"在土炕边向了一回火，觉得身上寒冷，寻思："却才老军说（五里路外有市井），何不去沽些酒来吃？"便把花枪挑了酒葫芦出来，信步投东，不上半里路，看见一所古庙，林冲拜曰："愿神明保祐，改日来烧纸。"却又行一里，见一簇店家，林冲径到店里。店家曰："客人那里来？"

林冲曰："你不认得这个葫芦？"店家曰："这是草场老军的。既是大哥来此，请坐，先待一席以作接风之礼。"林冲吃了一回，却买一腿牛肉，一葫芦酒，把花枪挑了便回，已晚，奔到草场看时，只叫得苦。原来天理昭然，庇护忠臣义士，这场大雪，救了林冲性命：那两间草厅，已被雪压倒了。……（第九回《豹子头刺陆谦富安》）

又有一百十回之《忠义水浒传》，亦《英雄谱》本，"内容与百十五回本略同"（《胡适文存》三）。别有一百二十四回之《水浒传》，文词脱略，往往难读，亦此类。

二曰一百回本《忠义水浒传》。前署"钱塘施耐庵的本，罗贯中编次"（《百川书志》六）。即明嘉靖时武定侯郭勋家所传之本，"前有汪太函序，托名天都外臣者"（《野获编》五）。今未见。别有本亦一百回，有李贽序及批点，殆即出郭氏本，而改题为"施耐庵集撰，罗贯中纂修"。然今亦难得，唯日本尚有亨保戊申（一七二八）翻刻之前十回及宝历九年（一七五九）续翻之十一至二十回，亦始于误走妖魔而继以鲁达林冲事迹，与百十五回本同，第五回于鲁达有"直教名驰塞北三千里，证果江南第一州"之语，即指六和坐化故事，则结束当亦无异。唯于文辞，乃大有增删，几乎改观，除去恶诗，增益骈语；描写亦愈入细微，如述林冲雪中行沽一节，即多于百十五回本者至一倍余：

……只说林冲就床上放了包裹被卧，就坐下生些焰火起来，屋边有一堆柴炭，拿几块来生在地炉里；仰面看那草屋时，四下里崩坏了，又被朔风吹撼摇振得动。林冲道："这屋如何过得一冬，待雪晴了，去城中唤个泥水匠来修理。"向了一回火，觉得身上寒冷，寻思："却才老军所说五里路外有那市井，何不去沽些酒来吃？"便去包里取些碎银子，把花枪挑了酒葫芦，将火炭盖了，取毡笠子戴上，拿了钥匙出来，把草厅门拽上，出到大门首，把两扇草场门反拽上，锁

明清小说　335

了，带了钥匙，信步投东，雪地里踏着碎琼乱玉，迤逦背着北风而行，——那雪正下得紧。行不上半里多路，看见一所古庙，林冲顶礼道："神明庇佑，改日来烧钱纸。"又行了一回，望见一簇人家，林冲住脚看时，见篱笆中挑着一个草帚儿在露天里。

林冲径到店里；主人道："客人那里来？"林冲道："你认得这个葫芦么？"主人看了，道："这葫芦是草料场老军的。"林冲道："如何？便认的。"店主道："既是草料场看守大哥，且请少坐，天气寒冷，且酌三杯权当接风。"

店家切一盘熟牛肉，烫一壶热酒，请林冲。又自买了些牛肉，又吃了数杯，就又买了一葫芦酒，包了那两块牛肉，留下些碎银子，把花枪挑了酒葫芦，怀内揣了牛肉，叫声"相扰"，便出篱笆门，依旧迎著朔风回来。看那雪，到晚越下的紧了。古时有个书生，做了一个词，单题那贫苦的恨雪：

广莫严风刮地，这雪儿下的正好，拈絮撏绵，裁几片大如栲栳，见林间竹屋茅茨，争些儿被他压倒。富室豪家，却道是"压瘴犹嫌少"，向的是兽炭红炉，穿的是棉衣絮袄，手拈梅花，唱道"国家祥瑞"，不念贫民些小。高卧有幽人，吟咏多诗草。

再说林冲踏着那瑞雪，迎着北风，飞也似奔到草场门口，开了锁，入内看时，只叫得苦。原来天理昭然，佑护善人义士，因这场大雪，救了林冲的性命：那两间草厅，已被雪压倒了。……（第十回《林教头风雪山神庙》）

三曰一百二十回本《忠义水浒全书》。亦题"施耐庵集撰，罗贯中纂修"，与李贽序百回本同。首有楚人杨定见序，自云事李卓吾，因袁无涯之请而刻此传；次发凡十条，次为《宣和遗事》中之梁山泺本末及百八人籍贯出身。全书自首至受招安，事略全同百十五回本，破辽小异，且少诗词，平田虎王庆则并事略亦异，而收方腊又悉同。文词与百回本几无别，特于字句稍有更定，如百回本中"林冲道：'如何？便认的。'"此则作"林冲道：'原来如此。'"诗词又较多，则为刊时增入，故发凡云，"旧本去诗词之烦芜，一虑事绪之断，一虑眼路之迷，颇直截清明，第有得此以形容人态，颇挫文情者，又未可尽除，兹复为增定，或撙原本而进所有，或逆古意而益所无，唯周劝惩，兼善戏谑"也。亦有李贽评，与百回本不同，而两皆贪陋，盖即叶昼辈所伪托（详见《书影》一）。

发凡又云："古本有罗氏致语，相传灯花婆婆等事，既不可复见，乃后人有因'四大寇'之拘而酌损之者，有嫌一百二十回之繁而淘汰之者，皆失。郭武定本即旧本移置阎婆事，甚善，其于寇中去王田而加辽国，犹是小家照应之法，不知大手笔者正不尔尔。"是知《水浒》有古本百回，当时"既不可复见"；又有旧本，似百二十回，中有"四大寇"，盖谓王田方及宋江，即柴进见于白屏风上御书者（见百十五回本之六十七回及《水浒全书》七十二回）。郭氏本始破其拘，削王田而加辽国，成百回；《水浒全书》又增王田，仍存辽国，复为百廿回，而宋江乃始退居于四寇之外。然《宣和遗事》所谓"三路之寇"者，实指攻夺淮阳京西河北三路强人，皆宋江属，不知何人误读，遂以王庆田虎辈当之。然破辽故事虑亦非始作于明，宋代外敌凭陵，国政弛废，转思草泽，盖亦人情，故或造野语以自慰，复多异说，不能符合，于是后之小说，既以取舍不同而纷歧，所取者又以话本非一而违异，田虎王庆在百回本与百十七回本名同而文迥别，殆亦由此而已。唯其后讨平方腊，则各本悉同，因疑在郭本所据旧本之前，当又有别本，即以平方腊接招安之后，如《宣和遗事》所记者，于事理始为密合，然而证信尚缺，未能定也。

总上五本观之，知现存之《水浒传》实有两种，其一简略，其一繁缛。胡应麟（《笔丛》四十一）云："余二十年前所见《水浒传》本尚极足寻味，十数载来，为闽中坊贾刊落，只录事实，中间游词余韵神情寄寓处一概删之，遂既不堪覆瓿，复数十年，无原本印证，此书将永废。"应麟所见本，今莫知如何，若百十五回简本，则成就殆当先于繁本，以其用字造句，与繁本每有差违，倘是删存，无烦改作也。又简本撰人，止题罗贯中，周亮工闻于故老者亦第云罗氏，比郭氏本出，始著耐庵，因疑乃演为繁本者之托名，当是后起，非古本所有。后人见繁本题施作罗编，未及悟其依托，遂或意为敷衍，定耐庵与贯中同籍，为钱塘人（明高儒《百川书志》六），且是其师。胡应麟（《笔丛》四十一）亦信所见《水浒传》小序，谓耐庵"尝入市肆䌷阅故书，于敝楮中得宋张叔夜禽贼招语一通，备悉其一百八人所由起，因润饰成此编"。且云"施某事见田叔禾《西湖志余》"，而《志余》中实无有，盖误记也。近吴梅著《顾曲麈谈》，云："《幽闺记》为施君美作。君美，名惠，即作《水浒传》之耐庵居士也。"按惠亦杭州人，然其为耐庵居士，则不知本于何书，故亦未可轻信矣。

四曰七十回本《水浒传》。正传七十回楔子一回，实七十一回，有原序一篇，题"东都施耐庵撰"，为金人瑞字圣叹所传，自云得古本，只七十回，于宋江受天书之后，即以卢俊义梦全伙被缚于张叔夜终，而指招安以下为罗贯中续成，斥曰"恶札"。其书与百二十回本之前七十回无甚异，唯刊去骈语特多，百廿回本发凡有"旧本去诗词之繁累"语，颇似圣叹得古本，然文中有因删去诗词，而语气遂稍参差者，则所据殆仍是百回本耳。周亮工（《书影》一）记《水浒传》云："近金圣叹自七十回之后，断为罗所续，因极口诋罗，复伪为施序于前，此书遂为施有矣。"二人生同时，其说当可信。唯字句亦小有佳处，如第五回叙鲁智深诘责瓦官寺僧一节云：

　　……智深走到面前，那和尚吃了一惊，跳起身来，便道："请师兄坐，同吃一盏。"智深提着禅杖道："你这两个，如何把寺来废了？"那和尚便道："师兄请坐，听小僧……"

智深睁着眼道："你说你说："""……说：在先敝寺，十分好个去处，田庄又广，僧众极多，只被廊下那几个老和尚吃酒撒泼，将钱养女，长老禁约他们不得，又把长老排告了出去，因此把寺来都废了。……"

圣叹于"听小僧……"下注云"其语未毕"，于"……说"下又多所申释，而终以"章法奇绝从古未有"誉之，疑此等"奇绝"，正圣叹所为，其批改《西厢记》亦如此。此文在百回本，为"那和尚便道：'师兄请坐，听小僧说。'智深睁着眼道：'你说你说！'那和尚道：'在先敝寺，十分好个去处，田庄广有，僧众极多……'"云云，在百十五回本，则并无智深睁眼之文，但云"那和尚曰：'师兄听小僧说：在先敝寺，田庄广有，僧众也多……'"而已。

至于刊落之由，什九常因于世变，胡适（《文存》三）说："圣叹生在流贼遍天下的时代，眼见张献忠李自成一班强盗流毒全国，故他觉得强盗是不能提倡的，是应该口诛笔伐的。"

故至清，则世异情迁，遂复有以为"虽始行不端，而能翻然悔悟，改弦易辙，以善其修，斯其意固可嘉，而其功诚不可泯"者，截取百十五回本之六十七回至结末，称《后水浒》，一名《荡平四大宣传》，附刊七十回之后以行矣。其卷首有乾隆壬子（一七九二）赏心居士序。

清初，有《后水浒传》四十回，云是"古宋遗民著，雁宕山樵评"，盖以续百回本。其书言宋江既死，余人尚为宋御金，然无功，李俊遂率众浮海，王于暹罗，结末颇似杜光庭之《虬髯传》。古宋遗民者，本书卷首《论略》云"不知何许人，以时考之，当去施罗未远，或与之同时，不相为下，亦未可知"。然实乃陈忱之托名；忱字遐心，浙江乌程人，生平著作并佚，唯此书存，为明末遗民（《两浙輶轩录》补遗一《光绪嘉兴府志》五十三），故虽游戏之作，亦见避地之意矣。

明清小说　339

然至道光中，有山阴俞万春作《结水浒传》七十回，结子一回，亦名《荡寇志》，则立意正相反，使山泊首领，非死即诛，专明"当年宋江并没有受招安平方腊的话，只有被张叔夜擒拿正法一句话"，以结七十回本。俞万春字仲华，别号忽来道人，尝随其父宦粤。瑶民之变，从征有功议叙，后行医于杭州，晚年乃奉道释，道光己酉（一八四九）卒。《荡寇志》之作，始于丙戌而迄于丁未，首尾凡二十二年，"未遑修饰而殁"，咸丰元年（一八五一），其子龙光始修润而刻之（本书识语）。书中造事行文，有时几欲摩前传之垒，采录景象，亦颇有施罗所未试者，在纠缠旧作之同类小说中，盖差为佼佼者矣。

西 游 记

奉道流羽客之隆重,极于宋宣和时,元虽归佛,亦甚崇道,其幻惑故遍行于人间,明初稍衰,比中叶而复极显赫,成化时有方士李孜,释继晓,正德时有色目人于永,皆以方伎杂流拜官,荣华熠耀,世所企羡,则妖妄之说自盛,而影响且及于文章。且历来三教之争,都无解决,互相容受,乃曰"同源",所谓义利邪正善恶是非真妄诸端,皆混而又析之,统于二元,虽无专名,谓之神魔,盖可赅括矣。其在小说,则明初之《平妖传》已开其先,而继起之作尤夥。凡所敷叙,又非宋以来道士造作之谈,但为人民间巷间意,芜杂浅陋,率无可观。然其力之及于人心者甚大,又或有文人起而结集润色之,则亦为鸿篇巨制之胚胎也。

汇此等小说成集者,今有《四游记》行于世,其书凡四种,著者三人,不知何人编定,唯观刻本之状,当在明代耳。

一曰《上洞八仙传》,亦名《八仙出处东游记传》,二卷五十六回,题"兰江吴元泰著"。传言铁拐(姓李名玄)得道,度钟离权,权度吕洞宾,二人又共度韩湘曹友,张果蓝采和何仙姑则别成道,是为八仙。一日俱赴蟠桃大会，归途各履宝物渡海，有龙子爱蓝采和所踏玉版，摄而夺之，遂大战，八仙"火烧东洋"，龙王败绩，请天兵来助，亦败，后得观音和解，乃各谢去，而"天渊迥别天下太平"之候，自此始矣。书中文言俗语间出，事亦往往不相属，盖杂取民间传说作之。

二曰《五显灵官大帝华光天王传》，即《南游记》，四卷十八回，题"三台山人仰止余象斗编"。象斗为明末书贾，《三国志演义》刻本上，尚见其名。书言有妙吉祥童子以杀独火鬼忤如来，贬为马耳娘娘子，是曰三眼灵光，具五神通，报父仇，游灵虚，缘盗金枪，为帝所杀；复生炎魔天王家，是为灵耀，师事天尊，又诈取其金刀，炼为金砖以作法宝，终闹天宫，上界鼎沸；玄天上帝以水服之，使走人间，托生萧氏，是为华光，仍有神通，与神魔战，中界亦鼎沸，帝乃赦之。华光因失金砖，复欲制炼，寻求金塔，遂遇铁扇公主，擒以为妻，又降诸妖，所向无敌，以忆其母，访于地府，复因争执，大闹阴司，下界亦鼎沸。已而知生母实妖也，名吉芝陀圣母，食萧长者妻，幻作其状，而生华光，然仍食人，为佛所执，方在地狱，受恶报也，华光乃救以去。

　　……却说华光三下酆都，救得母亲出来，十分欢悦。那吉芝陀圣母曰："我儿你救得我出来，道好，我要讨岐娥吃。"华光问："岐娥是甚么子，我儿媳俱不晓得。"母曰："岐娥不晓得，可去问千里顺风耳。"华光即问二人。二人曰："那岐娥是人，他又思量吃人。"华光听罢，对娘曰："娘，你住酆都受苦，我孩儿用尽计较，救得你出来，如何又要吃人，此事万不可为。"母曰："我要吃！不孝子，你没有岐娥与我吃，是谁要救我出来？"华光无奈，只推曰："容两日讨与你吃。"……（第十七回《华光三下酆都》）

于是张榜求医，有言唯仙桃可治者，华光即幻为齐天大圣状，窃而奉之，吉芝陀乃始不思食人。然齐天被嫌，询于佛母，知是华光，则来讨，为火丹所烧，败绩；其女月孛有骷髅骨，击之敌头即痛，二日死。华光被术，将不起，火炎王光佛出而议和，月孛削骨上击痕，华光始愈，终归佛道云。

  明谢肇淛（《五杂组》十五）以华光小说比拟《西游记》，谓"皆五行生克之理，火之炽也，亦上天下地，莫之扑灭，而真武以水制之，始归正道"。又于吉芝陀出狱即思食人事，则致慨于迁善之难，因知在万历时，此书已有。沈德符论剧曲（《野获编》二十五），亦有"华光显圣则太妖诞"语，是此种故事，当时且演为剧本矣。

  其三曰《北方真武玄天上帝出身志传》，即《北游记》，四卷二十四回，亦余象斗编，记真武本身及成道降妖事。上帝为玄天之说，在汉已有（《周礼》《大宗伯》郑氏注），然与后来之玄帝，实又不同。此玄帝真武者，盖起于宋代羽客之言，即《元洞玉历记》（《三教搜神大全》一引）所谓元始说法于玉清，下见恶风弥塞，乃命周武伐纣以治阳，玄帝收魔以治阴，"上赐玄帝披发跣足，金甲玄袍，皂纛玄旗，统领丁甲，下降凡世，与六天魔王战于洞阴之野，是时魔王以坎离二炁，化苍龟巨蛇，变现方成，玄帝神力摄于足下，锁鬼众于酆都大洞，人民治安，宇内清肃"者是也，元尝加封，明亦崇奉。此传所言，间符旧说，但亦时窃佛传，杂以鄙言，盛夸感应，如村巫庙祝之见。初谓隋炀帝时，玉帝当宴会之际，而忽思凡，遂以三魂之一，为刘氏子，如来三清并来点化，乃隐蓬莱；又以凡心，生哥阁国，次生西霞，皆是王子，蒙天尊教，舍国出家，功行既完，上谒玉帝，封荡魔天尊，令收天将；于是复生为净洛国王子，得斗母元君点化，入武当山成道。玄帝方升天宫，忽见妖气起于中界，知即天将，扰乱人间，乃复下凡，降龟蛇怪，服赵公明，收雷神，获月孛及他神将，引以朝天。玉帝即封诸神为玄天部将，计三十六员。

  然扬子江有锅及竹缆二妖，独逸去不可得，真武因指一化身，复入人世，于武当山镇守之。篇末则记永乐三年玄天助国却敌事，而下有"至今二百余载"之文，颇似此书流行，当在明季；然旧刻无后一语，可知有者乃后来增订之本矣。

四曰《西游记传》，四卷四十一回，"题齐云杨志和编，天水赵景真校"，叙孙悟空得道，唐太宗入冥，玄奘应诏求经，途中遇难，终达西土，得经东归者也。太宗之梦，庸人已言，张鷟《朝野佥载》云："太宗至夜半奄然入定，见一人云，'陛下暂合来，还即去也'帝问'君是何人？'对曰：'臣是生人判冥事'太宗入见判官，问六月四日事，即令还，向见者又送迎引导出。"又有俗文，亦记斯事，有残卷从敦煌千佛洞得之（详见第十二篇）。至玄奘入竺，实非应诏，事具《唐书》（百九十一《方伎传》），又有专传曰《大慈恩寺三藏法师传》，在《佛藏》中，初无诸奇诡事，而后来稗说，颇涉灵怪。《大唐三藏取经诗话》已有猴行者深沙神及诸异境；金人院本亦有《唐三藏》（陶宗仪《辍耕录》）；元杂剧有吴昌龄《唐三藏西天取经》（锺嗣成《录鬼簿》），一名《西游记》（今有日本盐谷温校印本），其中收孙悟空，加戒箍，沙僧、猪八戒、红孩儿、铁扇公主等皆已见。似取经故事，自唐末以至宋元，乃渐渐演成神异，且能有条贯，小说家因亦得取为记传也。

全书之前九回为孙悟空得仙至被降故事，言有石猴，寻得水源，众奉为王，而复出山，就师悟道，以大神通，搅乱天地，玉帝不得已，封为齐天大圣，复扰蟠桃大会，帝命灌口二郎真君讨之，遂大战，悟空为所获，其叙当时战斗变化之状云：

……那小猴见真君到，急急报知猴王。猴王即掣起金箍棒，步上云履。二人相见，各言姓名，遂排开阵势，来往三百余合。二人各变身万丈，战入云端，离却洞口。

……大圣正在开战，忽见本山众猴惊散，抽身就走；真君大步赶上，急走急迫。大圣慌忙将身一变，入水中。真君道："这猴入水必变鱼虾，待我变作鱼鹰逐他。"大圣见真君赶来，又变一鹚鸟，飞在树上，被真君拽弓一弹，打下草坡，遍寻不见，回转天王营中去说猴王败阵等事，又赶不见踪迹。天王把照妖镜一照，急云"妖猴往你灌口去了"。真君回灌口；猴王急变做真君模样，座在中堂，被二郎用一神枪，猴王让过，变出本相，二人对较手段，意欲回转花果山，奈四面天将围住念咒。忽然真君与菩萨在云端观看，见猴王精力将疲，老君掷下金刚圈，与猴王脑上一打。猴王跌倒在地，被真君神犬咬住胸肚子，又拖跌一交，却被真君兄弟等神枪刺住，把铁索绑缚。……（第七回《真君收捉猴王》）

然斫之无伤，炼之不死，如来乃压之五行山下，令待取经人。次四回即魏徵斩龙，太宗入冥，刘全进瓜，及玄奘应诏西行：为求经之所由起。十四回以下则玄奘道中收徒及遇难故事，而以见佛得经东归证果终。徒有三，曰孙行者、猪八戒、沙僧，并得龙马；灾难三十余，其大者五庄观、平顶山、火云洞、通天河、毒敌山、六耳猕猴、小雷音寺等也。凡所记述，简略音多，但亦偶杂游词，以增笑乐，如写火云洞之战云：

……那山前山后土地，皆来叩头报名："此处叫作枯松涧，涧边有一座山洞，叫作火云洞，洞有一位魔王，是牛魔王的儿子，叫作红孩儿。他有三昧真火，甚是利害。"行者听说，叱退土神，……与八戒同进洞中去寻，……那魔王分付小妖，推出五轮小车，摆下五方，遂提枪杀出，与行者战经数合，八戒助阵，魔王走转，把鼻子一捶，鼻中冒出火来，一时五轮车子，烈火齐起。八戒道，"哥哥快走！少刻把老猪烧得囵囵，再加香料，尽他受用。"行者虽然避得火烧，却只怕烟，二人只得逃转。……（第三十二回《唐三藏收妖过黑河》）

复请观世音至，化刀为莲台，诱而执之，既降复叛，则环以五金箍，洒以甘露，乃始两手相合，归落伽山云。《西游记》杂剧中《鬼

明清小说 345

母皈依》一出，即用揭钵盂救幼子故事者，其中有云："告世尊，肯发慈悲力。我着唐三藏西游便回，火孩儿妖怪放生了他。到前面，须得二圣郎救了你。"(卷三)而于此乃改为牛魔王子；且与参善知识之善才童子相混矣。

又有一百回本《西游记》，盖出于四十一回本《西游记传》之后，而今特盛行，且以为元初道士邱处机作。处机固尝西行，李志常记其事为《长春真人西游记》，凡二卷，今尚存《道藏》中，唯因同名，世遂以为一书；清初刻《西游记》小说者，又取虞集撰《长春真人西游记》之序文冠其首，而不根之谈乃愈不可拔也。

然至清乾隆末，钱大昕跋《长春真人西游记》(《潜研堂文集》二十九)已云小说《西游演义》是明人作；纪昀(《如是我闻》三)更因"其中祭赛国之锦衣卫，朱紫国之司礼监，灭法国之东城兵马司，唐太宗之大学士翰林院中书科，皆同明制"，决为明人依托，唯尚不知作者为何人。而乡邦文献，尤为人所乐道，故是后山阳人如丁晏(《石亭记事续编》)阮葵生(《茶馀客话》)等，已皆探索旧志，知《西游记》之作者为吴承恩矣。吴玉搢(《山阳志遗》)亦云然，而尚疑是演邱处机书，犹罗贯中之演陈寿《三国志》者，当由未见二卷本，故其说如此；又谓"或云有《后西游记》，为射阳先生撰"，则第志俗说而已。

吴承恩字汝忠，号射阳山人，性敏多慧，博极群书，复善谐剧，著杂记数种，名震一时，嘉靖甲辰岁贡生，后官长兴县丞，隆庆初归山阳，万历初卒(约一五一〇至一五八〇)。杂记之一即《西游记》(见《天启淮安府志》一六及一九《光绪淮安府志》贡举表)，余未详。又能诗，其"词微而显，旨博而深"(陈文烛序语)，为有明一代淮郡诗人之冠，而贫老乏嗣，遗稿多散佚，邱正纲收拾残缺为《射阳存稿》四卷《续稿》一卷，吴玉搢尽收入《山阳耆旧集》中(《山阳志遗》四)。然同治间修《山阳县志》者，于《人物志》中去其"善谐剧著杂记"语，于《艺文志》又不列《西游记》之目，于是吴氏之性行遂失真，而知《西游记》之出于吴氏者亦愈少矣。

《西游记》全书次第，与杨志和作四十一回本殆相等。前七回为孙悟空得道至被降故事，当杨本之前九回；第八回记释迦造经之事，与佛经言阿难结集不合；第九回记玄奘父母遇难及玄奘复仇之事，亦非事实，杨本皆无有，吴所加也。第十至十二回即魏徵斩龙至玄奘应诏西行之事，当杨本之十至十三回；第十四回至九十九回则俱记入竺途中遇难之事，九者究也，物极于九，九九八十一，故有八十一难；而一百回以东返成真终。

唯杨志和本虽大体已立，而文词荒率，仅能成书；吴则通才，敏慧淹雅，其所取材，颇极广泛，于《四游记》中亦采《华光传》及《真武传》，于西游故事亦采《西游记杂剧》及《三藏取经诗话》（？），翻案挪移则用唐人传奇（如《异闻集》《酉阳杂俎》等），讽刺揶揄则取当时世态，加以铺张描写，几乎改观，如灌口二郎之战孙悟空，杨本仅有三百余言，而此十倍之，先记二人各现"法象"，次则大圣化雀，化"大鹚老"，化鱼，化水蛇，真君化雀鹰，化大海鹤，化鱼鹰，化灰鹤，大圣复化为鸨，真君以其贱鸟，不屑相比，即现原身，用弹丸击下之。

……那大圣趁著机会，滚下山崖，伏在那里又变，变一座土地庙儿：大张着口，似个庙门；牙齿变作门扇；舌头变作菩萨；眼睛变作窗棂；只有尾巴不好收拾，竖在后面，变作一根旗杆。真君赶到崖下，不见打倒的鸨鸟，只有一间小庙，急睁凤眼，仔细看之，见旗杆立在后面，笑道："是这猢狲了。他今又在那里哄我。我也曾见庙宇，更不曾见一个旗杆竖在后面的。断是这畜生弄喧。他若哄我进去，他便一口咬住。我怎肯进去？等我掣拳先捣窗棂，后踢门扇。"大圣听得，……扑的一个虎跳，又冒在空中不见。真君前前后后乱赶，……起在半空，见那李天王高擎照妖镜，与哪吒住立云端。真君道："天王，曾见那猴王么？"天王道："不曾上来，我这里照着他哩。"

明清小说

真君把那赌变化，弄神通，拿群猴一事说毕，却道："他变庙宇，正打处，就走了。"李天王闻言，又把照妖镜四方一照，呵呵的笑道："真君，快去快去，那猴子使了个隐身法，走出营围，往你那灌江口去也。"……却说那大圣已至灌江口，摇身一变，变作二郎爷爷的模样，按下云头，径入庙里。鬼判不能相认，一个个磕头迎接。他坐在中间，点查香火：见李虎拜还的三牲，张龙许下的保福，赵甲求子的文书，钱丙告病的良愿。正看处，有人报"又一个爷爷来了"。众鬼判急急观看，无不惊心。

真君却道："有个甚么齐天大圣，才来这里否？"众鬼判道："不曾见甚么大圣，只有一个爷爷在里面查点哩。"真君撞进门；大圣见了，现出本相道："郎君，不消嚷，庙宇已姓孙了！"这真君即举三尖两刃神锋，劈脸就砍。那猴王使个身法，让过神锋，掣出那绣花针儿，幌一幌，碗来粗细，赶到前，对面相还。两个嚷嚷闹闹，打出庙门，半雾半云，且行且战，复打到花果山。慌得那四大天王等众提防愈紧；这康张太尉等迎着真君，合心努力，把那美猴王围绕不题……（第六回下《小圣施威降大圣》）

然作者构思之幻，则大率在八十一难中，如金𡾰山之战（五十至五二回），二心之争（五七及五八回），火焰山之战（五九至六一回），变化施为，皆极奇恣，前二事杨书已有，后一事则取杂剧《西游记》及《华光传》中之铁扇公主以配《西游记传》中仅见其名之牛魔王，俾益增其神怪艳异者也。其述牛魔王既为群神所服，令罗刹女献芭蕉扇，灭火焰山火，俾玄奘等西行情状云：

……那老牛心惊胆战，……望上便走。恰好有托塔李天王并哪吒太子领鱼肚药叉巨灵神将慢住空中。……牛王急了，依前摇身一变，还变作一只大白牛，使两只铁角去触天王,天王使刀来砍。随后孙行者又到,……道:"这厮神通不小,又变作这等身躯,却怎奈何?"太子笑道:"大圣勿疑,你看我擒他。"这太子即喝一声"变!"变得三头六臂,飞身跳在牛王背上,使斩妖剑望颈项上一挥,不觉得把个牛头斩下。天王丢刀,却才与行者相见。那牛王腔子里又钻出一个头来,口吐黑气,眼放金光。被哪吒又砍一剑,头落处,又钻出一个头来;一连砍了十数剑,随即长出十数个头。哪吒取出火轮儿,挂在老牛的角上,便吹真火,焰焰烘烘,把牛王烧得张狂哮吼,摇头摆尾。才要变化脱身,又被托塔天王将照妖镜照住本像,腾挪不动,无计逃生,只叫"莫伤我命,情愿归顺佛家也!"哪吒道:"既惜身命,快拿扇子出来!"

牛王道:"扇子在我山妻处收着哩。"哪吒见说,将缚妖索子解下,……穿在鼻孔里,用手牵来,……回至芭蕉洞口。老牛叫道:"夫人,将扇子出来,救我性命!"罗刹听叫,急卸了钗环,脱了色服,挽青丝如道姑,穿缟素似比丘,双手捧那柄丈二长短的芭蕉扇子,走出门;又见金刚众圣与天王父子,慌忙跪在地下,磕头礼拜道:"望菩萨饶我夫妻之命,愿将此扇奉承孙叔叔成功去也。"……

……孙大圣执着扇子,行近山边,尽气力挥了一扇,那火焰山平平息焰,寂寂除光;又扇一扇,只闻得习习潇潇,清风微动;第三扇,满天云漠漠,细雨落霏霏。有诗为证:

火焰山遥八百程,火光大地有声名。火煎五漏丹难熟,火燎三关道不清。特借芭蕉施雨露,辛蒙天将助神功。牵牛归佛伏颠劣,水火相联性自平。(第六十一回下《孙行者三调芭蕉扇》)

又作者秉性,"复善谐剧",故虽述变幻恍惚之事,亦每杂解颐之言,使神魔皆有人情,精魅亦通世故,而玩世不恭之意寓焉(详见胡

适《西游记考证》)。如记孙悟空大败于金㔷洞咒怪,失金箍棒,因谒玉帝,乞发兵收剿一节云:

……当时四天师传奏灵霄,引见玉陛,行者朝上唱个大喏,道:"老官儿,累你累你。我老孙保护唐僧往西天取经,一路凶多吉少,也不消说。于今来在金㔷山,金㔷洞,有一咒怪,把唐僧拿在洞里,不知是要蒸,要煮,要晒。是老孙寻上他门,与他交战,那怪神通广大,把我金箍棒抢去,因此难缚妖魔。那怪说有些认得老孙,我疑是天上凶星思凡下界,为此特来启奏,伏乞天尊垂慈洞鉴,降旨查勘凶星,发兵收剿妖魔,老孙不胜战栗屏营之至。"却又打个深躬道:"以闻。"旁有葛仙翁笑道:"猴子是何前倨后恭?"行者道:"不敢不敢。不是甚前倨后恭,老孙于今是没棒弄了。"……(第五十一回上《心猿空用千般计》)

评议此书者有清人山阴悟一子陈士斌《西游真论》(康熙丙子尤侗序),西河张书绅《西游正旨》(乾隆戊辰序)与悟元道人刘一明《西游原旨》(嘉庆十五年序),或云劝学,或云谈禅,或云讲道,皆阐明理法,文词甚繁。然作者虽儒生,此书则实出于游戏,亦非语道,故全书仅偶见五行生克之常谈,尤未学佛,故末回至有荒唐无稽之经目,特缘混同之教,流行来久,故其著作,乃亦释迦与老君同流,真性与元神杂出,使三教之徒,皆得随宜附会而已。假欲勉求大旨,则谢肇淛(《五杂组》十五)之"《西游记》曼衍虚诞,而其纵横变化,以猿为心之神,以猪为意之驰,其始之放纵,上天下地,莫能禁制,而归于紧箍一咒,能使心猿驯伏,至死靡他,盖亦求放心之喻,非浪作也"数语,已足尽之。作者所说,亦第云"众僧们议论佛门定旨,上西天取经的缘由,……三藏箝口不言,但以手指自心,点头几度,众僧们莫解其意,……三藏道;'心生种种魔生,心灭种种魔灭,我弟子曾在化生寺对佛说下誓愿,不由我不尽此心,这一去,定要到西天见佛求经,使我们法轮回转,皇图永固。'"(十三回)而已。

《后西游记》六卷四十回,不题何人作。中谓花果山复生石猴,仍得神通,称为小圣,辅大颠和尚赐号半偈者复往西天,虔求真解。途中收猪一戒,得沙弥,且遇诸魔,屡陷危难,顾终达灵山,得解而返。其谓儒释本一,亦同《西游》,而行文造事并逊,以吴承恩诗文之清绮推之,当非所作矣。又有《续西游记》,未见,《西游补》所附杂记有云,"《续西游》摹拟逼真,失于拘滞,添出比丘灵虚,尤为蛇足"也。

金 瓶 梅

当神魔小说盛行时，记人事者亦突起，其取材犹宋市人小说之"银字儿"，大率为离合悲欢及发迹变态之事，间杂因果报应，而不甚言灵怪，又缘描摹世态，见其炎凉，故或亦谓之"世情书"也。

诸"世情书"中，《金瓶梅》最有名。初唯抄本流传，袁宏道见数卷，即以配《水浒传》为"外典"（《觞政》），故声誉顿盛；世又益以《西游记》，称三大奇书。万历庚戌（一六一〇），吴中始有刻本，计一百回，其五十三至五十七回原阙，刻时所补也（见《野获编》二十五）。作者不知何人，沈德符云是嘉靖间大名士（亦见《野获编》），世因以拟太仓王世贞，或云其门人（康熙乙亥谢颐序云）。由此复生谰言，谓世贞造作此书，乃置毒于纸，以杀其仇严世蕃，或云唐顺之者，故清康熙中彭城张竹坡评刻本，遂有《苦孝说》冠其首。

《金瓶梅》全书假《水浒传》之西门庆为线索，谓庆号四泉，清河人，"不甚读书，终日闲游浪荡"，有一妻三妾，又交"帮闲抹嘴不守本分的人"，结为十弟兄，复悦潘金莲，酖其夫武大，纳以为妾，武松来报仇，寻之不获，误杀李外傅，刺配孟州。而西门庆故无恙，于是日益放恣，通金莲婢春梅，复私李瓶儿，亦纳为妾，"又得两三场横财，家道营盛"。已而李瓶儿生子；庆则因赂蔡京得金吾卫副千户，乃愈肆，求药纵欲受贿枉法无不为。然潘金莲妒李有子，屡设使受惊，子终以瘈疭死；李痛子亦亡。潘则力媚西门庆，庆一夕饮药逾量，亦暴死。金莲春梅复通于庆婿陈敬济，事发被斥卖，金莲遂出居王婆家待嫁，而武松适遇赦归，因见杀；春梅则卖为周守备妾，有宠，又生子，竟册为夫人。会孙雪娥以遇拐复获发官卖，春梅憾其尝"唆打陈敬济"，则买而折辱之，旋卖于酒家为娼；又称敬济为弟，罗致府中，仍与通。已而守备征宋江有功，擢济南兵马制置，敬济亦列名军门，升为参谋。后金人入寇，守备阵亡，春梅夙通其前妻之子，因亦以淫纵暴卒。比金兵将至清河，庆妻携其遗腹子孝哥欲奔济南，途遇普净和尚，引至永福寺，以因果现梦化之，孝哥遂出家，法名明悟。

作者之于世情，盖诚极洞达，凡所形容，或条畅，或曲折，或刻露而尽相，或幽伏而含讥，或一时并写两面，使之相形，变幻之情，随在显见，同时说部，无以上之，故世以为非王世贞不能作。至谓此书之作，专以写市井间淫夫荡妇，则与本文殊不符，缘西门庆故称世家，为搢绅，不唯交通权贵，即士类亦与周旋，著此一家，即骂尽诸色，盖非独描摹下流言行，加以笔伐而已。

……妇人（潘金莲）道："怪奴才，可可儿的来，想起一件事来，我要说又忘了。"因令春梅："你取那只鞋来与他瞧。""你认的这鞋是谁的鞋？"西门庆道："我不知是谁的鞋。"妇人道："你看他还打张鸡儿哩。瞒着我黄猫黑尾，你干的好茧儿。来旺媳妇子的一只臭蹄子，宝上珠也一般收藏在藏春坞雪洞儿里拜帖匣子内，搅着些字纸和香儿，一处放着。甚么罕稀物件，也不当家化化的，怪不的那贼淫妇死了随阿鼻地狱。"又指著秋菊骂道："这奴才当我的鞋，又翻出来，教我打了几下。"分付春梅："趁早与我掠出去。"春梅把

明清小说　353

鞋掠在地下，看着秋菊说道："赏与你穿了罢。"那秋菊拾着鞋儿说道："娘这个鞋，只好盛我一个脚指头儿罢。"那妇人骂道："贼奴才，还叫甚么□娘哩。他是你家主子前世的娘！不然，怎的把他的鞋这等收藏的娇贵？到明日好传代。没廉耻的货！"

秋菊拿着鞋就往外走，被妇人又叫回来，分付"取刀来，等我把淫妇鞋剁作几截子，掠到茅厕里去，叫贼淫妇阴山背后永世不得超生"。因向西门庆道："你看着越心疼，我越发偏剁个样儿你瞧。"西门庆笑道："怪奴才，丢开手罢了，我那里有这个心。"……（第二十八回）

……掌灯时分，蔡御史便说："深扰一日，酒告止了罢。"因起身出席。左右便欲掌灯，西门庆道："且休掌灯。请老先生后边更衣。"于是……让至翡翠轩，……关上角门，只见两个唱的，盛妆打扮，立于阶下，向前插烛也似磕了四个头。……蔡御史看见，欲进不能，欲退不舍，便说道："四泉，你如何这等爱厚？恐使不得。"西门庆笑道："与昔日东山之游，又何异乎？"蔡御史道："恐我不如安石之才，而君有王右军之高致矣。"……因进入轩内，见文物依然，因索纸笔，就欲留题相赠。西门庆即令书童将端溪砚研的墨浓浓的，拂下锦笺。这蔡御史终是状元之才，拈笔在手，文不加点，字走龙蛇，灯下一挥而就，作诗一首。……（第四十九回）

明小说之宣扬秽德者，人物每有所指，盖借文字以报凤仇，而其是非，则殊难揣测。沈德符谓《金瓶梅》亦斥时事，"蔡京父子则指分宜，林灵素则指陶仲文，朱勔则指陆炳，其它亦各有所属"。则主要如西门庆，自当别有主名，即开篇所谓"有一处人家，先前怎地富贵，到后来煞甚凄凉，权谋术智，一毫也用不着，亲友兄弟，一个也靠不着，享不过几年的荣华，倒做了许多的话靶。内中又有几个斗宠争强迎奸卖俏的，起先好不妖娆妩媚，到后来也免不得尸横灯影，血染空房"（第一回）者是矣。结末稍进，用释家言，谓西门庆遗腹子孝哥方睡在永福寺方丈，普净引其母及众往，指以禅杖，孝哥"翻过身来，却是西门庆，项戴沈枷，腰系铁索。复用禅杖只一点，依旧还是孝哥儿睡在床上。……原来孝哥儿即是西门庆托生"（第一百回）。此之事状，固若玮奇，然亦第谓种业留遗，累世如一，出离之道，唯在"明悟"而已。若云孝子衔酷，用此复仇，虽奇谋至行，足为此书生色，而证佐盖阙，不能信也。

故就文辞与意象以观《金瓶梅》，则不外描写世情，尽其情伪，又缘衰世，万事不纲，爰发苦言，每极峻急，然亦时涉隐曲，猥黩者多。后或略其他文，专注此点，因予恶谥，谓之"淫书"；而在当时，实亦时尚。成化时，方士李孜僧继晓已以献房中术骤贵，至嘉靖间而陶仲文以进红铅得幸于世宗，官至特进光禄大夫柱国少师少傅少保礼部尚书恭诚伯。于是颓风渐及士流，都御史盛端明布政使参议顾可学皆以进士起家，而俱借"秋石方"致大位。瞬息显荣，世俗所企羡，侥幸者多竭智力以求奇方，世间乃渐不以纵谈闺帏方药之事为耻。风气既变，并及文林，故自方士进用以来，方药盛，妖心兴，而小说亦多神魔之谈，且每叙床笫之事也。

然《金瓶梅》作者能文，故虽间杂猥词，而其他佳处自在，至于末流，则着意所写，专在性交，又越常情，如有狂疾，唯《肉蒲团》意想颇似李渔，较为出类而已。其尤下者则意欲媟语，而未能文，乃作小书，刊布于世，中经禁断，今多不传。

万历时又有名《玉娇李》者，云亦出《金瓶梅》作者之手。袁宏道曾闻大略，谓"与前书各设报应因果，武大后世化为淫夫，上蒸下报；潘金莲亦作河间妇，终以极刑；西门庆则一骏憨男子，坐视妻妾外遇，以见轮回不爽"。后沈德符见首卷，以为"秽黩百端，背伦蔑理，……其帝则称完颜大定，而贵溪（夏言）分宜（严嵩）相构，亦

明清小说 355

暗寓焉。至嘉靖辛丑庶常诸公，则直书姓名，尤可骇怪。……然笔锋恣横酣畅，似尤胜《金瓶梅》"（皆见《野获编》二十五）。今其书已佚，虽或偶有见者，而文章事迹，皆与袁、沈之言不类，盖后人影撰，非当时所见本也。

《续金瓶梅》前后集共六十四回，题"紫阳道人编"。自言东汉时辽东三韩有仙人丁令威；后五百年而临安西湖有仙人丁野鹤，临化遗言，"说'五百年后又有一人名丁野鹤，是我后身，来此相访'。后至明末，果有东海一人，名姓相同，来此罢官而去，自称紫阳道人"（六十二回）。卷首有《太上感应篇阴阳无字解》，署"鲁诸邑丁耀亢参解"，序有云："自奸杞焚予《天史》于南都，海桑既变，不复讲因果事，今见圣天子钦颁《感应篇》，自制御序，戒谕臣工。"则《续金瓶梅》当成于清初，而丁耀亢即其撰人矣。耀亢字西生，号野鹤，山东诸城人，弱冠为诸生，走江南与诸名士联文社，既归，郁郁不得志，作《天史》十卷。清顺治四年入京，由顺天籍拔贡，充镶白旗教习，诗名甚盛。后为容城教谕，迁惠安知县，不赴，六十后病目，自称木鸡道人，年七十二卒（约一六二○至一六九一），所著有诗集十余卷，传奇四种（乾隆《诸城志》十三及三六）。《天史》者，类历代吉凶诸事而成，焚于南都，未详其实，《诸城志》但云"以献益都钟羽正，羽正奇之"而已。

《续金瓶梅》主意殊单简，前集谓普净是地藏菩萨化身，一日施食，以轮回大簿指点众鬼，俾知将来恶报，后悉如言。西门庆为汴京富室沈越子，名曰金哥，越之妻弟袁指挥居对门，有女常姐，则李瓶儿后身，尝在沈氏宅打秋千，为李师师所见，艳其美，矫旨取之，改名银瓶。金人陷汴，民众流离，金哥遂沦为乞丐；银瓶则为娼，通郑玉卿，后嫁为翟员外妾，又与郑偕遁至扬州，为苗青所赚，乃自经死。后集则叙东京孔千户女名梅玉者，以艳羡富贵，自甘为金人金哈木儿妾，而大妇"凶妒"，篡取虐使之，梅玉欲自裁，因梦自知是春梅后身，大妇则孙雪娥再世，遂长斋念佛，不生嗔恨，竟得脱离。至潘金莲则转生为山东黎指挥女,名金桂,夫曰刘瘸子,其前生实为陈敬济,以夙业故,体貌不全,金桂怨愤,因招妖蛊,又缘受惊,终成痼疾也。

余文俱述他人牵缠孽报,而以国家大事,穿插其间,又杂引佛典道经儒理,详加解释,动辄数百言,顾什九以《感应篇》为归宿,所谓"要说佛说道说理学,先从因果说起,因果无凭,又从《金瓶梅》说起"(第一回)也。明之"淫书"作者,本好以阐明因果自解,至于此书,则因见"只有夫妇一伦,变故极多,……造出许多冤业,世世偿还,真是爱河自溺,欲火自煎,一部《金瓶梅》说了个色字,一部《续金瓶梅》说了个空字,从色还空,即空是色,乃自果报,转入佛法"(四十三回)矣。然所谓佛法,复甚不纯,仍混儒道,与神魔小说诸作家意想无甚异,唯似较重力行,又欲无所执着,故亦颇讥当时空谈三教一致及妄分三教等差者之弊,如述李师师旧宅收没入官,立为大觉尼寺,儒道又出面纷争,即其例也:

……这里大觉寺兴隆佛事不题。后因天坛道官并阁学生员争这块地,上司断决不开,各在兀术太子营里上了一本,说道:"这李师师府地宽大,僧妓杂居,单给尼姑盖寺,恐久生事端,宜作公所。其后半花园,应分割一半,作三教堂,为儒释道三教讲堂。"王爷准了,才息了三处争讼。那道官见自己不独得,又是三分四裂的,不来照管。这开封府秀才吴蹈理卜守分两个无耻生员,借此为名,也就贴了公帖,每人三钱,倒敛了三四百两分资。不日盖起三间大殿,原是释迦佛居中,老子居左,孔子居右,只因不肯倒了自家门面,便把孔夫子居中,佛老分为左右,以见贬黜异端外道的意思。把那园中台榭池塘,和那两间妆阁,当日银瓶做过卧房的,改作书房。

……这些风流秀士,有趣文人,和那浮浪子弟们,也不

明清小说　357

讲禅，也不讲道，每日在三教堂饮酒赋诗，倒讲了个色字，好个快活所在。题曰三空书院，无非说三教俱空之意。……
（第三十七回上《三教堂青楼成净土》）

又有《隔帘花影》四十八回，世亦以为《金瓶梅》后本，而实乃改易《续金瓶梅》中人名（如以西门庆为南宫吉之类）及回目，并删略其絮说因果语而成，书末不完，盖将续作，然未出。一名《三世报》，殆包举将来拟续之事；或并以武大被鸩，亦为夙业，合数之得三世也。

聊斋志异

唐人小说单本，至明什九散亡；宋修《太平广记》成，又置不颁布，绝少流传，故后来偶见其本，仿以为文，世人辄大耸异，以为奇绝矣。明初，有钱唐瞿佑字宗吉，有诗名，又作小说曰《剪灯新话》，文题意境，并抚唐人，而文笔殊冗弱不相副，然以粉饰闺情，拈掇艳语，故特为时流所喜，仿效者纷起，至于禁止，其风始衰。迨嘉靖间，唐人小说乃复出，书估往往刺取《太平广记》中文，杂以他书，刻为丛集，真伪错杂，而颇盛行。文人虽素与小说无缘者，亦每为异人侠客童奴以至虎狗虫蚁作传，置之集中。盖传奇风韵，明末实弥漫天下，至易代不改也。

而专集之最有名者为蒲松龄之《聊斋志异》。松龄字留仙，号柳泉，山东淄川人，幼有轶才，老而不达，以诸生授徒于家，至康熙辛卯始成岁贡生（《聊斋志异》序跋），越四年遂卒，年八十六（一六三〇至一七一五），所著有《文集》四卷，《诗集》六卷，《聊斋志异》八卷（文集附录张元撰墓表），及《省身录》《怀刑录》《历字文》《日用俗字》《农桑经》等（李桓《耆献类征》四百三十一）。其《志异》

或析为十六卷,凡四百三十一篇,年五十始写定,自有题辞,言"才非干宝,雅爱搜神,情同黄州,喜人谈鬼,闲则命笔,因以成编。久之,四方同人又以邮筒相寄,因而物以好聚,所积益夥"。是其储蓄收罗者久矣。然书中事迹,亦颇有从唐人传奇转化而出者(如《凤阳士人》《续黄粱》等),此不自白,殆抚古而又讳之也。至谓作者搜采异闻,乃设烟茗于门前,邀田夫野老,强之谈说以为粉本,则不过委巷之谈而已。

《聊斋志异》虽亦如当时同类之书,不外记神仙狐鬼精魅故事,然描写委曲,叙次井然,用传奇法,而以志怪,变幻之状,如在目前;又或易调改弦,别叙畸人异行,出于幻域,顿入人间;偶述琐闻,亦多简洁,故读者耳目,为之一新。又相传渔洋山人(王士禛)激赏其书,欲市之而不得,故声名益振,竞相传抄。然终著者之世,竟未刻,至乾隆末始刊于严州;后但明伦吕湛恩皆有注。

明末志怪群书,大抵简略,又多荒怪,诞而不情,《聊斋志异》独于详尽之外,示以平常,使花妖狐魅,多具人情,和易可亲,忘为异类,而又偶见鹘突,知复非人。如《狐谐》言博兴万福于济南娶狐女,而女雅善谈谐,倾倒一坐,后忽别去,悉如常人;《黄英》记马子才得陶氏黄英为妇,实乃菊精,居积取盈,与人无异,然其弟醉倒,忽化菊花,则变怪即骤现也。

……一日,置酒高会,万居主人位,孙与二客分左右座,下设一榻屈狐。狐辞不善酒,咸请坐谈,许之。酒数行,众掷骰为瓜蔓之令;客值瓜色,会当饮,戏以觥移上座曰:"狐娘子大清醒,暂借一觞。"狐笑曰:"我故不饮,愿陈一典以佐诸公饮。"……客皆言曰:"骂人者当罚。"狐笑曰:"我骂狐何如?"众曰:"可。"于是倾耳共听。狐曰:"昔一大臣,出使红毛国,着狐腋冠见国王,国王视而异之,问:'何皮毛,温厚乃尔?'大臣以'狐'对。王言:'此物生平……未尝得闻。狐字字画何等？'使臣书空而奏曰：'右边是一大瓜，左边是一小犬。'"主客又复哄堂。……居数月，与万偕归。……逾年，万复事于济，狐又与俱。忽有数人来，狐从与语，备极寒暄；乃语万曰："我本陕中人，与君有夙因，遂从尔许时，今我兄弟至，将从以归，不能周事。"留之，不可，竟去。（卷五）

……陶饮素豪，从不见其沉醉。有友人曾生，量亦无对，适过马，马使与陶较饮，二人……自辰以讫四漏，计各尽百壶，曾烂醉如泥，沉睡坐间，陶起归寝，出门践菊畦，玉山倾倒，委衣于侧，即地化为菊：高如人，花十余朵皆大于拳。马骇绝，告黄英；英急往，拔置地上，曰："胡醉至此？"复以衣，要马俱去，戒勿视。既明而往，则陶卧畦边，马乃悟姊弟菊精也，益爱敬之。而陶自露迹，饮益放，……值花朝，曾来造访，以两仆舁药浸白酒一坛，约与共尽。……曾醉已惫，诸仆负之去。陶卧地又化为菊；马见惯不惊，如法拔之，守其旁以观其变，久之，叶益憔悴，大惧，始告黄英。英闻，骇曰："杀吾弟矣！"奔视之，根株已枯；痛绝，掐其梗埋盆中，携入闺中，日灌溉之。马悔恨欲绝，甚恶曾。越数日，闻曾已醉死矣，盆中花渐萌，九月，既开，短干粉朵，嗅之有酒香，名之"醉陶"，浇以酒则茂。……黄英终老，亦无他异。（卷四）

又其叙人间事，亦尚不过为形容，致失常度，如《马介甫》一篇述杨氏有悍妇，虐遇其翁，又慢客，而兄弟祗畏，至对客皆失措云：

……约半载，马忽携僮仆过杨，直杨翁在门外曝阳扪虱，疑为佣仆，通姓氏使达主人；翁被絮去，或告马："此即其翁也。"马方惊讶，杨兄弟岸帻出迎，登堂一揖，便请朝

明清小说　361

父,万石辞以偶恙,捉坐笑语,不觉向夕。万石屡言具食,而终不见至,兄弟迭互出入,始有瘦奴持壶酒来,俄顷引尽,坐伺良久,万石频起催呼,额颊间热汗蒸腾。俄瘦奴以馔具出,脱粟失饪,殊不甘旨。食已,万石草草便去;万锺幞被来伴客寝。……(卷十)

至于每卷之末,常缀小文,则缘事极简短,不合于传奇之笔,故数行即尽,与六朝之志怪近矣。又有《聊斋志异拾遗》一卷二十七篇,出后人掇拾;而其中殊无佳构,疑本作者所自删弃,或他人拟作之。

乾隆末,钱唐袁枚撰《新齐谐》二十四卷,续十卷,初名《子不语》,后见元人说部有同名者,乃改今称;序云"妄言妄听,记而存之,非有所感也",其文屏去雕饰,反近自然,然过于率意,亦多芜秽,自题"戏编",得其实矣。若纯法《聊斋》者,时则有吴门沈起凤作《谐铎》十卷(乾隆五十六年序),而意过俳,文亦纤仄;满洲和邦额作《夜谭随录》十二卷(亦五十六年序),颇借材他书(如《佟觭角》《夜星子》《疡医》皆本《新齐谐》),不尽己出,词气亦时失之粗暴,然记朔方景物及市井情形者特可观。他如长白浩歌子之《萤窗异草》三编十二卷(似乾隆中作,别有四编四卷,乃书估伪造)。海昌管世灏之《影谈》四卷(嘉庆六年序),平湖冯起凤之《昔柳摭谈》八卷(嘉庆中作),近至金匮邹弢之《浇愁集》八卷(光绪三年序),皆志异,亦俱不脱《聊斋》窠臼。唯棣余裔孙《六合内外琐言》二十卷(似嘉庆初作)一名《璅蛣杂记》者,故作奇崛奥衍之辞,伏藏讽喻,其体式为在先作家所未尝试,而意浅薄;据金武祥(《江阴艺文志》下)说,则江阴屠绅字贤书之所作也。绅又有《鹗亭诗话》一卷,文词较简,亦不尽记异闻,然审其风格,实亦此类。

《聊斋志异》风行逾百年,模仿赞颂者众,顾至纪昀而有微辞。盛时彦(《姑妄听之》跋)述其语曰:"《聊斋志异》盛行一时,然才子之笔,非著书者之笔也。虞初以下天宝以上古书多佚矣;其可见完帙者,刘敬叔《异苑》陶潜《续搜神记》,小说类也,《飞燕外传》《会真记》,传记类也。《太平广记》事以类聚,故可并收;今一书而兼二体,所未解也。小说既述见闻,即属叙事,不比戏场关目,随意装点;……今燕昵之词,媟狎之态,细微曲折,摹绘如生,使出自言,似无此理,使出作者代言,则何从而闻见之,又所未解也。"盖即訾其有唐人传奇之详,又杂以六朝志怪者之简,既非自叙之文,而尽描写之致而已。昀字晓岚,直隶献县人;父容舒,官姚安知府。昀少即颖异,年二十四领顺天乡试解额,然三十一始成进士,由编修官至侍读学士,坐泄机事谪戍乌鲁木齐,越三年召还,授编修,又三年擢侍读,总纂《四库全书》,绾书局者十三年,一生精力,悉注于《四库提要》及《目录》中,故他撰著甚少。后累迁至礼部尚书,充经筵讲官,自是又为总宪者五,长礼部者三(李元度《国朝先正事略》二十)。乾隆五十四年,以编排秘籍至热河,"时校理久竟,特督视官吏题签皮架而已,昼长无事",乃追录见闻,作稗说六卷,曰《滦阳消夏录》。越二年,作《如是我闻》,次年又作《槐西杂志》,次年又作《姑妄听之》,皆四卷;嘉庆三年夏复至热河,又成《滦阳续录》六卷,时年已七十五。后二年,其门人盛时彦合刊之,名《阅微草堂笔记五种》(本书)。十年正月,复调礼部,拜协办大学士,加太子少保,管国子监事;二月十四日卒于位,年八十二(一七二四至一八○五),谥"文达"(《事略》)。

《阅微草堂笔记》虽"聊以遣日"之书,而立法甚严,举其体要,则在尚质黜华,追踪晋宋;自序云,"缅昔作者如王仲任应仲远引经据古,博辨宏通,陶渊明刘敬叔刘义庆简淡数言,自然妙远,诚不敢妄拟前修,然大旨期不乖于风教"者,即此之谓。其轨范如是,故与《聊斋》之取法传奇者途径自殊,然较以晋宋人书,则《阅微》又过偏于论议。盖不安于仅为小说,更欲有益人心,即与晋宋志怪精神,自然违隔;且末流加厉,易堕为报应因果之谈也。

明清小说 363

唯纪昀本长文笔，多见秘书，又襟怀夷旷，故凡测鬼神之情状，发人间之幽微，托狐鬼以抒己见者，隽思妙语，时足解颐；间杂考辨，亦有灼见。叙述复雍容淡雅，天趣盎然，故后来无人能夺其席，固非仅借位高望重以传者矣。今举其较简者三则于下：

刘乙斋廷尉为御史时，尝租西河沿一宅，每夜有数人击析，声琅琅彻晓，……视之则无形，聒耳至不得片刻睡。乙斋故强项，乃自撰一文，指陈其罪，大书粘壁以驱之，是夕遂寂。乙斋自诧不减昌黎之驱鳄也。余谓"君文章道德，似尚未敌昌黎，然性刚气盛，平生尚不作暧昧事，故敢悍然不畏鬼；又拮据迁此宅，力竭不能再徙，计无复之，惟有与鬼以死相持：此在君为'困兽犹斗'，在鬼为"穷寇勿追'耳"。乙斋笑击余背曰，"魏收轻薄哉！然君知我者。"（《滦阳消夏录》六）

田白岩言："尝与诸友扶乩，其仙自称真山民，宋末隐君子也，倡和方洽，外报某客某客来，乩忽不动。他日复降，众叩昨遽去之故，乩判曰：'此二君者，其一世故太深，酬酢太熟，相见必有谀词数百句，云水散人拙于应对，不如避之为佳；其一心思太密，礼数太明，其与人语，恒字字推敲，责备无已，闲云野鹤岂能耐此苛求，故逋逃尤恐不速耳。'"后先姚安公闻之曰："此仙究狷介之士，器量未宏。"（《槐西杂志》一）

李义山诗"空闻子夜鬼悲歌"，用晋时鬼歌《子夜》事也；李昌谷诗"秋坟鬼唱鲍家诗"，则以鲍参军有《蒿里行》，幻宵其词耳。然世间固往往有是事。田香沁言："尝读书别业，一夕风静月明，闻有度昆曲者，亮折清圆，凄心动魄，谛审之，乃《牡丹亭·叫画》一出也。忘其所以，倾听至终。忽省墙外皆断港荒陂，人迹罕至，此曲自何而来？开户视之，惟芦荻瑟瑟而已。"(《姑妄听之》三)

昀又"天性孤直，不喜以心性空谈，标榜门户"(盛序语)，其处事贵宽，论人欲恕，故于宋儒之苛察，特有违言，书中有触即发，与见于《四库总目提要》中者正等。且于不情之论，世间习而不察者，亦每设疑难，揭其拘迂，此先后诸作家所未有者也，而世人不喻，哓哓然竟以劝惩之佳作誉之。

吴惠叔言："医者某生素谨厚，一夜，有老媪持金钏一双就买堕胎药，医者大骇，峻拒之；次夕，又添持珠花两枝来，医者益骇，力挥去。越半载余，忽梦为冥司所拘，言有诉其杀人者。至，则一披发女子，项勒红巾，泣陈乞药不与状。医者曰：'药以活人，岂敢杀人以渔利。汝自以奸败，于我何尤！'女子曰：'我乞药时，孕未成形，倘得堕之，我可不死：是破一无知之血块，而全一待尽之命也。既不得药，不能不产，以致子遭扼杀，受诸痛苦，我亦见逼而就缢：是汝欲全一命，反戕两命矣。罪不归汝，反谁归乎？'冥官喟然曰，'汝之所言，酌乎事势；彼之所执者理也。宋以来固执一理而不揆事势之利害者，独此人也哉？汝且休矣！'拊几有声，医者悚然而寤。"(《如是我闻》三)

东光有王莽河，即胡苏河也，旱则涸，水则涨，每病涉焉。外舅马公周箓言："雍正末有丐妇一手抱儿一手扶病姑涉此水，至中流，姑蹶而仆，妇弃儿于水，努力负姑出。姑大诟曰：'我七十老妪，死何害？张氏数世待此儿延香火，尔胡弃儿以拯我？斩祖宗之祀者，尔也！'妇泣不敢语，长

明清小说　365

跪而已。越两日，姑竟以哭孙不食死；妇呜咽不成声，痴坐数日，亦立槁。……有著论者，谓儿与姑较则姑重，姑与祖宗较则祖宗重。使妇或有夫，或尚有兄弟，则弃儿是；既两世穷嫠，止一线之孤子，则姑所责者是；妇虽死，有余悔焉。姚安公曰：'讲学家责人无已时。夫急流汹涌，少纵即逝，此岂能深思长计时哉？势不两全，弃儿救姑，此天理之正而人心之所安也。使姑死而儿存，……不又有责以爱儿弃姑者耶？且儿方提抱，育不育未可知，使姑死而儿又不育，悔更何如耶？此妇所为，超出恒情已万万，不幸而其姑自殒，以死殉之，亦可哀矣。犹沾沾焉而动其喙，以为精义之学，毋乃白骨衔冤，黄泉赍恨乎？孙复作《春秋尊王发微》，二百四十年内有贬无褒；胡致堂作《读史管见》，三代以下无完人，辨则辨矣，非吾之所欲闻也。'"(《槐西杂志》二)

《滦阳消夏录》方脱稿，即为书肆刊行，旋与《聊斋志异》峙立；《如是我闻》等继之，行益广。其影响所及，则使文人拟作，虽尚有《聊斋》遗风，而摹绘之笔顿减，终乃类于宋明人谈异之书。如同时之临川乐钧《耳食录》十二卷（乾隆五十七年序）《二录》八卷（五十九年序），后出之海昌许秋垞《闻见异辞》二卷（道光二十六年序），武进汤用中《翼駉稗编》八卷（二十八年序）等，皆其类也。迨长洲王韬作《遁窟谰言》（同治元年成）《淞隐漫录》（光绪初成）《淞滨琐话》（光绪十三年序）各十二卷，天长宣鼎作《夜雨秋灯录》十六卷（光绪二十一年序），其笔致又纯为《聊斋》者流，一时传布颇广远，然所记载，则已狐鬼渐稀，而烟花粉黛之事盛矣。

体式较近于纪氏五书者，有云间许元仲《三异笔谈》四卷（道光七年序），德清俞鸿渐《印雪轩随笔》四卷（道光二十五年序），后者甚推《阅微》，而云"微嫌其中排击宋儒语过多"（卷二），则旨趣实异。光绪中，德清俞樾作《右台仙馆笔记》十六卷，只述异闻，不涉因果；又有羊朱翁（亦俞樾）作《耳邮》四卷，自署"戏编"，序谓"用意措辞，亦似有善恶报应之说，实则聊以遣日，非敢云意在劝惩"。颇似以《新齐谐》为法，而记叙简雅，乃类《阅微》，但内容殊异，鬼事不过什一而已。他如江阴金捧阊之《客窗偶笔》四卷（嘉庆元年序），福州梁恭辰之《池上草堂笔记》二十四卷（道光二十八年序），桐城许奉恩之《里乘》十卷（似亦道光中作），亦记异事，貌如志怪者流，而盛陈祸福，专主劝惩，已不足以称小说。

儒林外史

寓讥弹于稗史者，晋唐已有，而明为盛，尤在人情小说中。然此类小说，大抵设一庸人，极形其陋劣之态，借以衬托俊士，显其才华，故往往大不近情，其用才比于"打诨"。若较胜之作，描写时亦刻深，讥刺之切，或逾锋刃，而《西游补》之外，每似集中于一人或一家，则又疑私怀怨毒，乃逞恶言，非于世事有不平，因抽毫而抨击矣。其近于呵斥全群者，则有《钟馗捉鬼传》十回，疑尚是明人作，取诸色人，比之群鬼，一一抉剔，发其隐情，然词意浅露，已同嫚骂，所谓"婉曲"，实非所知。迨吴敬梓《儒林外史》出，乃秉持公心，指摘时弊，机锋所向，尤在士林；其文又戚而能谐，婉而多讽：于是说部中乃始有足称讽刺之书。

吴敬梓字敏轩，安徽全椒人，幼即颖异，善记诵，稍长补官学弟子员，尤精《文选》，诗赋援笔立成。然不善治生，性又豪，不数年挥旧产俱尽，时或至于绝粮，雍正乙卯，安徽巡抚赵国麟举以应博学鸿词科，不赴，移家金陵，为文坛盟主，又集同志建先贤祠于雨花山麓，祀泰伯以下二百三十人，资不足，售所居屋以成之，而家益贫。

晚年自号文木老人，客扬州，尤落拓纵酒，乾隆十九年卒于客中，年五十四（一七〇一至一七五四）。所著有《诗说》七卷，《文木山房集》五卷，诗七卷，皆不甚传（详见新标点本《儒林外史》卷首）。

吴敬梓著作皆奇数，故《儒林外史》亦一例，为五十五回；其成殆在雍正末，著者方侨居于金陵也。时距明亡未百年，士流盖尚有明季遗风，制艺而外，百不经意，但为矫饰，云希圣贤。敬梓之所描写者即是此曹，既多据自所闻见，而笔又足以达之，故能烛幽索隐，物无遁形，凡官师、儒者、名士、山人，间亦有市井细民，皆现身纸上，声态并作，使彼世相，如在目前，唯全书无主干，仅驱使各种人物，行列而来，事与其来俱起，亦与其去俱讫，虽云长篇，颇同短制；但如集诸碎锦，合为帖子，虽非巨幅，而时见珍异，因亦娱心，使人刮目矣。敬梓又爱才士，"汲引如不及，独嫉'时文士'如仇，其尤工者，则尤嫉之"（程晋芳所作传云）。故书中攻难制艺及以制艺出身者亦甚烈，如令选家马二先生自述制艺之所以可贵云：

"……'举业'二字，是从古及今，人人必要做的。就如孔子生在春秋时候，那时用'言扬行举'做官，故孔子只讲得个'言寡尤，行寡悔，禄在其中'：这便是孔子的举业。到汉朝，用贤良方正开科，所以公孙弘董仲舒举贤良方正：这便是汉人的举业。到唐朝，用诗赋取士；他们若讲孔孟的话，就没有官做了，所以唐人都会作几句诗：这便是唐人的举业。到宋朝，又好了，都用的是些理学的人做官，所以程朱就讲理学：这便是宋人的举业。到本朝，用文章取士，这是极好的法则。就是夫子在而今，也要念文章，做举业，断不讲那'言寡尤，行寡悔'的话。何也？就日日讲究'言寡尤，行寡悔'，那个给你官做？孔子的道，也就不行了。"
（第十三回）

《儒林外史》所传人物，大都实有其人，而以象形谐声或瘦词隐

明清小说 369

语寓其姓名，若参以雍乾间诸家文集，往往十得八九（详见本书上元金和跋）。此马二先生字纯上，处州人，实即全椒冯粹中，为著者挚友，其言真率，又尚上知春秋汉唐，在"时文士"中实犹属诚笃博通之士，但其议论，则不特尽揭当时对于学问之见解，且洞见所谓儒者之心肝者也。至于性行，乃亦君子，例如西湖之游，虽全无会心，颇杀风景，而茫茫然大嚼而归，迂儒之本色固在：

马二先生独自一个，带了几个钱，步出钱塘门，在茶亭里吃了几碗茶，到西湖沿上牌楼跟前坐下，见那一船一船乡下妇女来烧香的，……后面都跟着自己的汉子，……上了岸，散往各庙里去了。马二先生看了一遍，不在意里。起来又走了里把多路，望着湖沿上接连着几个酒店，……马二先生没有钱买了吃，……只得走进一个面店，十六个钱吃了一碗面，肚里不饱，又走到间壁一个茶室吃了一碗茶，买了两个钱"处片"嚼嚼，到觉有些滋味。吃完了出来，……往前走，过了六桥。转个湾，便像些村庄地方。又有人家的棺材，厝基中间，走也走不清；甚是可厌。马二先生欲待回去，遇着一个走路的，问道"前面可还有好顽的所在？"那人道，"转过去便是净慈、雷峰。怎么不好顽？"马二先生于是又往前走。……

过了雷峰，远远望见高高下下许多房子盖着琉璃瓦，……马二先生走到跟前，看见一个极高的山门，一个金字直匾，上写"敕赐净慈禅寺"；山门旁边一个小门。马二先生走了进去；……那些富贵人家女客，成群结队，里里外外，来往不绝。……马二先生身子又长，戴一顶高方巾，一幅乌黑的脸，腆着个肚子，穿着一双厚底破靴，横着身子乱跑，只管在人窝子里撞。女人也不看他，他也不看女人。前前后后跑了一交，又出来坐在那茶亭内，……吃了一碗茶。柜上摆着许多碟子：橘饼、芝麻糖、粽子、烧饼、处片、黑枣、煮栗子,马二先生每样买了几个钱,不论好歹,吃了一饱。马二先生觉得倦了,直着脚跑进清波门;到了下处,关门睡了。因为多走了路,在下处睡了一天;第三日起来,要到城隍山走走。……(第十四回)

至叙范进家本寒微,以乡试中式暴发,旋丁母忧,翼翼尽礼,则无一贬词,而情伪毕露,诚微辞之妙选,亦狙击之辣手矣:

……两人(张静斋及范进)进来,先是静斋谒过,范进上来叙师生之礼。汤知县再三谦让,奉坐吃茶。同静斋叙了些阔别的话;又把范进的文章称赞了一番,问道:"因何不去会试?"范进方才说道:"先母见背,遵制丁忧。"汤知县大惊,忙叫换去了吉服。拱进后堂,摆上酒来。……

知县安了席坐下,用的都是银镶杯箸。范进退前缩后的不举杯箸,知县不解其故。静斋笑道:"世先生因遵制,想是不用这个杯箸。"知县忙叫换去。换了一个磁杯,一双象牙箸来,范进又不肯举动。静斋道:"这个箸也不用。"随即换了一双白颜色竹子的来,方才罢了。知县疑惑:"他居丧如此尽礼,倘或不用荤酒,却是不曾备办。"落后看见他在燕窝碗里拣了一个大虾圆子送在嘴里,方才放心。……(第四回)

此外刻画伪妄之处尚多,掊击习俗者亦屡见。其述王玉辉之女既殉夫,玉辉大喜,而当入祠建坊之际,"转觉心伤,辞了不肯来",后又自言"在家日日看见老妻悲恸,心中不忍"(第四十八回),则描写良心与礼教之冲突,殊极刻深;作者生清初,又束身名教之内,而能心有依违,托稗说以寄慨,殆亦深有会于此矣。以言君子,尚亦有人,杜少卿为作者自况,更有杜慎卿(其兄青然),有虞育德(吴蒙泉),有庄尚志(程绵庄),皆贞士;其盛举则极于祭先贤。迨南京名士渐已销磨,先贤祠亦荒废;而奇人幸未绝于市井,一为"会写字

明清小说　371

的",一为"卖火纸筒子的",一为"开茶馆的",一为"做裁缝的"。末一尤恬淡,居三山街,曰荆元,能弹琴赋诗,缝纫之暇,往往以此自遣;间亦访其同人。

  一日,荆元吃过了饭,思量没事,一径踱到清凉山来。……他有一个老朋友姓于,住在山背后。这于老者也不读书,也不做生意,……督率着他五个儿子灌园。
  ……这日,荆元步了进来,于老者迎着道,"好些时不见老哥来,生意忙的紧?"荆元道,"正是。今日才打发清楚些。特来看看老爹。"于老者道,"恰好烹了一壶现成茶,请用一杯。"斟了送过来。荆元接了,坐着吃,道,"这茶,色香味都好。老爹却是那里取来的这样好水?"于老者道,"我们城西不比你们城南,到处井泉都是吃得的。"荆元道,"古人动说'桃源避世',我想起来,那里要甚么桃源。只如老爹这样清闲自在,住在这样'城市山林'的所在,就是现在的活神仙了。"于老者道,"只是我老拙一样事也不会做,怎的如老哥会弹一曲琴,也觉得消遣些。近来想是一发弹的好了,可好几时请教一回?"荆元道,"这也容易,老爹不嫌污耳,明日携琴来请教。"说了一会,辞别回来。次日,荆元自己抱了琴,来到园里,于老者已焚下一炉好香,在那里等候。……
  于老者替荆元把琴安放在石凳上,荆元席地坐下,于老者也坐在旁边。荆元慢慢的和了弦,弹起来,铿铿锵锵,声振林木。……弹了一会,忽作变徵之音,凄清宛转。于老者听到深微之处,不觉凄然泪下。自此,他两人常常往来。当下也就别过了。(第五十五回)

  然独不乐与士人往还,且知士人亦不屑与友;固非"儒林"中人也。至于此后有无贤人君子得入《儒林外史》,则作者但存疑问而已。

《儒林外史》初唯传抄，后刊木于扬州，已而刻本非一。尝有人排列全书人物，作"幽榜"，谓神宗以水旱偏灾，流民载道，冀"旌沉抑之人才"以祈福利，乃并赐进士及第，并遣礼官就国子监祭之；又割裂作者文集中骈语，襞积之以造诏表（金和跋云），统为一回缀于末：故一本有五十六回。又有人自作四回，事既不伦，语复猥陋，而亦杂入五十六回本中，印行于世：故一本又有六十回。

是后亦鲜有以公心讽世之书如《儒林外史》者。

红　楼　梦

乾隆中（一七六五年顷），有小说曰《石头记》者忽出于北京，历五六年而盛行，然皆写本，以数十金鬻于庙市。其本止八十回，开篇即叙本书之由来，谓女娲补天，独留一石未用，石甚自悼叹，俄见一僧一道，以为"形体到也是个宝物了，还只没有实在好处，须得再镌上数字，使人一见便知是奇物方妙。然后好携你到隆盛昌明之邦，诗礼簪缨之族，花柳繁华之地，温柔富贵之乡，去安身乐业"。于是袖之而去。不知更历几劫，有空空道人见此大石，上镌文词，从石之请，抄以问世。道人亦"因空见色，由色生情，传情入色，自色悟空，遂易名为情僧，改《石头记》为《情僧录》；东鲁孔梅溪则题曰《风月宝鉴》；后因曹雪芹于悼红轩中披阅十载，增删五次，纂成目录，分出章回，则题曰《金陵十二钗》，并题一绝云：'满纸荒唐言，一把辛酸泪。都云作者痴，谁解其中味？'"（戚蓼生所序八十回本之第一回）

本文所叙事则在石头城（非即金陵）之贾府，为宁国荣国二公后。宁公长孙曰敷，早死；次敬袭爵，而性好道，又让爵于子珍，弃家学仙；珍遂纵恣，有子蓉，娶秦可卿。荣公长孙曰赦，子琏，娶王熙凤，次曰政；女曰敏，适林海，中年而亡，仅遗一女曰黛玉。贾政娶于王，生子珠，早卒；次生女曰元春，后选为妃；次复得子，则衔玉而生，玉又有字，因名宝玉，人皆以为"来历不小"，而政母史太君尤钟爱之。宝玉既七八岁，聪明绝人，然性爱女子，常说"女儿是水作的骨肉，男人是泥作的骨肉"。人于是又以为将来且为"色鬼"；贾政亦不甚爱惜，驭之极严，盖缘"不知道这人来历。……若非多读书识字，加以致知格物之功，悟道参玄之力者，不能知也"（戚本第二回贾雨村云）。而贾氏实亦"闺阁中历历有人"，主从之外，姻连亦众，如黛玉宝钗，皆来寄寓，史湘云亦时至，尼妙玉则习静于后园。下即贾氏谱大要，用虚线者其姻连，著×者夫妇，著*者在"金陵十二钗"之数者也。

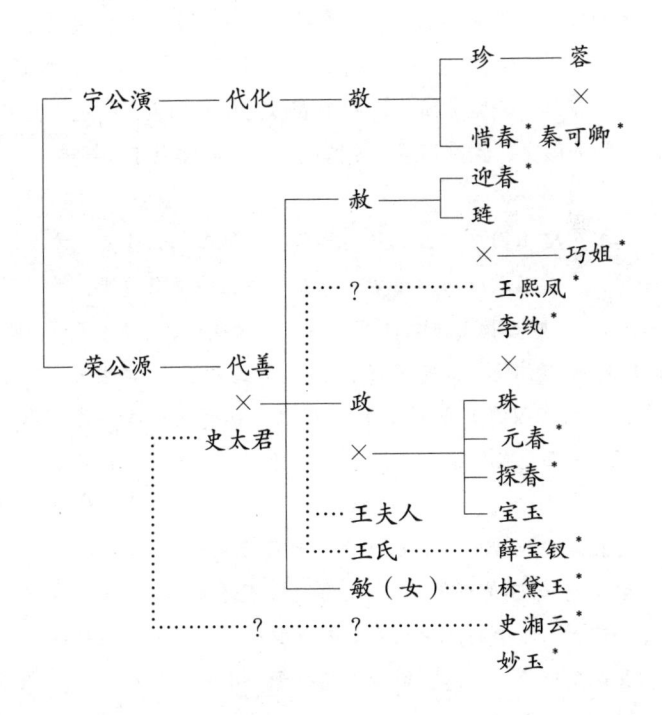

```
                              ┌─ 珍 ─── 蓉
                              │        ×
┌─ 宁公演 ── 代化 ── 敬 ──┤
│                             └─ 惜春* 秦可卿*
│                     ┌─ 赦 ──┬─ 迎春
│                     │       └─ 琏
│                     │            ×──── 巧姐*
│                     │       ?  ····· 王熙凤*
│                     │                李纨*
└─ 荣公源 ── 代善 ──┤                   ×
         ×           │       ┌─ 珠
          史太君      └─ 政 ──┼─ 元春*
                              ×├─ 探春*
                              │└─ 宝玉
                              ··· 王夫人
                              ··· 王氏 ····· 薛宝钗*
                              ─ 敏（女）··· 林黛玉*
                              ? ?  ········· 史湘云*
                                             妙玉*
```

明清小说　375

事即始于林夫人（贾敏）之死，黛玉失恃，又善病，遂来依外家，时与宝玉同年，为十一岁。已而王夫人女弟所生女亦至，即薛宝钗，较长一年，颇极端丽。宝玉纯朴，并爱二人无偏心，宝钗浑然不觉，而黛玉稍恚。一日，宝玉倦卧秦可卿室，遽梦入太虚境，遇警幻仙，阅《金陵十二钗正册》及《副册》，有图有诗，然不解。警幻命奏新制《红楼梦》十二支，其末阕为《飞鸟各投林》，词有云：

为官的，家业雕零；富贵的，金银散尽。有恩的，死里逃生；无情的，分明报应。欠命的命已还，欠泪的泪已尽！……看破的，遁入空门；痴迷的，枉送了性命。好一似，食尽鸟投林：落了片白茫茫大地真干净！（戚本第五回）

然宝玉又不解，更历他梦而寤。迨元春被选为妃，荣公府愈贵盛，及其归省，则辟大观园以宴之，情亲毕至，极天伦之乐。宝玉亦渐长，于外昵秦钟蒋玉函，归则周旋于姊妹中表以及侍儿如袭人晴雯平儿紫鹃辈之间，昵而敬之，恐拂其意，爱博而心劳，而忧患亦日甚矣。

这日，宝玉因见湘云渐愈，然后去看黛玉。正值黛玉才歇午觉，宝玉不敢惊动。因紫鹃正在回廊上手里做针线，便上来问他，"昨日夜里咳嗽的可好些？"紫鹃道，"好些了。"（宝玉道，"阿弥陀佛，宁可好了罢。"紫鹃笑道，"你也念起佛来，真是新闻。"）宝玉笑道，"所谓'病笃乱投医'了。"一面说，一面见他穿着弹墨绫子薄绵袄，外面只穿着青缎子夹背心，宝玉便伸手向他身上抹了一抹，说，"穿的这样单薄，还在风口里坐着。春风才至，时气最不好。你再病了，越发难了。"紫鹃便说道，"从此咱们只可说话，别动手动脚的。一年大二年小的，叫人看着不尊重；又打着那起混账行子们背地里说你。你总不留心，还只管合小时一般行为，如何使得？姑娘常常吩咐我们，不叫合你说笑。你近来瞧他，远着你，还恐远不及呢。"说着，便起身，携了针线，进别房去了。

宝玉见了这般景况，心中忽觉浇了一盆冷水一般，只看着竹子发了回呆。因祝妈正来挖笋修竿，便忙忙走了出来，一时魂魄失守，心无所知，随便坐在一块石上出神，不觉滴下泪来。直呆了五六顿饭功夫，千思万想，总不知如何是好。偶值雪雁从王夫人房中取了人参来，从此经过，……便走过来，蹲下笑道，"你在这里作什么呢？"

宝玉忽见了雪雁，便说道，"你又作什么来招我？你难道不是女儿？他既防嫌，总不许你们理我，你又来寻我，倘被人看见，岂不又生口舌？你快家去罢。"雪雁听了，只当他又受了黛玉的委屈，只得回至房中，黛玉未醒，将人参交与紫鹃。……雪雁道，"姑娘还没醒呢，是谁给了宝玉气受？坐在那里哭呢。"……紫鹃听说，忙放下针线，……一直来寻宝玉。走到宝玉跟前，含笑说道，"我不过说了两句话，为的是大家好。你就赌气，跑了这风地里来哭，作出病来唬我。"宝玉忙笑道，"谁赌气了？我因为听你说的有理，我想你们既这样说，自然别人也是这样说，将来渐渐地都不理我了。我所以想着自己伤心。"……（戚本第五十七回，括弧中句据程本补。）

然荣公府虽煊赫，而"生齿日繁，事务日盛，主仆上下，安富尊荣者尽多，运筹谋画者无一，其日用排场，又不能将就省俭"，故"外面的架子虽未甚倒，内囊却也尽上来了"（第二回）。颓运方至，变故渐多；宝玉在繁华丰厚中，且亦屡与"无常"觌面，先有可卿自经；秦钟夭逝；自又中父妾厌胜之术，几死；继以金钏投井；尤二姐吞金；而所爱之侍儿晴雯又被遣，随殁。悲凉之雾，遍被华林，然呼

明清小说　377

吸而领会之者，独宝玉而已。

　　……他便带了两个小丫头到一石后，也不怎么样，只问他二人道，"自我去了，你袭人姐姐可打发人瞧晴雯姐姐去了不曾？"这一个答道，"打发宋妈妈瞧去了。"宝玉道，"回来说什么？"小丫头道，"回来说晴雯姐姐直著脖子叫了一夜，今儿早起就闭了眼，住了口，人事不知，也出不得一声儿了，只有倒气的分儿了。"宝玉忙问道，"一夜叫的是谁？"小丫头子道，（"一夜叫的是娘。"宝玉拭泪道，"还叫谁？"小丫头说，）"没有听见叫别人。"

　　宝玉道，"你糊涂，想必没听真。"（……因又想：）"虽然临终未见，如今且去灵前一拜，也算尽这五六年的情肠。"……遂一径出园，往前日之处来，意为停柩在内。谁知他哥嫂见他一哎气，便回了进去，希图得几两发送例银。

　　王夫人闻知，便赏了十两银子；又命"即刻送到外头焚化了罢。'女儿痨'死的，断不可留！"他哥嫂听了这话，一面就雇了人来入殓，抬往城外化人厂去了。……宝玉走来扑了个空，……自立了半天，别没法儿，只得翻身进入园中，待回自房，甚觉无趣，因乃顺路来找黛玉，偏他不在房中。……又到蘅芜院中，只见寂静无人。……

　　仍往潇湘馆来，偏黛玉尚未回来。……正在不知所以之际，忽见王夫人的丫头进来找他，说，"老爷回来了，找你呢。又得了好题目来了，快走快走！"宝玉听了，只得跟了出来。……彼时贾政正与众幕友谈论寻秋之胜；又说，"临散时忽然谈及一事，最是千古佳谈，'风流俊逸忠义慷慨'八字皆备。到是个好题目，大家都要作一首挽词。"众人听了，都忙请教是何等妙题。贾政乃说，"近日有一位恒王，出镇青州。这恒王最喜女色，且公余好武，因选了许多美女,日习武事。……其姬中有一姓林行四者,姿色既冠,且武艺更精,皆呼为林四娘,恒王最得意,遂超拔林四娘统辖诸姬,又呼为姽婳将军。"

众清客都称"妙极神奇!竟以'姽婳'下加'将军'二字,更觉妩媚风流,真绝世奇文!想这恒王也是第一风流人物了。"……(戚本第七十八回,括弧中句据程本补。)

《石头记》结局,虽早隐现于宝玉幻梦中,而八十回仅露"悲音",殊难必其究竟。比乾隆五十七年(一七九二),乃有百二十回之排印本出,改名《红楼梦》,字句亦时有不同,程伟元序其前云:"……然原本目录百二十卷,……爰为竭力搜罗,自藏书家甚至故纸堆中,无不留心。数年以来,仅积有二十余卷。一日,偶于鼓担上得十余卷,遂重价购之。……然漶漫不可收拾,乃同友人细加厘剔,截长补短,钞成全部,复为镌板以公同好。《石头记》全书至是始告成矣。"友人盖谓高鹗,亦有序,末题"乾隆辛亥冬至后一日",先于程序者一年。

后四十回虽数量只初本之半,而大故迭起,破败死亡相继,与所谓"食尽鸟飞独存白地"者颇符,唯结末又稍振。宝玉先失其通灵玉,状类失神。会贾政将赴外任,欲于宝玉娶妇后始就道,以黛玉羸弱,乃迎宝钗。姻事由王熙凤谋画,运行甚密,而卒为黛玉所知,咯血,病日甚,至宝玉成婚之日遂卒。宝玉知将婚,自以为必黛玉,欣然临席,比见新妇为宝钗,乃悲叹复病。时元妃先薨;贾赦以"交通外官倚势凌弱"革职查抄,累及荣府;史太君又寻亡;妙玉则遭盗劫,不知所终;王熙凤既失势,亦郁郁死。宝玉病亦加,一日垂绝,忽有一僧持玉来,遂苏,见僧复气绝,历噩梦而觉;乃忽改行,发愤欲振家声,次年应乡试,以第七名中式。宝钗亦有孕,而宝玉忽亡去。贾政既葬母于金陵,将归京师,雪夜泊舟毗陵驿,见一人光头赤足,披大红猩猩毡斗篷,向之下拜,审视知为宝玉。方欲就语,忽来

明清小说 379

一僧一道，挟以俱去，且不知何人作歌，云"归大荒"，追之无有，"只见白茫茫一片旷野"而已。"后人见了这本传奇，亦曾题过四句，为作者缘起之言更进一竿云：'说到酸辛事，荒唐愈可悲，由来同一梦，休笑世人痴。'"（第一百二十回）

全书所写，虽不外悲喜之情，聚散之迹，而人物事故，则摆脱旧套，与在先之人情小说甚不同。如开篇所说：

> 空空道人遂向石头说道，"石兄，你这一段故事，……据我看来：第一件，无朝代年纪可考；第二件，并无大贤大忠，理朝廷治风俗的善政，其中只不过几个异样女子——或情，或痴，或小才微善——亦无班姑蔡女之德能。我纵钞去，恐世人不爱看呢。"
>
> 石头笑曰，"我师何太痴也！若云无朝代可考，今我师竟假借汉唐等年纪添缀，又有何难？但我想历来野史，皆蹈一辙；莫如我不借此套，反到新鲜别致，不过只取其事体情理罢了。……历来野史，或讪谤君相，或贬人妻女，奸淫凶恶，不可胜数。……至若才子佳人等书，则又千部共出一套，且其中终不能不涉于淫滥，以致满纸'潘安子建'、'西子文君'；……且环婢开口，即'者也之乎'，非文即理，故逐一看去，悉皆自相矛盾，大不近情理之说。竟不如我半世亲睹亲闻的这几个女子，虽不敢说强似前代所有书中之人，但事迹原委，亦可以消愁破闷也。……至若离合悲欢，兴衰际遇，则又追踪蹑迹，不敢稍加穿凿，徒为哄人之目，而反失其真传者。……"（戚本第一回）

盖叙述皆存本真，闻见悉所亲历，正因写实，转成新鲜。而世人忽略此言，每欲别求深义，揣测之说，久而遂多。今汰去悠谬不足辩，如谓是刺和珅（《谭瀛室笔记》）藏谶纬（《寄蜗残赘》）明易象（《金玉缘》评语）之类，而著其世所广传者于下：

（一）纳兰成德家事说。　自来信此者甚多。陈康祺（《燕下乡脞录》五）记姜宸英典康熙己卯顺天乡试获咎事，因及其师徐时栋（号柳泉）之说云："小说《红楼梦》一书，即记故相明珠家事，金钗十二，皆纳兰侍御所奉为上客者也，宝钗影高澹人；妙玉即影西溟先生：'妙'为'少女'，'姜'亦妇人之美称；'如玉''如英'，义可通假。……"侍御谓明珠之子成德，后改名性德，字容若。张维屏（《诗人征略》）云："贾宝玉盖即容若也；《红楼梦》所云，乃其髫龄时事。"俞樾（《小浮梅闲话》）亦谓其"中举人止十五岁，于书中所述颇合"。然其他事迹，乃皆不符；胡适作《红楼梦考证》（《文存》三），已历正其失。最有力者，一为姜宸英有《祭纳兰成德文》，相契之深，非妙玉于宝玉可比；一为成德死时年三十一，时明珠方贵盛也。

（二）清世祖与董鄂妃故事说。　王梦阮沈瓶庵合著之《红楼梦索隐》为此说。其提要有云，"盖尝闻之京师故老云，是书全为清世祖与董鄂妃而作，兼及当时诸名王奇女也。……"而又指董鄂妃为即秦淮旧妓嫁为冒襄妾之董小宛，清兵下江南，掠以北，有宠于清世祖，封贵妃，已而夭逝；世祖哀痛，乃遁迹五台山为僧云。孟森作《董小宛考》（《心史丛刊》三集），则历摘此说之谬，最有力者为小宛生于明天启甲子，若以顺治七年入宫，已二十八岁矣，而其时清世祖方十四岁。

（三）康熙朝政治状态说。　此说即发端于徐时栋，而大备于蔡元培之《石头记索隐》。开卷即云："《石头记》者，清康熙朝政治小说也。作者持民族主义甚挚，书中本事，在吊明之亡，揭清之失，而尤于汉族名士仕清者寓痛惜之意。……"于是比拟引申，以求其合，以"红"为影"朱"字；以"石头"为指金陵；以"贾"为斥伪朝；以"金陵十二钗"为拟清初江南之名士：如林黛玉影朱彝尊，王熙凤影余国柱，史湘云影陈维崧，宝钗妙玉则从徐说，旁征博引，用力甚勤。然胡适既考得作者生平，而此说遂不立，最有力者即曹雪芹为汉

明清小说

军，而《石头记》实其自叙也。

然谓《红楼梦》乃作者自叙，与本书开篇契合者，其说之出实最先，而确定反最后。嘉庆初，袁枚（《随园诗话》二）已云："康熙中，曹练亭为江宁织造，……其子雪芹撰《红楼梦》一书，备记风月繁华之盛。中有所谓大观园者，即余之随园也。"末二语盖夸，余亦有小误（如以楝为练，以孙为子），但已明言雪芹之书，所记者其闻见矣。而世间信者特少，王国维（《静庵文集》）且诘难此类，以为"所谓'亲见亲闻'者，亦可自旁观者之口言之，未必躬为剧中之人物"也，迨胡适作考证，乃较然彰明，知曹雪芹实生于荣华，终于苓落，半生经历，绝似"石头"，著书西郊，未就而没；晚出全书，乃高鹗续成之者矣。

雪芹名霑，字芹溪，一字芹圃，正白旗汉军。祖寅，字子清，号楝亭，康熙中为江宁织造。清世祖南巡时，五次以织造署为行宫，后四次皆寅在任。然颇嗜风雅，尝刻古书十余种，为时所称；亦能文，所著有《楝亭诗钞》五卷《词钞》一卷（《四库书目》），传奇二种（《在园杂志》）。寅子𫖯，即雪芹父，亦为江宁织造，故雪芹生于南京。时盖康熙末。雍正六年，𫖯卸任，雪芹亦归北京，时约十岁。然不知何因，是后曹氏似遭巨变，家顿落，雪芹至中年，乃至贫居西郊，啜饘粥，但犹傲兀，时复纵酒赋诗，而作《石头记》盖亦此际。乾隆二十七年，子殇，雪芹伤感成疾，至除夕，卒，年四十余（一七一九？至一七六三）。其《石头记》尚未就，今所传者止八十回（详见《胡适文选》）。

言后四十回为高鹗作者，俞樾（《小浮梅闲话》）云："《船山诗草》有《赠高兰墅鹗同年》一首云：'艳情人自说《红楼》。'注云：'《红楼梦》八十回以后，俱兰墅所补。'然则此书非出一手。按乡会试增五言八韵诗，始乾隆朝，而书中叙科场事已有诗，则其为高君所补可证矣。"然鹗所作序，仅言"友人程子小泉过予，以其所购全书见示，且曰：'此仆数年铢积寸累之辛心，将付剞劂，公同好。子闲且惫矣，盍分任之。'予以是书……尚不背于名教，……遂襄其役。"盖不欲明言己出，而寮友则颇有知之者。鹗即字兰墅，镶黄旗汉军，乾隆戊申举人，乙卯进士，旋入翰林，官侍读，又尝为嘉庆辛酉顺天乡试同考官。其补《红楼梦》当在乾隆辛亥时，未成进士，"闲且惫矣"，故于雪芹萧条之感，偶或相通。

然心志未灰，则与所谓"暮年之人，贫病交攻，渐渐地露出那下世光景来"（戚本第一回）者又绝异。是以续书虽亦悲凉，而贾氏终于"兰桂齐芳"，家业复起，殊不类茫茫白地，真成干净者矣。

续《红楼梦》八十回本者，尚不止一高鹗。俞平伯从戚蓼生所序之八十回本旧评中抉剔，知先有续书三十回，似叙贾氏子孙流散，宝玉贫寒不堪，"悬崖撒手"，终于为僧；然其详不可考（《红楼梦辨》下有专论）。或谓"戴君诚夫见一旧时真本，八十回之后，皆与今本不同，荣宁籍没后，皆极萧条；宝钗亦早卒，宝玉无以作家，至沦于击柝之流。史湘云则为乞丐，后乃与宝玉仍成夫妇。……闻吴润生中丞家尚藏有其本。"（蒋瑞藻《小说考证》七引《续阅微草堂笔记》）此又一本，盖亦续书。二书所补，或俱未契于作者本怀，然长夜无晨，则与前书之伏线亦不背。

此他续作，纷纭尚多，如《后红楼梦》《红楼后梦》《续红楼梦》《红楼复梦》《红楼梦补》《红楼补梦》《红楼重梦》《红楼再梦》《红楼幻梦》《红楼圆梦》《增补红楼》《鬼红楼》《红楼梦影》等。大率承高鹗续书而更补其缺陷，结以"团圆"；甚或谓作者本以为书中无一好人，因而钻刺吹求，大加笔伐。但据本书自说，则仅乃如实抒写，绝无讥弹，独于自身，深所忏悔。此固常情所嘉，故《红楼梦》至今为人爱重，然亦常情所怪，故复有人不满，奋起而补订圆满之。此足见人之度量相去之远，亦曹雪芹之所以不可及也。仍录彼语，以结此篇：

……作者自云：因曾历过一番梦幻之后，故将真事隐

明清小说

去，而借"通灵"之说，撰此《石头记》一书也。……自又云：今风尘碌碌，一事无成，忽念及当日所有之女子，一一细考较去，觉其行止见识，皆出于我之上。何我堂堂须眉，诚不若彼裙钗女子？实愧则有余，悔又无益，是大无可如何之日也。当此，则自欲将已往所赖天恩祖德，锦衣纨袴之时，饫甘餍肥之日，背父兄教育之恩，负师友规训之德，以致今日一技无成，半生潦倒之罪，编述一集，以告天下人。我之罪固不免，然闺阁中本自历历有人，万不可因我之不肖，自己护短，一并使其泯灭。虽今日之茅椽蓬牖，瓦灶绳床，其晨夕风露，阶柳庭花，亦未有妨我之襟怀，束笔阁墨；虽我未学，下笔无文，又何妨用俚语村言，敷衍出一段故事来，亦可使闺阁昭传，复可悦世之目，破人愁闷，不亦宜乎？……（戚本第一回）

图书在版编目(CIP)数据

文学课 / 闻一多等著. -- 北京：中国致公出版社，2023
　　ISBN 978-7-5145-2133-7

Ⅰ.①文… Ⅱ.①闻… Ⅲ.①中国文学－文学研究 Ⅳ.①I206

中国国家版本馆CIP数据核字(2023)第100755号

文学课 / 闻一多等著
WENXUEKE

出　　版	中国致公出版社
	（北京市朝阳区八里庄西里100号住邦2000大厦1号楼西区21层）
发　　行	中国致公出版社（010-66121708）
责任编辑	方　莹
监　　制	黄　利　万　夏
特约编辑	高　翔
营销支持	曹莉丽
责任校对	魏志军
装帧设计	紫图装帧
责任印制	邢雪莲
印　　刷	艺堂印刷（天津）有限公司
版　　次	2023年9月第1版
印　　次	2023年9月第1次印刷
开　　本	880毫米×1230毫米　1/32
印　　张	12.5
字　　数	310千字
书　　号	978-7-5145-2133-7
定　　价	59.90元

（版权所有，违者必究，举报电话：010-82259658）
（如发现印装质量问题，请寄本公司调换，电话：010-82259658）